古典文獻研究輯刊

九 編
曾 永 義 主編

第 22 冊

乾嘉雜劇形態研究

趙 星 著

國家圖書館出版品預行編目資料

乾嘉雜劇形態研究／趙星 著 — 初版 — 新北市：花木蘭文化
出版社，2014〔民103〕
目 2+242 面；19×26 公分
（古典文學研究輯刊 九編；第22冊）
ISBN：978-986-322-554-6（精裝）
1. 明代雜劇 2. 清代雜劇 3. 戲曲評論
820.8   103000763

古典文學研究輯刊
九 編 第二二冊   ISBN：978-986-322-554-6

乾嘉雜劇形態研究

作　　者　趙星
主　　編　曾永義
總 編 輯　杜潔祥
副總編輯　楊嘉樂
編　　輯　許郁翎
出　　版　花木蘭文化出版社
社　　長　高小娟
聯絡地址　235 新北市中和區中安街七二號十三樓
　　　　　電話：02-2923-1455／傳真：02-2923-1452
網　　址　http://www.huamulan.tw 信箱 hml810518@gmail.com
印　　刷　普羅文化出版廣告事業
初　　版　2014 年 3 月
定　　價　九編 27 冊（精裝）新台幣 48,000 元

乾嘉雜劇形態研究

趙星　著

作者簡介

趙星，文學博士。1983 年生人，現供職於平頂山學院文學院。十年來負笈四方，先後師從安徽大學胡益民、首都師範大學張燕瑾兩先生研讀古代小說與戲曲。兩先生期以遠大，奈世事紛繁，思欲靜心讀書，每不可得。此書爲博士畢業論文，雖付之心力，奈離吾師之期許尙遠。承花木蘭出版社美意，先期付印，將來有暇，再予更定。

提　　要

雜劇與傳奇同爲中國古代戲曲的代表文體，其繁榮時期當在元代。關馬鄭白，實甫《西廂》，盛極一時。厥後，雜劇之體雖不爲人所重，作者卻代不乏人。其著名者如朱有燉、楊潮觀等，名傳曲史，文採斐然。

從元至清，雜劇之體隨時衍變。明初周憲王已啓其端，至明末，四折一楔子之體已破壞殆盡。與明劇相比，清人雜劇在體制上突破不大，在氣質上則完全不同。不管是時代環境、演出體制，還是文人遭際與心理，都對雜劇創作產生了或多或少的影響。

明清兩代，雜劇之體漸分爲二：一爲普通劇，文人以之寄託心靈懷抱；一爲節慶劇，人們用之增添喜慶氛圍。至乾嘉時期，普通劇之刊寫與節慶劇之演出遂臻於極盛。普通劇書寫曲家自身際遇，幾與詩詞等價。節慶劇可細分出祝壽、迎鑾等形態，其功能又各有不同。普通劇少有演出之機遇，止可案頭清供。節慶劇源於節慶演出之需，非演出則不得逞其用。乾嘉兩朝，蔣士銓、厲鶚、桂馥、楊潮觀等文章巨手紛紛染指於其間，遂使雜劇之體日趨醇厚。

目

次

緒　論

　　自上個世紀初王國維先生發表《宋元戲曲史》之後，戲曲開始登上大雅之堂，成爲學者們的研究對象。在這百年的歷史中，學術界誕生過不少令人矚目的研究成果，但大多集中於元雜劇和明清傳奇這兩大領域，其他領域則顯得亮點不多。乾嘉（或清中葉）雜劇就是其中之一。

　　然而，乾嘉時期在雜劇史上卻是一個非常重要的歷史時期。首先，在乾嘉兩朝先後誕生過近八十位雜劇作家，作品近四百種〔註1〕。單從數量上來看，雜劇藝術發展到了乾嘉時期，不但沒有呈現出萎縮的局面，反而較之前代，有過之而無不及。其次，乾嘉時期是雜劇形態衍變的重要時期，不同形態的雜劇在這一時期也都有著各自不同的際遇，深入探討乾嘉時期的雜劇形態會讓我們對於雜劇史乃至戲曲史有一個更加深入的瞭解和認識。

一、研究現狀綜述

　　由於沒有較爲系統的研究專著，有關乾嘉雜劇的研究顯得頗爲零碎，學者們的研究成果主要以以下幾種形式展開。

（一）戲曲史與雜劇史

以清代雜劇爲研究對象的兩部專著均由港臺學者所完成。香港學者曾影

〔註1〕　筆者採用鄧長風在《在歷史的演進中如何區別雜劇與傳奇》一文中對雜劇和傳奇的區分標準，即十齣（含十齣）以下的歸入雜劇，十齣以上的歸入傳奇（《九九大慶》中的十二齣作品除外）。詳參鄧長風《明清戲曲家考略全編》（下），上海：上海古籍出版社，2009 年，四編 110 頁。需要指出的是，近400 種的作品數量並不包括無名氏作品。若是計入其中的話，作品的數量將更爲龐大。

靖的《清人雜劇論略》是其碩士論文，完成於上世紀 70 年代初。全書將清代雜劇分爲三個時期，即順康雍爲一期，乾嘉爲一期，道光朝以後爲一期。該書第六章專門論述乾嘉時期的雜劇作家和作品，除蔣士銓、楊潮觀和桂馥三人設有專節外，曾氏還介紹了唐英、舒位、厲鶚、吳城、曹錫黼、石韞玉、孔廣林、陳棟和吳鎬等九位雜劇作家。

臺灣學者曾永義的《清代雜劇概論》亦完成於七十年代。在這篇長文裏，作者以順康、雍乾、嘉道咸和同光四個時段進行分期，並爲楊潮觀的《吟風閣雜劇》設立專節，從生平事迹、內容思想、布局排場和文章等三個方面對其進行了較爲全面的論述。曾氏認爲楊潮觀可以和關漢卿、朱有燉在雜劇史上鼎足而三，對乾嘉雜劇作家給予如此高的評價，之前是沒有過的。

吳梅先生和王國維先生一道，被看做是現代曲學的先驅性人物。與王先生專注於元雜劇不同，吳先生則對明清戲曲給與了較多關注。他在《中國戲曲概論》一書中專立一節來討論清人雜劇，將其與清人傳奇同等看待。吳先生先列舉了當時所見的一百四十六種清人雜劇的名目，進而對一些重要的作家作品進行評述，其中就包括了蔣士銓、楊潮觀、舒位、陳棟等數字乾嘉時期的雜劇作家。這些評述雖然都很簡略，卻往往十分精當。如他在評論蔣士銓的雜劇時說：「《一片石》、《第二碑》中土地夫婦，最爲絕倒。曲家每不善科諢，惟此得之。」〔註 2〕

許金榜的《中國戲曲文學史》也將清人傳奇和清人雜劇分開來進行論述。其第七章專列一節「案頭化的清代雜劇」對清人雜劇進行總論。該書的關注重點在於戲曲作品所取得的文學成就，因此在具體論述時多著眼於作品的曲辭風格和賓白特色，其他方面則談得不多。

其他如日本學者青木正兒的《中國近世戲曲史》、周貽白的《中國戲曲史長編》、周妙中的《清代戲曲史》、廖奔與劉彥君合著的《中國戲曲發展史》等著作都或多或少地論及了一些乾嘉時期的雜劇作家和作品，只是這些文字大體上都十分簡略，且多關注於作品所取得的文學成就，較少新意。

（二）專題論文

鄭振鐸寫於上個世紀三十年代的《〈清人雜劇初集〉序》是從宏觀上對清代雜劇進行評述的第一篇文章。鄭氏將清代分爲順康、雍乾、嘉道咸和同光

〔註 2〕吳梅：中國戲曲概論，北京：中國人民大學出版社，2004 年，第 191 頁。

四個時期，他認為順康之際為「始盛期」，而「雍乾之際，可謂全盛」。鄭氏接著談道：

> 桂馥、蔣士銓、楊潮觀、曹錫黼、崔應階、王文治、厲鶚、吳城，各有名篇，傳誦海內。心餘、笠湖、未谷，尤稱大家，可謂三傑。心餘《西江祝嘏》，以枯索之題材，成豐研之新著。苟非奇才，何克臻此。笠湖《吟風閣》三十二劇，靡不雋永可喜。相傳演唱《罷宴》一劇時，某大吏感焉，為之輟席。而《偷桃》之語妙天下，《錢神廟》之憤懣激昂，求之前賢，實罕其匹。未谷《後四聲猿》，亦曠世悲劇，絕妙好辭。如斯短劇，關、徐、馬、沈之履述，蓋未曾經涉也。蝸寄未道，然《面缸笑》諸作，謔而不虐，易俗為雅，厥功亦偉。短劇完成，應屬此時。風格辭采以及聲律，並臻絕頂，為元、明所弗逮。〔註3〕

此段文字專論乾隆時期的重要作家及作品，從鄭氏的簡單描述中，我們也可以看到那一時期雜劇作品所取得的不俗成就。

　　上世紀八十年代，一些學者在鄭先生的基礎上對清代雜劇進行了更為細緻的研究。比較重要的論文包括趙興勤的《清人雜劇管窺》、王永寬的《清代雜劇簡論》、張筱梅的《清人雜劇概論》以及杜桂萍的《清雜劇之研究及其戲曲史定位》等等。這些論文從題材主題、劇本體制、曲辭風格等方面對清代雜劇進行了比較詳細的闡發，其中杜文還指出了目前研究之不足，給後來者以許多啓迪。這些文章大體都從整個清代進行著眼，並沒有過多地關注乾嘉時期的雜劇形態。

　　在單個作家作品方面，楊潮觀及其《吟風閣雜劇》最受學人關注，前面所舉的戲曲史和雜劇史中幾乎都有關於楊潮觀《吟風閣雜劇》的論述。此外，臺灣學者謝錦桂毓著有《吟風閣雜劇研究》一書。大陸也有不少學者從作家生平、作品版本、故事來源、思想藝術以及創作心態等方面對楊潮觀及其《吟風閣雜劇》進行研究，其中比較重要的文章有胡士瑩的《讀〈吟風閣〉雜劇札記》、周妙中的《楊潮觀和他的〈吟風閣〉》、劉世德的《楊潮觀生卒年考辨》、趙山林的《楊潮觀年譜》、《〈吟風閣雜劇〉的藝術獨創性》以及杜桂萍《論循吏心態與楊潮觀的雜劇創作》等。

〔註 3〕 鄭振鐸：《清人雜劇初集》序，見《中國文學研究》，北京：作家出版社，1957年，第 797 頁。

　　蔣士銓是乾隆時期最著名的詩人和戲曲家，在其生前和身後都享有極高的聲譽。但戲曲研究者一般多關注於蔣氏的傳奇，專論雜劇的並不多見。林葉青的《承應戲的白眉——論〈西江祝嘏〉》一文以《西江祝嘏》為研究對象，指出這四部雜劇雖然是承應戲，卻「兼收花部唱腔、曲牌乃至劇目，從而顯示了濃郁的生活氣息，形成了清新活潑的藝術風格」〔註4〕，取得了不凡的藝術成就。

　　關注唐英的學者大多將其放在花雅之爭的大背景下進行論述。比較重要的論文包括刁雲展和張發穎合寫的《唐英的戲劇創作》、林葉青的《論唐英劇作的藝術特色》以及臺灣學者丘慧瑩的碩士論文《唐英戲曲研究》等等。

　　相對於蔣士銓、楊潮觀和唐英三人來講，其他作家就很少有人提及了，其中有不少作家的生平資料亟待搜集整理。其實，鄭振鐸等老一輩學者早已在這方面做出了表率。鄭先生為清代雜劇所作的題記，趙景深的《明清曲談》、《中國戲曲叢談》、《戲曲筆談》，周貽白的《曲海燃藜》，孫楷第的《戲曲小說書錄解題》，嚴敦易的《元明清戲曲論集》，吳曉鈴的《清代戲曲提要八種》、《1962年訪書讀曲記》，陸萼庭的《清代戲曲家叢考》以及張增元、柯愈春所發表的一系列考證文章，都有不少篇幅涉及到了乾嘉雜劇作家和作品的考證。如果沒有這些前輩的成果，接下來的研究是無法開展下去的。尤其應該指出的是傅惜華的《清代雜劇全目》和莊一拂的《古本戲曲存目彙考》，二書對乾嘉雜劇作家作品進行了非常詳實的蒐輯，正是有了這些成果，後人才有門路可循，從而省去了大量的時間。

　　八十年代以來，鄧長風利用海外訪書之便，專門從事明清曲家的考證工作，他先後考證出袁棟、吳城、曹錫黼、許鴻磐等乾嘉雜劇作家的生卒年，用力之深之勤，令人尊敬。杜桂萍也陸續發表了《桂馥及其〈後四聲猿〉》、《戲曲家徐燨生平及其創作新考》、《徐燨〈寫心雜劇〉版本新考》、《寫心之旨·自傳之意·小品之格——徐燨〈寫心雜劇〉的轉型特徵及其戲曲史意義》、《〈小豆棚〉作者曾衍東事迹雜考》等文章對徐燨、曾衍東等乾嘉雜劇作家進行論析。她試圖在考證的基礎上對作家的文化心理進行解讀，顯然比一般的文本考證來得更為深刻。除此以外，重要的考證性文章還包括劉世德的《朱景英和〈桃花源〉傳奇》、趙興勤的《曲家全德小考》、官桂詮的《關於舒位雜劇

〈瓶笙館修簫譜〉與〈琵琶賺〉》、吳書蔭的《清人雜劇〈澆墓〉作者考辨》
等等。從總體上看，這一方面的研究仍然十分薄弱，有必要進一步加強。

　　最後談一下承應類雜劇的研究狀況〔註5〕。周妙中的《清代戲曲史》對承
應戲曾給予過較多關注，它追溯了這類戲曲在宮中演出的歷史，並詳細介紹
了《月令承應》、《九九大慶》及《法宮雅奏》的演出狀況及所演的劇目。

　　以單篇論文的形式探討清代承應戲的學者也不乏其人，其中尤以傅惜華
用力最深，他先後撰寫了《內廷普通之承應開場劇》、《清宮之月令承應戲》、
《清廷元旦之承應戲》等論文對清宮承應戲進行專門探討。其他相關論文還
有梁憲華的《乾隆時期萬壽慶典〈九九大慶〉》和《清皇太后萬壽慶典戲九九
大慶的編演》、羅燕的《清宮承應戲表演中的儀式性特點》等等。另外，在朱
家溍、丁汝芹等人的著作中也有不少篇幅談到這類戲曲的演出狀況。民間所
編演的承應戲數量也非常豐富，但是目前尚少有人論及，蔣士銓編寫的《西
江祝嘏》在前文中已經提及，這裡就不再贅述了。

　　以上便是乾嘉雜劇的大致研究現狀。通過分析，我們可以發現其中所存
在的一些問題。

　　一是從總體上看，乾嘉雜劇的研究尚未「自立門戶」，因而顯得零碎而不
成體系。就清代雜劇而言，清初雜劇和晚清雜劇的研究都已取得了一定的成
果，相比之下，乾嘉雜劇就不免有些落寞。在這種環境下，乾嘉雜劇的研究
只能以如下兩種方式展開，或是依附於「清代雜劇」或「清人雜劇」的大旗
之下，努力在其中分一杯羹；或是專注於作家個體研究，在文獻考證中樂此
不疲。如此一來，乾嘉雜劇的研究便只能呈現出一種零碎而不成體系的局面
了。

　　二是僅就乾嘉時期的雜劇而言，研究格局也並不均衡。人們大多只關注
文人創作，而忽略了對承應戲中雜劇作品的研究。這類作品在清代雜劇中所
佔的比重非常大，以傅惜華所編的《清代雜劇全目》為例，前五卷所收的是
各個時期的文人作品，後五卷所收的是各種類型的承應類作品，二者在數量
上可謂旗鼓相當。乾隆朝是清代內廷演劇的鼎盛時期，承應戲的創作和演出
也達到了歷史的頂峰。因而，忽視承應戲中的雜劇作品的演出及創作情況無
疑會對該時期的雜劇研究產生不良的影響。

〔註 5〕承應戲指的是供奉給皇家觀賞的戲曲作品，裏面既有雜劇，也有傳奇。本書
　　　　只關注其中的雜劇作品。

　　三是研究方法較爲傳統，亟待突破。長久以來，人們對戲曲的研究大多只偏重於文學性方面，其他方面則談得不多。乾嘉雜劇的研究尤其如此。自從鄭振鐸先生指出純正之文人劇完成於清代之後，後來研究的「文學化」色彩愈發濃厚。加之人們幾乎將乾嘉雜劇與案頭劇等同看待，因而也就不覺得這種傳統的研究方法有何不妥之處。其實，乾嘉雜劇並不能與案頭劇直接劃等號。除了文人創作外，乾嘉時期還存在著其他類型的雜劇創作。在研究方法日新月異的今天，我們有必要用一種新的視角和思路來重新審視乾嘉時期的雜劇創作。

二、選題意義與研究方法

　　本書以乾嘉時期的雜劇形態做爲研究對象。爲了摸清乾嘉時期的雜劇創作情況以及作家的生平經歷，筆者首先製作了「乾嘉雜劇全目」及「乾嘉雜劇作家行事繫年」。做好了這些基礎性的文獻工作，我們才能更好地轉入對雜劇形態的探討。

　　「所謂『形態』，就是形式、形狀、狀態的意思。在我國，以往相當長的一段時間裏，形式、形態被看成是外在的、外部、無關緊要的東西，它只爲內容服務。而我們認爲，藝術本身，關鍵在於形式、形態」〔註6〕。我們認爲，「形態」研究的對象既包括戲劇作品的文本體制，也包括戲曲演出的藝術特點。不管是元雜劇研究，還是明清傳奇研究，人們以往的慣有思路便是提取作品的主題思想，看看其中是否具有人民性，是否反映了階級鬥爭的社會現實。清代雜劇由於距離人民較遠，因此長期受到學者們的冷遇。如今，研究方法在不斷改進，傳統的研究格局自然也要隨之改變。

　　在中國戲曲史上，雜劇藝術貫穿於各個歷史時期。在唐宋時代，雜劇與「雜戲」意義接近，泛指各種曲藝形式，所指尚未定型。到了元代，雜劇藝術空前繁榮，誕生了無數名家名作，其體制形式也固定爲四折一楔子。進入明清時代，雜劇又有了新的發展和變化。從創作上看，作家不再墨守元劇的成規，折數不再整齊劃一，曲牌宮調也不限南北；從演出上看，雜劇逐漸成爲戲曲演出的配角，除了雷打不動的節慶劇外，其他雜劇形態開始淡出人們的視野。這一變化經歷了一個較長的歷史過程，直至清代乾嘉時期，這一轉

〔註6〕黃天驥、康保成主編：中國古代戲劇形態研究，鄭州：河南人民出版社，2009年，「緒論」，第1頁。

變方告完成。

　　在乾嘉時期，文人所創作的普通劇已經與舞臺表演脫鈎，成為了名副其實的案頭劇；節慶劇則因其特有的功能而與時代環境相契合，從而在演出及創作上達到了前所未有的頂峰。恰在此時，佔據舞臺中心位置的折子戲也走過了一段輝煌的發展歷程。對於這三種戲曲形態而言，乾嘉時期均是其發展過程中的重要歷史階段。研究這一時期的雜劇形態對於雜劇史以及戲曲史而言都具有十分重要的歷史意義，對文人心態研究也有一定的參考價值，同時，探討明清時期雜劇形態的衍變以及背後的成因也可以對今日的戲曲演出提供寶貴的歷史經驗和教訓。

　　本書採用形態的研究方法，主要創新之處在於：

　　第一，本書以乾嘉兩朝八十餘年的雜劇形態做為研究對象，整合以往零碎的研究成果，力圖使有關乾嘉雜劇的研究成為一個較為完整的體系，對戲劇史研究的一個薄弱環節進行了彌補和充實。

　　第二，本書不僅關注作品的文學成就，並且還留意了作品的演出狀況。綜合考慮了乾嘉雜劇在案頭、場上等方面的種種表現，我們將乾嘉雜劇從總體上分為「普通劇」與「節慶劇」兩大類。普通劇大致對應文人創作，又可細分為「教化劇」、「寄託劇」及「寫心劇」三大類；節慶劇指專用於節日喜慶場合的雜劇，又可分出「祝壽劇」、「迎鑾劇」、「宮廷劇」等形態。形態不同，雜劇作品在文學、演出等方面所取得的成就也就不同。通過對各類雜劇形態的探討，相信我們會對乾嘉時期的雜劇取得一個嶄新的認識。

　　第三，普通劇和節慶劇在明清時期也各自經歷了一段曲折的發展衍變過程。從晚明到乾嘉，普通劇逐漸從場上走向案頭。而節慶劇則在乾嘉時期經歷了一個無比輝煌的發展時期。雜劇形態的衍變與社會環境、戲曲的演出體制以及文人心理的變化都有著非常密切的關聯。在分析乾嘉雜劇的種種形態之前，我們還對雜劇形態的衍變及其背後的成因進行了初步探討。

第一章　明清雜劇的形態與分類

　　如何對雜劇進行分類，這是我們在面對乾嘉雜劇時所需要首先解決的問題。分類方法不同，最後研究所取得的效果也不一樣。由於研究對象是乾嘉時期的雜劇形態，本書以形態特徵做為雜劇的分類標準。

第一節　明清雜劇的分類與分期

　　一提到清代雜劇，人們的腦海裏會自然浮現出「衰落」、「式微」等字樣。一般認為，雜劇的黃金歲月在元代，明清兩代的雜劇均已屬明日黃花，學者持此印象，對其不加重視也就成了一件很自然的事了。不過，一種印象的形成會經歷一個長期的歷史過程，其間也會有各種偶然因素對其發生作用，雜劇藝術在明清時期走向衰落——這一文學史印象也不例外。

一、問題的提出：兩類截然相反的評價

　　儘管明清時人早已發出過這樣的感慨，但是最終促成這一印象形成的還是王國維先生。

　　在《宋元戲曲史》中，王氏獨推元雜劇，運用「意境說」對其文學成就給予了極高的評價。他認為「北劇南戲，皆至元而大成，其發達，亦至元代而止」〔註 1〕，至於明雜劇，則「既無定折，又多用南曲，其詞又無足觀」〔註 2〕。當他聽到遠來游學的青木正兒要繼承他的事業，從事明清戲曲的研究時，不禁

〔註 1〕王國維：王國維戲曲論文集，北京：中國戲劇出版社，1984 年，第 108 頁。
〔註 2〕同上，第 109 頁。

冷然曰：「明以後無足取，元曲爲活文學，明清之曲，死文學也。」〔註3〕做爲上世紀第一部用現代理論和研究方法寫成的戲曲史著作，王氏的觀點對後世影響極大，可謂籠罩了以後的戲曲史研究。儘管明清傳奇最終獲得了新生，成爲明清兩代的代表性文體；明清雜劇卻好似被釘在恥辱柱上，從此之後的百年中，再也沒有翻過身來。王國維的論斷無疑在其中發揮了巨大的威力。

文化大革命之後，學術界迎來了屬於自己的春天，各種理論學說爭奇鬥豔，整個學界呈現出一片欣欣向榮的景象。恰在此時，又有一部影響巨大的戲曲史專著面世了，它就是由張庚、郭漢城主編的《中國戲曲通史》。在《通史》中，作者接受了王國維的論點，對明清雜劇評價極低。

> 明中後期，北雜劇的發展，繼宮廷化之後，又出現了脫離舞臺演出，只供案頭閱讀的案頭劇，和純音樂的個人清唱劇的傾向，更標誌著北雜劇的進一步衰亡。〔註4〕

> 南雜劇在劇本形式上雖然較之北雜劇有所發展。但在思想內容上局限於文人、士大夫個人感情的抒發，多是案頭文學，缺乏上演價值，很難普及到廣大老百姓中去。這種脫離群眾、脫離舞臺的體制上的形式改革，是難以成功的。〔註5〕

對於明清雜劇作家和作品，《中國戲曲通史》幾乎略而不提，這樣的處理再一次印證了明清雜劇衰微的學術史印象。在之後的歲月裏，相比於其他領域如火如荼的熱鬧景象，明清雜劇可謂少人問津。不過，探討雜劇衰微之謎的論文卻一時湧現，以至於寧宗一、陸林等人在編寫《元雜劇研究概述》時專闢一節，以介紹關於元雜劇衰落成因方面的研究成果。直至去年，仍有人撰文對雜劇衰落的研究狀況進行綜述，可見這方面的研究成果之多，也足見雜劇衰落這一印象的根深蒂固〔註6〕。

與明清雜劇藝術衰落的觀點相比，另有一些學者的聲音則要顯得微弱得多。這些學者肯定明清雜劇的文學成就，爲爭取其有限的文學史地位而進行不

〔註3〕〔日〕青木正兒：《中國近世戲曲史》原序，見青木正兒《中國近世戲曲史》，北京：中華書局，2010年，第1頁。

〔註4〕張庚、郭漢城主編：中國戲曲通史，北京：中國戲劇出版社，2006年，第100頁。

〔註5〕同上，第463頁。

〔註6〕參見王家東：雜劇衰微研究述評，《河北經貿大學學報》（綜合版）2010年第一期。

懈地努力，儘管從目前來看，他們的聲音並沒有引起多少人的重視。

　　鄭振鐸先生是最早爲明清雜劇搖旗吶喊的學者之一。具體而言，鄭氏對更加不受人重視的清人雜劇的貢獻更爲突出。在上個世紀 30 年代，他便致力於搜集整理清人的雜劇文獻。在他不懈地努力下，一大批珍貴的清代雜劇作品得以刊佈問世。同時，他還對這些作品進行了初步的考證梳理。對於清代雜劇的文學成就，鄭氏曾經說過這麼一段話：

　　　　明代文人劇，變而未臻於純。風格每落塵凡，語調時雜嘲謔。
　　大家如徐、沈猶所難免。純正之文人劇，其完成當在清代。三百年
　　間之劇本，無不力求超脫凡蹊，屛絕俚鄙。故失之雅，失之弱，容
　　或有之。若失之鄙野，則可免譏矣。〔註7〕

鄭振鐸讚賞清人雜劇爲純正的文人劇，與王國維推崇元雜劇類似，這也是立足於文學層面上的評價，只是兩人的欣賞角度不同罷了。

　　半個多世紀之後，另一位學者羅忼烈在爲一本戲曲專著作序時，對清代雜劇也給予了很高的評價。他說：

　　　　雜劇盛於元，初非藝文之具，排場勾欄行院之中，供販夫走卒
　　耳目之娛，故其爲體，但求協乎宮商，老嫗能解，文采非所尚也。
　　抑作者多倡優市井之徒，非關、馬、鄭、白之比，雖欲自振，力亦
　　未逮也。王靜安《錄曲餘談》，譏其學問夆陋，獨絕千古，不爲厚誣
　　矣。迨北調歌譜陵夷，無以被之管絃，遂成案頭之書，諷誦之什。
　　於是明清兩代，百家盡廢，而王氏《西廂》以清詞麗句，獨領風騷，
　　良有以也。余嘗遍覽元劇之見存者，十九不克終卷，亦惟質木無文
　　故爾。蓋藝文之道，理無二致，戲曲於古誠不登大雅之堂，要非博
　　學宏辭之士亦不能工。明劇多出辭人之手，故大體而言，文字又遠
　　過於元。有清一代，作者皆文學名家，愈益研煉淵雅，若吳梅村、
　　王船山、尤西堂、洪昉思、孔東塘、厲樊榭、蔣心餘諸子，無慮十
　　數，出其歌詩之緒餘而撰劇，大體言之，又遠勝於明。而世之論戲
　　曲者，莫不貴遠賤近，奉元劇爲正宗，以粗獷俚俗爲當行本色，甌
　　嚇鷦棲，泥而未光者也。〔註8〕

〔註 7〕　鄭振鐸：《清人雜劇初集》序，見《中國文學研究》，北京：作家出版社，1957
　　　　年，第 796 頁。
〔註 8〕　羅忼烈：《清人雜劇論略》序，見《清人雜劇論略》，臺北：學生書局，1995
　　　　年，第 1 頁。

照羅氏的觀點來看，元明清三代的雜劇不是一代不如一代，而是一代勝似一代。求羅氏作序的是羅的學生曾影靖，曾女士在其專著《清人雜劇論略》中也認爲：

> 清代雜劇作家在文辭方面的成就是卓越的，他們的辭采典雅大方，雅俗共賞，這一點是遠過明人的，也是清雜劇不容漠視之處。〔註9〕

羅曾二人都很看重清代雜劇的文學成就，藉此爲其爭取地位。

上世紀70年代以來，明代雜劇領域也出現了一些引人注目的學術成果，比如曾永義的《明雜劇概論》、徐子方的《明雜劇研究》及《明雜劇史》等等。這些成果的問世，至少說明有一些學者已經開始拋開成見，而對明清雜劇藝術重新進行體認和評估。

還有學者從創作數量等角度對雜劇衰微論進行質疑。宋子俊在《明清雜劇創作「衰微」說質疑》一文中認爲：

> 從明清兩代雜劇作家隊伍、作品數量和所取得的成就，以及在體制、風格等方面來做全面的考察，很難說是雜劇「衰微」。〔註10〕

以上諸人的觀點均與雜劇衰微論恰好相對，儘管在學界聲勢不大，難以對後者構成威脅，但是畢竟在向傳統的學說發出挑戰。對於這兩種截然不同的觀點，我們需要關注的主要是二者爲何會有如此大的差異，而這些差異又是如何產生的。

二、分歧產生的原因

兩類觀點之所以會有如此大的差異，主要在於雙方的評判標準不同。比如對於元雜劇，王國維先生最爲推崇其語言的獨特風味：

> 元曲之佳處何在？一言以蔽之，曰：自然而已矣。古今之大文學，無不以自然勝，而莫著於元曲。蓋元劇之作者，其人均非有名位學問也；其作劇也，非有藏之名山，傳之其人之意也。彼以意興之所至爲之，以自娛娛人。關目之拙劣，所不問也；思想之卑陋，所不諱也；人物之矛盾，所不顧也；彼但摹寫其胸中之感想，與時代之情狀，而眞摯之理，與秀傑之氣，時流露於其間。故謂元曲爲

〔註9〕 曾影靖：清人雜劇論略，臺北：學生書局，1995年，第132頁。

〔註10〕 宋子俊：明清雜劇創作「衰微」說質疑，《甘肅社會科學》1997年第二期，第72頁。

中國最自然之文學，無不可也。若其文字之自然，則又爲其必然之
結果，抑其次也。〔註11〕

可見王先生最看重元雜劇的語言所流露出的自然之趣。至於戲曲演出中的種
種表現，如關目、人物、矛盾等等，則不是王先生的主要關注對象。與其他
時代文人所追求的醇雅精緻不同，元代文學的白話味道更濃。「蛤蜊」、「蒜酪」
式的語言，也使得元雜劇在中國文學園地中風味自殊〔註12〕。但總的來說，
王先生是將元雜劇作爲案頭文學進行考察的，這與後來的研究者推崇元雜劇
的著眼點並不完全一致，但是結果卻是相同的，元雜劇在文學史中的地位在
後者那裡得到了進一步地提升。

　　新中國成立後，雜劇的研究也進入了一個新的歷史時期。學者們主要以
歷史唯物主義爲指導，來重新評價古典文學作品，是否具有人民性成了唯一
的評價標準。由於元代在中國歷史上有著獨特的時代環境，元劇作家們普遍
沉鬱下僚，與人民有著較密切的交往，作品中也反映了較爲寬廣的社會現實
和階級矛盾，因此元雜劇格外受戲曲研究者的青睞。以關漢卿爲例，郭沫若
就稱關漢卿爲「有民主主義精神的偉大戰士」；鄭振鐸指出關漢卿是「爲了人
民而寫作」，與廣大人民「血肉相連，呼吸相通」，其他類似的評價在那一時
期更是舉不勝舉〔註13〕。至於明清雜劇，則由於與人民的距離較遠，多表現
文人自身的情趣，因此，得到《中國戲曲通史》那樣的評價便成了一件再正
常不過的事情了。

　　自上個世紀 80 年代以來，隨著「儺戲熱」的興起，人們對戲劇形態乃至
整個戲劇學科的思考都比以往更加深入了，傳統的戲曲定義和戲曲起源學說
不斷受到挑戰。相比於單純的作家作品研究，學者們開始熱心於「戲劇形式
本身產生、發展的過程」，「戲劇與宗教、民俗的關係」等問題〔註14〕。在這
種局面下，明清雜劇卻再一次處境尷尬。原因很簡單，長久以來，在人們的
眼中，明清雜劇幾乎就是案頭劇的代名詞。當人們以新的學術視角重新打量
戲劇這一綜合藝術的方方面面時，案頭劇以其不能上演的先天缺陷又一次被

〔註11〕王國維：王國維戲曲論文集，北京：中國戲劇出版社，1984 年，第 85 頁。

〔註12〕「蛤蜊」出自元人鍾嗣成的《錄鬼簿序》，「蒜酪」出自明人何良俊的《曲論》。
　　　　參見羅斯寧：元雜劇和元代民俗文化，廣州：廣東高等教育出版社，2007 年，
　　　　第 77、78 頁。

〔註13〕參見吳國欽、李靜、張筱梅編：《元雜劇研究》導論，吳國欽等主編：元雜劇
　　　　研究，武漢：湖北教育出版社，2003 年，第 26 頁。

〔註14〕參見康保成：儺戲藝術源流，廣州：廣東高等教育出版社，2005 年，第 6 頁。

人忽視。這樣的遭遇，不禁令人唏噓不已。

然而，果真如人們所認為的那樣，明清雜劇不過是案頭劇的別稱麼？答案自然是否定的。在明清兩代有著紛繁多樣的雜劇形態，用案頭劇指稱其中的一部分則可，用來指代全部，則萬萬不可。如果我們僅僅對明清雜劇採取不聞不問，敷衍了事的態度，那只能使偏見掩蓋事實。隨便舉幾個例子，便可發現明清雜劇的形態遠比我們想像的要複雜得多。（1）僅以承應戲中的雜劇為例，明清兩代的宮廷裏就曾日復一日的上演著，那麼將明清雜劇不加分別的一律稱為「案頭劇」就顯得不太合適，而用案頭劇的標準要評價承應類作品則將更為不類。（2）承應類作品既然可以經常上演，那麼它和案頭劇就顯然不是一回事，它們在形態上又有著怎樣的聯繫和區別。（3）明清兩代文人所創作的雜劇也並非全是案頭劇，各個歷史時期的雜劇形態也各不相同。在這六百年中，雜劇形態經歷了一個怎樣的發展歷程，又是哪些因素促成了案頭劇的最終產生？雜劇——這一中國傳統戲曲中至為重要的文體——之所以會在明清兩代呈現出那樣一種紛繁複雜的歷史形態，學界應該給予更多的關注，可惜的是以往的研究對這一問題都語焉不詳。

帶著這些問題，筆者打算重新審視明清兩代那多元的雜劇形態，盡量以同樣多元的視角來對其進行觀察，以期能取得更加合乎歷史實際的結論。在這一點上，吳梅先生早已為我們做出了表率。在《中國戲曲概論》「清總論」中，吳梅先生曾發表過這樣一番見解：

> 清人戲曲，遜於明代，推原其故，約有數端。開國之初，沿明季餘習，雅尚詞章，其時人士，皆用力於詩文，而曲非所習，一也。乾嘉以還，經術昌明，名物訓詁，研鑽深造，曲家末藝，等諸自鄶，一也。又自康雍後，家伶日少，臺閣巨公，不喜聲樂，歌場奏藝，僅習舊詞，間及新著，輒謝不敏，文人操翰，寧復為此？一也。又光宣之季，黃岡俗謳，風靡天下，內廷法曲，棄若土苴，民間聲歌，亦尚亂彈，上下成風，如飲狂藥，才士按詞，幾成絕響，風會所趨，安論正始？此又其一也。……雖然詞家之盛，固不如前代，而協律訂譜，實遠出朱明之上，且劇場舊格，亦有更易進善者，此則不可沒也。〔註15〕

其後，吳梅先生進一步指出清代作家在篇幅的剪裁和取材的態度上要勝過明

〔註15〕吳梅著，王衛民主編：吳梅戲曲論文集，北京：中國戲劇出版社，1983年，第166、167頁。

人；而清人所編的詞譜、曲律等曲學論著更是勝過明人多多。吳先生認爲清代的崑曲演出和創作之所以不如明代，是受學風轉變、家樂衰落、折子戲盛行和亂彈興起等多方面因素的影響，這是極有見地的。換句話說，吳梅先生的弦外之音即從晚明至清末，崑曲也經歷了一個從場上到案頭的轉變過程。然而，吳先生並沒有因此就貶低清人，而是客觀指出了清人在案頭方面所取得的成就。不以唯一的評價標準來取捨研究對象，這是一種值得借鑒的批評態度。

在明清各種雜劇形態中，承應類作品因其內容的空虛無聊而備受貶斥，案頭劇也受制於未曾上演而不受關注。然而，這些偏見卻並不能掩飾它們曾經活躍的身影。雖然今日我們已經無法看到舊時承應戲的演出風貌，卻仍可從昔人的文字裏感受到那份精彩和喜慶。案頭劇雖然未曾上演，卻依舊是那時文人的精神結晶，流風餘韻，足以動人。正如徐子方所言：

> 長期以來，由於我國曲論界過多地強調戲曲家和詩人之間的區別，如清人徐大椿《樂府傳聲》所謂「全與詩詞各別」，「非文人學士自吟自詠之作也」，則完全忽視了我國戲曲入明後即以演出和誦讀並重的事實，而將戲曲史中這部分具有獨立意味的劇詩一概目爲案頭之曲，進而加以冷落和貶斥，顯然是不明智的。〔註16〕

轉變態度和方法，我們才有可能接近事物的眞相。那麼，接下來我們所遇到的難題便是如何從形態上對明清雜劇進行分類，並進而對不同形態的雜劇採取相應的批評視角，只有這樣，才能更加清晰地瞭解事物的本質。

三、前人對雜劇的分類

分類的標準可以有很多，那麼出來的結果自然也就千差萬別。對雜劇最簡單的分類莫過於按使用曲調之不同而將其分之爲北雜劇與南雜劇。這種分類雖然簡單，卻十分直觀。以此爲依據，我們還可以對明清雜劇進行有效的分期。

比較常見的分類標準還有題材和主題。最早的例子是寧獻王朱權的「雜劇十二科」，當代學者中以羅錦堂對元雜劇的分類較有影響。羅氏按題材之不同將元雜劇分爲八類，即歷史劇、社會劇、家庭劇、戀愛劇、風情劇、道釋劇及神怪劇〔註17〕。其後，曾影靖、陳芳、杜桂萍等人也都在各自的論著中

〔註16〕徐子方：明雜劇史，北京：中華書局，2003 年，第 283 頁。
〔註17〕羅錦堂：現存元人雜劇的題材，見吳國欽、李靜、張筱梅編：元雜劇研究，

對明清某一時段內的雜劇從題材或主題上進行分類〔註 18〕。現在看來，諸位先生的分類不可謂不精細，但我以爲，既然戲劇是一門綜合藝術，僅僅從文學層面上對雜劇進行分類就顯得不夠深入了。

還有一些學者試圖從其他角度對雜劇進行分類。荷蘭漢學家伊維德的《朱有燉的雜劇》成書於上個世紀八十年代，在書中他將周憲王的雜劇分爲「宮廷劇」和「普通劇」兩類〔註 19〕。他認爲「要把本身是一種儀式的劇和由於題材的緣故而適合於某種特殊的宗教的或非宗教的場合而演的劇區別開來」〔註 20〕，這一見解十分深刻，因爲他察覺出了雜劇因功能的不同而適宜於不同的演出場合。伊維德的這一思路也許是受到了日本漢學家田仲一成的影響。田仲一成認爲中國的戲劇也和世界上其他國家的戲劇一樣，從祭祀儀式中產生〔註 21〕。相對於城市裏上演的戲劇，他更加關注廣大農村地區的戲劇活動。爲了將這兩類戲劇區分開，他一開始使用「地方戲」一詞來稱呼後者，不過，他後來進行了修正，改稱之爲「宗教戲」〔註 22〕。很顯然，田仲一成是從功能角度來爲戲劇命名的。李眞瑜新近出版的《明代宮廷戲劇史》一書也認爲戲劇有功能上的不同，因此將宮廷戲劇再分爲「禮儀之戲劇與娛樂之戲劇」〔註 23〕，這一分類和王兆乾所提出的「儀式性戲劇與觀賞性戲劇」有相似之處〔註 24〕。除伊維德外，其他三位學者所著眼的對象都不是明清時期的雜劇。之所以將他們放在一處進行介紹，是因爲他們都是從戲劇功能這一角度對其進行分類。選取這樣一個標準意味著他們將戲劇作爲一門綜合藝術來看待，更多地考慮戲劇的形態和功能以及在社會中所扮演的角色，而不僅僅將其視爲單純的文學作品。在這裡，筆者也擬從戲劇功能和形態的角度對明清雜劇進行分類，其中文人所創作的抒懷寫心的作品較好把握，相對來講，

武漢：湖北教育出版社，2003 年，第 171～180 頁。

〔註 18〕 相關論述分別見曾影靖《清人雜劇論略》第三章第一節（學生書局，1995 年）、陳芳《清初雜劇研究》第二章（學海出版社 1991 年）、杜桂萍《清初雜劇研究》上篇第二章（人民文學出版社，2005 年）。

〔註 19〕 〔荷蘭〕伊維德：朱有燉的雜劇，北京：北京大學出版社，2009 年，第 46 頁。

〔註 20〕 同上，第 46 頁。

〔註 21〕 〔日〕田仲一成：中國祭祀戲劇研究，北京：北京大學出版社，2008 年，第 1 頁。

〔註 22〕 同上，第 74 頁。

〔註 23〕 李眞瑜：明代宮廷戲劇史，北京：紫禁城出版社，2010 年，第 1 頁。

〔註 24〕 參見王兆乾：儀式性戲劇與觀賞性戲劇，見胡忌主編：戲史辨（二），北京：中國戲劇出版社，2001 年。

如何區分在宮廷中上演的承應戲就要困難得多。

四、宮廷雜劇的分類

　　宮廷雜劇是以雜劇上演的地點來命名的，這和曾永義所用的「教坊劇」及徐子方所用的「內廷雜劇」意義相近，均指上演於明清皇家宮廷內的雜劇〔註25〕。同時，宮廷劇也與傅惜華所指的「承應戲」十分近似。傅氏曾說：「清代宮廷所謂之『承應戲』，類爲翰苑詞臣歌功頌德而編製者。」〔註26〕即可佐證。

　　明清兩代的皇宮內廷都曾上演過數量眾多的宮廷雜劇。目前所能看到的明人自己創作的宮廷雜劇主要存於《脈望館鈔校本古今雜劇》之中，其中「本朝教坊編演」下列有雜劇二十一種。除去朱有燉的作品和已經佚失的不算外，據曾永義考證，剩餘的十六種有「萬壽供奉之劇」、「太后萬壽供奉之劇」、「賀正旦之劇」、「祝元宵之劇」、「春日宴賞之劇」、「冬至宴賞之劇」等〔註27〕。這些名目應該是曾先生自己所加，但是這足以證明早在明代，宮廷內各種喜慶場合中都已有專門的雜劇配合演出。

　　到了清代，尤其是乾隆年間，雜劇在宮廷中的演出就更趨專業化了。昭槤《嘯亭雜錄》中曾記載：

> 乾隆初，純皇帝以海內昇平，命張文敏製諸院本進呈，以備樂
> 部演習，凡各節令皆演奏。其時典故如屈子競渡、子安題閣事無不
> 譜入，謂之「月令承應」。其於內庭諸喜慶事，奏演祥徵瑞應者，謂
> 之「法宮雅奏」。其於萬壽令節前後奏演群仙神道添籌錫禧，以及黃
> 童白叟含哺鼓腹者，謂之「九九大慶」。〔註28〕

這些作品和宮中所上演的連臺大戲功用有別，篇幅上也有著短長之分，在體制形態上屬於雜劇。有學者對這段話進行過解釋說明：

> 《嘯亭雜錄》所說月令承應，原意是指每個月裏固定的節日、節
> 氣和賞花、賞雪等活動所演的戲，如元旦、端陽、中秋、冬至等等，
> 內廷戲劇檔案中通常稱之爲節令戲。法宮雅奏是指專爲恭賀內廷喜事
> 如皇子誕生、結婚，給太后上徽號和冊封嬪妃等的演出，檔案中將其

〔註25〕曾永義的《明雜劇概論》（臺灣學海出版社 1999 年）第二章第三節名爲「教坊劇」；徐子方《明雜劇史》（中華書局 2003 年）第四章取名爲『「大一統氣派與內廷雜劇」』。

〔註26〕傅惜華編：清代雜劇全目，北京：人民文學出版社，1981 年，第 1 頁。

〔註27〕曾永義：明雜劇概論，臺北：臺灣學海出版社，1999 年，第 194 頁。

〔註28〕〔清〕昭槤：嘯亭雜錄，北京：中華書局，1997 年，第 377 頁。

　　歸結爲喜慶戲。九九大慶指帝后壽誕即萬壽節的演出，清帝的諭旨和
　　南府、昇平署太監習慣稱作「壽戲」或「萬壽戲」。〔註29〕

不管是「月令承應」、「法宮雅奏」、「九九大慶」，還是「節令戲」、「喜慶戲」、「壽戲」或「萬壽戲」，這些名目本身即足以說明乾隆時期內廷雜劇演出的繁榮景象，不僅劇本由御用詞臣親自執筆，而且各種喜慶場合均有相應的雜劇進行演出。

　　以上所述還僅是同時代新編的宮廷雜劇，若將曾經上演於宮廷的雜劇作品通通看做是宮廷雜劇的話，那麼它的涵蓋將會遠遠超過前者。爲便於區分，我們暫且將前者稱爲「狹義的宮廷雜劇」，將後者稱爲「廣義的宮廷雜劇」。李眞瑜在《明代宮廷戲劇史》中收錄了一百五十多部宮廷雜劇，現存的大多數元雜劇作品都被收入其中，李氏所針對的就是「廣義的宮廷雜劇」。這一點毫不奇怪，伊維德曾經指出：

　　　我們所看到的元雜劇，除了曲選中見到一些孤零的套曲之外，
　　多數是在明萬曆（1573～1619）年間及以後才刊行的。多數劇本是
　　從宦官的宮廷戲曲管理部門（「鐘鼓司」）流傳到我們手中。〔註30〕

因此，我們幾乎可以說現存的元雜劇劇本差不多都是明代的宮廷雜劇，因爲它們中的大多數都曾經在明代宮廷裏上演過。

　　明代如此，清代宮廷雜劇的數量就更加難以統計了。由於內廷演劇檔案的毀失，我們已無法弄清楚在這近三百年的時段裏究竟有多少本雜劇曾在清廷中上演過，至於其中究竟有多少是前代的作品，有多少是當時的創作，當然也就更加難以統計了。

　　通過上文的介紹，我們已經對宮廷雜劇有了一個大概的瞭解。宮廷雜劇不僅數量豐富，而且構成十分複雜，有前代的作品，也有同時代的創作。除此之外，宮廷雜劇還有其他一些特點，粗略說來，約有如下數端。其一，宮廷雜劇是宮廷戲曲的一部分，演出時，也和其他戲曲形態屬雜在一起。比如清代的承應戲就常被用來作爲開場戲和團場戲，中間部分的主體演出則主要由折子戲來承擔。其二，宮廷雜劇在演出時也和一般的戲曲不同，上場人員

〔註29〕　朱家溍、丁汝芹：清代內廷演劇始末考，北京：中國書店，2007 年，第 27
　　　　　頁。
〔註30〕　〔荷蘭〕伊維德：朱有燉的雜劇，北京：北京大學出版社，2009 年，第 33
　　　　　頁。

眾多，機關運用頻繁，熱鬧喜慶，別開生面。其三，宮廷雜劇有著較為固定的演出時間和場合，乾隆朝之後，宮廷雜劇更是成為儀典的重要組成部分，在宮廷禮儀中佔有舉足輕重的地位。所有這些，無疑增加了對宮廷雜劇從形態上進行歸屬的難度。傅惜華在編纂《清代雜劇全目》時，特意將承應戲單獨編在一處，不與文人雜劇相混淆。吳曉鈴也認為「普通的曲目多是把它（承應類作品）併入雜劇中的，我以為就承應戲的體制和內容講來，似乎都不十分恰當，而且承應戲本在清代又是那樣的繁多，所以就把它分列出來了」〔註31〕。傅吳二人都收藏有大量的承應戲本，因此對承應戲的體制形態可謂知之甚深，他們都敏銳地觀察到了承應類雜劇的特殊之處。因此，如何更好地解決宮廷雜劇的歸屬問題就成了整個明清雜劇分類的關鍵。

五、筆者對明清雜劇分類的看法

在前人研究的基礎上，並基於形態、功能等方面的考慮，筆者擬將明清雜劇分為節慶劇與普通劇兩大類。下面對這兩者略作說明。

首先，節慶劇是指劇作內容緊扣節慶主題並在喜慶場合中演出的雜劇作品，它的時代歸屬以創作時間為準。它既包括宮廷機構及民間戲班的曲本，也包括朝野文人的創作。前者有前面所介紹的「節令戲」、「喜慶戲」等名目；後者不僅包括了士大夫的承應之作，還包括一般文人所創作的迎鑾雜劇和祝壽雜劇。

宮廷藝人每每有改編前代作品的風習。試舉明代教坊所編的《眾群仙慶賞蟠桃會》為例，「《眾群仙慶賞蟠桃會》是竄改周憲王《群仙慶壽蟠桃會》而來。竄改以賓白為多，曲文間有刪除或改字，大抵原作中不合朝廷景象之語必改」〔註32〕。這種竄改之情形在清人那裡似乎更為嚴重，「由於清廷演劇的延續，後世搬演時往往直接在原有劇本上點竄修改，再加上清末昇平署檔案的散佚，因此月令承應及慶典承應戲在時代判斷上頗難確定」。〔註33〕從文學層面來看，這類修改算不上是文學創作。因此，筆者以為這類作品還是應以其初創時間為準。但是，由於資料的缺失，目前我們還只能將其中的許多作品籠統地歸於某個時代。

〔註31〕吳書蔭：吳曉鈴先生和「雙梧書屋」藏曲，《文獻》2004 年第三期，第 15 頁。

〔註32〕曾永義：明雜劇概論，臺北：學海出版社，1999 年，第 193 頁。

〔註33〕王春曉：乾隆時期戲曲研究——以清代中葉戲曲發展的嬗變為核心，首都師範大學 2011 年博士論文，第 40 頁。

　　可以確定為前代作品的將不被視作某一時期的節慶劇，如不少元雜劇都曾在明代內廷演出，但是我們並不將其視為明代的節慶劇，清代的情況也是如此。

　　其次，普通劇指的是文人所創作的除了節慶劇之外的其他雜劇作品。

　　有些作品也許是為了某些喜慶場合而作，但是其主題與喜慶並無密切的關聯，因此仍將其視為普通劇。如汪道昆的《大雅堂雜劇》據說便是「自壽」或「祝壽」之作〔註 34〕，但從其作品內容來看，作家所著意表現的仍舊是文人的情趣，因此，我們仍把它看做是普通劇。

　　還有些作品在流傳過程中被搬上了宮廷的舞臺，我們需要斟酌其內容主題後，再判定其為節慶劇，抑或是普通劇。比如順治帝就曾讓教坊伶人上演尤侗的名劇《讀離騷》，我們根據劇情，將其歸入普通劇之中。

　　之所以要將雜劇分為「節慶劇」和「普通劇」，除了在創作目的和實際功能上有所不同外，更重要的是二者在表現形態上也有很大的區別。

　　簡要言之，大概有以下數端。一是節慶劇大多可演之場上，以做為喜慶氣氛的點綴；而普通劇到了明清時代則多為案頭劇，上演的機會不多。二是在上演時，節慶劇多被用為開場；普通劇被用於演出時多已被改編為折子戲，照例應放在節慶劇之後。三是節慶劇的演出人員極多，且經常穿插有其他技藝的表演；普通劇被搬到場上已屬難得，表演時也和一般折子戲無異。綜上所述，節慶劇和普通劇從形態上看是不同的兩類雜劇，切不可一體視之。

　　然而，節慶劇和普通劇同時又存在著千絲萬縷的聯繫。周憲王朱有燉所創作的三十幾種雜劇中便既有節慶劇，又有普通劇，這一點伊維德言之已詳。最早出現的一批南雜劇往往是為了一些喜慶場合而創作的，這裡面就包括上文提到的汪道昆的《大雅堂雜劇》。作者存有爭議的《太和記》「每齣一事，按歲月，選佳事，裁制新異，詞調充雅」〔註 35〕，也許最初也是為了節令這樣的喜慶場合而創作的。清代也不乏類似的例子，如道光年間黃治的《味蔗軒青燈新曲二種》便是為元宵節而作〔註 36〕。因此，我們又不可將節慶劇和普通劇看做是毫

〔註34〕　參見〔明〕潘之恒：鸞嘯小品，卷三「曲餘」，見《潘之恒曲話》，北京：中國戲劇出版社，1988 年，第 13 頁。

〔註35〕　〔明〕呂天成：曲品，見《中國古典戲曲論著集成》第六冊，北京：中國戲劇出版社，1959 年，第 240 頁。

〔註36〕　參見孫楷第：戲曲小說書錄解題，北京：人民文學出版社，1990 年，第 380 頁。

不相干的兩件事物，在一定的條件下，它們是可以互相轉換的。但是為了研究的方便，筆者在下文中仍將節慶劇和普通劇分開來進行描述。

六、在分類基礎上的分期

由於研究領域所限，以往的學者多是將雜劇置於某一朝代內進行分期。

關於明雜劇，曾永義認為「大略可以分作三個時期，即憲宗成化以前（1368～1487）一百二十年間為初期，孝宗弘治以迄世宗嘉靖（1488～1566）約八十年間為中期，穆宗隆慶以至明亡（1567～1644）約八十年間為後期。」〔註37〕戚世雋認為「雜劇在明代截然不同地呈現為兩個階段，一是明前期的宮廷雜劇創作階段，二是從弘治年間康海、王九思開始的明中後期的文人雜劇創作階段。」〔註38〕戚世雋是將曾氏所分的後兩個時期合為一段了。徐子方也將明雜劇劃分為前中後三個時期，時間結點與曾氏小異〔註39〕。

學者對清雜劇的分期與明雜劇相仿。除了鄭振鐸、曾永義將清雜劇分為四期外，曾影靖、王永寬、陳芳、杜桂萍等人均將清代雜劇劃分為順康雍、乾嘉及道光至清末三個時期，具體的研究也在相關的時段內展開〔註40〕。

從總體上對明清雜劇分期的探討目前還不多見，蔣中崎和解玉峰曾分別撰文，從不同的角度探討過明清雜劇的分期問題。蔣氏在《明清南雜劇的發展軌跡》一文中將明清兩代的雜劇視作廣義上的南雜劇，並劃分了三個時期，即明初至正德為第一期，嘉靖至明末為第二期，整個清代為第三期〔註41〕。解玉峰則以雜劇觀念為切入點，也將明清兩代的雜劇分為三個時段進行探討，並舉出汪道昆的《大雅堂雜劇》和蔣士銓的《西江祝嘏》作為階段劃分的標誌〔註42〕。

〔註37〕 曾永義：明雜劇概論，臺北：臺灣學海出版社，1999年，第105頁。

〔註38〕 戚世雋：明代雜劇研究，廣州：廣東高等教育出版社，2001年，第57頁。

〔註39〕 參見徐子方：明雜劇史，北京：中華書局，2003年，第222頁及290頁。

〔註40〕 各家論述分別參見鄭振鐸：《清人雜劇初集》序，見《中國文學研究》，北京：作家出版社，1957年，第797頁；曾永義：清代雜劇概論，見《中國古典戲劇論集》，臺北：聯經事業出版公司，1986年，第120頁；曾影靖：清人雜劇論略，臺北：臺灣學生書局，1995年；王永寬等：《清代雜劇選》前言，見《清代雜劇選》，鄭州：中州古籍出版社，1991年，第2頁；陳芳：清初雜劇研究，臺北：學海出版社，1991年，第2頁；杜桂萍：清初雜劇研究，北京：人民文學出版社，2005年，第3頁。

〔註41〕 蔣中崎：明清南雜劇的發展軌跡，《戲劇藝術》1996年第四期，第104～107頁。

〔註42〕 解玉峰：明清時代雜劇觀念的嬗變，《山東師大學報》（社會科學版）1997年

在筆者看來，蔣、解二人對明清雜劇的分期都有一定的道理，但同時也存在一些問題。蔣氏將明清兩代的雜劇統統看做是南雜劇，這不免過於寬泛了。畢竟直到萬曆年間，胡文煥才第一次使用了「南之雜劇」一詞，而萬曆之前的雜劇也多採用北曲作為曲調，這也是不爭的事實。另外，蔣氏將整個清代作為一期也不夠科學，且不說雜劇在清末產生了體制上的變異，僅就明清易代之際來看，之前和之後的雜劇也看不出有什麼形態上的差別。

解玉峰拈出汪道昆的《大雅堂雜劇》做為雜劇轉變的結點可謂別具隻眼。因為《大雅堂雜劇》是歷史上完整保存至今的最早的南雜劇作品集。《太和記》雖然時代更早，但已非全帙，且作品的歸屬至今仍屬疑問。徐渭的《四聲猿》在明清雜劇史上擁有崇高的地位，但按其產生時代，則已在《大雅堂雜劇》之後〔註43〕。因此，以《大雅堂雜劇》作為第一階段和第二階段雜劇的分期結點是沒有問題的。同樣被拿來做為分期結點的是蔣士銓的《西江祝嘏》，筆者以為是不足以當之的。原因有三。其一，蔣劇是典型的節慶劇。蔣劇作於乾隆十六年（1751）皇太后壽辰之際，是應江西鄉紳之邀而作〔註44〕。前面講過，相較於文人所創作的普通劇，節慶劇更多的穿插進其他曲藝的表演。因此，舉出蔣劇並不足以說明「由於地方戲的日益興盛，雜劇創作中出現了新的因素」〔註45〕。其二，即使本時期的雜劇摻入了一些地方戲的元素，那也非此時期的雜劇所獨有。明初朱有燉的雜劇便常常出現隊舞等技藝的表演。在明末陳與郊的《袁氏義犬》一劇中，甚至出現了整齣弋陽戲的演出。其三，《西江祝嘏》前後的雜劇從構成形態上來看並無根本性的不同。解玉峰所說的「雜劇、傳奇的相互影響加深，雜劇、傳奇難分彼此」〔註46〕的情形自南雜劇誕生之日起便已經出現了，比如沈璟的《博笑記》到底是雜劇還是傳奇便至今仍有爭議。但總體而言，除個別作品外，傳奇和雜劇還是較容易區分的。真正「雜劇、傳奇難分彼

第五期，第73頁。

〔註43〕關於汪道昆《大雅堂雜劇》和徐渭《四聲猿》創作年代孰先孰後的問題，本書取徐子方先生的說法。參見徐子方：明雜劇史，北京：中華書局，2003年，第278頁。

〔註44〕見王漢民、劉奇玉編著：清代戲曲史編年，成都：巴蜀書社，2008年，第96頁。

〔註45〕解玉峰：明清時代雜劇觀念的嬗變，《山東師大學報》（社會科學版）1997年第五期，第73頁。

〔註46〕同上，第78頁。

此」的現象是在晚清民國時期才出現的。那一時期的雜劇和傳奇不斷在體制上進行變革和創新，以至於學者在對這一階段的戲曲進行研究時不再從文體上來區分雜劇和傳奇，而是統而論之。因此，我以爲清代雜劇轉變的結點應該選取此時期的雜劇作品作爲標誌。借鑒左鵬軍對晚清民國傳奇雜劇的分期，此結點應置於 1901 年爲宜〔註47〕。

第二節　乾嘉時期的三類雜劇

從總體上講，明清兩代的雜劇可以分爲節慶劇和普通劇兩大類，但由於時代環境等因素的影響，各個時代的雜劇所展現出的形態還是略有不同的。具體到乾嘉兩朝，此時的普通劇已走向案頭，幾乎成爲詞賦的別體；節慶劇則無論從創作上來看，還是從演出上來看，都已達到了這六百年中的頂峰；而佔據舞臺中心位置的折子戲則不僅在外形上有著與雜劇相近的形態，而且與前兩者的關聯也十分密切，姑且將其算做是乾嘉時期的第三類「雜劇」，一併加以概述〔註48〕。

一、普通劇

入清之後，雜劇創作依然繁盛，從形態上來看，清雜劇與明中葉產生的南雜劇一脈相承，差別不大，許多學者都指出這是清代劇作家摹仿和學習明雜劇的結果。曾永義認爲：「雜劇在清代仍舊相當興盛。但無論如何，清代雜劇是明代雜劇的遺緒。明代雜劇對於清代雜劇的影響是很大的。」〔註49〕徐子方也指出：「清代雜劇在數量上超過明代，但從清人鄒式金《雜劇新編》和今人鄭振鐸的《清人雜劇》初、二集所收劇本來看，它們在整體上是承襲了明代雜劇特別是中後期文人劇的傳統的。……清代宮廷演出顯然也與明雜劇

〔註47〕左鵬軍認爲從 1840 年到 1901 年「這一時期的傳奇雜劇，……仍然在傳統的慣性作用下衍化持續，成爲康熙、乾隆時期出現的戲曲高潮的餘波」，而到了 1902 年之後，「此期出現的不少作品，甚至連其究竟是『傳奇』體制還是『雜劇』體制都難以分辨清楚，傳奇和雜劇這兩種戲曲樣式的眾多差異實際上已經喪失殆盡了。」見左鵬軍：晚清民國傳奇雜劇史稿，廣州：廣東人民出版社，2009 年，第 48～51 頁。

〔註48〕折子戲是一種演出形態，雜劇是一種戲曲文體，二者屬於不同的範疇。此處爲了研究的方便，暫且將折子戲也算做是一類「雜劇」形態，從本質上講，兩者不可混淆。

〔註49〕曾永義：明雜劇概論，臺北：臺灣學海出版社，1999 年，第 128 頁。

有著密不可分的聯繫。」〔註 50〕總的來說，清代的普通劇幾乎都可算做南雜劇，它們與明中後期的作品有著共同的外貌，不同之處則在於前者的案頭化程度要比後者深的多〔註51〕。誠如曾永義所言：「雜劇至此，可以說是辭賦的別體。」〔註 52〕因此將明清南雜劇都一概目爲案頭劇是不妥的，但若僅就清雜劇，尤其是乾嘉時期及之後的普通劇而言，這個稱呼還是恰當的。

其實在乾嘉時期，仍有一些文人所創作的普通劇曾經上演。任舉幾個例子於下：

一、蔣士銓所作的《四弦秋》曾盛演一時。蔣氏最初在揚州大鹽商江春的家中創作了《四弦秋》雜劇，並最早由江春的家樂演出。「（江春）亟付家伶，使登場按拍，延客共賞，則觀者唏噓太息，悲不自勝。殆人人如司馬青衫矣。」《四弦秋》的演出效果很好，數十年之後仍能演出。道光十五年（1835），陽湖周儀暐自北京南還，作十詩記京城中雜事，其中還講到蔣士銓《四弦秋》在京盛演的情景，其詩云：「歌場齊唱四弦秋，讀曲詞人盡白頭。但使花前能對酒，彈章猶得比江州。」詩後自注：都中一時競演蔣鉛山樂府〔註53〕。

二、楊潮觀的《吟風閣雜劇》也曾登之場上。《無錫金匱縣志》卷二十二曾記載：《吟風閣雜劇》「錢塘袁枚演之金陵隨園，一座傾倒」。焦循《劇說》卷五記載：「《寇萊公罷宴》一折，阮大中丞巡撫浙江，偶演此劇，中丞痛哭，時亦爲之罷宴。」爲了能夠將自己辛苦創作的雜劇演之臺上，楊潮觀爲全劇都精心編寫了曲譜。國家圖書館尚藏有《祭瀘江》的清代演出本〔註54〕。

三、舒位、畢華珍在禮親王府中創作的雜劇亦曾由其府中家樂演出。葉廷琯在《鷗陂漁話》中記載：

> 聞宋于庭丈翔鳳言，嘉慶戊辰、己巳間，鐵雲禮闈報罷，留滯京華。時婁東畢子筠華珍方客禮親王邸。二君皆精音律，取古人逸事，撰爲雜劇，如楊笠湖吟風閣例。禮王好賓客，亦知音，甚重二君之才。

〔註50〕 徐子方：略論明雜劇的歷史價值，《藝術百家》1999 年第二期，第 31 頁。
〔註51〕 筆者以爲明中後期的南雜劇案頭之作尚少，與乾嘉及其以後所產生的普通劇大爲不同。這個問題會在下一章裏做重點闡述，此處暫且不表。
〔註52〕 曾永義：清代雜劇概論，見《中國古典戲劇論集》，臺北：聯經事業出版公司，1986 年，第 122 頁。
〔註53〕 參見徐國華：蔣士銓戲曲二題，《藝術百家》2008 年第一期，第 151、152 頁。
〔註54〕 參見趙山林：中國古典戲劇論稿，合肥：安徽文藝出版社，1998 年，第 228、229 頁。

> 王邸舊有吳中樂部，每一折成，輒付伶工按譜，數日嫻習，即邀二君
> 顧曲，盛筵一席，侑以潤色十金，亦一代名藩佳話也。〔註55〕

此外，唐英、崔應階等人，其官署中備有戲班，因此他們所創作的雜劇也都不能算是案頭之作。甚至，崔應階的友人午橋居士還對《情中幻》雜劇的場上藝術大加推崇：

> 夫詩之餘爲詞，詞之餘爲曲，議者曰：「是不過藝苑騷壇餘事之
> 餘者也。」雖然，豈易言哉？傳奇之道，實通樂府，故全美最難。
> 工於詞調者，每平於賓白科介，而精於科白者又絀於詞曲。甚至按
> 譜填詞，不便當場度曲。元人以詞取士，舉凡宋豔班香，莫不託之
> 吳歈越調。彬彬乎一代風雅，宜其文采可觀。自必音韻諧合，乃百
> 種流傳。至今紅氍毹上，絕少音容，何也？蓋彼盡北調，假借爲多，
> 而楔子即南曲之因子，與當場白、弔場詩，均誦而不歌。稍不合拍，
> 猶可藏拙。若遇曲啓口動是務頭，一有違拗，則不入歌。參《九宮
> 譜》法律甚嚴，平有陰陽之別，仄有上去入之殊。填詞家得一佳句，
> 遇有失拈，往往不肯割愛，以致音韻參差，不可入調，職此故也。
> 若《情中幻》則不然，⋯⋯聞之主人每一齣成，輒付之月下牙簫，
> 花前檀板。故詞甫填而歌已演。惟句句斟酌，斯字字鏗鏘。不數日
> 間而雲鬟子弟，翠管繁弦，早已登之場面。〔註56〕

這段評論極力推崇場上之曲，這在乾嘉時期實屬難得。就總體而言，此時期絕大多數普通劇已很少有在舞臺上演出的機會，並且越到後期，情況越是如此。造成這一局面的原因是複雜的，社會風氣、演出體制等等，都在其中發揮了作用，絕不僅僅是劇作家單方面所促成的。這個問題暫且不表，下一章中還將詳述。

不過令人驚訝的是，儘管作品已無法演出，劇作家們卻爲其投入了巨大的熱情和精力。據筆者的不完全統計，乾嘉兩朝誕生了八十多位雜劇作家，作品近四百種，這已大大超過了清前期順康雍三朝所產生的作品數量。戲曲別集在此一時期蔚然成風，雜劇別集或含雜劇在內的戲曲別集有如下數十種之多：

〔註55〕〔清〕葉廷琯：甌陂漁話，卷一，續修四庫全書本。
〔註56〕〔清〕午橋居士：《情中幻》序，見崔應階《情中幻傳奇》，清乾嘉間刻本，
　　　　北京：中國國家圖書館館藏，編號：16311。

曹錫黼的《四色石》、《頤情閣五種曲》，唐英的《燈月閒情》、《蝸寄居士燈月閒情六種》、《古柏堂五種》，袁棟的《玉田樂府》，崔應階的《研露樓二種曲》，蔣士銓的《西江祝嘏四種》、《藏園九種曲》、《藏園十二種曲》、《紅雪樓逸稿》，楊潮觀的《吟風閣雜劇》，王文治的《浙江迎鑾樂府》，陳棟的《北涇草堂外集》，永恩的《漪園四種》，桂馥的《後四聲猿》，徐爔的《寫心劇》、《蝶夢龕詞曲》，孔廣林的《溫經樓四種》、《溫經樓遊戲翰墨》，舒位的《瓶笙館修簫譜》，呂星垣的《康衢新樂府》，朱鳳森的《韞山六種曲》，石韞玉的《花間九奏》，許鴻磐的《六觀樓北曲六種》，周元公的《破愁四劇》，汪柱的《賞心幽品》、《砥石齋二種曲》、《砥石齋韻品雜出》，許名崙的《梅花三弄》，戴全德的《紅牙小譜》，汪應培的《香谷四種曲》、《南枝鶯囀》，蓉鷗漫叟的《青溪笑》、《續青溪笑》，姜城的《四愁吟樂府》，田民的《種麟書屋外集兩劇》，癡情廬主的《癡情廬三種曲》等等。

除少數節慶劇合集外，這份名錄中所收錄的作品絕大多數爲普通劇。吳敢在對康雍乾嘉四朝的戲曲別集進行統計後指出：「清代雜劇的創作數量遠比傳奇爲眾，大約是 2：1，這正是雜劇別集與傳奇別集的比例。」〔註57〕儘管吳氏所統計的是四朝的情況，但是依然能夠說明乾嘉兩朝雜劇創作的繁盛。同時，雜劇別集的大量湧現也說明了此一時期的文人將其看做是一種獨立於詩文之外的文體。儘管在人們心中，雜劇依然不登大雅之堂，無法和詩文相提並論，但是起碼它已經在文體之林中爭取到了屬於自身的一席之地。當文人下筆塡詞作劇時，其劇作能否上演早已不在其關心之列了。

二、節慶劇

每逢節慶，歷代王朝都會組織歌舞演出等喜慶活動，自戲曲在宋代成熟之後，這項任務便主要由以雜劇爲代表的各種形態的戲曲所承擔。元代是雜劇藝術最爲興盛的時代，節慶活動中自然少不了雜劇的身影，如《馬可波羅行紀》一書便記載元朝宮內團拜時，「席散後，有音樂家和梨園子弟演劇以娛眾賓」的事〔註58〕。到了明代，節慶活動還是主要由北雜劇所承擔。曾永義

〔註57〕 吳敢：說戲曲別集，《東南大學學報》（哲學社會科學版），2006 年第一期，104頁。上述那份名單也參考了吳文。

〔註58〕 轉引自張庚、郭漢城主編：中國戲曲通史，中國戲劇出版社，2006 年，第 93頁。

對脈望館抄本雜劇進行過細緻的考察，他認為「本朝教坊編演」一目下的雜劇「常常有這樣的話語：『永賀著一統聖明朝』（獻蟠桃）、『賀皇明萬萬年永享遐齡』、『大明國祚勝磐石』（慶長生）、『明日往大明天下呈祥去』（紫微宮）、『大明仁聖』（群仙祝壽）、『大明一統華夷定』（群仙朝聖）、『心存正直輔皇明』（賀元宵），再加上其內容除了黃眉翁外，不是祝賀皇帝、皇太后萬壽，就是賀年賀節，很顯然這就是明代內廷編演的劇本。」〔註 59〕徐子方更是認為脈望館抄本中所收錄的一百一十多種無名氏作品幾乎都是明前期宮廷藝人所編，「除了《下西洋》、《蘇九淫奔》、《雷澤遇仙記》等少數可能作於明中葉後劇作，它們明顯地屬於這一時期的北雜劇系統，都是宮廷內府供奉之作」〔註 60〕。很顯然，這批數量眾多的雜劇在明代主要供宮中的節慶場合使用。

進入清代後，此時的雜劇雖然早已不同於之前的北曲四大套，並且在宮廷節慶活動中的中心地位也已被折子戲及連臺大戲所取代，然而它依舊是節慶活動中不可或缺的一員。乾隆朝是清代內廷演劇的鼎盛時期，國力強盛、財力充裕，有清一代的大型萬壽慶典多數都在這一時期舉辦，包括乾隆帝的生母崇慶皇太后的六十、七十、八十萬壽以及乾隆帝的八十萬壽，均不惜舉全國之力，花費鉅資進行操辦。承應戲的演出體制也於此時確立下來，張照等詞臣撰寫了「一批與年節、時令、喜慶活動內容有關的劇目，其中部分修改自前朝（包括康熙朝甚至明代）保存下來的大量宮中戲劇本，為內廷的演出樹立了規範，從此各節令及喜慶活動，都有了內容相關的劇目」。這批作品「情節相當簡單，多為演唱一段恭賀吉祥喜慶的曲子，配上舞蹈而已」，屬於典型的節慶劇〔註 61〕。

儘管只是做為開場戲或團場戲，節慶劇卻備受清代帝王的重視。因為它不僅可以用來點綴昇平，並且其中的祝壽劇也可表明朝廷對孝道的推崇。據說雍正還是世子時就曾親自編寫曲本，恭賀康熙聖壽〔註 62〕。乾隆皇帝也曾編過一齣《花子拾金》的小戲，為其母祝壽〔註 63〕。不管這兩則傳聞是否屬實，這種記載本身就說明當時社會對於祝壽雜劇的重視。它早已越出了戲曲的範疇，而成為清廷推行禮樂建設的重要組成部分。其他類型的節慶劇也各

〔註 59〕曾永義：明雜劇概論，臺北：學海出版社，1999 年，第 194 頁。

〔註 60〕徐子方：明雜劇史，北京：中華書局，2003 年，第 77 頁。

〔註 61〕朱家溍、丁汝芹：清代內廷演劇始末考，北京：中國書店，2007 年，第 3、4 頁。

〔註 62〕參見丁汝芹：清代內廷演戲史話，北京：紫禁城出版社，1999 年，第 126 頁。

〔註 63〕參見賀海：清代戲曲活動與皇家，《紫禁城》1991 年第五期，第 12 頁。

有其實際功用，這從各種不同的承應場合即可想見。做爲清代內廷演劇鼎盛時期的乾隆朝，內廷新製節慶劇的數量應該是很可觀的，不過由於宮中演出竄改前朝戲本的風習，目前可以確定是乾隆一朝的節慶劇卻並不是很多，主要有以下幾種。

節節好音　國家圖書館藏五色精抄本，屬乾隆朝的月令承應戲。共含八十六折，分兩折一種裝訂成冊，計四十三冊。其劇目分爲元旦節戲、上元節戲、燕九節戲、賞雪承應、祭竈節戲和除夕節戲六大類。

九九大慶　今藏於國家圖書館的《九九大慶》共有兩種版本，一爲九卷本，一爲五十二卷本，後者僅可查其目錄。

法宮雅奏　國家圖書館藏四十八卷本。內含劇目分爲酒宴承應、招試詠古承應、行幸御苑承應、行圍承應、獻捷承應、迎鑾承應、大駕還宮承應、皇子成婚承應、誕生承應、彌月承應、洗三承應、皇上定魂承應、皇上大婚承應等十三類。今亦只可觀其目錄。

另外，在《故宮珍本叢刊》及其他一些承應戲集子中也存有一定數量的乾嘉時期的節慶劇〔註64〕。

除了內廷編製的劇本外，節慶劇還包括民間文人應節慶場合而創作的雜劇，主要有祝壽劇和迎鑾劇兩種形態。

清廷是自上至下推行禮樂建設的，地方官府做爲朝廷的喉舌，自然參與其中。每逢節令，戲曲演出也是地方官員所組織的各類祭祀活動中的重要內容。「在清代，由地方官府組織和參與的各種演劇活動可謂十分豐富，……在每年的立春日，土地、文昌、關帝誕辰日，以及龍王廟會日，許多地方的官員和官府都是要舉辦相關祭祀與演劇活動的。」〔註65〕而每年的萬壽節更是全國性的慶典，不僅皇城內外要舉辦大型的戲劇演出，各個地方也要例行演戲，以示普天同慶。這其中，節慶劇自然是少不了的。例如，蔣士銓的《西江祝嘏》便是應江西鄉紳的邀請爲恭祝皇太后的壽辰而創作的。其他像名公才子、伶工藝人在此一時期所編寫的節慶劇的數量一定很多，可惜這些劇本並不受人重視，都是隨演隨丟，因此留存下來的作品也就寥寥無幾了。

〔註64〕 參見王春曉：《乾隆時期戲曲研究——以清代中葉戲曲發展的嬗變爲核心》上編第二章，首都師範大學 2011 年博士論文。

〔註65〕 曾凡安：禮樂視野下的清代地方官府演劇初探——以直省地區的府廳州縣爲考察中心，《浙江學刊》2010 年第三期，第 103 頁。

就民間來講，目前所能見到的節慶劇多為文人所編寫的迎鑾劇和祝壽劇。

乾隆帝曾六下江南，名義上是為了訪察民情、視察河工，實則是為了借機觀賞江南的名勝，而觀劇也是其中非常重要的一項活動安排。為了招待好這位「十全老人」，江南的地方官吏和鹽商們一方面聘請名優、組織戲班；另一方面雇請文人，編製新戲。沈起鳳、朱夰、金兆燕等戲曲家都曾應官府之邀編寫過迎鑾曲本。沈起鳳等人的作品今已不存，不詳其為傳奇還是雜劇，今存的迎鑾雜劇當以厲鶚、吳城合撰的《迎鑾新曲》最為知名。《迎鑾新曲》是在乾隆十六年（1751）弘曆第一次南巡時應浙江官員所請而作。此外，今藏國家圖書館的《太平班雜劇》是在乾隆二十二年弘曆第二次南巡時所製，王文治的《浙江迎鑾樂府》則是為了供奉乾隆帝的第五次南巡而作。

至於此時期民間所產生的祝壽劇，其數量也十分豐富。前面我們提到為了恭賀父母的壽辰，雍正和乾隆都曾親自寫過戲曲，其影響所及，民間創作祝壽劇的氛圍亦十分濃厚。只不過戲曲乃小道，節慶劇更是無關宏旨，因此有心蒐輯整理者不多，我們今日能看到的這類雜劇數量就更少了。它們基本上都因存於劇作家的戲曲別集中得以保存，很少有專門收存此類作品的集子問世，呂星垣編寫於嘉慶二十三年（1818）的《康衢新樂府》之所以能夠刊刻存世，也是由於它是為了恭賀嘉慶皇帝的壽辰而創作的。目前所能見到的文人創作的祝壽劇還有以下幾種：

松年長生引　孔廣林、陳以綱合撰。今存孔氏的戲曲集《溫經樓遊戲翰墨》之中。孔氏另有《五老添籌》一種，已佚。

廬山會　蔣士銓撰。今存於《紅雪樓外集》中。

海屋添籌、嘉禾獻瑞　胡重撰。今存於《壽萱集》中。

南山法曲　韓錫胙撰。今存於國家圖書館。

神宴、弧祝、帨慶　王懋昭撰。今亦存於國家圖書館。

除此之外，傅惜華《清代雜劇全目》卷五中所收錄的無名氏雜劇多數也屬此時期的節慶劇，祝壽劇在其中佔有相當大的比例。只可惜，我們現在已很難弄清楚它們的作者是誰。另外，這還僅僅是出自文人之手的祝壽劇的流傳情況，民間藝人所編製的祝壽劇當數量更多。只不過，在當時那種歷史環境下，藝人的創作根本無人看重，其作品當然也就更難保存下來了。

乾嘉時期的節慶劇與之前相比有一特點，這便是文人學士大量參與其中，例如張照是乾隆帝的五詞臣之一，蔣士銓、厲鶚、王文治都是當時第一流的文

人。這就使得乾嘉時期的節慶劇中多了幾分醇雅的色彩，這與明代節慶劇是迥然不同的。明代內廷的節慶劇多出自藝人之手，因此在曲辭上顯得十分粗陋。文人的參與使得節慶劇多了幾分雅樂的風貌，這在某種程度上和同樣出自文人之手的普通劇建立起了關聯。不過，出自文人之手的節慶劇除文辭之外，很難在其他方面找出亮點，這也跟此時期的文人不諳場上藝術有關。

三、折子戲

在乾嘉時期，舞臺上盛行的是折子戲。陸萼庭認為折子戲「具有特定的概念，指經過不斷加工、長期實踐，藝術上較為成熟的單折戲，與傳奇中的一折已有不同」，同時，清代中後期，戲班所排演的「一些小本新戲，即有頭有尾、可以一夜演全、符合舞臺條件的戲」也屬於折子戲的範疇〔註 66〕。其後，陸續有一些學者對折子戲的概念進行補充和修正。《中國古代戲劇形態研究》一書在總結了前人研究成果的基礎上，對折子戲的涵義做出了較為全面的把握：

> 折子戲應是對一種戲劇演出方式的稱謂，是以數個劇情可以各不相關、藝術形態不必相同的藝術形式組成一整場表演的演出方式。也就是說，如果把折子戲視作演出現象，那麼折子戲從本質上說，不是短劇，也不是與全本戲相對應的一折或者數折戲，更與所唱的是南戲還是北劇無關。〔註 67〕

筆者贊同將折子戲視為一種演出形態，但不贊成將其範圍擴得過於寬泛。在大多數情況下，折子戲指的是脫胎於南戲傳奇中的經典唱段。乾嘉兩朝是折子戲最為興盛的歷史時期，陸萼庭以「折子戲的光芒」作為標題，熱情洋溢地描述了乾嘉時期崑劇的發展情況，他指出：

> 折子戲以它咄咄逼人的藝術鋒芒，終於奪走了傳統的全本戲演出方式的寶座。換言之，即至乾嘉之際，崑劇折子戲的演出代替了全本戲而形成風氣，表演藝術出現了新的高峰。乾嘉時期之所以重要，還在於開啓了近代崑劇的新頁。我們目前看到的崑劇，實應歸屬於近代崑劇的範疇。早期的崑劇藝術面貌並不完全是這種樣式。

〔註66〕參見陸萼庭：清代戲曲家叢考，上海：學林出版社，1995 年，第 286、287頁。

〔註67〕黃天驥、康保成主編：中國古代戲劇形態研究，鄭州：河南人民出版社，2009年，第 280 頁。

近代崑劇的藝術特色，絕大部分是繼承乾嘉時期的。〔註68〕
而乾嘉時期《綴白裘》等折子戲選本的大量流行也說明了在那個時代人們對折子戲的喜愛。

不過，「折子戲」一詞畢竟是一個近代名詞，在當時那個年代，折子戲主要被稱爲「雜出」、「出頭」、「散出」或「雜劇」〔註69〕。在明清人眼中，折子戲和雜劇並無多大區別，這也是筆者將其做爲一種雜劇形態進行論述的原因之一。任舉幾個例子如下：

明末孟稱舜《鸚鵡墓貞文記》第十六齣《謀奪》中云：

> （丑）我到他家說親，唱戲吃酒。……（小生）……唱的什麼？
> （丑）唱的是《伯喈》、《西廂》、《金印》、《荊釵》、《白兔》、《拜月》、《牡丹》、《嬌紅》，色色完全。（小生）怎麼做得許多？敢是唱些雜劇？〔註70〕

一場宴會是不可能演出這些傳奇的全本的，此處的雜劇顯然是指折子戲。
葵圃居士《綴白裘》十二集序云：「吾友錢君，……集雜劇之精於節拍者，爲《綴白裘》十二集。」〔註71〕《綴白裘》係大型折子戲選本，此處的雜劇必指折子戲。

舒位在嘉慶九年（1804）作有一詩，其題目極長，說是：「李味莊備兵宴客嘉蔭堂，歌者孔福方演雜劇中之花魁娘子。瞥有羅浮大蝶飛至，繞伶身三匝而去。祁生孝廉作《仙蝶謠》，而玉壺山人七香改琦爲圖，來索題句，蓋爲祁生作也。」〔註72〕祁生指陸繼輅，也是一位雜劇作家。此處的雜劇指傳奇《占花魁》中的折子戲。

翁同龢光緒十八年（1892）六月二十六日日記中云：

> 舊例，宮內戲皆用高腔。高腔者，尾聲曳長，眾人皆和，有古意。其法曲則在高腔、崑腔間別有一調，曲文則張得天等所擬，大率神仙之事居多，眞雅音也。咸豐六七年始有雜劇，同治年間一用

〔註68〕 陸萼庭：崑劇演出史稿，上海：上海教育出版社，2006 年，第 165 頁。
〔註69〕 參見陸萼庭：清代戲曲家叢考，上海：學林出版社，1995 年，第 286 頁。
〔註70〕 〔明〕孟稱舜著，王漢民、周曉蘭編集校點：孟稱舜戲曲集，成都：巴蜀書社，2006 年，第 404～405、434、447～448 頁。
〔註71〕 〔清〕葵圃居士：綴白裘十二集序，見《綴白裘》十二集，北京：中華書局，2005 年，第 1 頁。
〔註72〕 〔清〕舒位著、曹光甫點校：瓶水齋詩集，上海：上海古籍出版社，2009 年，第 474 頁。

法曲，近年稍參雜劇，今年則有二黃。亦頗有民間優伶應差，如所
石頭、莊兒者。兩日皆是二黃，語多擾雜不倫，此蓋三十年來所無
也。〔註73〕

陸萼庭解釋這段話時說：「『雜劇』，這裡指昆亂書折子戲，這樣意義的『雜劇』
其實早在康、雍、乾三朝就已經入宮了。」〔註74〕

陸萼庭自己也曾用「雜劇」一詞來指稱折子戲。在其《清代全本戲演出
述論》一文中，陸氏寫道：

上海的臺閣戲，實為精巧的小型燈彩，紮彩為亭，有三四丈高，
講究的飾以龍鳳，鱗甲用雲母石做成，光照數丈。臺閣兩三層不等，
每層以文秀孩童扮演雜劇，「嘗於《長生殿‧玉環拜月》，歇爐中香
煙一縷，煙際現月宮，嫦娥立殿左，左右侍女各執宮扇，肩上牛女
二星，望之如在霄漢也。」〔註75〕

也許是類似的例子出現得太多，陸氏此處並沒有解釋雜劇一詞的特殊意義。
但從陸氏的引文來看，此處的雜劇必指折子戲無疑。

上引的五例中，晚明、晚清各居其一，乾嘉占其二，另外一個則出現在
現代學者的論文中，可見用雜劇一詞來指代折子戲在晚明至清末這段時期內
是一件極為普通的事情。而且，「雜出」、「散出」等詞語既可指雜劇，也可指
折子戲，這起碼說明從外部形態上來看，雜劇和折子戲並無什麼差異。

折子戲與雜劇的關聯還包括如下兩點，其中之一便是按照上文談到的雜
劇形態的分類以及折子戲的含義，有一些節慶劇幾乎可以算做是折子戲。因
為儘管它們早已不是戲曲演出的重點，但是每遇節慶活動，則必演節慶劇，
從外部形態和參演方式來看，節慶劇和折子戲並無絲毫區別。

其實，不管是在宮廷，還是民間，演出活動以節慶劇開場，這個傳統可
以說是由來已久。

宋代宮中演出雜劇，通常要分為四段，「先做尋常熟事一段，名曰『豔段』。
次做『正雜劇』，通名兩段。……又有『雜扮』，或曰『雜班』，又名『紐元子』，
又謂之『拔和』，即雜劇之後散段也。頃在汴京時，村落野夫，罕得入城，遂

〔註73〕 〔清〕翁同龢著、陳義傑點校：翁同龢日記，第五冊，北京：中華書局，1989
年，第2533頁。
〔註74〕 陸萼庭：清代戲曲與崑劇，臺北：國家出版社，2005年，第393頁。
〔註75〕 同上，第313頁。

撰此端。多是借裝爲山東、河北村叟，以資笑端」〔註76〕。胡忌認爲「豔段是簡單的院本」〔註77〕，是爨弄的一類。田仲一成指出這一類戲劇是「情節簡單的『慶祝劇』或『喜劇』類戲劇」〔註78〕。由此可見，開場先上演喜慶性質的小戲在宋雜劇時代便已經成形了。

現存萬曆二年（1574）抄本《迎神賽社禮節傳簿四十曲宮調》是嘉靖年間山西農村舉行賽社儀式的實錄，其中已包含有折子戲的演出。在具體祭祀流程中，首先要進行的是含有吉祥喜慶內容的大曲或俗曲的演唱，中間的重頭戲便是折子戲的演出了。到了晚明，戲劇開場幾乎都由節慶劇來承擔。

入清之後，演戲也沿襲了前代戲劇演出的傳統，在開場時照例要上演節慶劇。清代折子戲的集大成之作《綴白裘》在每一卷的開頭總要先列上節慶劇，並且標名爲「開場」，這便很清楚地表明那時戲劇演出的形態特徵。清廷中那數量繁多的節慶劇也都是爲了戲劇演出時開場及團場之用。

長久以來，節慶劇並未受到人們的重視，原因就在於它們內容枯燥，千篇一律，並且在戲劇演出中也不占主體地位。但是在每一次正式演出中，卻總也少不了節慶劇的身影。能夠經常上演的節慶劇與折子戲已差別不大，因此，將其視爲一類特殊的折子戲亦未嘗不可。雜劇和折子戲既有此交集，本節才會在論述乾嘉時期的雜劇形態時將其牽涉其中。

再者，折子戲曾對普通劇的創作產生過積極的影響。這一點，筆者將在下一章裏詳細論述。在此，我們只需舉出《四名家傳奇摘出》、《玉田春水軒雜出》這樣的雜劇別集名稱，就會明白有不少文人是受折子戲的啓發才走上雜劇創作的道路的。

另外，還有一個現象耐人尋味。在一些折子戲中，「許多曲文多爲藝人自創或改編，而並不是直接來自全本戲」。例如：

> 《荊釵記》中「別任」在全本中無對應的摺子；「男舟」雖有對應折，但曲文全爲藝人改創；「舟會」雖有對應折，僅一曲【大環著】「那一日江道……」與全本對應齣目相同，其它均爲藝人改創。《紅梨記》中「北醉隸」，《彩毫記》中「吟詩」、「脫靴」均由全本中的

〔註76〕〔宋〕吳自牧：夢粱錄，卷二十「妓樂」條，四庫全書本。
〔註77〕胡忌：宋金雜劇考，北京：中華書局，2008 年，第 196 頁。
〔註78〕〔日〕田仲一成著、布和譯：中國祭祀戲劇研究，北京：北京大學出版社，2008 年，第 154 頁。

一個細節鋪演，曲文全為藝人獨創。《繡襦記》中「鵝毛雪」，鄭元
和所唱蓮花落，共十支曲，僅三支曲與全本同。《精忠記》中「掃秦」
一折，共有 12 支曲，在全本中則有 14 支曲，兩本僅一支曲同，絕
大部分為折子戲藝人自創。〔註79〕

這些例子是否可以看做是藝人在進行雜劇創作呢？即使不算，那也應該算是
文人編寫劇本之外的另一類創作吧！

　　我們從三個方面論析了折子戲與雜劇的關聯，可見簡單的否定二者之間的
聯繫是並不科學的〔註80〕。實際上，在許多層面上，折子戲和雜劇均有相通之
處。在我看來，二者最大之不同在於：雜劇以文人為主體——這還僅限於普通
劇和一部分節慶劇，折子戲則以演員為主體。文人士大夫和藝人優伶本該是一
對親密無間的合作夥伴，但是到了乾嘉時期，二者卻分道揚鑣、形同陌路，個
中因由，耐人尋味。演員的表演離不開文人的指導，文人的創作也應以舞臺為
旨歸。元代的戲曲家和藝術家合作無間，為後世樹立了光輝的典範；進入明代，
二者的地位雖相差懸殊，但是聯繫尚在；可惜到了乾嘉時期，這兩者卻在各自
的道路上越走越遠，終於將彼此的聯繫斬斷，因此，雜劇和折子戲才會呈現出
不同於以往的面貌和形態。這一歷史過程是如何發生的，又在哪些方面上對雜
劇的形態產生了影響，這些問題將在下一章中進行討論。

〔註79〕 李慧：折子戲研究，廈門大學 2008 年博士論文，第 259 頁。
〔註80〕 例如陸萼庭就認為「一折劇的出現與折子戲的興起兩者沒有什麼直接的關
　　　　 係」，見陸萼庭：崑劇演出史稿，上海：上海教育出版社，2006 年，第 176
　　　　 頁。

第二章　明清雜劇形態的衍變及其內外因

事物總要經歷一個不斷髮展和衍變的過程，雜劇藝術在經歷了元代的輝煌之後，在明清兩代並未消亡，而是繼續其獨特的文體歷程。在這段歷史中，節慶劇和普通劇各自走出了一條完全不同的道路，而這一切，又與明清兩代的社會環境、演出體制以及作家心理的變化密切相關。筆者擬在這一章中具體討論這些關聯，並試圖說明客觀環境和主觀心理是如何以及在哪些層面上對雜劇形態產生了影響。

第一節　從晚明到乾嘉的社會環境

崇禎十七年（1644）甲申，北京城被李自成的鐵騎攻破，隨後崇禎帝自縊煤山。消息傳來，江南的士大夫們悲憤不已，其中有不少人自殺殉國。美國漢學家魏斐德注意到了這一歷史現象，他說：「1644 年這裡（指江南）的自殺現象非常之多。幾百名當地的士大夫當聽到崇禎皇帝的死訊時，用投水、絕食、自焚、上弔等形式殉節。」他舉出了方志中的一個例子：

> 許琰，字玉重，長洲諸生。甲申聞闖賊變，大慟哀。詔至躍入
> 胥江，家人馳救之，遂絕粒。遺詩云：忠魂誓向天門哭，立請神兵
> 掃賊氛。〔註1〕

〔註 1〕 〔美〕魏斐德著，陳蘇鎮、薄小瑩等譯：洪業——清朝開國史，南京：江蘇
　　　　人民出版社，2008 年，第 391、392 頁。

方志中這樣的例子是很多的，乾嘉時期的戲曲家沈起鳳的祖上便有人在這次國變中自殺殉國：

> 沈龍含，字晉叔，孚聞孫。仁和諸生。崇禎乙酉，與弟致眛、致昺同殉節死，教昺婦周氏從夫殉節。〔註2〕

隨意翻看任意一種清代蘇州地區的方志，我們就會明白魏氏的觀察是多麼精確。不過，到底是什麼原因促成了江南士大夫那慷慨就義的行為呢？傳統儒家所推崇的忠孝節義顯然並不能完全回答該問題的所有方面，在這裡，我贊同魏氏的觀點，這種行為與晚明士大夫的社會地位有關。

一、關於晚明士大夫的社會地位

在晚明時期，江南的士紳擁有著極高的社會地位。這一階層「取代了在明初負責收稅、分配徭役、決定司法、管理灌溉的糧長的位置」，迅速成為地方上實際的管理者。他們在當地擁有大量的田產，這些土地幾乎都是由交不起賦稅的當地農民投靠而得來的，而這些農民也成為了他們的家奴。「到17世紀，江南的一些地區幾乎沒有自由民了，而富有的大戶人家甚至使家奴來充當歌童、孌童和樂手。」而這一切，都源於那些士紳們由於自身所取得的功名而獲得的賦稅豁免權〔註3〕。一旦取得功名，士子們便可一步登天，從此過上錦衣玉食的奢華生活。明葛芝云：

> 吾吳中士大夫之族則不然，高門巨室，累代華胄者毋論已。即崛起之家，一旦取科第，則必前堂鐘鼓，後房曼鬋，金玉犀象玩好罔不具。以至羽麟貍互之物，泛沉醍盎之齊；倡優角觝之戲，無不亞於上公貴族。〔註4〕

新貴們靠著特權一夜暴富，致仕的縉紳更是利用做官攫取來的財富購置了家樂田產，以供其聲色之用。申涵光說：

> 吾見仕宦而歸林下者，往往樂持籌市美田宅或求聲伎以自娛。非必其心好之也，去煩熱之場，置以清冷則悄然而不樂。聊以消壯心，舒侘傺耳。〔註5〕

〔註2〕 〔清〕馮桂芬等纂：同治蘇州府志，卷一百五《人物》三十三。中國地方志集成本。

〔註3〕 參見〔美〕魏斐德著，陳蘇鎮、薄小瑩等譯：洪業——清朝開國史，南京：江蘇人民出版社，2008年，第398頁。

〔註4〕 〔明〕葛芝：王氏先像序，見《臥龍山人集》卷九，四庫禁燬書叢刊本。

〔註5〕 〔清〕申涵光：林下集詩序，見《聰山文集》卷一，四庫全書存目叢書本。

這樣一來，江南地區儼然形成了兩個地位懸殊的階層，即占總人口比重極少的縉紳階層和爲數眾多的家奴階層，而前者則成爲地方上的實際領導者。一旦神州陸沉，士大夫們紛紛自殺殉國，其實也是源於一種社會責任感。

社會地位的問題暫時放在一邊，我們關心的問題是由於社會財富的佔有，江南縉紳擁有了足夠的財力來購置家樂，這對明清戲曲的發展和衍變起到了至關重要的作用。巧合的是，縉紳地位的上昇和崑曲家樂的盛行幾乎是同步展開的。

二、縉紳的生活圖景：崑曲家樂

那位自稱「少爲紈绮子弟，極愛繁華，好精舍，好美婢，好孌童，好鮮衣，好美食，好駿馬，好華燈，好煙火，好梨園，好鼓吹，好古董，好花鳥，兼以茶淫橘虐，書蠹詩魔」的張岱還說過下面一段話：

> 我家聲伎，前世無之。自大父於萬曆年間，與范長白、鄒愚公、
> 黃貞父、包涵所諸先生講究此道，遂破天荒爲之。

這段話的意思是說，家樂在萬曆之前還不算特別盛行，起碼還不成氣候；不過到了萬曆年間，縉紳們紛紛購置家樂，一時蔚爲風氣。張岱說得並不誇張，以其家族爲例，在短短的幾十年內，竟然先後出現過六個家班：

> 可餐班　張綵、何閏、張福壽。
>
> 武陵班　何韻士、傅吉甫、夏清之。
>
> 梯仙班　高眉生、李岕生、馬藍生。
>
> 吳郡班　王畹生、夏汝開、楊嘯生。
>
> 蘇小小班　馬小卿、潘小妃。
>
> 茂苑班　李含香、顧岕竹、應楚煙、楊騄□。〔註6〕

這還不算參與其中的串客。張岱家族如此，江南地區其他縉紳世家的情形亦相彷彿。

相比於其他生活喜好而言，崑曲家樂在當時那個時代因其新鮮的形態而獲得了士大夫們更多的垂青。梁辰魚首先將崑曲搬上舞臺，他的生活圖景便很值得玩味：

> 每逢三月三日上巳修禊、端午、七夕、重陽等幾個重要令節，

〔註6〕參見〔明〕張岱：陶庵夢憶，卷四「張氏聲伎」條，見《陶庵夢憶·西湖夢尋》，北京：中華書局，2007 年，第 54 頁。

他都要羅列絲竹，設宴唱曲。這時候，著名的歌兒舞女，如果沒有見過梁伯龍，竟然「自以爲不祥」，有些人甚至不遠千里跑來拜訪他。論者都認爲他跟元朝的顧阿瑛相似。每當他教人度曲時，總要擺設特大的坐榻和案桌，自己朝西坐，度曲者順序坐在兩旁，兩兩三三，遞傳疊和，有一個音韻唱錯，就得大杯罰酒。「爾時騷雅大振，往往壓倒當場」。〔註7〕

如果梁辰魚還只算是一個介於士大夫和書會才人之間的人物的話〔註8〕，那麼出身書香世家的沈璟等人則已完全以士大夫的身份領袖曲壇了。呂天成稱其：

> 沈光祿金、張世裔，王、謝家風。生長三吳歌舞之鄉，沉酣勝國管絃之籍。妙解音律，花、月總堪主盟；雅好詞章，僧、妓時招佐酒。〔註9〕

完全是一副豔稱的口吻。

梁辰魚和沈璟同是崑曲史上響當當的大人物，到了沈璟那個時代，士大夫們已經完全接手曲壇。士人們狂熱地迷戀著這一新興的藝術樣式，觀看崑曲已成爲其日常生活中的重要組成部分，甚至反對演戲的理學家們竟然成爲了人們嘲諷的對象。如果說梁辰魚和沈璟投身崑曲還僅僅是由於個人的喜好的話，那麼到了崇禎年間，崑曲已風靡於整個縉紳階層。陸萼庭認爲：

> 跟萬曆年間比較起來，那個時期私人組織家庭戲班，一般是出於個人享樂的目的，即自娛的成分多一些，而現在（指崇禎年間）則由於蓄家庭戲班已經逐漸變成一種社會風尚，不管主人家對戲劇藝術有無興趣，是否內行，但凡略有財勢，總得備一副過得去的戲班，所以總的說來，是應酬的成分多一些。〔註10〕

在士大夫階層的帶動下，整個江南地區籠罩在濃厚的崑曲氛圍之中。我們可以舉蘇州八月半的虎丘山曲會爲例，做一簡要說明。此處，我不再引用張岱等人的親身描繪，而僅引陸萼庭對古人記載的詮釋，來說明當時的熱烈場面：

> 這場大會幾乎囊括各階層人物，以千人石爲最高唱壇，直到山

〔註7〕 陸萼庭：崑劇演出史稿，上海：上海教育出版社，2006年，第22頁。

〔註8〕 參見徐朔方：古代戲曲小說研究，杭州：浙江大學出版社，2008年，第35頁。

〔註9〕 〔明〕呂天成：曲品，見《中國古典戲曲論著集成》第六冊，北京：中國戲劇出版社，1959年，第212頁。

〔註10〕 陸萼庭：崑劇演出史稿，上海：上海教育出版社，2006年，第108頁。

門，滿布據點。「檀板丘積」一句，把群眾性的賽曲盛況寫得多麼形象！時間從初夜到三更，節目從萬眾齊唱到一夫登場，整個賽曲過程真是絢爛之極歸於平淡。我們幾乎目不暇接，被雷轟鼎沸般的鼓吹聲引動了興味以後，開始去欣賞氣勢雄壯的同場曲，那「錦帆開」是《浣紗記》第十四齣《打圍》【普天樂】旦貼合唱曲，「澄湖萬頃」則是同記第三十齣《採蓮》【念奴嬌序】淨扮吳王領唱的齊唱曲，作為賽曲的序幕，可謂熱鬧之至。那時打擊樂好比開場鑼鼓，已經收起，管絃樂出來製造氣氛，告訴人們第一輪比賽開始了，於是人人放喉逞能，有唱南曲的，有歌北詞的，評論家剛辨出字句，馬上就嘰嘰喳喳地小聲議論開了，比賽結果，優勝者約有數十人。鏡頭忽又拉開，第二輪上場，要求更高了，其他的管絃樂器全都屏去，只用洞簫一支伴奏，比賽結果，還有三四個人達到標準，向觀眾輪番表演。天氣有些涼意了，夜深了，許多人興盡而散，明天還有事要幹哩！場上剩下了最後一輪，這是莊嚴非凡的場面；這是正宗的清唱，絕無絲竹相和；這是獨一無二的曲壇盟主在獻技。〔註11〕

這段話真可謂是對當時賽曲場景的絕妙再現。只不過，國難當頭，一味沉浸在歌曲伎樂之中就顯得不太適宜了。再說，就當時中國的整體局勢而言，西北、西南戰事不斷，東北的滿洲也隨時可能入關，東南地區的繁華終究是無法維持下去的。然而，晚明士人卻將其對崑曲的熱戀堅定地進行下去。王鐸那幅著名的對聯恰可說明此時士人的心態：「萬事無如杯在手，百年幾見月當頭。」〔註12〕這似乎是一種頹廢，也有的人說秉大節者可以不拘小節，但無論如何，崑曲家樂已經深深地嵌進了晚明士人的生活圖景之中，並對戲曲的演出和創作造成了巨大的影響。直到改朝換代，崑曲家樂才逐漸淡出士人縉紳家的門庭。

三、士族的沉淪與反思

滿洲的入關無疑為中華民族帶來了深重的苦難，江南人民受害尤烈。「揚州十日」、「嘉定三屠」，發生在這片土地上的殘酷往事令人不忍回視。縉紳階層同樣無法置身事外，像嘉定這樣的地方，戰爭過後所帶來的結果是「富人

〔註11〕陸萼庭：崑劇演出史稿，上海：上海教育出版社，2006年，第36、37頁。
〔註12〕轉引自陸萼庭：清代戲曲家叢考，上海：學林出版社，1995年，第54頁。

和窮人間已無區別」，是「毀滅和不知道德爲何物」〔註 13〕；其他地區的縉紳則普遍受到了「奴變」風潮的衝擊。梁啓超說：「奴變一役遍及江南各省，此事惟聞諸故老，知縉紳之家，罹禍最烈。」〔註 14〕江南縉紳爲其在晚明時期的奢華享樂付出了沉重的代價。

　　戰爭過後，等待江南縉紳的是新朝的打壓。人們提到這段歷史時，通常會舉出奏銷案、科場案等重大歷史事件來說明清廷對江南士紳的打擊，實際情況也確實如此。先來看奏銷案：

> 　　順治十八年三月，清廷下達了「催徵錢糧處分例」的命令，巡撫朱國治趁此打造了欠冊送部，開列江南欠糧「縉紳」一萬三千餘人之多，號曰「抗糧」。凡不能及時完繳的，現任官降級調用，在籍的解京議處。一時搞的蘇松常鎮的大小地主階級知識分子人心惶惶，狼狽不堪。〔註 15〕

「江浙 3000 名縉紳地主被宣佈逃避賦稅，鋃鐺入獄，受到士卒獄吏的凌辱拷打。另有 1 萬名縉紳受到『奏銷案』的牽連，因拖欠賦稅，被革去功名。」〔註 16〕上文提到，江南地區的許多縉紳是通過科第獲得賦稅的豁免權，從而形成世族大家的。清廷的這一手段可謂釜底抽薪，不可謂不兇狠。奏銷案也間接對崑曲的發展產生了消極影響，受到此案牽連的戲曲家暫且不提，連以唱曲爲生的蘇昆生等老曲師也在此時受到波及，弄得無處投奔。

　　稍早發生的科場案雖然波及面沒有奏銷案那麼大，但是同樣對江南縉紳階層產生了非常不利的影響。經過滿洲入關後所採取的一系列措施和手段，至順治末康熙初，江南的舊縉紳特權階層幾乎退出了歷史舞臺。「到了 17 世紀末葉，中國多數地區的富人不再使用佃僕了。……當時的社會承受了經濟和政治壓力的直接後果，就是導致了一種社會階層的均平化。士紳與平民之間的距離事實上是縮小了。例如在服飾上，崇禎年間，有較高功名的人，他們的衣領、官帽與其他人的衣著明顯不同，但在清初的這些年裏，光憑衣著

〔註 13〕 參見〔美〕魏斐德著，陳蘇鎮、薄小瑩等譯：洪業——清朝開國史，南京：江蘇人民出版社，2008 年，第 433 頁。

〔註 14〕 梁啓超：中國文化史·社會組織篇·階級下，轉引自謝國楨《明季奴變考》，見《明清之際黨社運動考》，北京：中華書局，1982 年，第 209 頁。

〔註 15〕 陸萼庭：清代戲曲家叢考，上海：學林出版社，1995 年，第 42 頁。

〔註 16〕 〔美〕魏斐德著，陳蘇鎮、薄小瑩等譯：洪業——清朝開國史，南京：江蘇人民出版社，2008 年，第 691 頁。

就越來越難以看出一個人是否爲士紳了。甚至作爲高級士紳——士大夫的衣著，也變得不那麼奢華了，身份界限開始模糊起來。與此同時，大地主人數的比例有所下降，自耕農開始作爲新的社會階層出現，他們受到國家的保護，通過在自己所擁有的小塊土地上的勞動，對農業發展與經濟增長作出貢獻。」〔註 17〕風流總被雨打風吹去，連同晚明江南縉紳階層一起退出歷史舞臺的則是以崑曲家樂爲標誌的士人生活方式。儘管每個時代都有特權階層，他們可以享受到其他階層所無法企及的待遇。但是就整個清代來看，士大夫們再也沒有獲得他們的前輩們所享受過的那般待遇。

在這一系列事件的背後，江南地區所受到的無形影響似乎更爲嚴重。在許多新朝的新貴看來，「這一案件證實了東南士人與腐朽和自吹自擂有關」。「喜歡道德說教的臣僚們，例如楊雍建，用科場作弊案來作爲道德衰敗的明證。此時甚至在順治的心目中，也開始把這種衰敗與明朝的遺臣、江南士人集團與社會墮落、經學的式微聯繫起來了。都御使魏裔介倡議建立一種新型的道德秩序。」〔註 18〕魏氏本人在順治十一年（1654）所上的一份奏章中寫道：「今自明季以來，風俗頹靡，僭越無度，浮屠盛行，禮樂崩壞。」〔註 19〕另一新貴魏象樞具體指出了縉紳階層腐化墮落的表現：

> 余見世之爲大僚者，甫膺華膴，輒廣結納、競豪華，凡諸宮室、輿馬、僕從、優伶、田園、器具、服飾、宴飲之類，無不侈然鳴得意，然而怨惡隨之，弗恤也。〔註 20〕

在他們看來，江南舊縉紳階層是腐化的代名詞，應對明末澆薄的世風、衰落的學術負有直接的責任。另一方面，舊縉紳階層出身的顧炎武等人也對晚明的士風進行了深刻地反思和檢討。顧氏曾說：

> 今日士大夫才任一官，即以教戲唱曲爲事，官方民隱，置之不講，國安得不亡，身安得不敗。〔註 21〕

經過了這場天崩地裂的劇變之後，人們普遍對這場變局進行了深刻地反思。

〔註 17〕同上，第 684 頁。

〔註 18〕同上，第 658 頁。

〔註 19〕〔清〕魏裔介：興教化正風俗疏，見《兼濟堂文集》卷一，北京：中華書局，2007 年，第 23 頁。

〔註 20〕〔清〕魏象樞：通議大夫福建督糧道參議前巡撫陝西兵部右侍郎兼都察院右副都御使伯珩張公墓表，見《寒松堂文集》卷十一，四庫全書存目叢書本。

〔註 21〕詳參〔清〕顧炎武著、黃汝成集釋：日知錄集釋，卷十三「家事」條，上海：上海古籍出版社，2006 年，第 798 頁。

反思的結果則是包括舊日生活方式在內的價值體系受到責難，同時像魏裔介所說的一種新的道德秩序正在悄然建立。而崑曲家樂則做爲前明奢靡腐朽的象徵而處在批判的風口浪尖上。《錫金識小錄》卷十《前鑒‧聲色》載：

> 侯比部梨園數部，聲歌宴會推一時之盛。然較前明，不及十一。而比部諸孫已多貧乏不能自存者矣。〔註22〕

吳震履也在《五茸志逸隨筆》卷四中反思道：

> 吾松士大夫仕歸，一味美宮室、廣田宅、蓄金銀、蓄妻妾、寵嬖幸、多僮僕、受投靠、負糧稅、結府縣、窮宴饋而已。未聞有延師訓教子孫，崇儉樸、抑嗜欲、擯趨承者。子弟習於奢侈，不肯力學，而交結匪類。父沒之後，田宅奴僕俱屬他姓。〔註23〕

家樂入清之後的衰落，不僅僅是一種生活方式的擯棄，同時也對戲曲的發展造成了無可估量的影響。

四、國變中的戲曲家

面對華夏陸沉的慘痛局面，有些江南的戲曲家選擇慷慨殉國，以保存那份民族氣節。這方面的例子有無錫的雜劇家孫源文。《梁溪詩抄》記載：

> （孫源文）字南公，號笨庵，諸生，柏譚先生季子。……被服忠孝，至性過人，崇禎十七年五月聞闖賊陷京師，思宗死社稷，南公行坐悲泣，無間晝夜。及秋，賦《聞雁》詩曰：少小江南住，不聞鳴雁哀。今宵清枕淚，知爾舊京來。鬱結日增，咯血聲喑，遂至畢命。〔註24〕

與孫源文相比，戲曲家祁彪佳的名氣則要大得多。祁彪佳出身於浙江山陰的士族大家，其曾祖祁清中過進士，官至禮科給事中；其父祁承業是江南最著名的藏書家，其藏書樓澹生堂號稱「藏書甲於大江之南」。祁彪佳本人早年登第，不過一直未受重用。就在清兵南下那一年，祁彪佳沉水自盡，用自己的行爲表達對先朝的忠義。

與同時代的其他士大夫一樣，祁氏十分喜愛崑曲，家中備有戲班，他本人也是一位戲曲家，並且他還利用家裏的藏書優勢編撰了《遠山堂曲品》和

〔註22〕〔清〕黃印輯：錫金識小錄，卷十，民國十九年（1930）鉛印本。
〔註23〕〔清〕吳震履：五茸志逸隨筆，卷四，四庫未收書輯刊本。
〔註24〕〔清〕顧光旭編：梁溪詩抄，卷十四「孫秀才源文」條，清嘉慶元年（1796）刻本，北京：中國國家圖書館館藏，編號：XD6433。

《遠山堂劇品》這兩部曲論名著，在戲劇批評史上留下了自己的名字。在祁彪佳的日記中，我們經常能夠看到他觀看崑曲演出的記載。有時，他還叫自己的兒輩充當歌童，隨著清客們在澹生堂上排演戲曲，顯示了那個時代人們對崑曲特有的喜愛。他的兩個兒子祁班孫和祁理孫從小便受父輩的影響，酷愛參加宴會觀劇和收集珍本書籍。

> 其諸子尤豪，喜結客，講求食經，四方簪履，望以爲膏粱之極
> 選，不脛而集。及公子兄弟自任，以故國之喬木，而屠沽市販之流，
> 亦兼收並蓄。〔註25〕

完全是一副明末公子的派頭。入清後，兄弟二人因受牽連而被清廷逮捕入獄。「祁家爲營救他們倆而上下打點，結果弄得傾家蕩產。理孫死在獄中；班孫被放逐遼東，於1677年設法重獲自由，遂回到江蘇削髮爲僧。」〔註26〕據說祁班孫在萬里之外的流放地寧古塔尚有崑曲家樂，真可謂積習難除了〔註27〕。不過，由於國變的刺激，不少士大夫遣散家樂，披髮入山，或潛心學術，或問道求禪，家樂活動也終歸沉寂。

入清後，江南世家普遍走向衰落。太倉王氏家族本是晚明的顯赫世家，萬曆時的首輔王錫爵便出自這一家族。正如陸萼庭所說，王家既是一個「宰執世家」，也是一個「戲曲世家」〔註28〕。入清之後，由於奏銷案的牽連，王家也漸趨衰落。王錫爵之孫、王衡之子時敏將家中的園林分授諸子，自歎「家門衰落」。在作畫時，也把「爲賦役所困，愁鬱塡胸」之類的話寫進題跋。康熙九年（1670）擬定《家訓》時，還在開頭寫道：「方今田賦功令最急，苟有逋懸，禍亦最重。」〔註29〕同是太倉巨族出身的吳偉業也在致冒襄的信裏感歎：「百口不能自給，而追呼擾其門，以此吟詠之事經歲輒廢。窮而後工，徒虛話耳。」〔註30〕值得玩味的是，雖然此時的士大夫已不像晚明時那樣可以大張旗鼓地購置家樂、相邀觀劇，他們的戲曲創作活動卻並沒有就此停歇。吳偉業、王夫之、陸世廉等人都將雜劇做爲其發抒故國之思的工具。在他們

〔註25〕轉引自〔美〕魏斐德著，陳蘇鎮、薄小瑩等譯：洪業——清朝開國史，南京：
　　　　江蘇人民出版社，2008年，第696頁。
〔註26〕同上，第696頁。
〔註27〕〔清〕楊賓：柳邊紀略，卷四，續修四庫全書本。
〔註28〕陸萼庭：清代戲曲家叢考，上海：學林出版社，1995年，第64頁。
〔註29〕同上，第43頁。
〔註30〕同上，第42頁。

的筆下，雜劇已不僅僅是一種賞心樂事，更是飽含著文人心曲的藝術結晶。以填詞之筆抒發黍離之思也就成了清初雜劇所獨有的特色〔註31〕。同時，這也顯示出雜劇創作和演出分離的歷史趨勢。

還有一些戲曲家顯然已不僅僅是為自己創作戲曲，而成為別人的座上幕賓。清初的萬樹曾先後在無錫家樂主人侯杲和兩廣總督吳興祚府上做幕，做幕期間，他曾先後創作出不少戲曲作品。到了乾嘉時期，迫於生活壓力，這一做幕的謀生方式漸漸成為了文人生活的主流。

五、康乾盛世與人口壓力

一位西方學者曾經這樣評論中國在 18 世紀時所發生的重要變化：

> 十八世紀發生了三個決定中國此後歷史命運的變化。最為學術界注意的是歐洲人的到來，並牢牢在這裡紮下了根，不過從長遠觀點來看，另外兩個變化可能具有更重大的意義。其一是中華帝國的領土擴大了一倍。其二是中國漢人人口增加了一倍。這三個因素的相互作用，便決定了近代中國歷史的方向。〔註32〕

在這三個變化中，第一個變化與本書關係較小，暫且不予理會。在這一小節和下個小節裏，我們會集中討論後兩個變化對中國文人所帶來的影響，所選取的觀察對象主要是文人階層中的戲曲家，尤其是雜劇作家。

戰爭過後，精確一點的說法是在康熙帝平定三藩之後，中國的經濟迅速從凋敝中恢復過來，並且很快就達到並超過了明末的水準。魏斐德曾用非常羨慕的口吻寫道：

> 在清朝統治之下，中國比其他任何國家都更快地擺脫了 17 世紀的全球性經濟危機。令歐洲君主羨慕的是，在多爾袞、順治帝和康熙帝奠定的牢固基礎上，清朝統治者建立了一個疆域遼闊、文化燦爛的強大帝國。在此後的近兩個世紀中，中國的版圖幾乎比明朝的領土擴大了一倍。因而無論國內還是國外，都再沒有真正的對手能夠向清朝的統治挑戰。〔註33〕

〔註31〕 曾永義：清代雜劇概論，見《中國古典戲劇論集》，臺北：聯經事業出版公司，1986 年，第 123 頁。

〔註32〕 〔美〕費正清主編：劍橋中國晚清史，北京：中國社會科學出版社，1993 年，第 39 頁。

〔註33〕 〔美〕魏斐德著，陳蘇鎮、薄小瑩等譯：洪業——清朝開國史，南京：江蘇

魏斐德所描述的對象正是康乾盛世。儘管在建國之後，康乾盛世受到了不少歷史學家的質疑，但無可否認的是，無論是在經濟上，還是在文化上，清王朝在這一時期都舉得了巨大的成就，有許多值得我們後人肯定的地方。

康乾盛世，起始於康熙二十年（1681）平定三藩之亂，終止於嘉慶元年（1796），這一年爆發了白蓮教起義〔註34〕。可以說，在這一百多年的時間段裏，清王朝一直是在歌舞昇平的太平景象下度過的。乾隆統治的六十年也將清王朝推向了極盛的頂點。下面，我們來提幾個重要的歷史事件，這些事件可以看做是盛世的表徵。

最值得提及的是乾隆二十四年（1759），在這一年中，經過了數十年艱苦卓絕的鬥爭，清王朝統一了新疆，正式將其劃入自己的版圖之內。于敏中、紀昀、趙翼、王鳴盛等文人士大夫紛紛提筆讚頌這一輝煌的歷史成就，于敏中說：

> 凡屬臣庶，罔不歡忻雀躍。?夫僵伯橐弓之會，額手相慶曰：若書所稱神聖文武者，蓋如是乎？〔註35〕

這確實是一件令人興奮的大事件，無論是平民老百姓，還是文人士大夫，都對其投入了巨大的熱情。

再者就是乾隆朝時的經濟和財政都取得了長足的飛躍，一時國庫充盈，人民安居樂業。康熙六十年（1721），清朝的戶部存銀爲 3262 萬餘兩。到了雍正七年，即達到了 6000 餘萬兩。乾隆初期，清廷也進行了一些小規模的平亂戰爭，但是財政庫銀卻有增無減，至乾隆三十三年（1768），更增至 7182 萬兩。有了財力做後盾，清廷組織編纂了許多大型的叢書文獻，像《四庫全書》、《大清一統志》等都在此時著手編纂。通過各省的學政，清廷間接支持了一大批學者的研究工作，也使得乾嘉學術在中國的學術史上寫下了輝煌的一頁。

與此同時，我們也需要看到，康乾盛世也是一個人口急劇膨脹的歷史時期。長期以來，中國歷朝歷代的人口總量並不算多，長期徘徊在 6000 萬人左右。「歷代人口的最高峰值是西漢平帝時 5900 萬人，東漢桓帝時 5600 萬人，唐開元中的 5300 萬人，明嘉靖時 6300 萬人。從記錄上看，從西漢末至明晚

人民出版社，2008 年，第 727 頁。

〔註34〕 高翔：近代的初曙——18 世紀中國觀念變遷與社會發展，北京：社會科學文獻出版社，2000 年，第 33 頁。

〔註35〕 〔清〕于敏中：恭跋御製開惑論，見《素餘堂集》卷二十六，清嘉慶十一年（1806）刻本，北京：中國國家圖書館館藏，編號：25534。

期 1506 年間人口一直滯留在 6000 萬人上下，沒有多少增長。」〔註36〕可是到了乾隆年間，情況卻發生了很大的變化。「從十七世紀末起到十八世紀末的白蓮教叛亂爲止，這一長時期的國內和平階段中，中國人口翻了一番多，從一億五千萬增加到三億多。」〔註37〕由於乾隆帝的重視，並且屢下詔書進行督促，因此其統計數字也就顯得較爲精確。而這一數字竟然是中國歷史人口峰值的 5 倍之多！當然，這裡面肯定有前朝統計過於粗疏的問題。但不可否認的是，中國在歷史上第一次遭遇到了人口問題。如何處理好人口這把雙刃劍也就成了當政者所面臨的一個十分棘手的問題。歷史經驗也告訴我們，人口問題最終決定了清王朝的走向。從此以後，中國社會再也沒能擺脫人口膨脹所帶來的壓力，直至今日，也依然如此。

人口膨脹所帶來的也並非都是壞處。起碼，它擴大了國內市場，爲商家帶來了無數商機，乾隆時期商品經濟的繁榮與之有著密切的關聯。尤其是江南地區，隨著商業的繁榮，有許許多多的商業城鎮都在此時飛速崛起，商人階層也從中獲得了鉅額的利潤。

> 江浙殷富至多，擁鉅萬及一二十萬者更僕難數。且有不爲人所
> 知者，惟至百萬則始播於人口。〔註38〕

商人階層的興起是此時期的一大特徵，它所帶來的後果便是士商間的聯繫比以往任何時期都更爲緊密。同時，商人階層地位的上昇也伴隨著文人地位的下降。這一升一降，也對此時期的文學創作帶來了巨大的影響。我們所關注的就是這一歷史現象對戲曲家所帶來的深層影響。

六、乾嘉文人的生活出路

人口膨脹對於商人來講意味著商機，但是對於文人來講，這卻並不是一件好事。它意味著上行的通道越來越壅塞，考取功名的壓力越來越大。經過人口大爆炸，到十九世紀初，生員和監生「這兩種人估計約有一百一十萬人」〔註39〕。但是與此同時，舉人和進士的錄取名額卻沒有隨著人口的增長而擴

〔註36〕戴逸：乾隆帝及其時代，北京：中國人民大學出版社，1997 年，第 320 頁。

〔註37〕〔美〕費正清主編：劍橋中國晚清史，北京：中國社會科學出版社，1993 年，第 115 頁。

〔註38〕〔清〕金安清：水窗春囈，卷下「豪富二則」，北京：中華書局，1997 年，第 42 頁。

〔註39〕〔美〕費正清主編：劍橋中國晚清史，北京：中國社會科學出版社，1993 年，第 14 頁。

大。於是，百萬文人不得不在這條窄小的獨木橋上苦苦前行，幸運兒終究有限，大多數人終其一生也沒有到達理想的彼岸。

即使到達彼岸，等待他們的也並非就是一片坦途，因爲官員的職位同樣十分有限。「各級官員激烈地進行競爭，以謀求陞遷和保全官職」〔註40〕。擁有做官資格的人就更多了，人們紛紛採取賄賂等手段以謀求打開官場之門；堅持操守的候選者則往往一輩子也沒有官做。

乾嘉時期是一個經術昌明的時代，官方組織了許多文化工程，包括戴震、章學誠等一批學人獲得了政府的資助。各省「學臺的職位收入頗豐又多閒暇，所以這些人在18世紀也成爲學術活動的重要讚助人」〔註41〕。不過，對於此時期絕大多數文人而言，既然上行的通道已被堵死，那麼遊幕和坐館尚不失爲可以接受的謀生手段。

陸萼庭曾經感歎「清代中後期戲曲作家的生平經歷大都具有這樣的特點」：

> 多才多藝，一生坎坷。他們不僅詩文、詞曲、書畫兼擅，而且都自負「有經世才」。他們念念不忘博一個光彩的出身，好不容易中了舉，於是參加更高級的考試，落第，再考，再落第，直至老死。舒位如此，同時戲曲家如錢維喬、王曇，稍後如黃燮清、姚燮，也莫不如此。〔註42〕

其實，除了唐英、崔應階等少數身居高位者外，乾嘉時期的戲曲家幾乎都有這樣的人生經歷。比如金兆燕之父金榘，由於家貧，長年攜兆燕奔走四方。金兆燕本人也同其父一樣，經常在揚州等地遊幕處館。有一次，「兆燕隻身居揚州四月，所謀無一成者。殘冬風雪，典裘而歸。除夕，一家慘然不樂」〔註43〕。遊幕坐館者的人生處境恐怕也只有身處其間者才能體會。

「在18世紀出現了前所未有的區域間的流動。除了以前就有的要離開本地參加科舉考試當官的文人官員外，商人和實業家、熟練和非熟練工匠以及缺少土地的農民也離開家去尋找機會。」〔註44〕與小商小販們一同奔走於廣

〔註40〕同上，第117頁。

〔註41〕〔美〕韓書瑞、〔美〕羅友枝著，陳仲丹譯：十八世紀中國社會，南京：江蘇人民出版社，2009年，第50頁。

〔註42〕陸萼庭：清代戲曲家叢考，上海：學林出版社，1995年，第174頁。

〔註43〕參見陸萼庭：清代戲曲家叢考，上海：學林出版社，1995年，第142頁。

〔註44〕〔美〕韓書瑞、〔美〕羅友枝著，陳仲丹譯：十八世紀中國社會，南京：江蘇

袤的平原上，棲身於低矮的小船中，文人的心裏倍感淒涼。此時，文人的境遇已難以和晚明時期的前輩們相比，更不要說置辦家樂這樣奢華的享受了。

不過文人倒是經常有機會觀賞到家樂演出，只不過這些家樂優伶已經和他們沒有任何關係。這樣的場所有二，一是在大鹽商及滿洲貴族的家宅中，另一處是在地方官的衙署裏。

揚州鹽商是那個時代最爲奢華的一群人。「此輩腰纏萬貫，競相爭勝，居家則金釵十二環侍一堂，賞花釣魚，彈琴度曲；外出則僕從如雲，駿馬飛輿，服食起居，窮極華靡。乾隆帝歷次南巡，揚州屬必駐之地，兩淮鹽商爭相報效，修建行宮，大造園林，又精選蘇州崑劇藝人，組成六大內班，御前承應外更在社會上形成演劇熱潮。」〔註45〕如果說晚明時期的名班多是家樂的話，那麼乾嘉時期則無人可以和揚州鹽商的戲班爭勝。在清廷的默許下，揚州鹽商攫取了驚人的財富。正是有了這一經濟基礎，他們才成了文人的主要讚助者。厲鶚等文人利用其豐富的藏書撰寫學術著作，而蔣士銓等戲曲家們也在其宅邸完成了戲曲作品，並由其家樂進行演出。除了揚州鹽商之外，京城的王公貴族也往往有能力蓄養家班。舒位和畢華珍曾在禮親王昭槤的府中創作雜劇，並由其家樂進行演出。豪爽的親王立贈千金作爲潤筆，這在當時也傳爲佳話。

與鹽商戲班相比，清代地方衙署的演劇活動向來不太受人重視，這主要與雍正帝那份敕令有關。

> 雍正二年十二月十八日，奉上諭，外官蓄養優伶，殊非好事。
> 朕深知其弊，非依仗勢力，擾害平民，則送與屬員鄉紳，多方討賞，
> 甚至藉此交往，夤緣生事。二三十人，一年所費，不止數千金。如
> 按察使白洵終日以笙歌爲事，諸務俱已廢弛。原任總兵官閻光煒將
> 伊家中優伶盡入伍食糧，遂致張桂生等有人命之事。夫府、道以上
> 官員，事物繁多，日日皆當辦理，何暇及此。家有優伶，即非好官。
> 著督、撫不時訪查。至督、撫、提、鎮，若家有優伶者，亦得互相
> 訪查，指明密折奏聞。雖養一二人，亦斷不可徇隱，亦必即行奏聞。
> 其有先曾蓄養，聞此諭旨，不敢存留，即行驅逐者，免其具奏。既
> 奉旨之後，督撫不細心訪察，所屬府、道以上官員，以及提、鎮家

人民出版社，2009 年，第 50 頁。

〔註45〕陸萼庭：清代戲曲家叢考，上海：學林出版社，1995 年，第 138 頁。

中尚有私自蓄養者，或因事發覺，或被揭參，定將本省督、撫照徇

隱不報之例從重議處。〔註46〕

諭旨是這樣下達了，但是並未起到令行禁止的效果。乾隆三十四年（1769）和嘉慶四年（1799），清廷又都曾下達過類似的諭旨，可見在整個乾嘉時期，官員蓄樂的現象還是極爲普遍的。沈起鳳在《辭陳制軍聘書》中稱陳制軍「身佩兩省之符，名重萬人之督」，不過卻「晝披公牘，夜接騷壇。商成供奉新詞，傳作太平樂府」，可見這些官員在公務之暇也不廢塡詞觀劇〔註47〕。方志中也記載：

官府公事張筵陳列方丈，山海珍錯之味羅致遠方，優伶雜劇、

歌舞吹彈各獻伎於堂廡之下。〔註48〕

地方官員經常邀請戲曲家到府中入幕，這樣一方面可以由他們代筆撰寫供奉曲本，另一方面，則是爲了滿足自身享樂的需要。上引沈起鳳的那封書信就是爲了辭去陳制軍的聘任而作的。戲曲家入幕的例子有很多，比如陸繼輅曾於嘉慶年間在上海李廷敬處入幕，他所創作的《秣陵秋》、《洞庭緣》等作品都曾由李的家樂進行演出。更早的則有金兆燕、朱夰等人在兩淮鹽運使盧見曾處創作戲曲。

雖然自己的作品能夠上演是件好事，但是終究是在別人的府中，熱鬧是屬於別人的，跟自己無關。寄人籬下的生活讓戲曲家們從心底裏覺得彆扭。再放眼府門之外，那裡地方戲正在如火如荼的上演，老百姓們都像著了魔一樣，攜家帶口地前往觀看。戲曲家們同樣覺得那裡的世界不屬於自己。戲曲家們能做的，就是翻開書篋，從裏面掏出前人的傳奇雜劇讀上幾頁；合上書，在寂靜無人的夜裏吹奏幾曲洞簫；蘸上墨，用自己的筆塡出屬於自己的世界。在這樣一種環境中，文人所創作的普通劇便與舞臺漸行漸遠了。

第二節　時代環境與雜劇新變

通過上一節的描述，我們發現家樂最可反映晚明至乾嘉時期文人士大夫的

〔註46〕轉引自王利器編：元明清三代禁燬小說戲曲史料，上海：上海古籍出版社，1981 年，第 31 頁。

〔註47〕沈起鳳：辭陳制軍聘書，見《沈贊漁文稿》，清抄本，北京：中國國家圖書館館藏，編號：147801。

〔註48〕〔清〕阿克當阿修、姚文田等纂：重修揚州府志，卷六十，中國地方志集成本。

生活狀貌。它就像是時下流行的「奢侈品」,可以檢測出各個階層的生活水準。晚明時期的士大夫——尤其是江南縉紳的社會地位很高,因此他們有足夠的財力蓄養家樂以供其享受。而到了乾嘉時期,情況發生了很大的變化:普通文人苦於生活的壓力,不得不長年在外遊幕處館,家樂變成了達官貴人們的專利,已和一般文人絕緣。曾永義在論及清初雜劇時,曾說過這樣一番話:

> 他們的取材不外文人雅雋故事,大多藉以發抒牢騷或寄寓感慨,也有藉以消遣自娛的。但像吳偉業等人歷經鼎革,親見銅駝荊棘,殘山夢幻,剩水難續,自然流露出無限的麥秀黍離之悲。這樣的內容和情感是清初雜劇的主要特色,在元明戲劇中是無從尋覓的。〔註49〕

同樣,晚明和乾嘉時期的雜劇也有屬於自己的特色,也同樣包蘊著獨特的時代印記。在本節中,筆者將具體結合作家作品,在比較中見出乾嘉雜劇的時代特色。

一、生活方式在雜劇中的體現

晚明時期,士人蓄樂成風,除了前人的表述外,我們還可以通過這一時期的雜劇作品,來印證這一時代特徵。

明末清初曾誕生過三部雜劇選集,即杭州沈泰所編的《雜劇初集》、《雜劇二集》以及無錫鄒式金所編的《雜劇新編》。除少數明初作品外,其中所收錄的大部分作品都是晚明時期的創作。就已入選的作家為例,我們發現,其中有不少人便蓄有家樂。例如《初集》中《鬱輪袍》的作者王衡,其家樂就在整個江南地區非常知名。王衡之父便是萬曆時赫赫有名的首輔王錫爵,錫爵「致仕家居,不久即蓄家樂,以遣晚寂」〔註50〕。魏良輔的女婿張野塘、弟子趙瞻雲都是王家的座上賓,湯顯祖的名作《牡丹亭》也曾由王家的家樂搬上舞臺。王衡成長在這樣的環境之中,自小便對戲曲產生了濃厚的興趣,創作出《鬱輪袍》、《真傀儡》、《長安街》等雜劇也就不足為奇了。除王氏之外,集中所收錄的梅鼎祚、陳與郊、葉憲祖、茅維、祁豸佳等人也都蓄有家樂,陳於鼎還將欣賞家樂的情節填入劇中,這在雜劇史上可謂是絕無僅有的事了。

〔註49〕 曾永義:清代雜劇概論,見《中國古典戲劇論集》,臺北:聯經事業出版公司,1986年,第123頁。
〔註50〕 詳參陳水云:明清家樂研究,上海:上海古籍出版社,2005年,第523頁。

《雜劇新編》收錄有陳於鼎（署名南山逸史）所創作的五部雜劇，即《半臂寒》、《長公妹》、《中郎女》、《京兆眉》和《翠鈿緣》。編者鄒式金在《半臂寒》的開頭便下了這麼一番批語：

> 嘯齋曲有十種，僅梓其半。自是天生仙骨，即介白諢科，備極
> 神韻。蓋先生精解音律，親教紅兒，故其妙如此。〔註51〕

「親教紅兒」一語，也提示了陳於鼎在平時親自指導家樂的情景。在該劇的第一折裏，主人公宋祁一出場便自敘讀書入仕的經歷，此時，他剛把兩年來辛勤修撰的史書謄寫完畢。宋祁隨即便將家樂喊出來歌舞，自己則在一旁進行指點，從中表達了自己對宮調的心得體會。

> 我少時究心音律，近爲朝廷審定雅樂，得盡觀太廟所藏遺器。
> 聖賢一拊一擊，具有深心。我默默理會，以其餘緒，教演家婢數輩。
> 今日稍閒，可請夫人帶女樂上堂，散心一回。……近制的新樂，俱
> 已演熟了麼？（眾）演熟了。（生）今人但知歌舞，不知音樂。歌舞
> 者，音樂之緒餘也。須知樂乃天地玄音，人心元韻。上以通鬼神，
> 下以風黎庶。協和造化陰陽，攸關世道升降。是以蜀山崩而鐘響，
> 韶樂作而鳳儀。濮上新聲，師涓致戒。高山流水，鍾期賞音。角聲
> 惻隱，宮聲溫雅，徵聲善養，商聲好義，辨音務晰微茫。正富雄壯，
> 羽越悽楚，黃鍾宏大，仙呂悠揚，考宮須窮本始。……（眾）蒙老
> 爺教誨，妾等謹當佩服。（眾奏樂介）（生）你們把新習的歌兒，慢
> 慢細歌一曲。（眾）曉得。（進生酒介）（作樂唱介）……（生）歌得
> 好！聲音嘹亮，樂器和調，可稱絕唱。如今試舞一回我看。（眾再進
> 生酒，舞唱介）……〔註52〕

雖然出場的人物是宋代人宋祁，但是這不過是敘作者陳於鼎心中所想罷了。從這段話中，我們還可以看出戲曲歌舞雖爲俗樂，不過在士大夫看來，它仍與雅樂有著密切的關聯。

晚明時期有不少士人習慣在這種歌紅酒綠中度過晨夕，自澆塊壘也好，消遣寂寞也罷，總之，這是他們所習以爲常的生活習慣。《二集》中所收的袁于令的早年作品《雙鶯傳》也表現了那時士人的生活情趣，在士子佳人終成好合之後，袁氏在劇末寫下了四句下場詩，詩云：

〔註51〕 參見〔清〕陳於鼎：半臂寒，見《雜劇三集》，續修四庫全書本。
〔註52〕 〔清〕陳於鼎：半臂寒，《雜劇三集》，續修四庫全書本。

　　　　畫船簫鼓集金閶，次第呼杯夜未央。

　　　　縱使百年終日醉，也只三萬六千場。〔註53〕

這種在末世之下醉生夢死，纏綿於溫柔鄉的無聊生活恰恰是不少晚明士人所追慕的。

　　不過到了乾嘉時期，普通文士早已沒有了這樣的福份。除了少數大貴族、大官僚或是大鹽商的府宅外，家樂已難覓蹤影。在這裡，我們還可以舉出了小小的一個例證。蔣士銓《空谷香》中的吳賴係太守之子，其紈綺行徑一如晚明的貴公子，但是其家中也並沒有蓄養家樂。當他閒的無聊時，便和一幫清客們串戲，演戲的裝備也極為簡陋，可見此時期家樂之罕見。這裡面有士風轉變的因素，但更主要的原因則應歸結於經濟基礎——即人口膨脹所帶來的生活壓力已經壓得每一位士子喘不過氣來，遑論其他！

　　前面我們提到，此一時期士人的生活常態是遊幕處館，這在這一時期的雜劇作品中也同樣有所體現。嘉慶年間，陸繼輅作於蘇松太兵備道李廷敬府上的《洞庭緣》傳奇便有對主人幕賓間關係的反映，陸繼輅以劇中的陳弼教自況，而以南昌節度使賈縉影射李廷敬。陸氏此劇捏合《聊齋誌異》中的《西湖主》和《織成》兩篇小說而編成，除了表達自己對李的知遇之恩的感謝外，也是為其入京餞行而創作的。相比之下，另一劇作家陳棟不僅在境遇上不及陸繼輅，其所作的《揚州夢》雜劇也道盡了遊幕的甘苦。

　　陳棟一生坎坷，長年患病。在其生命的最後十年中，他幾乎都在中州遊幕。不過，他並沒有遇到像李廷敬那樣有錢有勢的主人，不得不在中州各地四處遊食。在《揚州夢》中，他讓唐代著名才子杜牧登場，也算是為自己吐了一口惡氣。雜劇開頭寫到杜牧被牛僧孺延入揚州幕府，賓主倒也相得。一日，他應幕友之邀，出外遊賞。在席間，幕友稱帶來梨園一部，請杜牧觀賞，見慣了大場面的杜牧自然推辭掉了，「此輩技不盡佳，無足聽覽，只選面目可觀者一二人行酒便了」。這不由讓人想起晚明時士人攜家樂出遊爭勝的場景，真可謂此一時彼一時了。席間，杜牧感歎道：「吾聞千鈞之弩，不肯輕為鼷鼠發機。吾人既具一副長才，當留待大用。若但以主人載笑載言，便不啻榮膺九錫，百尺樓當不如是。」幕友卻馬上上前勸道：「老先生何薄幕僚之甚也！吾輩處不士不宦之間，功名未遂，既不能學行商坐賈，僕僕馬牛，惟此遊幕一途，尚不失讀書人本來面目。上可以交卿相，下可以肥室家。不是小弟說，老先生當初若困

────────────────

〔註53〕　〔清〕袁于令：雙鶯傳，見《雜劇二集》，續修四庫全書本。

守一經，不過案螢枯死，那得今日呵！」這些話在杜牧聽來卻可笑之極，他駁斥道：「請問足下作幕客的人體面是那裡來的，財帛又是那裡來的？要想白日驕人，勢不得不去脅肩諂笑。除卻束脩正數，那一件免得鼠竊狗偷？此外種種情形，更有令人不忍出諸口者。子乃俗物，未足與談。」說罷，杜牧便叫歌者上來，自己卻喝得酩酊大醉。幕友看到此情此景，禁不住又有些羨慕：

　　　　（副氣介）好氣質！好氣質！怪不得人人想做憲幕。（末）我們
　　到底是主人不好。同他一般見識，忍著性子過去罷！〔註54〕

一邊是羨慕杜牧的憲幕身份，一邊是憤恨自己的幕客地位，雙方自然是話不投機。劇末，儘管牛僧孺熱情備至，杜牧終究離開了幕府，去找尋屬於自己的那份自由。

　　誠如鄭振鐸先生所言：「蓋浦雲亦久於做幕者，訴說苦況，自較親切也。」〔註55〕《揚州夢》可謂是明清雜劇中對遊幕生活描寫得最為深入的一部作品。它的出現不是偶然的，正是作家生活的一種自然反映。通過該劇，我們可以更深入地體會乾嘉時期士人生活的方式及其中的況味。

二、士風、學風與雜劇形態的變化

　　在《中國戲曲概論》「清總論」中，吳梅先生談到了清人戲曲遜於明人的地方，即「一代人文，遠遜前明」，這是說清代所產生的名家名作比起明代來要少得多。同時，吳氏也舉出了清人勝過明人之處，「雖詞家之盛，固不如前代，而協律訂譜，實遠出朱明之上」〔註56〕。正如吳先生所論證的那樣，明清戲曲之所以會各有成就，又各有缺陷，其實是和時代環境有著密切關聯的。鼎革之後，士風、學風為之一變，戲曲形態的新變也要從中尋找原因。

　　顧炎武、黃宗羲、王夫之等成長於明末的文人士大夫深知明末士風學風之弊，明朝的傾覆更是大大刺激了他們的神經。顧炎武曾針對明末的學風，說過這麼一番話：

　　　　昔之清談談老莊，今之清談談孔孟。未得其精，而已遺其粗；
　　未究其本，而先辭其末。不習六藝之文，不考百王之典，不綜當代
　　之務，……以明心見性之空言，代修己治人之實學。股肱惰而萬事

<hr>

〔註54〕〔清〕陳棟：揚州夢，見《清人雜劇二集》，長樂鄭氏刻印，民國二十三年（1934）。
〔註55〕同上，「二集題記」。
〔註56〕吳梅著、王衛民主編：吳梅戲曲論文集，北京：中國戲劇出版社，1983年，第166頁。

　　荒，爪牙亡而四國亂，神州蕩覆，宗社丘墟。〔註57〕
其矛頭所指，就是那些「束書不觀，遊談無根」卻在明末極有影響的王學末
流。顧氏本人則以畢生精力編撰了《天下郡國利病書》、《日知錄》等與政治
現實有著密切關係的著作，親身參與了這場學風轉變運動。黃宗羲、王夫之
等一大批學者也都以各自的撰述爲之搖旗吶喊，新的學風遂呼之欲出。另一
方面，躋身新朝的漢族官僚也加入了這場學風轉變的潮流之中，以魏裔介、
魏象樞、湯斌、熊賜履、李光地爲地表的理學名臣亦對晚明的輕浮學風批判
不已。最終，在這兩股力量的共同作用下，「博證」、「求實」、「致用」的治學
態度和方法代替舊學風在新王朝確立了下來。

　　到了乾嘉時期，情況又稍稍有些變化。士人們「雖然繼承了清初大師們
的治學方法和研究的內容，但卻摒棄了清初大師們所提倡的『經世致用』的
思想，稽古而不問今」，變爲單純的爲考證而考證了。這裡面的原因有很多，
但是清廷的政策無疑是其中的主要原因。康雍乾三帝都非常重視理論建設，
「康熙帝主要是利用理學，闡揚君臣之義，通過興修學校，發展教育，推行
教化，實現對社會的精神控制」；雍正帝則推出了「公誠論」，「作爲強化對官
僚士人思想控制的理論武器」，即要求「臣民在思想上與皇帝保持絕對一致」；
「乾隆時期的理論建設主要是通過重新評價歷史，宣傳儒家綱常倫理」〔註
58〕。這樣做的目的當然是爲了更好地管理士人階層，從而使清王朝的統治更
加牢靠。應該說，隨著這些理論的逐步推行，大多數士人認可了清廷的統治，
進而積極地爲其鼓吹休明。而一旦發現士人中存在有不利於自己統治的情
緒，清王朝也會立刻改變面目，殘酷地利用文字獄等手段進行鎮壓。

　　有學者指出：「在中國歷史上，18世紀以文字獄眾多而著稱，而這主要集
中在乾隆帝統治時期。乾隆朝文字獄，從初年到中期呈遞增之勢，並逐漸發
展成爲對知識界極爲嚴峻的恐怖統治。」〔註59〕在這裡，筆者並不打算對文
字獄的是非進行評判，只想指出文字獄的推行確實對士風起到了極爲惡劣的
影響。舉個例子來說，自從乾隆帝大興文字獄之後，挾私告訐的事件便時有

〔註57〕〔清〕顧炎武著、黃汝成集釋：日知錄集釋，卷十三「家事」條，上海：上
　　　　海古籍出版社，2006年，第402頁。
〔註58〕詳參高翔：近代的初曙——18世紀中國觀念變遷與社會發展，北京：社會科
　　　　學文獻出版社，2000年，第56頁。
〔註59〕高翔：近代的初曙——18世紀中國觀念變遷與社會發展，北京：社會科學文
　　　　獻出版社，2000年，第67頁。

發生。雜劇家孔廣林的父親就曾被人誣陷中傷，其弟經學家孔廣森——同時也是雜劇家孔昭虔的父親在這次風波中一病不起，不久即離開了人世〔註60〕。在這樣一種氣氛之下，士人們只好躲進故紙堆中，以避免災禍上身。

杭世駿因直言去官後，從此也變得小心謹慎。他在給學生王瞿的信中寫道：

> 方今海內乂安，聖主治邁堯舜，使樵牧幸生於今之世，「西齋之錄」，《罪言》、《原十六衛》之文，其有作乎？其無作乎？……抑於足下有所規者，文必和平謙慎而後可以持世。〔註61〕

杭世駿並不贊成王瞿奇險的文風，他的規勸是有一定依據的。戲曲家沈起鳳就曾因為《諧鐸》一書多所譏刺，而常累好友替他擔心。另外一位戲曲家王曇也因行為狂放不羈而命運多舛。乾隆帝的御用詞臣張照也因曾在詩中表露過怨望之辭而在去世幾十年之後受到追責。他們的遭遇都說明在那樣一個時代環境中謹慎持平才是統治者和士大夫們推崇的行為方式，於是乎士人們甚至不敢在詩文集中表露出一丁點不滿的情緒。

在這樣一種環境中，埋頭於故紙堆中無疑是全身遠禍的極佳方式。同時，這也迎合了清帝王稽古右文的統治方針。再加上此時的文人已沒有了獨立的經濟基礎，面對日漸沉重的生活壓力，走上考據之路便成了士人們除科考之外的另一種選擇。

正如梁啟超所言：「有清一代學術，可紀者不少，其卓然成一潮流，帶有時代運動的色彩者，在前半期為考證學，在後半期為今文學。而今文學又實從考證學衍生而來。……乾嘉間之考證學，幾乎獨佔學界勢力。」〔註62〕惠棟、戴震、錢大昕、王鳴盛等一大批學者利用考據為主要研究手段，在經學、史學、目錄學等眾多學科領域取得了輝煌的學術成就，從而確立了考據學（漢學）在中國學術史上的地位。這股考據熱潮也不可避免地影響到了同時代的戲曲創作。

早在清初孔尚任在創作《桃花扇》時就已將考據引入戲曲創作之中，在《桃花扇》的卷首，竟赫然出現了一篇《桃花扇考據》：

> 甲申年四月十三日，議立福王；四月二十九日，迎駕；五月初

〔註60〕詳參〔清〕孔廣林：溫經樓年譜，清抄本，乾隆五十年（1785）條，北京：首都圖書館館藏。

〔註61〕〔清〕杭世駿：與王瞿書，見《道古堂文集》卷二十，續修四庫全書本。

〔註62〕梁啟超著、朱維錚校注：梁啟超論清學史二種，見《〈清代學術概論〉自序》，上海：復旦大學出版社，1985年，第2頁。

一日，謁孝陵設朝拜相；五月初十日，福王監國拜將；五月，內閣
史可法開府揚州；六月，黃得功、劉良佐發兵奪揚州；六月，高傑
叛渡江；六月，高傑調防開洛；乙丑年正月初七日，阮大鋮搜舊院
妓女入宮。……〔註63〕

孔尚任有著極爲嚴正的創作目的，他說：「予以警世易俗，贊聖道而輔王化，最
近且切。今之樂，猶古之樂，豈不信哉？《桃花扇》一劇，皆南朝新事，父老
猶有存者。場上歌舞，局外指點，知三百年之基業，隳於何人？敗於何事？消
於何年？歇於何地？不獨令觀者感激涕零，亦可懲創人心，爲末世之一救矣。」
〔註64〕考據被加了進來，用於佐證創作的嚴肅性。嚴肅的創作也催生出了醇雅
的文辭。學風、士風的轉變也扭轉了戲曲創作的風氣，進而影響了後來的傳奇
和雜劇的形態。鄭振鐸先生認爲清人雜劇「風格辭采以及聲律，並臻絕頂，爲
元、明所弗逮」〔註65〕，這些新變都跟時代風氣之變有著直接的關聯。

到了乾嘉時期，這樣的風氣就更加盛行了。金兆燕所作之《旗亭記》「全
劇宮調，俱本《九宮大成譜》，硜硜守法，頗可取，每調俱正襯分明。」〔註
66〕程枚的《一斛珠》，「蓋至是稿凡八易，忽忽幾二十年矣。知其經營造作，
甚爲不苟，異於造次編成，供優伶之用者。」〔註67〕錢維喬所譜的《乞食圖》，
寫張靈崔瑩故事，後亦附有考據〔註68〕。孔廣林填《東城老父鬥雞讖》傳奇
也是數易其稿，並在每一齣下對其所用宮調進行詳細的說明和考證。傳奇如
此，雜劇亦復如是。孔氏本人所作的幾部雜劇就「格律非常嚴謹」，孫楷第曾
感歎：「自來曲家撰曲，未有計較毫釐，用力如是之深者。」〔註69〕不過，如
此嚴肅的創作態度所帶來的卻並不是可喜的藝術成就，大概正如孫楷第所
言：「蓋經典、文學，判然兩途，自非天才卓異，鮮能並美。」〔註70〕文學、

〔註63〕　〔清〕孔尚任：《桃花扇》考據，見《桃花扇》，北京：人民文學出版社，1997
　　　　年，第 15 頁。
〔註64〕　〔清〕孔尚任：《桃花扇》小引，見《桃花扇》，北京：人民文學出版社，1997
　　　　年，第 1 頁。
〔註65〕　鄭振鐸：《清人雜劇初集》序，見《中國文學研究》，北京：作家出版社，1957
　　　　年，第 797 頁。
〔註66〕　周貽白：曲海燃藜，北京：中華書局，1958 年，第 46 頁。
〔註67〕　孫楷第：戲曲小說書錄解題，北京：人民文學出版社，1990 年，第 367 頁。
〔註68〕　詳參陸萼庭：清代戲曲家叢考，上海：學林出版社，1995 年，第 107 頁。
〔註69〕　孫楷第：戲曲小說書錄解題，北京：人民文學出版社，1990 年，第 372 頁。
〔註70〕　同上。

經學都有其自身的獨特規定性，以治經學之方法來創作文學作品，顯然是走錯了路徑，翁方綱的「肌理說」不就是一個很好的明證麼？更何況戲曲是一門綜合藝術，要想成功創作出一部戲劇作品必須要考慮到演員、觀眾的心理訴求，還要調配場上的冷熱關係，這就更非經學家們所能想見了。整個乾嘉時期，只有蔣士銓等少數戲曲家尊重藝術的規律，將戲曲做爲戲曲來創作，於是其整體藝術成就不高，也就再自然不過了。

　　蔣士銓也和同時代的其他曲家一樣，創作態度極爲認眞。蔣氏的友人羅聘以爲「昔人以塡詞爲俳優之文，不復經意」〔註71〕，同時也對蔣士銓的創作態度大加讚賞。另一友人王均不僅欣賞《第二碑》的曲辭，更是推崇其即以此「補《新建縣志・祠墓》之缺焉，可耳」〔註72〕。吳梅先生也認爲：

　　　　蔣心餘《四弦秋》劇，爲舊曲《青衫記》鄙俚不文，遂塡此作。

　　　　凡所徵引，皆出正史，並參以樂天年譜，故出顧道行作萬倍。〔註73〕
這些評價都是從態度和曲辭等角度著眼，不過，這並不意味著蔣士銓就忽視了場上藝術。就拿蔣氏所創作的節慶劇《西江祝嘏》爲例，「該劇雖爲應制之作，卻能雜採『民間風謠』，兼收花部唱腔、曲牌乃至劇目，從而顯示了濃郁的生活氣息，形成了清新活潑的藝術風格」〔註74〕。這在同時代的同類作品中也可算是十分難得的了。其他如「《一片石》、《第二碑》中的土地夫婦，最爲絕倒，曲家每不善科諢，惟此得之」〔註75〕，表明蔣士銓的創作也充份考慮到了科諢藝術和戲劇效果，這就絕非是一般經學家所創作的雜劇可比了。

　　不過，像蔣士銓這樣照顧場上的戲曲家在整個乾嘉時期並不多見，這也是此一時期戲曲成就不高的主要原因之一。從總體來看，考據之風已深深地浸染了乾嘉時期的戲曲創作。

〔註71〕〔清〕羅聘：論文一則，見《蔣士銓戲曲集》，北京：中華書局，1993年，第550頁。

〔註72〕〔清〕王均：《第二碑》敘，見《蔣士銓戲曲集》，北京：中華書局，1993年，第378頁。

〔註73〕吳梅著、王衛民主編：吳梅戲曲論文集，北京：中國戲劇出版社，1983年，第171頁。

〔註74〕林葉青：承應戲中的白眉——論《西江祝嘏》，《藝術百家》1998年第二期，第17頁。

〔註75〕吳梅著、王衛民主編：吳梅戲曲論文集，北京：中國戲劇出版社，1983年，第171頁。

三、音律、曲譜與雜劇創作

音韻學屬小學，它在乾嘉學術中佔有極為重要的地位。音韻學的復興也對此一時期的雜劇創作起到了推動作用。

我國古人歷來重視樂對人的作用，早在周公的時代，統治階級就已開始著手建設禮樂制度。「從公元前十世紀初算起，禮樂制度統治中國文化達五個世紀之久」〔註76〕。雖然到了春秋戰國之際，隨著各國新興貴族的崛起，禮樂制度已名存實亡，但是禮樂做為一種文化仍然對中國的歷史產生了極為深遠的影響。

以孔子為代表的儒家以禮樂制度的捍衛者自居。孔子本人就對樂十分精通，他會演奏不少樂器，如磬，「子擊磬於衛，有荷蕢而過孔氏之門者，曰：有心哉，擊磬乎？」又如鼓瑟，《陽貨》中載，孺悲想見孔子，孔子不願見，就推說有疾，但等傳話的人剛出門，他就「取瑟而歌」。他曾評論子路的鼓瑟技藝，說：「由也升堂矣，未入室也」。孔子還特別愛唱歌，「子於是日哭，則不歌」〔註77〕。可以說，音樂在孔子的生活裏佔有很重要的位置，他本人也對音樂有著很深的體會。在他的影響下，他的門人也多有精於音樂者，並且有的人還將音樂用於社會教化之中。子游曾在武城做官，在那裡推行孔子的「以樂教民」的主張，於是滿城絃歌之聲，孔子見了大為讚賞。

儒家繼承了禮樂文化的思想，他們認為音樂與政治有著密切的關聯，即審音可以知政。他們也希望通過音樂達到教化的目的，「樂也者，聖人之所樂也，而可以善民心。其感人深，其移風易俗，故先王著其教焉」〔註78〕。另一方面，他們也很注重自身的音樂修養。周代的貴族子弟從小便要接受「樂教」之類的教育，他們「普遍學習《詩》樂及《詩》樂所代表的等級禮制和其他文化內涵，是謂『樂教』」〔註79〕。正如《禮記》中所說的那樣，「知樂則幾於禮矣」，「禮樂不可斯須去身」，樂和禮一道成為了貴族階層所必修的文化素養，不知樂將會受到旁人的嘲笑。其實，通聲樂在古人那裡常被看做是聰慧的表現，這也和禮樂文化的薰染有關。陸萼庭為黃燮清作年譜，也特意提到「燮清垂髫解四聲」〔註80〕。可見古人常以懂聲韻、通音律為早慧。

〔註76〕楊華：先秦禮樂文化，武漢：湖北教育出版社，1997年，第210頁。
〔註77〕以上內容見於《論語》中的《憲問》、《先進》及《述而》諸篇。
〔註78〕《禮記・樂記》。
〔註79〕楊華：先秦禮樂文化，武漢：湖北教育出版社，1997年，第196頁。
〔註80〕詳參陸萼庭：清代戲曲家叢考，上海：學林出版社，1995年，第119頁。

　　兩千多年來，中華民族一直秉承了重樂的文化傳統，廟堂之上有禮樂建設，江湖之遠也時有絃歌相聞。當然，樂有雅樂和俗樂之分。統治階層推崇的是雅樂，不過，上古的雅樂早已失傳，後世的雅樂也多爲當朝人的創作。何況雅樂自誕生之日起，最爲人們所看重的便是其深厚的道德內涵，而並非外在的形式。《禮記》便稱：「樂者，非謂黃鍾、大呂、絃歌、於揚也。」〔註81〕於是，雅樂和俗樂往往在一線之間。再加上雅樂一般缺乏變化，聽久了容易厭倦，士大夫們便開始在俗樂上做起文章來。從元至清，文人士大夫一般都用道德的內蘊來爲俗樂進行辯護，也主要是出於以上原因。

　　我們前文提到，晚明的士人由於特殊的時代背景而酷好絲竹。相對於外邊的草頭戲班來講，崑曲清唱便成了文人眼中的雅樂。雖然經過易代之變，文人的學風和士風爲之一變，但是他們對崑曲的愛好卻沒有改變。隨著考據之風的盛行，音韻學亦成爲顯學。士人們在從事審音訂律的同時，也很重視對歷代曲譜的考訂。到了這一步，離雜劇創作就已經只有一層窗戶紙的距離了。

　　「長期以來，心學家們一直將文字音韻視作支離事業，致使文字音韻學久廢」〔註82〕。不過，經過了清初顧炎武、李光地等人的大力提倡，情況發生了根本性的改變。顧炎武提出：「夫有文斯有音，比音而爲詩，詩成然後被之樂，此皆出於天而非人之力所能爲也。」因此，「讀九經自考文始，考文自知音始」〔註83〕。李光地對顧炎武的音韻學研究十分推崇，他讚譽道：「有顧氏之書，然後三代之文可讀，《雅》、《頌》之音各得其所。語聲形者，自漢晉以來未之有也。」〔註84〕陳廷敬也認爲「小學之爲功於經書甚巨。」〔註85〕這一點遂成爲了乾嘉學者的共識。

　　戲曲家中也多有以小學知名者，如桂馥就是一位著名的小學專家。《清儒學案小傳》稱他：

　　　　生平博涉群書，尤潛心小學，謂士不通經，不足致用；而不明訓詁，亦不足以通經。故自諸生以至通籍，四十年間於許氏《說文》

〔註81〕《禮記・樂記》。
〔註82〕楊緒敏：明清兩朝考據學之比較研究，《史學集刊》2007年第五期，第10頁。
〔註83〕〔清〕顧炎武：答李子德書，見《顧亭林詩文集》文集卷四，北京：中華書局，1983年，第73頁。
〔註84〕〔清〕李光地：顧寧人小傳，見《碑傳集》卷一百三十，見《清代傳記叢刊》第一百一十三冊，臺北：明文書局，1985年，第390頁。
〔註85〕〔清〕陳廷敬：四書字畫約序，見《午亭文編》卷三十五，四庫全書本。

致力最久。嘗繪許祭酒以下，及江式、李陽冰、徐鉉、徐鍇、張有
吾、邱衍諸人爲《說文統系圖》，大興朱筠河特爲之記。……乾嘉盛
時，說文之學大行，南段北桂，最稱弁冕。〔註86〕

除桂馥外，雜劇作家胡重編過《說文字原韻表》，王訢也撰有《五音析疑》。

受音韻學等學科興起的影響，從事音律曲譜校訂的人也多了起來，禮親
王永恩著有《律呂元音》，後來其子昭槤延攬的賓客畢華珍也作有一部同名著
作。乾隆初年掌管樂部的張照曾奉命與莊親王允祿共同主持續修《律呂正
義》，當時設有律呂館，戲曲家繆謨等人也被召入共襄其事。另一戲曲家王文
治曾爲蘇州葉堂參訂《納書楹曲譜》。女詞人沈纕曾與其師任兆麟共同考訂簫
譜，沈的父親沈起鳳、叔叔沈清瑞及其子林奕構也全都是戲曲家。清代的曲
譜曲韻之書遠勝於明代，這和考據學的影響是分不開的。

其他戲曲家也多有精通音律者，如舒位「『工三弦，亦習弄笙笛』，每次
出門，總是隨身帶著兩隻大箱子，一隻放書，一隻放樂器」〔註87〕。嘉慶十
六年（1811），他在京師應試時，常和王曇、宋翔鳳、朱鶴年等人在一起通宵
度曲、研討音律。王曇是戲曲家，也是舒位的親戚。宋翔鳳卻是一位經學家，
但也酷好音樂，曾經將一枝玉屏洞簫送給舒位。舒的另外一位友人朱鶴年則
是一位畫家。這麼多志同道合的朋友在一起，戲曲創作便很容易發生了。

陸萼庭曾引過舒位的一首詩，詩的最後幾句是：「問我何所有？笛一枝，
劍一口，帖十三行，詩萬首。爾之仇敵我之友。」〔註88〕接下來，陸先生說
了這麼一句話：「笛不離身，當然與寫戲度曲有關了。」〔註89〕這話說得有些
絕對，不過精通樂器和音律，確實是創作戲曲的重要條件之一。我們在清人
的戲曲序跋裏也經常能看到這樣的話：

知其長於音律，煩其捉筆。

——崔應階《〈雙仙記〉自序》

同人以予粗知聲韻，相屬別撰一劇，當付伶人演習，用洗前陋。

——蔣士銓《〈四弦秋〉自序》

〔註86〕徐世昌編：清儒學案小傳，見《清代傳記叢刊》第六冊，臺北：明文書局，
1985年，第344頁。
〔註87〕陸萼庭：清代戲曲家叢考，上海：學林出版社，1995年，第175頁。
〔註88〕〔清〕舒位著、曹光甫點校：瓶水齋詩集，上海：上海古籍出版社，2009年，
第283頁。
〔註89〕陸萼庭：清代戲曲家叢考，上海：學林出版社，1995年，第175頁。

可見，精通音律確實是創作戲曲的契機之一。清初大鹽商汪懋麟生平有三好：書、酒和音律〔註90〕。汪氏養有家班，音律在此處便含有戲曲創作和演出的意思。

　　前文我們引過陸萼庭對清中葉戲曲家的總體評價，他們雖然大多命運多舛、屢試不第，卻又都多才多藝，擁有多方面的才華和建樹，因此，戲曲在他們的藝術世界中雖然重要，卻並非全部。有的人本來很有創作戲曲的天賦，卻最終選擇了經學之路，如凌廷堪；而有的人本來不適合創作戲曲，卻由於從事考證，間接的走上了戲曲之路，如孔廣林。生命的際遇總是如此奇妙，看似神聖無比的考證學也可以和不登大雅之堂的戲曲掛上鉤。孔廣林花費了畢生精力來搞經學研究，卻也創作了不少戲曲。他將其戲曲合集定名為「溫經樓遊戲翰墨」就很能說明問題，經學是大者，經天緯地，但是文人們依然可以利用餘暇時間來創作戲曲，放鬆心懷，抒寫心緒。這兩者看似地位懸殊，卻共同構成了文人的生命圖景。

四、邊疆研究與許鴻磐

　　前文我們提到，乾隆二十四年（1759）清王朝正式將新疆納入版圖之內，這一歷史性事件也對當時方興未艾的考據學產生了積極的影響，這主要體現在邊疆研究及少數民族研究在學界悄然興起。

　　高翔曾論及 18 世紀的學術研究呈現出集大成的趨勢，並舉出了三方面的成就。其中的第三點便是「邊疆研究的興起和發展」：

　　　　隨著統一事業的不斷髮展，知識界對邊疆問題日益重視，有關清朝邊疆的學術研究也逐漸獲得加強。從 18 世紀初起，清廷就對全國進行實地測量，到康熙五十七年（1718）繪製成《皇輿全覽圖》，這是中國第一幅用近代方法測量繪製的全國地圖，它不但對中原，而且對邊疆地區進行了詳盡的測繪。……到乾隆二十五年（1760），清廷對《皇輿全覽圖》進行修訂增補，將新繪新疆地圖增入，稱《乾隆內府輿圖》，這幅地圖可以說是國家統一的科學見證。成書於乾隆前期的《西域同文志》，對青海、西藏和新疆地區的地名、部落首領名稱等用滿、漢、蒙、藏、維、托忒等六種文字進行記載，並以漢語述其語源、含義、人物世系等，為深入研究西北地區歷史地理準

〔註90〕汪懋麟：百尺梧桐閣遺稿，卷八「疊前韻」詩下注，四庫全書存目叢書本。

備了良好的資料基礎。乾隆二十七年（1762），《欽定皇輿西域圖志》編成，這是清朝官方研究新疆史地的重要成果，該書圖文並茂，對新疆地理、官制、兵防、音樂、學校、物產、民情、風俗等方方面面都有詳細記載，爲乾隆《大清一統志》新疆部分打下了良好基礎。除官方研究外，學者個人研究成果也不斷出現。如錢大昕對蒙古歷史的深入研究，松筠所著《新疆識略》、《西藏巡邊記》，鄂爾多斯喇嘛羅卜藏丹津所著《蒙古黃金史》等史地專著都有效地增強了人們對邊疆問題的重視與瞭解。成書於乾隆四年（1739）的《金輪千福》（作者達爾瑪），詳細描述了蒙古各部的起源及演變，對研究蒙古民族史具有重要的參考價值。邊疆研究的興起與發展突破了儒家傳統學術的狹隘範圍，深刻、全面地展示了中國人多元而且悠久的邊疆文化，開闊了學術界的研究視野，從而使 18 世紀的中國學術具有了歷史上比較少見的宏博氣象，在客觀上也爲近代邊疆史地研究的深入發展奠定了基礎。〔註91〕

這確實是一個學術觀念不斷突破的時代，許多學者已不滿足於在經學的狹小範圍內兜圈子，紛紛將視野打開放大，追逐新的學術點。「18 世紀的學術觀念……存在著疑經傾向、反科舉傾向、信仰多元化傾向，以及經世思潮、子學研究、西學觀和世界觀等眾多內容。這些不同的學術觀念，各闡精微，爭奇鬥豔，使這一百年的中國學術呈現出宏博、浩瀚、豐富多彩的獨特人文景觀」〔註92〕。邊疆研究也是此時學術多元化的一種體現。

在這眾多的邊疆研究學者中，我們突然發現了一位熟悉的身影，他便是許鴻磐。

本書的研究對象是古典戲曲，自應該將許鴻磐視爲一個戲曲家，更準確地說是雜劇作家。但是從許的個人經歷來看，將其視作一位學者，似乎更爲準確，並且，他的學術研究也對其戲曲創作產生了直接影響。

在《清儒學案小傳》中，許鴻磐因與凌廷堪交好而被附於「次仲學案」中。

> 許鴻磐，字漸逵，號雲嶠。濟寧人。事親以孝聞。乾隆辛丑進

〔註91〕高翔：近代的初曙——18 世紀中國觀念變遷與社會發展，北京：社會科學文獻出版社，2000 年，第 49 頁。
〔註92〕同上，第 320 頁。

士。官兵馬司正指揮，改安徽同知，擢泗州知州，至有循聲，緣事
落職。嘉慶末，捐復知州，補河南禹州知州。年逾八十卒。平生博
極群書，盡讀三通、二十四史，往復數十過。嘗以顧景范《方輿紀
要》雖能剔明《統志》之誤而尚多沿其陋，遂精究各史，歷考古今
圖籍、省府縣志，博取精擇，足補顧書之陋而訂其訛，成《方輿考
證》一百卷。其書以形勝為主，首敘歷代建置分合，山川、邊防、
都邑為總部，以發其凡，次畿輔、盛京以及各布政司，縣統於府，
備載沿革形勢、關阨古蹟、農田水利，有關實用，莫不援據詳明。
蓋南北奔走，未嘗暫舍，數十年精力畢注於此。他著有《尚書札記》
四卷。在《皇清經解補刊》中又有《吳越始末》一卷、《河源述》一
卷、《金川考略》一卷、《泗州考古錄》一卷、《開方圖簡明地圖黃道
赤道經緯度數圖參伍類存》十六卷、《考古夷庚》十二卷、《雪帆雜
著》、《六觀樓詩文集》、《六觀樓文集拾遺》。又輯有《古文選》前集
後集外集、《唐宋八家文選》、《唐文鈔》、《五代兩宋文鈔》，多未刊
行。〔註93〕

通過這段引文，我們可以瞭解到許鴻磐最感興趣的是方輿學，這同當時的學
風有著密切關聯。凌廷堪和江藩對他的成就「共相歎服」〔註94〕，足見許氏
在該領域所取得的卓越成就。礙於體例，許鴻磐所編的《六觀樓北曲六種》
未被列入這份長長的著述名錄之中。細讀許氏所創作的六種雜劇，我們可以
發現戲曲和學術在其生命中是息息相通的。

　　《六觀樓北曲六種》中的《西遼記》寫的是耶律大石及其子孫建立西遼，
以續遼統的故事。許鴻磐在序文中談到了這部雜劇的創作緣起：

　　　　余讀《遼史・天祚紀》而重有感也。遼自太祖開基，傳九世至
　　天祚，為金人所執。《續綱目廣義》即注曰：「遼亡。」然遼實未嘗
　　亡也。西遼耶律大石乃太祖八代之孫，奔走西域，臣服諸國。迨天
　　祚被執，即於起兒漫稱帝以續遼統。寡婦孤兒，維持不墜。八九十
　　年間，未嘗少屈於人，視北漢劉氏實為過之。《遼史》略記其事於《天
　　祚紀》之末，而又與耶律淳、雅里視同一例，並肆譏評，使一線遺

〔註93〕徐世昌編：清儒學案小傳，見《清代傳記叢刊》第六冊，臺北：明文書局，
　　　　1985年，第533頁。
〔註94〕參見李福泰：六觀樓文集拾遺序，見《六觀樓文存》，民國十三年（1924）刻
　　　　本，北京：中國國家圖書館館藏，編號：26896。

緒，湮沒不章，亦可悲矣。乃依《元人百種》之體，爲北曲四折，

以歌詠其事。題曰「西遼記」，亦放翁《南唐書》之意云爾。〔註95〕

由此序可知，《西遼記》雜劇可以算做是作者研讀經史過程中的副產品，是對遼代史事的感發。一般來說，文人在遇到類似情況時多會採取詩文等文體進行評論。不過到了清代，尤其是乾嘉年間，雜劇及傳奇已變爲詞賦的別體，文人可以隨心所欲地拿來發抒心事，而不用考慮其舞臺效果。吳梅先生曾說許鴻磐等清代作家不通音律，實際情況也是如此，許鴻磐自己也說得很明白，他是「乃依《元人百種》之體，爲北曲四折，以歌詠其事」，這樣就完全和塡詞無異了。

另外，《西遼記》還有一個引人注意的地方，那就是少數民族語言的使用。在這部雜劇中，作者還屬入了許多「遼語」和遼時風俗。爲了使讀者能夠明白其中的含義，許鴻磐還在曲白之後加以說明：

> 忽兒珊，西域大將名。虎思，有力之謂。幹耳朵，即幹朵。……
> 耐捏咿呢，遼語元旦也。以糯米飯和羊髓丸賜各帳，遼元旦舊制。……
> 呼鹿賜群臣菊花酒，遼重陽舊制也。……饒樂，川名，遼舊射獵之
> 地。〔註96〕

在創作雜劇時，許鴻磐發揮了其輿地學的專長，使用了故事所發生的那個時代所特有的語彙和風俗，那樣做無疑增加了作品的時代感。在雜劇史上，以遼代君臣做爲作品的主人公並不自許鴻磐始，元雜劇裏的《四丞相高宴麗春堂》、《閱閱舞射柳蕤丸記》等作品都講述的是遼人故事，元代作家李直夫還是女眞族人。不過自此之後，我們就再難看到類似的作品。許鴻磐以其深厚的經史輿地研究爲基礎，終於再次創作出了以少數民族政權爲題材的作品，這也是對當時開放的學術風氣的呼應。

許鴻磐的《雁帛書》等作品也是研經治史之餘的副產品，其實不光許氏如此，乾嘉時期有不少劇作家都有過類似的遭遇。他們只是在專業領域上稍有區別，別的方面則大體近似。正如王永寬所言：「清人是以文字爲劇、以才學爲劇、以議論爲劇的。」〔註97〕對於他們而言，雜劇更像是一種比詩文地

〔註95〕 許鴻磐：西遼記北曲序，見《六觀樓北曲六種》，道光二十六年（1846）刻本，北京：中國國家圖書館館藏，編號：33065。

〔註96〕 許鴻磐：西遼記北曲，見《六觀樓北曲六種》，道光二十六年（1846）刻本，北京：中國國家圖書館館藏，編號：33065。

〔註97〕 王永寬：清人雜劇概說，見《中國古代戲曲論集》，北京：中國展望出版社，1984年，第232頁。

位稍次的文學體裁，讀書時偶有感懷，便可以拿過來進行創作。對於那個時代的文人來講，填詞編劇是一件個人的雅事，許多人都曾染指於此，只不過有些作品有機會刊刻才保存了下來，更多的作品則由著作家本人的興致隨寫隨丟。

　　到了此刻，劇本與舞臺的勾連已基本喪失。雖然作品的曲辭更加醇雅，內容更加嚴肅，但是失去了舞臺，終究使得乾嘉雜劇離戲曲的本質越來越遠。陸萼庭認爲：

> 「南洪北孔」以後的文人們只是照本填詞，閉門造車，貪多逞才，自我欣賞；內容題材更是陳陳相因，缺乏新鮮感，即使有了好的題材，由於不知剪裁、脫離舞臺實際，仍然達不到演出水平，演出了也保留不下來。〔註98〕

這些評價對於普通劇來講真可謂鞭闢入裏，戳到了文人作品的痛處。但是羅馬不是一天造成的，普通劇也不是天生就如此。案頭與場上的分離經歷了怎樣一個歷史過程，在下一節中我們將會具體展開討論。

第三節　明清雜劇演出方式的變遷

　　前面我們談到，到了乾嘉時期，文人所創作的普通劇幾乎和舞臺脫鉤，成爲案頭之作。這一現象的產生，除了與明清時代社會環境的變化有關外，與明清雜劇演出方式的變遷更是有著直接的關聯。正如齊建華所說：

> 傳統戲劇的文本體系既是獨立的綜合性單元，又和演出樣式系統交織糾結於一體，二者的羈聯與互補構成了綜合性的舞臺藝術情境，無論何種方式的失衡，都將侵蝕戲劇運行的正常機制。〔註99〕

演出系統和文本體系是戲劇這一綜合藝術中最爲重要的兩個組成部分，它們就像是互相環繞運行的谷神星和冥王星，彼此互補、相互促進，一旦一方偏離了正常的軌道，另一方也會受到牽連。既然乾嘉時期的普通劇遠離了舞臺，我們勢必要從演出方式中探尋造成這一現象的歷史原因。

一、明清雜劇演出場所鳥瞰

　　「明雜劇的演出場合，大致可以嘉靖爲界，分前後兩期敘述。前期非但

〔註98〕陸萼庭：崑劇演出史稿，上海：上海教育出版社，2006年，第166頁。
〔註99〕齊建華：文學性與舞臺性的同構對應，《藝術百家》1995年第三期，第22頁。

劇本體制仍承元雜劇餘緒，甚至演員來源與演出場合也都與元代相近」〔註100〕。明初周憲王朱有燉所創作的雜劇爲我們提供了許多雜劇演出場所的材料。如《桃源景》中的橘園奴年少時是「這城中做勾欄的第一名旦色」，她勸桃源景嫁給樂人李咬兒，可以在「城裏官長家」及「鄉里趕賽處」覓些衣食，桃源景卻感歎妓女們每日「串了些茶房酒肆，常則是待客迎賓」。又如《復落娼》裏的劉臘兒也說自己「每日價坐排場做勾欄秦箏象板，迎官員接使客杖羌笛」。可見明初雜劇的演出場所不外乎「勾闌、官廳、妓院、茶房酒肆及鄉間廟會等處」〔註101〕，這和宋元時藝人的演出場所大體上是一致的。

不過到了萬曆朝，雜劇的演出場所有了一些新變化。「此時文士大夫在私人家宅中競演的現象已十分普遍，而雜劇也逐漸在家院廳堂上受到歡迎」〔註102〕。這也可以從同時代的戲曲作品中得到印證。陳與郊《袁氏義犬》的第一折寫到士大夫廳堂上觀劇的情景，所演的是王衡的雜劇《沒奈何哭倒長安街》。他的傳奇《麒麟罽》也描述過一個類似的場景，不過這次演的其本人的作品《昭君出塞》。其他如許潮的《同甲會》、李玉的《一捧雪》都有廳堂觀劇的情節。

這種廳堂演劇的演員多爲士大夫的家伶，有時主人及其親屬好友也會登場，串上幾齣戲。演出時「一般是在大廳中擺上一方地毯來標示表演區，表演區周圍則設桌席供賓主坐賞，若有女眷還要另設女席，以垂簾相隔」。這一方地毯就是氍毹，「明清時期，家宅廳堂演劇盛極一時，氍毹的利用也十分普遍」，以至於「藝人們常常把唱戲的生涯叫做『氍毹上生活』，甚至後世乾脆就把氍毹作爲戲場的代稱」〔註103〕。

晚明時期，士大夫家中普遍蓄有家樂，這種局面也造成了家宅演劇的流行。我們從馮夢禎的《快雪堂日記》、祁彪佳的《祁忠敏公日記》等文獻中都可以看到大量關於廳堂觀劇的描寫。直至易代，這一演出方式在士大夫那裡仍然十分流行。尤侗在其自撰的《悔庵年譜》中留下了這樣的記載：

順治十三年：先君雅好聲妓，予爲教梨園子弟十八人，資以裝

〔註100〕王安祈：明雜劇的演出場合與舞臺藝術，見《明代戲曲五論》，臺北：大安出版社，1990年，第102頁。

〔註101〕王安祈：明雜劇的演出場合與舞臺藝術，見《明代戲曲五論》，臺北：大安出版社，1990年，第104頁。

〔註102〕同上，第106頁。

〔註103〕黃天驥、康保成主編：中國古代戲劇形態研究，鄭州：河南人民出版社，2009年，第432頁

飾，代斑斕之舞。自製北曲《讀離騷》四折用自況云。

康熙四年：阮亭評予北劇，最喜《黑白衛》。攜至如皋，與冒闢疆、陳其年分授家伶演之。

康熙七年：（梁清標）家有女伶，晉陽妙麗也，善南音，每呼侑觴，側鬌垂袖，宛轉欲絕。宗伯命予填新詞，因走筆成《清平調》一劇，遂授諸姬。

康熙三十一年：小重陽嚴公偉大戎園中賞菊，兼觀女樂，度曲贈之。織部曹荔軒亦令小優演予《李白登科記》，將演《讀離騷》、《黑白衛》諸劇，會移鎮江寧而止。〔註 104〕

類似的記載還有很多，總之，廳堂演劇的方式一直延續到了清末民初。朱家溍就說：「北京在 1929 年以前常有堂會戲，就是在家裏宴客演戲。」〔註 105〕不過，清中葉之後的堂會演戲與晚明相比已有所不同。具體說來，有如下兩點。

一是家宅早已不算是最主要的演出場所。拋開皇宮內廷和鄉間廟會不算外，樓船和戲館也是清代重要的演出場所。早在雍正年間，蘇州城裏就出現了戲館。顧公燮《消夏閒記》記載：「至雍正年間，郭園始創開戲館，既而增至一二館，人皆稱便。」〔註 106〕至乾隆時，這樣的戲館在蘇州城裏已經有了二十多處。「自從出現了公開營業、經常演出的『戲館』，崑劇又多了一個跟群眾見面的場所」。而在戲館出現之前，蘇州地區的有錢人逢年過節款待客人，多是雇船演戲。「船頭就是戲臺，中艙當作戲房，船尾成為烹治菜肴的廚房」〔註 107〕。戲館出現之後，很快在全國流行開來，至晚清，戲園又在上海等地風靡一時。

二是參與演出的演員多是出自職業戲班，完全不同於晚明時在廳堂上表演的家伶。朱家溍說堂會戲的演出有兩種辦法：

一種是專約一個戲班。……另一種是請一個熟悉戲曲界的朋友做「提調」，託他單約某幾個並不在同一戲班的名演員演某幾齣戲。〔註 108〕

〔註 104〕〔清〕尤侗：悔庵年譜，見《西堂餘集》，北京：中國國家圖書館館藏，編號：t1029：2。

〔註 105〕朱家溍：故宮退食錄，北京：紫禁城出版社，2010 年，第 410 頁。

〔註 106〕〔清〕顧公燮：消夏閒記摘抄，涵芬樓秘笈本。

〔註 107〕陸萼庭：崑劇演出史稿，上海：上海教育出版社，2006 年，第 198 頁。

〔註 108〕朱家溍：故宮退食錄，北京：紫禁城出版社，2010 年，第 411 頁。

他說的是清末民初時的情景，不過在乾隆時，京城的戲班就已經進入官宦人家的宅院，爲人表演戲劇。乾隆時人王際華在其日記中記載王氏於乾隆三十七年三月二十日至二十三日，在京城的家中設宴請客，並招民間戲班唱堂戲，「開筵四日，極洽賓主之歡」〔註 109〕。由於在乾嘉時期，除了少數大官僚貴族及鹽商外，已很少有人蓄養家樂。因此，從民間請戲班來家中演戲，或是直接在戲館設宴待客已成爲社會上較爲普遍的現象。

官府也是戲劇演出十分盛行的地方，明清兩代，均是如此。雖經清帝的歷次訓誡，在乾隆年間，「在職官吏蓄養家樂現象還較爲常見」〔註 110〕。不過此時的「官署戲班與官吏家樂界限不清」，很顯然，這是官員們爲了逃避罪責在打擦邊球。這種難以界定的戲班還有一個特點，那就是規模較小，常被人稱做「小部」，「小部家樂以其耗資小、投資少，演出靈活，適合於歌筵酒宴的侑觴等諸多優點，於是成爲人們的首選」〔註 111〕。

在乾嘉時期，除了唐英、崔應階等少數人外，大部分雜劇作家在生活上並不寬裕，他們常年在外奔波，以遊幕處館爲生。遊幕處館的地點往往是官署，或是貴族、鹽商的家中，在那裡，戲曲家們可以觀賞到平時在家中極少看到的崑曲演出。有時，他們還創作雜劇作品，由主人家的家樂演出，如蔣士銓的《四弦秋》、舒位的《瓶笙館修簫譜》以及陸繼輅的作品便都是如此。

清代的舞臺幾乎被折子戲所壟斷，雜劇除節慶劇照例演出外，文人的普通劇也偶爾會被改編爲折子戲進行演出。陸萼庭編過《清末上海崑劇演出劇目志》，其中尚有一些雜劇作品。具體劇目如下：

　　《單刀會》（元關漢卿）《訓子》、《刀會》

　　《馬陵道》（元無名氏）《孫詐》

　　《敬德不伏老》（元楊梓）《北詐》

　　《東窗事犯》（元孔學詩）《掃秦》

　　《漁樵記》（元無名氏）《逼休》、《寄信》

　　《昊天塔》（元朱凱）《五臺》

〔註 109〕轉引自陸萼庭：清代全本戲演出述論，見《清代戲曲與崑劇》，臺北：國家出版社，2005 年，第 285 頁。
〔註 110〕劉水云：明清家樂研究，上海：上海古籍出版社，2005 年，第 134 頁。
〔註 111〕同上，第 139 頁。

《十面埋伏》（元無名氏）《十面》

《風雲會》（明羅本）《訪普》

《西遊記》（明楊景賢）《撇子》、《認子》、《胖姑》、《借扇》、《思春》

《四聲猿》（明徐渭）《罵曹》

《吟風閣雜劇》（清楊潮觀）《罷宴》〔註112〕

乾嘉雜劇中只有楊潮觀的《罷宴》入選，這也充分證明了普通劇的尷尬處境。與普通劇不同，節慶劇由於其特殊的功能倒是可以長期在舞臺上上演。

皇宮內廷是上演節慶劇最爲頻繁的場所，每逢節慶喜事，照例會有專門的節慶劇在開場或團場時演出。民間的戲曲演出活動中同樣少不了節慶劇的身影，在這些演出場合，按照慣例節慶劇也會在開場時上演，一來是渲染節慶的氣氛，二來也代替了某些儀式功能。

從大的方面講，明清雜劇的演出場所可以分爲宮廷、官署和民間三部分。不論哪種場合，節慶劇都會在舞臺中佔有一席之地。普通劇卻沒有那麼好的運氣，除了晚明士人的廳堂外，鮮有登臺的機會了。

二、主人與家樂

王驥德在《曲律》中曾留下過這麼一段奇談：

> 吾友王澹翁好爲傳奇，予嘗謂澹翁：「若毋更詩爲，第月染指一傳奇，便足持自愉快，無異南面王樂。」澹翁曰：「何謂？」予謂：「即若詩而青蓮、少陵，能令豔冠裳而麗粉黛者，日日作渭城唱乎？」澹翁大笑鼓掌，以爲良然。一時戲語，然亦不失爲千古快談也。〔註113〕

能創作戲曲，便不需要再作詩了，因爲編戲比作詩要有趣得多，簡直無異於南面稱王。此話也只有晚明的士大夫才說得出。他們是有這個底氣的，因爲他們有家樂。

自從家樂在萬曆朝興起之後，士大夫們便將全副心力澆注其中。那位自豪地宣稱「我家聲伎，前世無之」的張岱，便極其重視自家伶人的功課。馬小卿和陳子雲原本是張家的家伶，後來加入興化班演出。有一次張岱去看他

〔註112〕詳參陸萼庭：崑劇演出史稿，上海：上海教育出版社，2006年，第344、345頁。

〔註113〕〔明〕王驥德著，陳多、葉長海注釋：王驥德曲律，長沙：湖南人民出版社，1983年，第270頁。

們演戲，二人不敢怠慢，一連唱了七齣戲，與平時的散漫大為不同。旁人看了都感到奇怪，二人才說起「坐上坐者余主人，主人精賞鑒，延師課戲，童手指千，僕僮到其家謂『過劍門』，焉敢草草」？〔註114〕。鄒迪光對家樂的督促也十分嚴屬，以至於優伶的演出缺乏光彩；後來鄒氏聽從了旁人的意見，任其發揮，果然取得了較好的藝術效果。吳琨對家樂的訓練方法與眾不同：「先以名士訓其義，繼以詞士合其調，復以通士標其式。」〔註115〕這樣訓練出來的結果焉能不佳？其他家樂主人如侯恂為了訓練家樂，常把家伶帶入朝房進行觀摩。類似的例子真可謂舉不勝舉，這也從一個側面說明了晚明士紳對戲曲的熱愛。

訓練家樂是一方面，有時候戲癮上來了，家樂主人也會粉墨登場，叫上親戚朋友一起演戲。與梁辰魚齊名的張鳳翼就能演戲，「曾在家裏唱《琵琶記》，自飾蔡伯喈，由他的次子扮演趙五娘」〔註116〕。祁彪佳的孩子也曾參與演出。最有趣的是下面這則例子，《三借廬筆談》卷八「優癖」載：

> 崇禎時，包耕農上舍與蘭陽王斤交莫逆，俱有優癖，一家濡染，婦女皆好之。一日，家人共演《西廂記》，子婦及女分扮張生、紅娘、鶯鶯等人，令季女率婢僕扮孫飛虎，己則僧衣短裙作惠明狀，正登場演樂。其友某翁新捐僉事，將之京待選，忽來辭行，婦女皆驚避去，包不及更衣，僧服相見。翁愕然曰：「君胡為者？」道其故，相與捧腹。〔註117〕

全家人齊上場，那種熱鬧歡快的場景，那種忘我投入的激情，真是令人感歎。

對戲曲的全情投入，也使得晚明家樂取得了輝煌的藝術成就。阮大鋮雖然在歷史上聲名狼藉，但是其對戲曲藝術的貢獻還是值得肯定的。

> 阮圓海家優，講關目，講情理，講筋節，與他班孟浪不同。然其所打院本，又皆主人自製，筆筆勾勒，苦心盡出，與他班鹵莽者又不同。故所搬演，本本出色，腳腳出色，齣齣出色，句句出色，字字出色。余在其家看《十錯認》、《摩尼珠》、《燕子箋》三劇，其

〔註114〕〔明〕張岱：陶庵夢憶，卷七「過劍門」條，見《陶庵夢憶‧西湖夢尋》，北京：中華書局，2007年，第92頁。

〔註115〕參見陸萼庭：崑劇演出史稿，上海：上海教育出版社，2006年，第67頁。

〔註116〕陸萼庭：崑劇演出史稿，上海：上海教育出版社，2006年，第44頁。

〔註117〕〔清〕鄒弢：優癖，見《三借廬筆談》卷八，筆記小說大觀本，揚州：江蘇廣陵古籍刻印社，1984年。

串架斗筍，插科打諢，意色眼目，主人細細與之講明，知其義味，
知其指歸，故咬嚼吞吐，尋味不盡。至於《十錯認》之龍燈、之紫
姑，《摩尼珠》之走解、之猴戲，《燕子箋》之飛燕、之舞象、之波
斯進寶，紙紮裝束，無不盡情刻畫，故其出色也愈甚。……如就戲
論，則亦鏃鏃能新，不落窠臼者也。〔註118〕

「講關目、講情理、講筋節」，精曲辭、精裝扮、精切末，怪不得阮家家班在
晚明時格外出名。劉暉吉的家樂是女樂，他的家班以燈彩布景見長：

劉暉吉奇情幻想，欲補從來梨園之缺陷。如唐明皇遊月宮，葉
法善作，場上一時黑魆地暗，手起劍落，霹靂一聲，黑幔忽收，露
出一月。其圓如規，四下以羊角染五色雲氣，中坐常儀，桂樹吳剛，
白兔搗藥，輕紗幔之，內燃賽月明數株，光焰青藜，殆如初曙，撒
布成梁，遂躡月窟。境界神奇，忘其為戲也。其他如《舞燈》，十數
人手攜一燈，忽隱忽現，怪幻百出，匪夷所思。〔註119〕

如此精心打理，無疑會對戲曲演出的技藝增添新的亮點。總體而言，晚明士
紳的家樂對於中國古代戲曲的舞臺藝術做出了巨大的貢獻，在這其中，士大
夫階層發揮了舉足輕重的作用。

由於晚明的戲曲家十分看重場上藝術，因此他們在創作時就會細心留
意，以使自己的作品便於登場。如史槃與王澹二人「皆自能度曲登場」，作品
「體調流麗」，所以「優人便之，一出而搬演幾遍國中」〔註120〕。史王二人都
創作過雜劇，他們二人可以躬自登場，對舞臺藝術是有著切身的體會的，所
以其作品才會方便登臺演出。

劇本編出來了，他們會急著召請梨園老教師到家裏對作品的曲調進行修
訂。陸采的《明珠記》，「曲既成，集吳門老教師精音律者，逐腔改定，然後
妙選梨園子弟登場教演，期盡善而後出」〔註121〕。

他們總是希望自己創作的作品能夠登臺演出，因此在下筆時也總在心裏

〔註118〕〔明〕張岱：陶庵夢憶，卷八「阮圓海戲」條，見《陶庵夢憶‧西湖夢尋》，
　　　　北京：中華書局，2007年，第97頁。
〔註119〕〔明〕張岱：陶庵夢憶，卷五「劉暉吉女戲」條，見《陶庵夢憶‧西湖夢尋》，
　　　　北京：中華書局，2007年，第67頁。
〔註120〕〔明〕王驥德著，陳多、葉長海注釋：王驥德曲律，長沙：湖南人民出版社，
　　　　1983年，第233頁。
〔註121〕〔清〕錢謙益輯：列朝詩集，丁集上「陸秀才采」小傳，續修四庫全書本。

裝著舞臺，不肯草草了事，就連平時對音律不怎麼注意的湯顯祖也對科介表情的安排費盡了心思。

  試看他多麼認真地處理著遊園、入夢、夢後這幾段戲，在角色的唱念中間非常細緻地寫上了表情和動作科介。比如入夢——與柳夢梅初晤一段，先是「生回看科」，「旦驚科」，「相叫科」，進而「旦作斜視不語科」，「旦作驚喜欲言又止科」，「背想科」，以至「生笑科」，初晤告終。

陸萼庭評論說：「在此之前的劇作家很少像湯氏那樣看重表演藝術與人物形象美的關係，這當然與社會上盛行演劇的客觀環境分不開。」〔註122〕社會氛圍促使著戲曲家照顧場上藝術，有的作家明確地提出不搞案頭之作，如沈自晉就在《望湖亭記》的下場詩中表態：「只管當場詞態好，何須留與案頭爭？」〔註123〕但是前提是戲曲家們把持著戲曲藝術的主導權，他們手中有家樂，這就好比是他們的試驗田，可以隨時把自己對戲曲的理念付諸實踐。

  反對案頭之作，還是以王驥德、李漁這樣的戲曲理論家的聲音最為響亮。先來看看王驥德是怎麼說的：

  貴剪裁，貴鍛鍊：以全帙為大間架，以每折為折落，以曲白為粉堊、為丹膜。勿落套，勿不經。勿太蔓，蔓則局懈而優人多刪削；勿太促，促則氣迫而節奏不暢達。毋令一人無著落，毋令一折不照應。傳中緊要處，須重著精神，極力發揮使透。……若無緊要處只管敷演，又多惹人厭憎，皆不審輕重之故也。又用宮調，須稱事之悲歡苦樂。如遊賞則用仙呂、雙調等類，哀怨則用商調、越調等類，以調合情，容易感動得人。其詞、格俱妙，大雅與當行參間，可演可傳，上之上也。詞藻工，句意妙，而不諧里耳，為案頭之書，已落第二義。〔註124〕

王驥德發表議論總是從戲曲藝術的總體著眼，其觀點之科學，每每令人驚歎。另一戲曲理論大家李漁也說：

  填詞之設，專為登場；登場之道，蓋亦難言之矣。詞曲佳而搬

〔註122〕陸萼庭：崑劇演出史稿，上海：上海教育出版社，2006 年，第 58 頁。

〔註123〕〔明〕沈自晉著、張樹英點校：沈自晉集，北京：中華書局，2004 年，第 181 頁。

〔註124〕〔明〕王驥德著，陳多、葉長海注釋：王驥德曲律，長沙：湖南人民出版社，1983 年，第 154 頁。

演不得其人，歌童好而教率不得其法，皆暴殄天物。〔註125〕
他的著眼點也依然是舞臺。

風氣所及，連清初的戲曲家也受其影響。《桃花扇》的作者孔尚任就對戲曲演出十分看重。他的友人顧彩的《離騷譜》在康熙間曾一度被南雅小班演出，但不知何故其中的《招魂》一折被刪去未演，孔氏引爲恨事，並寫詩道：「何事招魂刪一折，筵前無淚與君傾。」〔註126〕與孔尚任齊名的洪昇對於舞臺藝術更爲關注，他的《長生殿》也因搬演之便而在後世盛演不衰。不過，他對於戲班擅改劇本非常不滿，他說：「今《長生殿》行世，伶人苦於繁長難演，竟爲儈輩妄加節改，關目都廢。」洪的友人吳儀一後來將《長生殿》五十齣修訂爲三十齣，洪昇看了非常滿意，還要求伶人「取簡便當覓吳本教習，勿爲儈誤可耳」〔註127〕。孔洪二人是當時最著名的戲曲家，卻都爲戲班擅改劇本而煩惱，從此我們可以看出，雖然經過易代之變，一部分戲曲家仍然在關注場上藝術，但是戲曲的主導權正在易手，戲班優伶開始接過戲曲家的權杖，左右著劇場中的戲曲演出。與此同時，折子戲開始在舞臺上盛行，這一局面的產生與主導權的轉換適相同步，這其中所透露出的消息引人深思。

到了乾嘉時期，戲曲主導權的易手已經完成，除了唐英、崔應階等少數作家外，其他人與舞臺的溝通已日趨艱難。於是，案頭劇便成了此一時期文人的唯一選擇，這一選擇的做出是歷史造成的，而與個人沒有關係。

劇作家從戲班主人變爲戲曲演出的看客，這一歷史角色的轉變也對戲曲史的發展產生了極爲深遠的影響。在此過程中，我們也可以體會出戲曲演出方式在這一歷史時期中的嬗變軌迹。

三、幕友與看客

陸萼庭說：「劇作家與老伶工合作，也是明末清初劇壇風氣之一。」〔註128〕在藝人的改編下，一部本來不適合舞臺演出的作品也能成爲好戲，「例如許自昌的《水滸記》，典型的駢儷派作品，但到了藝人手裏，也能使它起死回

〔註125〕〔清〕李漁著：閒情偶寄，上海：上海古籍出版社，2010年，第86頁。

〔註126〕〔清〕孔尚任：燕臺雜興，見《孔尚任詩文集》卷四，北京：中華書局，1962年，第370頁。

〔註127〕〔清〕洪昇：《長生殿》例言，見《長生殿》，北京：人民文學出版社，1997年，「例言」，第2頁。

〔註128〕陸萼庭：清代戲曲家叢考，上海：學林出版社，1995年，第73頁。

生」〔註129〕。到了乾嘉時期，劇作家和伶人仍然有來往，不過此時的境況與晚明清初相比已有了很大的不同。

以《揚州畫舫錄》聞名於世的李斗同時也是一位戲曲家，「他對處身底層的藝人富於同情心，熟悉藝人圈子裏或喜或悲的感情生活」〔註130〕。如《揚州畫舫錄》中載有珍珠娘的故事：

> 珍珠娘，姓朱氏，年十二，工歌，繼爲樂工吳泗英女，染肺疾，
> 每一擇勻，落髮如風前秋柳，攬鏡意慵，輒低亞自憐。陽湖黃仲則
> 見余每述此境，聲淚齊下。美人色衰，名士途窮，煮字繡文，同聲
> 一哭。〔註131〕

李斗提到的黃仲則就是乾隆時非常有名的詩人黃景明，黃氏也一生窮困，恰與藝人珍珠娘同病相憐。

與李斗關係極好的金兆燕也與伶人有過交往。徐定是蘇州崑劇伶人，小名雙喜。有一次，徐定來到揚州，恰與金兆燕做了鄰居。「兩人常徐步出城，園亭僧舍，隨意所往。其時徐定來揚已數月，雖聲譽籍甚，但因不善逢迎，尚無託足之地。」〔註132〕金兆燕便請友人幫他延譽，名畫家金農還作了一幅畫送給徐定。不久，金兆燕離開揚州，徐定送至城外河邊。金兆燕非常感慨，後來爲其作傳，並感歎道：「嗚呼，四海之內，具真賞者有幾人哉？」〔註133〕金兆燕並沒有因爲徐定是一名伶人就瞧不起他，相反，他對徐大爲推崇。在這裡，戲曲技藝還是次要的，他看重的是徐定真誠的人格。

要論行爲方式，沈起鳳在清中葉戲曲家中算是比較另類的一位。比沈氏年代稍晚的管庭芬曾聽到過這樣一則趣聞：

> 聞諸吳門故老云：沈桐威少年時所爲皆不循禮法。客京師日，
> 暑月鬢簪茉莉花，身穿短紗衫袴，作賣花郎行徑，永巷朱門，叫歌
> 爭買。日午則套車遍謁輦下顯達。天晚則爛醉於孌童妖妓之家矣。
> 後爲巡城御史所知，欲繩之以法。踉蹌遁歸。〔註134〕

〔註129〕陸萼庭：崑劇演出史稿，上海：上海教育出版社，2006年，第100頁。
〔註130〕陸萼庭：清代戲曲家叢考，上海：學林出版社，1995年，第227頁。
〔註131〕〔清〕李斗：揚州畫舫錄，北京：中華書局，2007年，第200頁。
〔註132〕陸萼庭：清代戲曲家叢考，上海：學林出版社，1995年，第143頁。
〔註133〕〔清〕金兆燕：定郎小傳，見《棕亭古文鈔》卷三，續修四庫全書本。
〔註134〕〔清〕管庭芬：《續諧鐸》跋，見《花近樓叢書序跋記》，宣統三年（1911）
刻本，上海：上海國學扶輪社印行。

在管庭芬的筆下，沈起鳳頗似唐伯虎、梁辰魚一流的人物。沈本人大概也以前輩爲榜樣，他曾將唐伯虎寫進《才人福》傳奇之中。唐伯虎可以謝絕貴客，而和優伶四處玩耍；沈起鳳與優伶的關係也不錯。好友吳翌鳳便說他「既乃以傳奇著名，梨園弟子多昵就之」〔註135〕。在沈氏本人的小說集《諧鐸》中，也有優伶的故事。不過耐人尋味的是，小說的題目叫做「雛伶盡孝」。主人公尹蘭雖然「嬌喉妙態，冠出一時」，卻以演戲爲恥。他說：「某雖不肖，育自清門，豈屑以詩書後裔，習此末技？始作者，因養母；終悔者，恐玷父也。」沈起鳳也對尹蘭的孝行大爲感動，他評論道：

> 古來畸人傑士，一時辱身降志，有不必求諒於天下者。嗟，嗟！
> 誰無父母，而顧使傳孝子者，僅一尹蘭也！或曰：「尹蘭之孝，惟以優
> 伶故傳。」是固然。然何以學士大夫不爲優伶者，又無可傳也？〔註136〕

在小說中，沈起鳳一再推崇尹蘭的孝行，並且將其與文人士大夫相比，諷刺了那些穿著長衫卻行爲令人不齒的小人。巧合的是，沈起鳳的弟弟沈清瑞曾爲藝人姚馨兒作傳，結尾處的點評與乃兄一般無二：

> 予惟人平居友朋約結，自謂金石弗渝。及利害當於前，妄勿顧
> 者多矣。姬以弱女子一言許人，乃能卻富貴蹈險阻之死而終以不悔，
> 雖烈丈夫曷有加焉？〔註137〕

兄弟二人都拿藝人與文人對比，這裡面透露出的消息耐人尋味。其實在這一時期中，文人和藝人有一些相似的地方。比如他們都受雇於達官貴人，只是待遇不同罷了。也可以說，他們是幕友的關係。

文人們都深刻意識到了自己寄人籬下的處境，他們不過是被主人雇來裝點風雅的。金兆燕曾作《金閶曲》，以名伶與窮儒作比：

> 楊郎家住金閶門，金閶絲管何紛紛。……院本三年絕技成，聲
> 似春林百囀鶯。爺娘驚喜鄉里賀，豈宜塵土埋仙瓊。揚州夜市人如
> 蟻，選豔徵歌鬥奢綺。一朵瑤花下玉京，千枝芍藥含羞死。豐貂彩
> 段歸裝新，十萬腰纏耀比鄰。……鄰巷書生昨夜歸，蕭條煙火門長
> 閉。〔註138〕

〔註135〕詳參〔清〕吳翌鳳：懷舊集，卷七，「沈起鳳」條，清嘉慶年間刻本。
〔註136〕〔清〕沈起鳳：諧鐸，北京：人民文學出版社，2006年，第56頁。
〔註137〕〔清〕沈清瑞：姚姬墓誌銘，見《沈氏群峰集》卷五，民國二十二年（1933）
　　　　刻本。
〔註138〕〔清〕金兆燕：金閶曲贈楊郎，見《棕亭詩鈔》卷十六，續修四庫全書本。

兩相對比之下，窮酸的書生反而相形見絀，其處境令人感歎。

另一方面，崑曲也受到了來自花部的挑戰。乾嘉時期，各種花部亂彈在全國各地爭奇鬥豔，他們甚至都已擁有了壓箱底的劇目——「江湖十八本」。

關於花部在乾隆年間的興起，前人多已論及，此處只舉沈起鳳的記載以見一時風氣。沈氏在《諧鐸》中說：

> 吳中樂部，色藝兼優者，若肥張、瘦許，豔絕當時。後起之秀，目不見前輩典型，挾其片長，亦足傾動四座。……自西蜀韋三兒來吳，淫聲妖態，闌入歌臺。亂彈部靡然傚之，而昆班子弟，亦有倍師而學者。以至漸染骨髓，幾如康崑崙學琵琶，本領既雜，兼帶邪聲，必十年不近樂器，然後可教。〔註139〕

文人士大夫視作雅樂的崑曲已漸漸失去一尊獨大的地位，花部亂彈開始搶班奪權，儘管在文人的眼中它們是「俗樂」，是「鄭聲」，是「淫聲妖態」。在上流社會中，崑曲仍然佔有主導地位，不過花部的興起也使得戲曲家們哀歎世風日下了。

花部的興起壓縮了崑曲的生存空間，而「江湖十八本」的流行則徹底將文人的作品封死在舞臺之外。蔣士銓《西江祝嘏》第四種《昇平瑞》第二齣中介紹了當時花部「江湖十八本」盛演一時的景象：

> （末）欠通，欠通。你們是什麼腔？會幾本什麼東西？（雜）
> 崑腔、漢腔、弋陽、亂彈、廣東摸魚歌、山東姑娘腔、山西卷戲、
> 河南鑼戲，連福建的鳥腔都會唱，江湖十八本，本本皆全。〔註140〕

《西江祝嘏》創作於乾隆十六年（1751），可見早在乾隆初年，甚至更早，江湖十八本便已成為民間戲班的保留劇目。那麼，江湖十八本都包括哪些劇目呢？白海英經過研究之後指出：「『江湖十八本』作為民間演劇一種約定俗成的名詞，本身包含的意義不僅僅是一組劇目的名稱。不同時期、不同地域有其不同的『江湖十八本』。」〔註141〕總之，它指的是地方戲曲盛演的劇目，而這些劇目無一例外的都是明末清初甚至更早時期的作品，乾隆年間的文人新劇是沒有機會入選其中的。黃振曾在其所作的《石榴記》傳奇的「凡例」中感慨：「牌名雖多，今人解唱者，不過俗所謂江湖十八本與摘錦諸雜劇耳。」

〔註139〕〔清〕沈起鳳：諧鐸，北京：人民文學出版社，2006年，第176頁。

〔註140〕〔清〕蔣士銓撰、周妙中點校：蔣士銓戲曲集，北京：中華書局，1993年，第763頁。

〔註141〕白海英：「江湖十八本」考論，《中華戲曲》2005年第二期，第201頁。

〔註 142〕雜劇作家陳棟更是敏銳地指出了江湖十八本的盛行是文人創作走向案頭的主要原因之一：

> 江湖內十八本，外十八本。梨園缺一，即非佳班。其實可傳者不過十之二三，餘皆村褻鄙俚，不堪入耳。而父以傳之於子，師以授之於弟。設填新本，付之搬演，苟非有大勢力，彼必委而棄之，曰：「不可唱。」夫詞不可唱者固多，可唱者亦不少。元代佳詞如林，當時即稱「荊、劉、拜、殺」，文士之取信梨園，亦有幸有不幸矣。

〔註 143〕
陳棟看到了當時文人與藝人合作之難，文人的劇作要想登之臺上，除非有「大勢力」，否則戲班們還是會唱他們的老劇目。

誠然，乾嘉時的文人戲曲確實不太符合戲班的選取標準。比如「梨園選劇標準確實偏愛熱鬧，特別是演全本，寧熱毋冷。文人劇作家有一種可笑的成見，總認為冷雅熱俗，一本戲中冷熱比例往往不稱」〔註 144〕。但是導致文人戲曲走向案頭的更深層原因則是戲曲藝術支配權的旁落。此時，藝人已取代文人，從事戲曲劇本的改編及表演的創新，《雷峰塔》傳奇的演出便說明了這一事實。

《雷峰塔》是乾隆時的新戲，曾在揚州參加乾隆三十六年（1771）弘曆生母八十壽辰的演出。關於白娘子的故事，明代人就已將其譜入戲曲之中，清人黃圖珌、方成培也有改本，不過「真正稱得起精彩紛呈，顯現出脫胎換骨新貌的，應是乾隆年間以至後世盛演的伶工刪補本，著名的《水門》、《斷橋》就是從這個刪補本開始才為觀眾所知的」〔註 145〕。清中葉的新戲創作，除了仲振奎的《紅樓夢》等少數戲曲外，其餘均為藝人的改編本，這足以說明文人戲曲通往舞臺的道路已經阻隔，文人們就此安心地從事案頭劇的創作也就成了一件再自然不過的事情了。

其實，案頭之作並不始於此一時期，早在明中葉，邵燦的《香囊記》就

〔註 142〕〔清〕黃振：石榴記「凡例」，清乾隆年間刻本，北京：中國國家圖書館館藏，編號：33302。

〔註 143〕〔清〕陳棟：論曲十二則，見《北涇草堂集》卷二，清道光三年（1823）刻本，北京：中國國家圖書館館藏，編號：A03276。

〔註 144〕陸萼庭：清代全本戲演出述論，見《清代戲曲與崑劇》，臺北：國家出版社，2005 年，第 303 頁。

〔註 145〕陸萼庭：清代全本戲演出述論，見《清代戲曲與崑劇》，臺北：國家出版社，2005 年，第 280 頁。

以其綺麗的語言風格而受到批評家們的詬病。王驥德便指出：

　　　　曲之始，止本色一字，觀元劇及《琵琶》、《拜月》二記可見。

　　　　自《香囊記》以儒門手腳為之，遂濫觴而有文詞家一體。〔註146〕

不過到了乾嘉時期，文詞家顯然不會再受到人們的批判了。徐爔就堂而皇之的將場上、案頭目為二體，使其各自並行〔註147〕。徐爔的侍妾曾在家中表演過徐氏本人的雜劇，他的作品都曾登之場上，因此，徐爔本人也並非是個案頭作家。徐爔尚且肯定案頭創作，其他人便可以想見了。

　　至此，戲曲家和藝人的身份已經拉齊，他們同為達官貴人所雇，可算是幕友。同時，戲曲演出也幾乎與他們無關，他們只能充當一下看客。這樣的轉變反映在創作上便是案頭劇大行其道。責任並不在戲曲家，而與那個時代的社會環境有關，具體說，與那個時代的戲曲演出體制有關。文人們被排除於演出體制之外，他們的作品只能是案頭劇了。這也給了我們以新的思考，如何來辨別案頭劇，如何來判斷案頭劇的功過，這些我們都留到以後慢慢討論。

第四節　演出方式與雜劇形態

　　隨著社會地位的降低，文士們與戲曲藝術的中心——舞臺演出漸行漸遠，他們原本集編劇、導演於一身，到後來卻只能充當看客。藝人依舊生活在社會的底層，不過到了乾嘉時期，他們已經成為戲曲藝術的主導者，從事改編舞臺腳本的工作，而文人之作反而被排除在舞臺之外了。

　　角色的轉換必定對文人普通劇的創作產生影響，不過在本節中，我們先要討論明清時代戲曲演出方式的變化對普通劇的形態所帶來的影響。

一、折子戲與短劇

　　前文中，我們引用了《中國古代戲劇形態研究》一書中的一些觀點，他們認為「折子戲應是對一種戲劇演出方式的稱謂」〔註148〕。更有學者認為：「『折

〔註146〕〔明〕王驥德著，陳多、葉長海注釋：王驥德曲律，長沙：湖南人民出版社，1983年，第118頁。

〔註147〕詳參〔清〕徐爔：《鏡光緣》凡例，見《蝶夢龕詞曲》，清刻本，北京：中國國家圖書館館藏，編號：104216。

〔註148〕黃天驥、康保成主編：中國古代戲劇形態研究，鄭州：河南人民出版社，2009年，第280頁。

子戲』幾乎是隨戲曲的發展同步而生，如影隨形，在宋元時期已經出現了『折子戲』。」〔註149〕

　　曾永義對元雜劇體制規律的研究早就說明了這一戲曲史現象。曾氏認爲：

　　　　雜劇一本包含四個段落，每個段落一般叫做一折。……元雜劇
　　四折雖然故事連貫，但演出時並不是一氣演完，而是每折間要參合
　　「爨弄隊舞吹打」，也因此事實上是一折一折獨立演出的，是夾雜著
　　樂舞百戲輪番上場的。

曾氏同時認爲這種搬演形式直接取自宋雜劇的四段演出，是「宋金雜劇院本的『遺規』」〔註150〕。

　　無獨有偶，國內學者黃天驥也認爲：「從演出的角度觀察元代劇本，便可發現，在折與折之間，好些地方還保留著『爨弄、隊舞、吹打』等伎藝的成份或痕迹。」他舉出了許多實例，證明元雜劇的四折間穿插有其他伎樂的演出。

　　受他們的影響，後來的學者開始重視演出方式對戲劇形態的影響。王安祈在《再論明代的折子戲》一文中引用萬曆間《禮節傳簿》的資料，指出「時日的限定與供盞的儀式，應該是只演單折的主要原因。至於不受時日及儀式限制的其他祀神演劇，才有可能演出全伯喈、全荊釵甚或是目連」〔註151〕。這一觀察說明了演出方式對戲劇形態的制約。《禮節傳簿》是民間的演出材料，至於宮廷，則有著更爲嚴格的演出制度。李舜華的《教坊宴樂環境影響下的明前中期演劇》一文便詳細介紹了明前中期宮廷內的進盞儀式，並進而指出這一演劇形式對當時創作的影響，如使雜劇非情節化、散曲與劇曲混淆不分等等〔註152〕。

　　一方面是演出方式的限制，另一方面是崑曲在上流社會中的盛行，二者共同造就了崑曲折子戲在明清時代的輝煌。從晚明開始，以至有清一代，折子戲的演出一直繁盛不衰，這樣一種單折的演出方式也對文人普通劇的創作也產生了重要的影響。

〔註149〕戴申：折子戲形成始末（上），《戲曲藝術》2001年第二期，第31頁。
〔註150〕詳參曾永義：元雜劇體制規律的淵源與形成，見《元雜劇研究》，武漢：湖北教育出版社，2003年，第303頁。
〔註151〕王安祈：再論明代的折子戲，見《明代戲劇五論》，臺北：大安出版社，1990年，第38頁。
〔註152〕詳參李舜華：教坊宴樂環境下的明前中期演劇，《戲劇藝術》，2004年第三期。

　　胡士瑩曾指出「清初承明代遺風，自康、順以至雍、乾，（短劇的創作）出現了一個全盛時期」。胡氏認爲：

> 　　短劇所以在這一階段特別繁榮，主要是與那時代比較承平有密切關係，但明末傳奇摘錦上演的風氣，也起著推波助瀾作用。當時不少劇本選集，如《摘錦奇音》、《詞林一枝》、《八能奏錦》、《歌林拾翠》等，都是從傳奇中摘取出來的單齣，也就是當時流行的上演劇目，這對文人在寫作上的欣賞模擬是有鼓勵作用的。車江英的劇作，明標著《韓柳歐蘇四名家傳奇摘出》，可爲明證。〔註153〕

趙山林在探尋楊潮觀全力創作短劇的原因時，也將目光投向了折子戲的演出。他說：

> 　　我們知道，乾隆時代折子戲的上演已經蔚爲風氣。初刻於乾隆二十九年（1764）、完成於乾隆三十五年（1770）的折子戲總集《綴白裘》，標誌著崑腔由演出全本傳奇爲主的時期過渡到演出折子戲爲主的時期。潮觀的戲劇活動也正是在這個時期。他之所以全力創作短劇，考慮到當時觀衆的美學趣味、欣賞習慣，恐怕也是原因之一吧。〔註154〕

車江英和張聲玠以折子戲的別名「摘出」和「雜出」來命名自己的雜劇集，同時，折子戲也可稱爲「雜劇」，從名稱來觀察，便會很自然地將兩者聯繫在一起。事實上，也正是折子戲的演出方式，促使了文人普通劇的大量產生。

　　具體說來，明中後期的廳堂演劇是普通劇創作繁盛的直接原因。曾永義在考察南雜劇產生的原因時，曾說：

> 　　大抵說來，大席或大會，人數衆多，戲劇的演出應當有舞臺的設置，如此演唱「北曲大四套」或「南戲」才能施展得開；若小集用散樂唱單齣或套數，則宜於「紅氍毹上」。因爲私人宅第設有舞臺的很少，一般情況是在庭院中劃出一塊地方，鋪上紅氍，就算是舞臺面。音樂伴奏就設在紅氍靠後一面。腳色上下，則仍保持著左上右下的上下場門形式。這種情形最宜於小規模的演出，大約嘉靖中葉以前，宴會小集只能演唱散套零齣，譬如《金瓶梅》中講到清唱

〔註153〕胡士瑩：讀「吟風閣」雜劇札記，《杭州大學學報》，1959 年第三期，第 55 頁。

〔註154〕趙山林：中國古典戲劇論稿，合肥：安徽文藝出版社，1998 年，第 225 頁。

的就有百餘處。以其僅成片段，自然很不完美。嘉靖末葉，為了應付這種需要，於是短劇應運而生，而且流行發展得很快，論折數僅一二折，論內容俱屬雅雋，且獨具首尾，文人以此為賞心樂事，最適宜不過。因此，我們可以說，短劇的產生即是為了提供宴會小集的演唱而寫作的。〔註155〕

曾氏所言，極有道理。我們知道，明前期的雜劇沿元劇之舊，多為四折的體制。雖然與傳奇相比，四折雜劇屬於短劇，但是在廳堂的演出場合下，四折的演出已頗嫌臃腫。《金瓶梅》第七十八回寫到王皇親家中的二十名小廝來西門慶家中扮演《小天香夜半朝元》，這是明初周憲王朱有燉的作品，本為四折，但是在搬演時，卻並沒有演完，而是只唱了兩折。這個例子說明在家宅廳堂中演出時，一折短劇是最為適宜的。這樣的作品演出起來十分方便，不會給主人和賓客帶來困擾。明乎此，我們也就不難理解為什麼自南雜劇產生之後，一折作品最為流行的原因了。

在這種演出場合下，短劇找到了最適宜自己的發展空間，這可以從前文所引的陳與郊等人的戲曲作品中文人於廳堂中觀看雜劇的情節得到證明。於是，文人們便紛紛提筆填詞，一旦填好，馬上就可以指導家伶上演。如此一來，文人的心理欲求便得到了極大的滿足。「晉唐汴宋，千載目前；天子公卿，賞心樂事，宛如也」〔註156〕。儘管時局已亂，大廈將傾，文人士大夫卻照樣樂此不疲。日日笙歌，直至易代方才消歇。

入清之後，折子戲的演出比起明代有過之而無不及，這從《綴白裘》等大型折子戲選本的刊刻問世便可見一斑。以《綴白裘》為例，自乾隆中葉「寶仁堂編刊的《綴白裘》十二集本通行之後，深受觀眾的歡迎，據此加以翻刻、重刊的本子一直綿延至今」〔註157〕。這一方面反映了清季折子戲演出的盛況，另一方面也說明《綴白裘》等折子戲選本獲得了文學讀本的地位，「甚至成為雅俗共賞的暢銷讀物」〔註158〕。在演出和讀本的雙重感染下，文士們便有可能模仿折子戲進行雜劇創作。有一個例子便是嘉道年間的傳奇作家劉赤江仿照《綴白裘》編選了《續綴白裘新曲九種》。

〔註155〕曾永義：明雜劇概論，臺北：學海出版社，1999 年，第 30 頁。
〔註156〕〔明〕胡文煥：群音類選，卷二十六，續修四庫全書本。
〔註157〕李慧：折子戲研究，廈門大學 2008 年博士論文，第 133 頁。
〔註158〕陸萼庭：崑劇演出史稿，上海：上海教育出版社，2006 年，第 175 頁。

劉赤江（1780？～1850 以後）號七餘散人，待化老人。浙江鎮海人。劉氏於道光三十年（1850）編選了《續綴白裘新曲九種》。說是「新曲」，其實入選者中尚有清初的作品。這九種新曲全是傳奇，分別是仲振履的《紅樓夢》、李漁的《蜃中樓》和《比目魚》、錢維喬的《鸚鵡媒》和《乞食圖》、孔尚任的《桃花扇》、瞿頡的《鶴歸來》、董榕的《芝龕記》，剩下的一種便是劉氏本人的《一片心》。劉赤江各摘數齣，彙爲一集，便成了《續綴白裘新曲九種》。劉赤江在序文中談道了編選這部集子的緣起：

> 嘉慶己未，余妄撰《一片心》傳奇。此年北上，其稿爲友人攜去，失之。歸檢舊麓，十不獲二三。半年心力不忍棄諸無何有之鄉，因錄四齣，付之劂剞，而難以單行，緣取塵架所貯者，各取四折，合而成書。〔註159〕

己未是嘉慶四年（1799），劉赤江於此年所作的《一片心》傳奇如今也僅賴此集保存了四齣。如果不是劉氏在序文中早已說明，如果不是入選的其他作品進行提示，後人很有可能會把《一片心》算做是一部雜劇。明明是傳奇，選出來卻是雜劇的形貌，取名則與折子戲選本相同，這樣怪異的組合方式說明了當時流行的折子戲選本對文人戲曲創作的影響。不管是得自舞臺，還是取自文本，當文士在編寫曲本時，折子戲的容貌便會不自覺地浮現於腦海之中。這種潛移默化的力量會促使文人編寫雜劇，儘管他們所編的雜劇和舞臺上所上演的折子戲還有較大的差異。

再者，到了乾嘉時期，短劇早已了獲得了文體資格，窮寒文士雖無家樂，也很少有機會參與廳堂觀劇，但他們卻已讀過了不少前輩的作品，因此他們完全可以像吟詩作賦那樣，選擇短劇作爲文學體裁來進行創作了。

二、其他曲體對雜劇形態的影響

如果說折子戲主要是以演出形態來對雜劇產生影響的話，那麼傳奇和散曲則主要是以文體形態的方式來對雜劇發生作用。

（一）傳奇

傳奇和雜劇是明清時代最重要的兩種戲曲文體，同時也是戲曲史上的代表文體。元雜劇的光芒令人仰望，不過到了明清時代，其曲壇的地位已漸爲傳奇所取代。不過，這並不意味著傳奇已一家獨大，雖然已不同於四折一楔

〔註159〕轉引自戴云：劉赤江和他的《續綴白裘新曲九種》，《學海》，2005 年第二期。

子的元雜劇，明清雜劇依舊取得了令人矚目的文學成就。

明清的戲曲家們在填詞譜曲時往往兼擅二體。據曾永義統計，明雜劇作家中兼作傳奇的有李開先、梁辰魚、孟稱舜等三十一人〔註160〕。清代的情況亦大致相仿，蔣士銓、唐英等作家兼有傳奇和雜劇傳世。明代呂天成曾說：「雜劇但摭一事顛末，其境促；傳奇備述一人始終，其味長。」〔註161〕傳奇和雜劇長短不同，各有特點，作家們在創作時會根據具體的情況進行選擇。

在明代中後期，由於雜劇和傳奇長期共存，自然會互相產生影響。在音韻上，傳奇向雜劇借鑒，「至萬曆中期而後，以《中原音韻》爲押韻規範，在韻律上向北曲靠齊，已逐漸成爲南曲曲壇之主流」〔註162〕。而雜劇作家也不再死守著北曲這個老古董，以南曲進行創作一時成爲風氣，從而產生了「南雜劇」。在體制上，傳奇與雜劇亦彼此借鑒，傳奇可以縮短，雜劇可以拉長。明末李漁便曾提出過一種「短而有尾」的戲曲樣式，雖然這其中與演出的限制不乏關聯，但最終的結果卻是傳奇和雜劇已互相拉近、彼此通融，有時甚至很難進行區分。而以《四聲猿》爲代表的「組劇」或「套劇」合起來可看做傳奇，分開來便成雜劇，更是顯得傳奇和雜劇你中有我、我中有你。

到了清代，傳奇和雜劇彼此難分的現象比明末更爲普遍。如安徽曲家王墅所撰的《拜針樓》一共八齣，如何對其歸類便讓戲曲研究者們傷透了腦筋。黃文暘的《曲海目》、姚燮的《今樂考證》皆視其爲傳奇，莊一拂的《古典戲曲存目彙考》從之；不過傅惜華的《清代雜劇全目》也收入了該劇。周貽白評論道：

> 《拜針樓》不分卷，共八折，開場不用家門，卷尾亦無題目、
>
> 正名，曲調則南北兼用，其體制介乎傳奇、雜劇之間。〔註163〕

周先生看出《拜針樓》兼有傳奇和雜劇的特點，所以才說「介乎傳奇、雜劇之間」。

《拜針樓》是康熙間的作品，到了乾嘉時期，這一問題便顯得更爲突出了。比如仲振履的《雙鴛祠》共有八折，稍晚的梁廷枏對此已頗爲撓頭，他說：

〔註160〕曾永義：明雜劇概論，臺北：學海出版社，1999 年，第 49 頁。

〔註161〕〔明〕呂天成：曲品，見《中國古典戲曲論著集成》第六冊，北京：中國戲劇出版社，1959 年，第 209 頁。

〔註162〕徐子方：傳奇雜劇化與雜劇崑曲化──再論崑曲雜劇，《藝術百家》2008 年第六期，第 160 頁。

〔註163〕周貽白：曲海燃藜，北京：中華書局，1958 年，第 26 頁。

　　　　番禺令仲拓庵（振履）卸事後，寓省垣，作《雙鴛祠》八折，
即別駕李亦珊事也。起伏頓挫，步武井然，惜《點譜》一折，入手
太閒；《歌賽》一折，收場太重。通體八齣，雜劇則太多，傳奇又太
少，古今曲家無此例也。〔註164〕

梁氏說「古今曲家無此例」，這也不對，且不說《拜針樓》，晚明時就已出現
過八出左右的作品。不過，在這一時期，八出這樣難于歸類的作品似乎出現
得更為頻繁。例如仲振履的胞兄仲振奎作有《憐春閣》，通本也是八齣。其他
的例子包括趙對澂的《酬紅記》（八齣）、秋綠詞人的《桂香雲影》（八齣）、
楊宗岱的《離騷影》（八齣）、瞿頡的《雁門秋》（八齣）、方輪子的《柴桑樂》
（八齣）、王曇的《歸田樂》（九齣）、左潢的《桂花塔》（十齣）及石韞玉的
《紅樓夢》（十齣）等等。這些作家的活動年代基本都在乾隆末和嘉慶朝，要
是算上稍早的唐英的《梁上眼》（八齣）、蔣士銓的《採石磯》（八齣）的話，
那麼這份名錄就會顯得更為可觀了。

　　總的來說，乾嘉時期的傳奇、雜劇比之前的作品更加難以區分，這主要
表現在十齣左右的作品大量湧現，上面那份名錄所列的都是八齣至十齣間的
作品，十二、十三乃至十四齣的作品也相當多，比如吳震生的《太平樂府玉
勾十三種》，除《換身榮》、《萬年希》為十四齣外，其餘十一種均為十三齣。
這樣一種現象也對後世的戲曲目錄編纂造成了極大的困難，我們經常可以看
到同樣一部作品在不同的曲目中被收入不同的類目，甚至在某一種戲曲目錄
中也能發現前後矛盾甚至重複收錄的現象。

　　除體制接近外，乾嘉時期雜劇、傳奇彼此融合的另一表現在於折與折之
間的關係與前代作品相比要疏離得多。晚明的曲論家曾就傳奇的創作發表過
不少高明的見解，比如李漁對戲曲結構的搭建情有獨鍾：

　　　　至於「結構」二字，則在引商刻羽之先，拈韻抽毫之始。如造
物之賦形：當其精血初凝，胞胎未就，先為制定全形，使點血而具
五官百骸之勢。倘先無定局，而由頂及踵逐段滋生，則人之一身，
當有無數斷續之痕，而血氣為之中阻矣！……故作傳奇者不宜卒急
拈毫，袖手於前，始能疾書於後。〔註165〕

〔註164〕〔清〕梁廷枏：藤花亭曲話，見《中國古典戲曲論著集成》第八冊，北京：
　　　　中國戲劇出版社，1959年，第266頁。
〔註165〕〔清〕李漁：閒情偶寄，上海：上海古籍出版社，2010年，第17頁。

其他如徐復祚、王驥德、呂天成等人也都提出過類似的見解。他們主張創作傳奇時首先要立一個「主腦」，即要對整部作品的全局有一個全面的把握，「毋令一人無著落，毋令一折不照應」〔註166〕。這就好比搭建房屋時必須先要有一個總體的規劃，傳奇創作也是如此。只有先規劃好作品的每一個人物、每一處情節，這樣創作出來的作品方能取得成功。

不過，乾嘉時期的戲曲家們似乎完全沒有把前輩的話放在心上，他們的創作顯得頗為隨性，最典型的例子要屬紅樓夢題材戲曲作品。孔昭虔的《葬花》只有一折，是其年輕時隨手之作。相比之下，仲振奎的《紅樓夢傳奇》在規模上要大得多，不過仲氏最初也只填成了一折，亦名「葬花」。仲氏在其序言中說得非常明確：

> 壬子秋末，臥疾都門，得《紅樓夢》於枕上讀之……同社劉君請為歌辭，乃成《葬花》一折，遂有任城之行。厥後，碌碌不遑搦管。丙辰客揚州司馬李春舟先生幕中，更得《後紅樓夢》而讀之，大可為黛玉、晴雯吐氣，因有合兩書度曲之意，亦未暇為也。丁巳秋病，百餘日始能扶杖而起，珠編玉籍，概封塵網，而又孤悶無聊，遂以歌曲自娛，凡四十日而成此。〔註167〕

壬子是乾隆五十七年（1792），仲振奎於這一年秋天讀到《紅樓夢》，並在友人的慫恿下填出《葬花》一折短劇，這也是目前所知的最早以《紅樓夢》為題材的戲曲作品。五年後，即嘉慶二年（1797），仲氏病後無聊，遂以填詞抒懷，終於將其補充為二卷56齣的長篇巨製。很明顯，如果沒有後續之作的話，那麼仲氏的《葬花》也就跟孔昭虔的《葬花》相差無幾。這樣的創作方式顯然與晚明曲論家所提倡的創作方法有別，也體現了乾嘉曲家隨性填詞，喜歡填一折短劇的特點。

吳鎬作有《紅樓夢散套》十六折，其題目中的「散套」一詞容易使人聯想到散曲，我們留到下文再說。《散套》中的十六折之間彼此互不照應，獨立性很強，因此歷來被人看做是十六部雜劇的合集。朱鳳森的《十二釵》在體制上與吳鎬之作差別不大，也是折與折之間互相獨立，並且他還把好友許鴻磐的《三釵夢》中的兩折借調過來，屬入其中，真讓人苦笑不得。不過，也許是由於其中有試一齣《先聲》和續一齣《餘韻》的緣故，在外形上倒是與

〔註166〕　〔明〕王驥德著，陳多、葉長海注釋：王驥德曲律，長沙：湖南人民出版社，1983年，第154頁。

〔註167〕　〔清〕仲振奎：《紅樓夢傳奇》自序，嘉慶年間刻本。

傳奇非常相似，因此朱作歷來被歸入傳奇之列。兩相對比，不禁令人生出咫尺天涯之歎。不過感歎歸感歎，這一現象也說明了乾嘉曲家即使是創作傳奇也並不注重整體，而是隨性填詞。在這一點上，雜劇創作和傳奇創作倒是頗有幾分相似之處。當然，戲曲家的這一創作特點也與當時折子戲的流行有關。

學者王永健認爲：「南雜劇屬於崑山腔戲曲藝術系統，明清兩代與崑曲傳奇同步發展，其『曲運隆衰』亦與崑曲傳奇相一致。」〔註168〕這一看法很有道理。到了乾嘉時期，文人傳奇與普通劇一樣，逐漸與舞臺演出疏離，有機會被搬上舞臺的作品寥寥無幾。即使有些作品在完成之初有機會登臺演出，那也只不過是曇花一現，根本無法和傳統劇目相抗衡。以傳統劇目爲主力軍的折子戲的盛行改變了清代劇壇的風貌，也改變了文人劇作的命運。在它的影響下，不管是文人傳奇還是普通劇都只得成爲文人抒懷寫心的工具。但事物總有兩面性，折子戲的盛行同樣培養了文人創作的偏好，在耳濡目染之下，創作習慣隨之形成。雜劇創作中一折短劇的盛行，以及文人傳奇中折與折之間關係疏離等現象都與其有著密不可分的關聯。從這層意義上來講，在乾嘉時期，文人傳奇與普通劇確實有著相似的命運。

（二）散曲

散曲崛起於金元，在中國文學史上，它是繼詩詞之後另一種別具特色的詩歌體裁。與詩詞相比，它有著屬於自己的節奏和韻味。它既借鑒吸收詩詞的排比對仗，又可添加襯字、活用口語，這就使得散曲雅俗共賞，同時兼具雅文學和俗文學的特點。鍾嗣成《錄鬼簿》前半部分所收錄的「前輩名公」都是創作散曲的名家，這些人在當時不同於一般的窮酸書生，都是位高名顯的士大夫，這就足以說明散曲在當時文人圈裏的受歡迎程度。另一方面，散曲中的套數被元雜劇吸收，成爲元劇的主體結構，而戲曲的受眾群體則主要是廣大老百姓。因此，我們至少可以說，在元代，不管是士大夫階層，還是平民百姓，散曲——這一新興的詩歌體裁已獲得了廣泛的歡迎。

不過，到了明清時期，散曲的創作雖然代不乏人，但其影響力顯然已無法和元代相比，被元人所津津樂道的「大元樂府」已逐漸被人冷落。伴隨著這層光環的褪去，散曲和雜劇在明清兩代依舊探尋著各自的文體之路。不過，這一對雙子星即使早已偏離了原來的軌道，卻依然彼此相聯。

在元代，散曲並不等同於元雜劇中的劇曲。據李昌集的統計，元曲的宮

〔註168〕王永健：關於南雜劇的幾個問題，《藝術百家》1997 年第二期，第 63 頁。

調曲牌既有劇套、散套均可使用者，如黃鍾宮的【醉花陰】、【喜遷鶯】、【刮地風】、【四門子】、【古水仙子】【寨兒令】等；也有專屬劇套者，如仙呂宮的【端正好】、【三犯後庭花】、【玉花秋】等；還有只可用於散套中者，如般涉調裏的【麻婆子】、【牆頭花】、【急曲子】【耍孩兒】〔註169〕。女眞作家李直夫等人在創作雜劇時也使用了許多女眞或蒙古曲調，從而豐富了北曲的音樂體系。用呂薇芬的話來講，就是「北曲龐大而豐富的音樂體系，是由散曲與劇曲共同完成的」〔註170〕。

另一方面，散曲和劇曲在功能上也完全不同。散曲是詩歌的一類，注重抒懷寫意；劇曲卻隸屬於戲曲，是戲曲人物口中的唱詞。儘管中國戲曲與西方的戲劇有著巨大的差異，不過在扮演人物這一根本點上，二者沒有任何的區別。曲辭與念白、科諢等要素一道，都服務於戲劇對人物形象的塑造。不過，從一開始，雜劇中的曲辭就有「腳色置換」的特點，即作家借人物之口，抒發自己的情感。

以《元刊雜劇三十種》中的《新編關目晉文公火燒介子推》爲例。劇中重耳在介子推的幫助下歷盡了重重困難，終於返回晉國當上了國君。但是他在大封群臣時卻獨獨忘記了介子推，當他醒悟過來並火燒荒山想要把介子推逼出來時，介子推卻背負著老母葬身火海。在第四折中，正末所扮的樵夫登場了，他向文公介紹了火勢的猛烈。當文公問他是否見到介子推時，他說介子推及其老母均已身死火海之中。按說劇情發展到這一步也就算結束了，但是作者卻並沒有就此打住，樵夫的感慨似乎在胸中鬱積了很久，在此情景下噴泄而出。

　　　　【小桃紅】小人向虎狼叢裏過了三旬，每日負力擔柴梱，教俺
　　稚子山妻得安適。(駕雲了)(正末唱)我不知你笑那深山裏玉堂臣，
　　他向那濃煙烈焰裏成灰燼。(駕雲了)(正末唱)爲甚俺這樵夫得脫
　　身無事？他皇天有信，從來不負俺這苦辛人。

他向文公申明自己的職業，每天靠力氣吃飯，養活家小。當文公問他爲什麼會安然無恙時，他卻語含諷刺，說老天爺講信用，不會辜負他。接下來，樵夫歷數了介子推在扶助文公脫困過程中的一件件功勞。在最後一隻曲子中甚至以責備的口吻斥責道：

〔註169〕詳參李昌集：中國古代散曲史，上海：華東師範大學出版社，2007 年，第 162 頁。
〔註170〕呂薇芬：雜劇的成熟以及與散曲的關係，《文學遺產》2006 年第一期，第 111 頁。

【收尾】不爭你個晉文公烈火把功臣盡，枉惹得萬萬載朝廷議論。常想趙盾捧車輪，也不似你個當今帝王狠！〔註171〕

在這部劇中，雖然作者著意強化了樵夫的現實形象——本色樸實，靠力氣養家糊口，但是這卻絲毫不妨礙他與「老官人」介子推交好，甚至在劇末責備當今的一國之君。這顯然就不是樵夫這一身份所能涵蓋的了的。在這裡，作者有意將自己的情感植入其中，指斥今古，評判功過。

「腳色置換」似乎是雜劇創作中的通病，但是，到了乾嘉時期，這一傾向被發展到了登峰造極的地步。它甚至已經對代言體構成了挑戰，從而變得與詩歌相差無幾了。

最突出的例子是徐爔的《寫心雜劇》。在徐氏的近二十部雜劇中，徐爔本人無一例外的親自登場，成為劇中的主人公。這種創作思路視傳統的戲曲人物於無物，作者本人直接面對觀眾，現身說法。如果說清初廖燕還處在嘗試的階段的話，那麼徐爔則完全將其作為一種常規了。有意思的是《寫心雜劇》中的《問卜》一劇同《晉文公火燒介子推》一樣，也寫到了一位老樵夫。不過這一位樵夫卻窮苦不堪，完全失去了往日的丰采，他唱道：

滿頭竭汗走西是個東，撞來撞去路弗是個通。唔儂無田無地挑柴是個賣呦，弗餘多呦弗是介窮。〔註172〕

由於徐爔《寫心雜劇》中的主人公都是作者本人，他老人家自己現身場上，因此根本就不需要再找漁樵這樣的代言人了，於是乎樵夫終於回歸到了自己本來的身份。

作者親自登場的做法在乾嘉時期的普通劇中並不罕見，許名崙的《陶然亭》便自寫生活實事，曾衍東的《豆棚圖》也約略相仿，劇中人物自稱「七如居士」，正是曾氏本人的號，相似的例子還有時代稍晚的湯貽汾所創作的《逍遙巾》。

雖然沒有像徐爔等人那樣，直接拋開劇中的人物，但無可否認的是乾嘉雜劇普遍具有淡化情節、重視抒情的特點，這從當時人對雜劇的稱呼中便可看出一些端倪。女作家吳藻作有《喬影》雜劇一折，梁紹壬便稱其「又嘗作飲酒讀騷長曲一套」〔註173〕，儼然將其與散曲同等對待。更明顯的例子是吳

〔註171〕王季思主編：全元戲曲（第三卷），北京：人民文學出版社，1999 年，第 300頁。

〔註172〕〔清〕徐爔：問卜，見《蝶夢龕詞曲》，清刻本，北京：中國國家圖書館館藏，編號：104216。

〔註173〕〔清〕梁紹壬：兩般秋雨盦隨筆，卷二「花簾詞」，上海：上海古籍出版社，

鎬的《紅樓夢散套》，吳氏直接以「散套」來對其所作的雜劇合集進行冠名，顯然已將其視作同類事物。另外，汪柱、孔廣林等人將自己所創作的散曲和雜劇彙於一集，這樣的做法也同樣可以說明問題。孫楷第曾這樣評價徐爔的《寫心雜劇》：

> 然戲曲搬演事實，貴乎波瀾節次，爔諸作皆情節過簡，用於戲曲，殊不相宜。其名雖爲劇，實當以散套視之，然則何如竟作散曲也。〔註174〕

要知道乾嘉時期還有不少雜劇比徐爔的《寫心雜劇》在情節上更爲簡略，那麼以孫氏的標準觀之，它們都應該和散曲相差無幾了。

雜劇散曲化其實早在明代就已初見端倪，李舜華認爲：

> 朱有燉《誠齋樂府》中，賞牡丹的散套小令最多。不少即是先撰有一二小令，後來據曲意又撰成長套，很可能其賞牡丹雜劇即是由此而來。〔註175〕

先塡小令、套數，然後在其基礎上增飾爲雜劇、傳奇，這是符合客觀創作實際的。

不過，雜劇散曲化的根本原因仍然要從演出體制的變遷中去找尋答案。明代宮廷演出有著非常嚴密的制度，各種伎樂和戲劇的表演都要遵循進盞儀式，即一個宴會分爲若干樂章，而每個樂章又夾雜有院本、雜劇及百戲等表演。民間的演出雖然沒有那麼嚴格的管制，但也約略與此相仿。到了清代，折子戲盛行於世，情節意味很少的節慶劇也在舞臺上廣爲流行，這樣的演出體制使得文人筆下的雜劇只能成爲一種抒情寫意的工具。這加深了雜劇的非情節化程度，從而一步步向散曲靠攏，最終在乾嘉時期成爲雜劇形態的一大特徵。

第五節　文人心理與明清戲曲

不管是時代環境還是演出方式，終究都是從外部對雜劇形態產生影響；相比之下，作家的心理則是影響雜劇形態的決定性因素。

1982 年，第 62 頁。

〔註174〕孫楷第：戲曲小說書錄解題，北京：人民文學出版社，1990 年，第 365 頁。

〔註175〕李舜華：教坊宴樂環境下的明前中期演劇，《戲劇藝術》2004 年第三期，第 105 頁。

一、文人與戲曲演出

　　戲曲自誕生之日起，便成爲中國人最重要的娛樂方式之一。正如陳抱成所言：「對於古代、近代的中國人來說，除了謀衣食、求生存的事業之外，恐怕再也找不到哪一種社會性活動能如戲劇那樣更具有集群意義和規模意義的了。」〔註 176〕對戲曲的狂熱喜好，普通的老百姓是如此，文人也不例外。在乾嘉時期，由於時局較爲太平，戲曲演出被推向了封建社會的頂峰。雖然各種地方戲如雨後春筍般湧現，崑曲的演出規模依然可觀。姚民哀在《五好樓雜評甲編》中說：

> 崑曲一道，源頭遠久。……降至前清乾嘉之時，海內作手雖不若前期之盛，而粉墨登場之優孟，即起李龜年、黃幡綽於地下，恐亦曰天寶當年之所謂梨園子弟，亦無此壇盛也。〔註 177〕

姚氏所說並非虛言，在崑曲表演史上，乾嘉時期的「表演藝術出現了新的高峰」〔註 178〕。文人士大夫們廁身其中，耳濡目染之下，有不少人都成了相當專業的戲迷，這裡面就包括一些經學大師。如以《國朝漢學師承記》聞名於世的江藩就寫過一部《名優記》，另一位大師焦循在治經之餘更是撰寫了《曲考》、《劇說》及《花部農譚》等曲學著作，至今仍爲人們所引述。

　　即便如此，在一般文人士大夫眼中，戲曲演出仍然無關宏旨，屬於俗樂中的一類。《禮記・樂記》中記載：「魏文侯問於子夏曰：『吾端冕而聽古樂，則唯恐臥；聽鄭衛之音，則不知倦。』」〔註 179〕子夏一聽，趕忙講了一番雅樂和俗樂不同的大道理，勸魏文侯摒棄「鄭衛之音」，只聽雅樂。在古人那裡，雅樂關乎天道人心，而俗樂則只是些「靡靡之音」，根本不值一提。不過在實際操作中，如何區分雅樂和俗樂則會遇到一些問題。由於上古雅樂早已失傳，後世的雅樂多爲同時代的新創，這就爲雅樂與俗樂的區分帶來了一定程度的變數。場合不同，人們的態度也不一樣。比如，光緒帝曾對早已成爲宮廷典禮的戲劇演出發表過一番評論：「上云鐘鼓雅音，此等皆鄭聲；又云隨從人皆願聽戲，余不願也。」〔註 180〕做爲皇帝，可以將宮廷演劇統統稱爲「鄭聲」；

〔註 176〕陳抱成：中國的戲曲文化，北京：中國戲劇出版社，1995 年，「前言」，第 2 頁。

〔註 177〕姚民哀：五好樓雜評甲編，見《遊戲世界》第三期，上海：大東書局，1922年。

〔註 178〕陸萼庭：崑劇演出史稿，上海：上海教育出版社，2006 年，第 165 頁。

〔註 179〕《禮記・樂記》。

〔註 180〕轉引自陸萼庭：典禮背後的世俗心態——讀《翁同龢日記》中的清宮演戲資

做為臣子，翁同龢就只能稱其為「法曲」了——「乾隆時所製法曲，詞臣等撰進，如張得天曾秉筆焉」〔註181〕。

　　針對不同類型的戲曲演出，絕大多數文人同樣會區別對待。一方面，與劇曲相比，清曲更受文人的青睞。龔自珍說：「大凡江左歌者有二：一曰清曲，一曰劇曲。清曲雅宴，劇曲為狎遊，至嚴不相犯。」〔註182〕因此，陸萼庭才說：

> 　　在封建社會，清曲成為雅樂，成為一般士大夫地主富商們的玩意兒。劇曲則是俗樂，是卑賤的伶工們演唱的。唱清曲的人只是唱曲，根本不去接觸劇場的規範，好像一帶上說白身段，就會失去清曲的貞操了。怪不得像吟香堂、納書楹諸家曲譜都不刊說白，用意在此！〔註183〕

另一方面，演出場合不同，戲曲的地位也會有天壤之別。宋代的吳處厚曾說：「今世樂藝，亦有兩般格調；若朝廟供應，則忌粗野嘲哳；至於村歌社舞，則又喜焉。」〔註184〕他將廟堂之樂和村社之樂完全區分對待，這種做法一直延續到了後世。在乾嘉時期，戲曲演出在宮廷中已經獲得了典禮的地位，而鄉野地頭的戲曲演出依舊難入文人的法眼。雜劇作家范駒的《夏日觀劇誌感》一詩代表了當時一般文人的看法，詩云：

> 　　含蕚隨風解，新梅逐雨黃。南薰剛入律，絲竹正登場。傍水高臺迴，臨風采幔長。敎曹喧鼓樂，鞖鞳進俳倡。觀者更如堵，遊人直欲狂。影移朱雀舫，門鎖碧雞坊。玉女搖仙珮，洛靈拾寶璫。顏嫌宮粉污，風遞口脂香。露浣薔薇液，麝薰豆蔻湯。重臺關盼盼，深院李當當。讀出由來擅，尋歡且未央。香泥看淺印，劉襪見登桄。塭引濃妝女，騙托白面郎。紛挐聲動地，坌息汗流漿。村婦耕耘歌，農人種作妨。軒騰增物價，感激起悲傷。斯世競遊冶，吾心倍慨慷。阜城瀕悉索，往歲每鋪張。劇會飯僧道，鬧燈競鼓簧。何人偏踴躍，此事也堂

　　　料，見《清代戲曲與崑劇》，臺北：國家出版社，2005年，第375頁。

〔註181〕〔清〕翁同龢著、陳義傑點校：翁同龢日記，第五冊，北京：中華書局，1989年，第2826頁。

〔註182〕〔清〕龔自珍：書金伶，見《龔自珍全集》（上冊），上海：中華書局上海編輯所，1959年，第181頁。

〔註183〕陸萼庭：崑劇演出史稿，上海：上海教育出版社，2006年，第71頁。

〔註184〕〔宋〕吳處厚：青箱雜記，卷五，文淵閣四庫全書本。

皇。不復流風古，能令舊業荒。揮毫聊寫意，窗外有夕陽。〔註185〕

觀者如堵，遊人欲狂，人們對觀劇的熱情可見一斑。不過，在文人看來，村社演劇所帶來的後果卻是鋪張浪費、妨礙農事，甚至物價增長，無怪乎范駒要感慨悲傷了。

優伶，做為戲曲藝術的表演者，其地位在封建社會向來卑下，幾乎和妓女無甚差別。清王朝建立後，這一情形似有更加惡化的趨向。清代帝王歷來十分重視尊卑之別，乾隆帝曾云：「斷不容奴僕挾制短長，妄行首告，而紊尊卑之定分也。」〔註186〕優伶在帝王和士大夫眼中只是奴僕，毫無地位可言。《嘯亭雜錄》中曾記載過這樣一件事：

> 世宗萬機餘暇，罕御聲色。偶觀雜劇，有演《繡襦》院本「鄭
> 儋打子」之劇，曲伎俱佳，上喜賜食。其伶偶問今常州守爲誰者。
> 上勃然大怒曰：「汝優伶賤輩，何可擅問官守？其風實不可長。」因
> 將其立斃杖下，其嚴明也若此。〔註187〕

只是隨口插了一句嘴，這位才華過人的優伶居然被立斃杖下，優伶身份之卑下便可見一斑了。

在文人士大夫看來，優伶的身份當然是卑下的。不過，乾嘉時期與晚明相比，情況也不太一樣。晚明時期，家樂盛行，在縉紳家中，優伶也可算是高級奴僕。由於長期在一起相處，劇作家和優伶也會產生相當深厚的友誼。雜劇作家張岱就曾和朱楚生、彭天錫等多位藝人有過親密的交往。張氏讚歎他們的表演，同情他們的遭遇，如他在《朱楚生》一文中云：

> 楚生多遐想，一往情深，搖颺無主。一日，同余在定香橋，日
> 晡煙生，林木窅冥，楚生低頭不語，泣如雨下。余問之，作飾語以
> 對。勞心忡忡，終以情死。〔註188〕

而到了乾嘉時期，文人與優伶的交往已不多見，即使如沈起鳳、李斗、金兆燕等人以劇作家的身份和優伶交往，也多是看重優伶身上的高尚節操。至於其過人的表演成就，文人們則匆匆數筆帶過，不願多提。

這些劇作家所交往的藝人還多限於崑曲藝人，像魏長生這樣著名的秦腔

〔註185〕〔清〕范駒：雈田集，卷十，北京：中國國家圖書館館藏，編號：XD3747。
〔註186〕〔清〕清實錄，高宗實錄卷一，北京：中華書局，1986年，第188頁。
〔註187〕〔清〕昭槤：嘯亭雜錄，北京：中華書局，1997年，第12頁。
〔註188〕〔明〕張岱：陶庵夢憶，卷五「朱楚生」條，見《陶庵夢憶·西湖夢尋》，北京：中華書局，2007年，第68頁。

藝人，劇作家們根本就不屑一顧。如《日下看花記》的作者說：「長生於乾隆甲午後始至都，習見其《滾樓》，舉國若狂，予獨不樂觀之。」〔註189〕沈起鳳以「韋三兒」呼之，稱其「淫聲妖態，闌入歌臺」〔註190〕。到了嘉慶六年（1801），魏長生再次入都，昭槤仍諷刺道：「其所蓄已蕩盡，年逾知命，猶復當場賣笑。」〔註191〕總的來說，不管是晚明，還是乾嘉，在文人士大夫的心中，優伶根本是無足輕重的，只是在程度上稍有差別罷了。

　　與場上藝術相比，文人劇作家更看重文本本身。晚明徐翽在爲《盛明雜劇》所作的序言中說：

　　　　文長之曉峽猿聲，暨不佞之夕陽影語，此何等心事，寧漫付之李龜年、謝阿蠻輩草草演習，供綺宴酒闌而憨跳？他若康對山、汪南溟、梁伯龍、王辰玉諸君子胸中各有磊磊者，故借長嘯以發抒其不平，應自不可磨滅。〔註192〕

清初的廖燕直言：「文人唱曲，豈效優人伎倆？」〔註193〕另一雜劇作家尤侗擁有家樂，卻照樣稱其作品「只藏篋中，與二三知己，浮白歌呼」〔註194〕。與其作品能否上演相比，劇作家更在意文字本身，他們根本不相信藝人能夠將作品的寓意淋漓盡致地表現出來，他們在乎的只是填詞譜曲這一過程，至於能否演出，反而是次要的。

　　這一現象到了乾嘉時期體現得愈發明顯。本來，此一時期的戲曲新作就很難上演，舞臺上所流行的都是膾炙人口的折子戲。對於這一情形，劇作家們根本就毫不在意。他們不願自己的作品蒙受藝人的改竄，不屑與藝人合作。金兆燕《旗亭記》成書後，其幕府主人盧見曾曾「引梨園老教師爲點板排場」。後來，金氏在回憶這段往事時說：

　　　　兆燕不自知恥，爲新聲作諢劇，依附俳諧以適主人意。主人意所不可，雖繆宮商、□拍度以順之不恤。甚則主人奮筆塗抹，自爲

〔註189〕〔清〕小鐵笛道人：日下看花記，見《清代燕都梨園史料》（上），北京：中國戲劇出版社，1988年，第104頁。

〔註190〕〔清〕沈起鳳：諧鐸，北京：人民文學出版社，2006年，第176頁。

〔註191〕〔清〕昭槤：嘯亭雜錄，北京：中華書局，1997年，第238頁。

〔註192〕〔明〕徐翽：《盛明雜劇》序，見《盛明雜劇》，續修四庫全書本。

〔註193〕〔清〕廖燕：訴琵琶，見《清人雜劇二集》，長樂鄭氏刻印，民國二十三年（1934）。

〔註194〕〔清〕尤侗：西堂樂府自序，見《清人雜劇初集》，長樂鄭氏刻印，民國二十年（1931）。

創語，亦委屈遷就。〔註195〕

這段話說得十分沉痛，不僅對盧見曾及老教師對其作品的刪削大爲不滿，甚至後悔自己早年塡詞譜曲的行爲。至於文人對戲曲創作的態度，我們在下一節裏還會詳細說明。

二、文人與戲曲創作

上一節我們提到，將戲曲歸爲雅樂還是俗樂，文人士大夫在這一問題上顯得模棱兩可、遊移不定。同樣，在對待包括雜劇在內的戲曲創作時，文人也往往陷入困惑之中，有時還會全盤否定自己早年的戲曲創作。

之所以會出現這一現象，主要是因爲人們對戲曲創作這一行爲的認知不一致。甚至在不同的人生階段，人們對戲曲創作的態度也不一樣。

一種看法是戲曲創作主要是優伶的行爲，文人士大夫是不屑參與的。比如羅聘曾說：「昔人以塡詞爲俳優之文，不復經意。」〔註196〕想來持此觀點的文人大有人在。其實，這種看法也是有一定道理的。歷來知音作樂的藝人數不勝數，也並不僅限於明清兩代而已。《都城紀勝》曾記載：

教坊大使，在京師時有孟角毬曾撰雜劇本子，又有葛守誠撰四十大麯詞，又有丁仙現捷才知音。〔註197〕

孟角毬等人都是北宋末年著名的雜劇演員，雖然那時的雜劇和後來的雜劇並不一樣，但是想來雜劇演員本身從事雜劇創作也應是很早以前就有的傳統。到了元代，從事雜劇創作的藝人就更多了。比如與馬致遠一起合作編寫《開壇闡教黃粱夢》雜劇的花李郎和紅字李二都是教坊演員劉耍和的女婿，本身也是藝人。到了明清兩代，從事戲曲創作的藝人也不少，只不過相對於文人劇作家，他們的身份極其卑微，很少有曲籍將其收錄罷了。

有意思的是明初的寧獻王朱權倒是專門將元代藝人所創作的雜劇收在一處。在編好「群英所編雜劇」之後，朱權特闢「娼夫不入群英四人共十一本」附錄於後，四人分別是趙明鏡、張酷貧、紅字李二和花李郎。收完這些「娼夫」之流的作品後，朱權還特意寫了如下一段按語：

〔註195〕〔清〕金兆燕：程綿莊先生《蓮花島傳奇》序，見《棕亭古文鈔》卷六，續修四庫全書本。

〔註196〕〔清〕羅聘：論文一則，見《蔣士銓戲曲集》，北京：中華書局，1993 年，第 550 頁。

〔註197〕〔宋〕灌園耐得翁：都城紀勝，「瓦舍眾伎」條，四庫全書本。

> 娼夫自春秋之世有之，異類託姓，有名無字。趙明鏡訛傳「趙
> 文敬」，非也；張酷貧訛傳「張國賓」，非也。自古娼夫如黃幡綽、
> 鏡新磨、雷海青之輩，皆古之名娼也。止以樂名稱之耳，亙世無字。
> 〔註198〕

在堂堂的大明藩王朱權眼中，這些藝人幾乎連名字都不必有，只有個樂名就可以了。而且朱氏以「娼夫」呼之，顯然將其與娼妓一體看待，也可見出這些藝人地位之卑下。不過朱權編寫「群英所編雜劇」的本意卻是爲了表彰那些文人雜劇作家的，朱權自己也說：「蓋雜劇者，太平之勝事，非太平則無以出。」〔註199〕這樣看來，朱權的看法就與前面那種看法不太一致了。他認爲雜劇創作是太平盛世下文人才華的體現，藝人根本就不該染指其中。持此看法的當然不僅朱權一人，朱權曾引述過趙孟頫對雜劇創作的觀點：

> 雜劇，俳優所扮者謂之「娼戲」，故曰「勾欄」。子昂趙先生曰：
> 「良家子弟所扮雜劇，謂之『行家生活』；娼優所扮者，謂之『戾家
> 把戲』。良人貴其恥，故扮者寡，今少矣！反以娼優扮者謂之『行家』，
> 失之遠也。」或問其何故哉？則應之曰：「雜劇出於鴻儒碩士，騷人
> 墨客，所作皆良人也。今我輩所作，娼優豈能扮乎？推其本而明其
> 理，故以爲『戾家』也。」〔註200〕

在這段話中，趙孟頫甚至把舞臺表演藝術也包給了良家子弟，這卻有點驚人，不過也能看出元雜劇在當時文壇稱勝的局面。不過比起朱權，趙氏對雜劇創作更爲推崇，如此言論在後世還眞是難得一見。

與趙孟頫堂而皇之地推崇雜劇創作不同，明清的劇作家雖然也爲自己的戲曲創作行爲進行辯護，但總顯得有些底氣不足。

首先，劇作家們大多認同戲曲創作是詩詞的「遠親」，也是文體的一類，並且它也能擔負起總結歷史、勸化人心的責任。

前文中曾引述過孔尚任的言論，他承認自己創作《桃花扇》是爲了「警世易俗，贊聖道而輔王化」，希望自己的戲曲能起到「不獨令觀者感激涕零，亦可懲創人心，爲末世之一救」的功用〔註201〕。這些功能本來是專屬於詩文的，現

〔註198〕〔明〕朱權著、姚品文箋評：太和正音譜，北京：中華書局，2010年，第66頁。
〔註199〕〔明〕朱權著、姚品文箋評：太和正音譜，北京：中華書局，2010年，第66頁。
〔註200〕同上，第38頁。
〔註201〕〔清〕孔尚任：《桃花扇》小引，見《桃花扇》，北京：人民文學出版社，1997年，第1頁。

在也可以由戲曲來代替，實際上孔尚任也是把《桃花扇》當做詩文來創作的。後來淩廷堪在評價《桃花扇》的寫作體例時，並不認同這種做法，他說：

> 若夫南曲之多，不可勝計，握管者類皆文辭之士，彼之意以爲吾既能文辭矣，則於度曲何有。於是悍然下筆，漫然成編，或詡穠豔，或矜考據。謂之爲詩也可，謂之爲詞也亦可，即謂之爲文也，亦無不可，獨謂之爲曲，則不可。〔註202〕

王驥德早就說過「詞之與曲，實分兩途」〔註203〕，淩廷堪看到當時戲曲創作中所存在的問題，這是很有見地的。不過，孔尚任的做法是清代戲曲家的通病，自不是孔氏一人之責。將戲曲當做詩文詞賦來進行創作，也可以說是時代潮流使然。

張三禮在評論蔣士銓的《空谷香》時說：「文字無關風教者，雖炳耀藝林，膾炙人口，皆爲苟作，塡詞其一體也。……塡詞足資勸懲感發者。」〔註204〕顯然，張氏是將戲曲創作看做是文體的一類，可以肩負起勸懲人心的職責。這也是沿著孔尚任的路子在走，不過，蔣士銓的戲曲創作也著實當得起這樣的評價。蔣士銓現存至今的十六種戲曲作品中，絕大多數都是勸懲人心之作。其中，雜劇《一片石》、《第二碑》（亦名《後一片石》）及十二齣的傳奇《採樵圖》均譜明寧王妃婁氏的事迹，爲了表彰這位節烈女子，蔣士銓不惜一而再再而三地編創戲曲，這也足見蔣氏本人創作戲曲的目的了。其友王均認爲《第二碑》可「補《新建縣志・祠墓》之缺」〔註205〕，這也符合蔣氏的本意。乾嘉時期的重要雜劇作家，如唐英、楊潮觀等人，也多是由此目的來創作戲曲。

按說這種勸懲人心的好事不該給作家本人帶來麻煩，但是事實上恰恰相反，戲曲創作同樣讓一些戲曲家愛之深、恨之切，甚至有人陷入懺悔之中，不能自拔。這主要是由於文人徘徊在兩種觀點之間，有時不免陷入兩難之境。

上一節結尾處，筆者曾引述過金兆燕對自己戲曲創作經歷的回憶，其中

〔註202〕〔清〕淩廷堪：與程時齋論曲書，見《校禮堂文集》，北京：中華書局，第193頁。

〔註203〕〔明〕王驥德著，陳多、葉長海注釋：王驥德曲律，長沙：湖南人民出版社，1983年，第38頁。

〔註204〕〔清〕張三禮：《空谷香》序，見《蔣士銓戲曲集》，北京：中華書局，1993年，第433頁。

〔註205〕〔清〕王均：《第二碑》敘，見《蔣士銓戲曲集》，北京：中華書局，1993年，第378頁。

「不自知恥，爲新聲作諢劇，依附俳諧以適主人意」一句十分明顯地表露出金氏對自己早年創作戲曲的悔意。這種現象在清人那裡並不罕見，其他一些劇作家也有過類似的言論。

清初戲曲家顧彩與孔尙任爲至交好友，也曾在曲阜坐館。《梁溪詩抄》稱其被「聘延至曲阜，深相得。衍聖公爲梓其所著《往深齋》等集。……公暮年歸，窮且老矣，未嘗不悔文采風流，微傷大雅云」〔註206〕。顧彩懷疑自己窮困終生，與早年的戲曲創作經歷有關，相似的情形在另一曲家沈起鳳那裡體現得愈發明顯。

前文中曾引述過管庭芬對沈起鳳早年經歷的描述，可謂放浪形骸，「所爲皆不循禮法」。沈氏本人對此也不諱言，他稱自己：「三吳妄男子耳，少小得狂名。第一讀書成癖，第二愛花結習，餘事譜新聲。」〔註207〕不過到了晚年，沈氏卻不止一次的流露出對早年行爲的懺悔之意。他說：「予詩文之暇，好作傳奇，嬉笑怒罵，殊傷忠厚。」也曾感歎；「予本生福澤，被輕薄業折盡矣！」〔註208〕甚至還曾請棲霞山的禪師爲其「懺除口業。歸家後，燒其曲譜，不敢以歌場綺語，至疑生平之有遺行也」〔註209〕。沈氏決心不可謂不大，懺悔之意也十分誠懇，但是在懺悔的同時，沈氏晚年仍時不時的填詞譜曲，這就讓人有些哭笑不得了。

其實，沈起鳳、金兆燕等人所後悔的並不一定是戲曲創作本身，他們這些劇作家早年大多受聘於達官貴人，填詞譜曲也帶有一定的雇傭性質，這種處境在他們看來與優伶無異，這才讓他們引以爲恥，終生不能釋然。前文曾經提到，乾嘉時期的戲曲家大多生活貧困，遊幕坐館是他們的生活常態，有時也免不了受主人之託創作戲曲。孔廣林《〈松年長生引〉自序》中曾云：

　　　　乾隆三十三年中春之月，先大夫囑海昌陳竹廠夫子撰《松年長
　　生引》四折，補祝先大母徐太夫人七十壽。〔註210〕

因爲這位陳老夫子不諳北曲，於是邀孔廣林與其合作，這才完成了《松年長生引》四折雜劇。有著相似經歷的還有女曲家張藜，她在《〈雙叩閽〉自序》

〔註206〕轉引自陸萼庭：清代戲曲家叢考，上海：學林出版社，1995年，第170頁。

〔註207〕〔清〕沈起鳳：諧鐸，北京：人民文學出版社，2006年，第143頁。

〔註208〕同上，第189頁。

〔註209〕〔清〕沈起鳳：諧鐸，北京：人民文學出版社，2006年，第143頁。

〔註210〕〔清〕孔廣林：《松年長生引》自序，見《清人雜劇二集》，長樂鄭氏刻印，民國二十三年（1934）。

中說：「憶余丙戌秋應徵北上，設帳於王府，館課之暇，奉內主命草撰雜劇數種。」〔註211〕可見文人在受到主家雇傭時，也時不時地爲主家創作戲曲。

沈起鳳、金兆燕等人曾受雇於江南的官府，又正逢乾隆帝南巡之日，受聘創作戲曲自不能免。今天我們只知道沈、金等人作有傳奇，但按常理推測，他們也應像厲鶚、吳城等人那樣創作過雜劇。畢竟在這種節慶的場合下，對於節慶劇的需求是很大的。

對於貧寒的文人來講，受聘創作戲曲確實能帶來一筆不菲的收入。不過到了晚年，當他們回憶這些往事時，多半會心生悔意，將其看做是自己一生中的污點。乾隆六年（1741），清廷設立律呂館，雜劇作家繆謨等人受聘入館。另一曲家張堅當時也在京師，不過他卻拒絕入館，他說：「吾幼讀先人遺書，不能以科第顯，今老矣，顧乃以伶聲之事而希榮，竊恥爲之。」〔註212〕蔣士銓也拒絕過裘曰修推薦其入景山爲內伶填詞的邀請，作詩稱：「三復館閣文，郁郁傷懷抱。豈無俳優詞？所慮終害道。」〔註213〕沈起鳳後來也拒絕過大吏之邀，寧願去做廣文這樣的冷官。可見文人不到萬不得已之時，不願替人填詞譜曲。只有當其貧寒不能自給時，才會勉強提筆。

至於像永恩、崔應階這樣的王公大臣，徐爔、袁棟這樣的富家子弟，倒也不存在這些問題。在他們那裡，沒有了受雇填詞的壓力，戲曲僅是其所駕馭的眾多文體之一。他們抒情寫懷，盡情地表達著文人所特有的閒情逸致。

三、文人與戲曲欣賞

嵇永仁在《續離騷·自引》中說：「填詞者，文之餘也。歌哭笑罵者，情所鍾也。文生於情，始爲眞文；情生於文，始爲眞情。《離騷》迺千古繪情之書，故其文一唱三歎，往復流連，纏綿而不可解。……雖填詞不可抗《騷》，而續其牢騷之遺意，未始非楚些別調云。」嵇永仁既將雜劇稱爲「文之餘」，又拿其和離騷相比，很顯然是把雜劇當做詩文來進行創作了。

嵇氏的做法與孔尚任相似，在清代曲家中很具有代表性。他們大多重視

〔註211〕 轉引自鄧長風：明清戲曲家考略全編（續編），上海：上海古籍出版社，2009年，第211頁。
〔註212〕 〔清〕徐孝常：《夢中緣》序，見《玉燕堂四種曲》，北京：國家圖書館館藏，編號：148372。
〔註213〕 〔清〕蔣士銓著、邵海清校、李夢生箋，忠雅堂集校箋，上海：上海古籍出版社，1993年，第820頁。

文人曲本，喜愛清曲；卻輕視演出，尤其是各種地方戲的演出。陸萼庭曾經將清代曲家分為兩種類型：

> 一些以寫戲謀生的失意文人不得已與梨園合作，又往往唯戲班的馬首是瞻，失去了個性。大多數劇作家，他們意念中，本來案頭清供的地位高於梨園演出，寧可把戲曲作為一種自我揮灑的文體，不願「專為登場」而編故事。〔註214〕

上一節中提到的沈起鳳、金兆燕等人在某一時期內可算做是第一類作家，他們後來大多為這段經歷後悔。相比較而言，第二類曲家算是清代曲家的主體，雖然其作品很少有機會演出，他們卻也並不在意。徐爔在《鏡光緣》傳奇中的凡例中寫道：

> 十六齣比諸小傳一篇紀其始末，故字字是情是事，不加裝飾。若其登場就演，另填三十二齣，已付梨園矣。……此十六齣俱止生旦貼三腳色所演，其餘或一偶見則不成戲矣。此本係案頭劇，非登場劇也，只視其事之磨折，情之悲楚，乃余高歌當哭之旨也。〔註215〕

徐氏絲毫不掩飾自己所寫的這部傳奇乃案頭之作，至於供場上搬演的腳本，他也早已寫好了。這種明目張膽地將戲曲作品一分為二的做法惹的孫楷第大為不滿，他駁斥道：

> 按劇本之作，原以供演唱。後人謂不便登場者為案頭戲，此品評之詞，非謂劇本有此一體也。爔乃目為二體，使各別並行，此古今人詞曲中絕無之例，實不可訓也。〔註216〕

雖然其他戲曲家沒有像徐爔那樣明確地提出案頭與場上之分，但是實際在乾嘉時期，這樣的做法卻並不希見，徐爔將其明確地提出來，倒也未可厚非。我們不該強人所難的，亦不能求全責備。

　　既然劇作家是用創作詩文的方法來作曲，那麼，他所面對的對象便注定不是平頭老百姓，而應該是與其有著相似文化背景的文人士大夫。

　　元雜劇自誕生以來，以其獨特的魅力，迅速獲得了無數文人的青睞。為元雜劇的流播做出巨大貢獻的臧懋循曾說：

〔註214〕陸萼庭：清代全本戲演出述論，見《清代戲曲與崑劇》，臺北：國家出版社，2005年，第323頁。

〔註215〕〔清〕徐爔：《鏡光緣》凡例，見《蝶夢龕詞曲》，清刻本，北京：中國國家圖書館館藏，編號：104216。

〔註216〕孫楷第：戲曲小說書錄解題，北京：人民文學出版社，1990年，第363頁。

> 今南曲盛行於世，無不人人自謂作者，而不知其去元人遠
> 也。……選雜劇百種，以盡元曲之妙，且使今之爲南曲者，知有所
> 取則。〔註217〕

其他曲論家如何良俊、沈德符等人也紛紛給予元雜劇以極高的評價。於是，元雜劇的經典地位便在明人那裡迅速確立了下來。進入清代之後，文人對元雜劇的喜愛依舊沒有減退，清初大詩人趙執信就是元雜劇的忠實讀者。據說這位詩人辦完差事從山西回京時，驢車上只備了一部《元人百種曲》。在漫長的旅途中，詩人拿著書本朝夕諷誦〔註218〕。

除了元雜劇外，其他戲曲作品也紛紛進入文人的視野，成爲其書篋案頭的常備之書。鄭板橋非常喜歡徐渭的《四聲猿》，他說：

> 憶予幼時，行篋中惟徐天池《四聲猿》、方百川制藝二種，讀之
> 數十年，未能得力，亦不撒手，相與終焉而已。世人讀《牡丹亭》
> 而不讀《四聲猿》，何故？〔註219〕

更有的文人在讀到自己喜歡的曲子後，就隨手抄下來。周貽白《曲海燃藜》載：

> 長洲彭仲山，……手寫《詞餘偶鈔》兩冊，皆平日讀書，意有
> 所會，藉資揣摩者。〔註220〕

平日裏抄經抄史的文人此刻也把功夫下到了戲曲上，這足以說明戲曲在明清時代已經獲得了文體的地位，從而成爲文人的欣賞對象了。

除了《元曲選》、《四聲猿》等前代經典外，清代文人也喜歡欣賞同時代的新作，如此一來，一旦作品出爐，劇作家身邊的友人便成了其最初的讀者。清初承晚明餘習，文人喜歡結社。徐石麟的雜劇卷首標注「同社諸子評訂」的字樣，這表明最早讀到徐氏雜劇的是其同社友人。到了乾嘉時期，晚明時期那種政治性團體早已不復存在了，不過文人還是喜歡結成詩社。大家在一起研討經史，有時反而能促成雜劇的創作。例如仲振奎率先創作出來的《葬花》一折，便是受同社劉君所請。

〔註217〕〔明〕臧懋循：《元曲選》序二，見《元曲選》，北京：文學古籍刊行社，1955年，第1、2頁。

〔註218〕詳參陸萼庭：崑劇演出史稿，上海：上海教育出版社，2006年，第123頁。

〔註219〕〔清〕鄭板橋：濰縣署中與舍弟第五書，見《鄭板橋集》，上海：中華書局上海編輯所，1962年，第23頁。

〔註220〕轉引自周貽白：曲海燃藜，北京：中華書局，1958年，第12頁。

其他如親屬、同年、同事等也都是劇作家的忠實讀者。崔應階所刻的兩部雜劇中，除了不算太長的正文外，裏面密密麻麻的全是下屬官吏的題詩。其他作家的戲曲集雖然沒有那麼大的聲勢，但是三五個友人的題詩和題詞卻也是免不了的。如果一個作家的名氣很大，也許他的雜劇作品還能得到更多人的關注，像蔣士銓那樣的大詩人兼大劇作家，讀到他的作品的文人就更多了。

這類作品多以傳抄的形式在文人圈子裏流傳，漢陽阮龍光之前並不認識蔣士銓，但是卻讀到過《一片石》雜劇的傳抄本。一旦有了機會，阮氏便馬上去拜訪了原作者。蔣士銓本人曾講述過這段交往的經過：

> 乙未冬，漢陽阮見亭茂才過訪，執手如平生。叩以故，則於傳抄中，心折予所撰《一片石》舊詞。蓋十餘稔，每以不及訂交爲憾。
> 〔註221〕

相比之下，蔣氏的另一部雜劇《四弦秋》則名氣更大。比蔣氏稍晚的雜劇家舒位就讀到過《四弦秋》的傳抄本，舒位還特意寫下了《書四弦秋樂府後》一詩。舒位自己的作品也擁有不少讀者，在一封給友人的書信中，舒位談到自己的雜劇《琵琶賺》問世後，曾經讓旁人大爲驚歎：

> 曩日在都門逆旅，嘗以仲瞿項王墓題詩撰爲《琵琶賺》傳奇，彼時屬稿未完，不敢出以示人。昨夕偶撿敝篋，此稿尚存。……重爲點竄。…此間有張石樵秀才者，見之擊節流涕，又焚香跪讀一通，攜之而去。因伊有友善寫宋體字者，即請代爲寫錄副本，付之梓人。
> 〔註222〕

信中的張石樵秀才和舒位並不相熟，不過對於舒位的作品眞可謂是頂禮膜拜了，一部雜劇能夠得到這樣的禮遇也算難得。舒位請他找人用宋體字抄錄，並且還想將其刊刻成書，可惜最後沒能實現，《琵琶賺》也最終散佚了。

既然是以評價詩文的方式來欣賞雜劇，文人們的欣賞角度大多也不離曲辭和意旨兩個方面。就後者而言，劇作家的友人大多稱讚其勸懲人心的做法，認爲創作雜劇有關世道人心，絕非隨意之作。如陳鑑稱述王鑨的戲曲創作是「大雅之響，溢爲拂弦之音」〔註223〕，其兄王鐸更是稱讚其《擬尋夢》雜劇

〔註221〕　〔清〕蔣士銓：《第二碑》自序，見《蔣士銓戲曲集》，北京：中華書局，1993年，第379頁。

〔註222〕　〔清〕舒位、〔清〕王曇：舒鐵雲王仲瞿往來手簡及詩曲合冊，上海：有正書局，民國十二年（1923）。

〔註223〕　〔清〕陳鑑：《紅藥壇》題詞，見《紅藥壇》，清順治十年（1653）刻本，北

「非野音，空竅原均，有關感化之道也」〔註224〕。類似的評論舉不勝舉，這裡也就不一一介紹了。

曲辭也是文人欣賞的主要對象，這和評價詩詞就更爲接近了。王均在蔣士銓《第二碑》的序言中便大爲推崇蔣氏的曲辭成就，他寫道：

> 今讀苕生太史《後一片石》填詞，……尤愛《醉花陰》數闋。
> 怨慕情深，低徊欲絕，而故國禾黍之悲，恍繚繞於波濤浩渺間。有
> 令人慷慨唏噓，不知涕之何從焉！因談文章之能移我情也，正使子
> 長復起爲之寫生，恐不能傳神至此。〔註225〕

細讀之下，我們似看不出王均是在欣賞一部雜劇，倒更像是在欣賞詩詞。王均在序言中稱讚蔣士銓的雜劇比司馬遷的文章更富有感染力，這樣的評語完全是一副評價詩文的口吻了。

在欣賞之餘，有的人也耐不住技癢，乾脆自己親自創作雜劇了。孔廣林在《溫經樓遊戲翰墨·自敘》中說：

> 憶予自舞勺之歲，見臧晉叔《元百種曲》，心竊愛之。攻舉子業
> 無餘力也，既冠，讀先十五世祖《葉兒樂府》，吟誦不倦，時遊戲效
> 爲之，頗爲竹廠夫子所許可。〔註226〕

從閱讀到創作，這是一件十分自然的過程。孔廣林自從少年時代嘗試創作戲曲之後，便一發而不可收拾，直到老年尚沉潛其中，這也足以說明戲曲獨特的魅力了。

四、文人與戲劇學

所謂「戲劇學」，顧名思義，即以戲劇爲研究對象的一門學問。在中國古代，戲劇學主要「包含了各式各樣的曲論、曲目、曲譜，以及各種觀劇的、評人的，有條理的專論、眉批式的評點、綜合性的筆記」等等〔註227〕。

京：中國國家圖書館館藏，編號：01034。

〔註224〕〔清〕王鐸：三弟擬尋夢曲序，見《紅藥壇》，清順治十年（1653）刻本，北
京：中國國家圖書館館藏，編號：01034。

〔註225〕〔清〕王均：《第二碑》敘，見《蔣士銓戲曲集》，北京：中華書局，1993年，
第378頁。

〔註226〕〔清〕孔廣林：《溫經樓遊戲翰墨》自敘，見《溫經樓遊戲翰墨》，清抄本，
北京：首都圖書館館藏。

〔註227〕丘慧瑩：乾隆時期劇學的傳承與延續，《東南大學學報》（社會科學版），1999
年第二期，100 頁。需要說明的是中西方戲劇分屬世界兩大戲劇系統，因此

　　就戲劇學研究的深度和廣度而言，乾嘉時期的戲劇學遠遠不及晚明和清初。戲劇是一門綜合藝術，由於晚明的曲家大多蓄有家樂，經常接觸舞臺，因此，在對戲劇的把握上要比後世的戲曲家更爲全面。

　　首先，晚明的曲論家比明清兩代其他時期的同行們更加關注場上藝術。例如，呂天成曾在《曲品》中轉述過其舅祖父孫鑛對戲曲的觀點：

　　　　我舅祖孫司馬公謂予曰：凡南戲，第一要事佳，第二要關目好，第三要搬出來好，第四要按宮調、協音律，第五要使人易曉，第六要辭采好，第七要善敷衍——淡處作得濃、閒處作得熱鬧，第八要各腳色分得勻妥，第九要脫套，第十要合世情，關風化。〔註228〕

從這十點來看，孫鑛對戲曲的關注重心是舞臺，各項要求均是從場上著眼，只是到了最後，孫氏才把世情風化搬出來。其次，在戲曲理論的建設上，晚明的曲論家開拓創新，有些人形成了自己獨特的理論體系，王驥德是其中最重要的一位。任二北評價王氏的曲學成就時說：「無驥德則譜律之精微、品藻之宏達，皆無以見，即謂今日無曲學，可也。」〔註229〕如此高的評價，王驥德是當得起的。我們都知道王國維給戲曲所下的定義對後來的戲曲研究影響甚大，他說：「後代之戲劇，必合言語、動作、歌唱以演一故事，而後戲劇之意義始全。」〔註230〕而王驥德早在其三百年前就看到了這一點，王驥德說：

　　　　古之優人，第以諧謔滑稽供人主喜笑，未有並曲與白而歌舞登場如今之戲子者；又皆優人自造科套，非如今日習現成本子，俟主人揀擇，而日日此伎倆也。如優孟、優旃、後唐莊宗，以迄宋之靖康、紹興，史籍所記，不過「葬馬」、「漆城」、「李天下」、「公冶長」、「二聖環」等諧語而已。即金章宗時，董解元所爲《西廂記》，亦第是一人倚絃索以唱，而間以說白。至元而始有劇戲，如今之所搬演者是。此竅由天地開闢以來，不知越幾百千萬年，俟夷狄主中華，而於是諸詞人一時林立，始稱作者之聖，嗚呼異哉！〔註231〕

在戲劇學的涵蓋上也是有所區別的，本節主要關注中國古代的戲劇學範疇。
〔註228〕〔明〕呂天成：曲品，見《中國古典戲曲論著集成》第六冊，北京：中國戲劇出版社，1959年，第223頁。
〔註229〕任中敏：曲諧，見《散曲叢刊》，上海：中華書局，民國十九年（1930）鉛印本。
〔註230〕王國維：王國維戲曲論文集，北京：中國戲劇出版社，1984年，第29頁。
〔註231〕〔明〕王驥德著，陳多、葉長海注釋：王驥德曲律，長沙：湖南人民出版社，1983年，第188頁。

這段話縱橫古今，對戲曲的演進軌迹進行了極爲明晰的梳理，如此科學的評論在王氏之後是難得一見的。

雖說在理論深度和廣度上不及晚明和清初，乾嘉時期的戲劇學也具有自身的特色，這些特色又和當時的文人心理有著密切的關聯。

首先，乾嘉文人重清曲、輕劇曲，從而在曲譜、樂律等方面超過前代，取得了極大的成就。

前文談到，自乾隆帝登基以來，中國的封建統治達到了又一個新的頂點。在盛世光環的照耀下，禮樂文化的建設漸趨完備，乾嘉學術亦日趨繁榮，由之而來的是音律及樂律比以往得到了更多的重視。一時間，文人研討音律成爲風氣。同時，清曲及其曲譜也得到了更多士人的青睞。

做爲王朝禮樂建設的象徵，莊親王允祿等人於乾隆初年奉旨完成了《律呂正義後編》、《九宮大成南北詞宮譜》等大型樂籍的編纂。正所謂上有所好，下必甚焉，在官方的示範效應下，朝野文人也紛紛參與到曲律、曲譜的修訂整理之中。禮親王永恩精通音律之學，本身也是一位雜劇作家，嘗著有《律呂元音》。巧合的是永恩之子昭槤的座上賓客畢華珍也作有同名著作，畢氏在該書的序言中說：

> 大樂與天地同和，其源則出於人心之感物而動，形之篇章，達之聲歌。元音之在天地，無古今一也。然而不求之於中聲，其理亦不可得而著。聖祖仁皇帝御製《律呂正義》……華珍少喜律學，偶有窺測，筆之於條。〔註232〕

從畢華珍的這段話裏，我們能夠感受到清廷對音律學的研究所起的示範作用。

音律和曲譜密不可分，文人在研討音律的同時，亦旁及曲譜。馮起鳳的《吟香堂曲譜》和葉堂的《納書楹曲譜》是此一時期的代表作，同時二譜也都是爲文人清唱服務的。葉氏嘗述及編訂曲譜的初衷：

> 俗伶登場，既無老教師爲之按拍，襲繆沿僞，所在多有，餘心弗善也。暇日，搜擇討論，準古今而通雅俗，文之舛清者訂之，律之未諧者協之。〔註233〕

葉氏等人站在文人的立場上對曲譜進行修訂，他們都看不上優伶的演唱。有

〔註232〕〔清〕畢華珍：《律呂元音》自序，見《律呂元音》，續修四庫全書本。
〔註233〕〔清〕葉堂：《納書楹曲譜》自序，見《納書楹曲譜》，清乾隆五十七年（1792）刻本。

一次，名伶金德輝向葉堂的弟子鈕樹玉學曲。金氏學成後，便召集賓客，試唱新聲，結果鬧出了大笑話：

試之忽肖，脫吭而哀，坐客茫然不省。始猶俗者省，雅者喜，稍稍引去。俄而德輝如醉、如囈、如倦、如倚、如眩瞀，聲細而譎，如天空之晴絲，纏綿慘暗，一字作數十折，愈孤引不自已。忽放吭作雲際老鸛叫聲，曲遂破，而賓客散已盡矣。〔註234〕

很明顯，這種文人清唱和優伶的唱法是完全不同的。後者必須使觀眾滿意，前者卻可以躲在自己的小圈子裏孤芳自賞。不過，文人對清唱的重視客觀上促進了這一時期演唱理論的總結，如徐大椿的《樂府傳聲》就在科學性和系統性上突過前人，「爲中國聲樂理論體系的建立做出了重要的貢獻」〔註235〕。

其次，乾嘉文人重實證、輕理論，這使得這一時期曲目整理、本事考證等方面也取得了豐碩的成果。

乾隆時期，清廷曾主持過許多規模宏大的文化建設工程，其中影響最大的要數四庫全書的編纂。這部叢書從乾隆三十七年（1772）清廷征集書籍開始，至乾隆四十六年（1781），四庫全書中的第一部——文淵閣四庫全書始告完成。爲了編纂這部叢書，紀昀等人耗費了大量精力，對所收入的書籍進行考證，進而「分別流派，撮其要旨，褒貶評述，指陳得失」。四庫的編修對於漢學來講也是一次巨大的契機，在四庫館裏，漢學家佔據了主導地位，四庫的最終完成也確立了漢學在學界的位置。有意思的是，四庫的編纂與黃文暘《曲海目》的編寫也有著某種關聯。

清廷編纂四庫是一項文化建設工程，同時也是一項圖書禁燬行動。乾隆帝爲了控制文化思想領域，便通過編書對全國的圖書進行了一次大普查。等到這項工程進行到收尾階段時，乾隆帝才想起來歷朝歷代的戲曲作品也需要進行清理。乾隆四十五年（1780）的一次上諭中說：

前令各省將違礙字句之書籍實力查繳，解京銷毀，據各督撫等陸續解到者甚多。因思演戲曲本內亦未必無違礙之處，如明季國初之事，有關涉本朝字句，自當一體飭查。〔註236〕

〔註234〕〔清〕龔自珍：書金伶，見《龔自珍全集》（上冊），上海：中華書局上海編輯所，1959年，第181頁。

〔註235〕葉長海：中國戲劇學史稿，北京：中國戲劇出版社，2005年，第448頁。

〔註236〕轉引自朱家溍、丁汝芹：清代內廷演劇始末考，北京：中國書店，2007年，第57頁。

查勘曲本的工作主要由兩淮鹽政伊齡阿和蘇州織造的主管官員全德負責。他們在揚州設局審查戲曲劇本，聘請黃文暘、淩廷堪、沈起鳳等人參與其中。趁著這次閱讀曲本的機會，黃文暘編成了《曲海目》。《曲海目》一共收入一千多種曲目，在戲曲目錄史上佔有重要的地位。《曲海目》之外，吳震生的《笠閣批評舊戲目》、黃丕烈的《也是園藏書古今雜劇目錄》等戲曲目錄也編纂於此時。

除曲目整理外，此一時期的另外一些曲學論著也和當時的學術頗有關係。例如經學大師焦循便以考據學治戲曲，「《花部農譚》中不乏考索的精神，《易餘籥錄》中亦有戲曲考據的章節，而《劇說》則純然係一部考據著作」〔註237〕。《劇說》以文獻考據爲基礎，對曲學史上的諸多問題進行了深入的研討，對戲曲本事也進行了細緻的爬梳，用力之深，令人歎服。

再次，乾嘉文人重寫意、輕描述，使得這一時期論曲詩、觀劇詩大量湧現。較重要的有淩廷堪的《論曲絕句》三十二首、舒位的《論曲絕句》十四首、金德瑛的《檜門觀劇詩》三十首等等。

以詩論曲的優點是形象生動，能夠傳達出細微的韻味，比如淩廷堪的一首詩這樣寫道：

> 《四聲猿》後古音乖，接踵《還魂》復《紫釵》。一自青藤開別
> 派，更誰樂府繼誠齋。〔註238〕

這首二十八字的小詩提到了雜劇史上的兩個重要人物——徐渭和朱有燉。淩氏讚揚徐渭《四聲猿》敢於對雜劇的體式進行大膽創新，對雜劇的發展演變做出了重要貢獻，可謂「開宗立派」；而朱有燉雖然也對雜劇體式進行了諸多變異，但仍在元劇可容納的範圍之內，因此二人在雜劇史上的地位是有別的。這首絕句十分精鍊地評述了徐朱二人在雜劇史上的貢獻，眞可謂恰如其分，妙趣橫生。

儘管如此，由於詩體的限制，這些論曲詩給人的感覺恰如七寶樓臺，雖然絢麗，卻難成體系。

觀劇詩比論曲詩的數量要多得多，但是由於它們分散在眾多別集之中，搜集起來頗爲不易，像《檜門觀劇詩》那樣的大型組詩並不多見。

乾嘉時期遺留的詩集汗牛充棟，文人們普遍喜歡寫詩論詩，論曲詩和觀

〔註237〕葉長海：中國戲劇學史稿，北京：中國戲劇出版社，2005 年，第 464 頁。

〔註238〕〔清〕淩廷堪：論曲絕句三十二首，見《校禮堂詩集》卷二，續修四庫全書本。

劇詩在這個時期大量湧現也就不足爲奇了，甚至像《消寒新詠》這樣評論藝人表演的論著中也充斥著大量詩歌。

乾嘉時期也出現過不少關於戲曲舞臺表演方面的專著，如《梨園原》、《審音鑒古錄》等，不過這些論著卻與文人士大夫沒有太大的關聯。《梨園原》出自藝人之手，署名黃旛綽；《審音鑒古錄》編輯者不詳；《消寒新詠》雖出自文人的筆下，不過卻只留下了鐵橋山人、問津漁者、石坪居士這樣的別號；李斗的《揚州畫舫錄》倒是存有不少關於藝人表演的資料，不過卻並非專論。總體看來，在這一時期，比起爲戲班寫戲，評述藝人表演乃至探討戲劇理論都不是一件上的了臺面的事情，因此也就少有文人參與其中。

在本節中，我們從欣賞、創作等角度分析了明清文人對於戲曲的態度。與晚明和清初相比，乾嘉時期的文人更加重視文本和清曲演唱。在下一節中，我們將具體論述乾嘉雜劇作家的創作觀念以及創作方法。

第六節　文人心理與雜劇形態

乾嘉文人受禮樂文化的影響，重視清曲演唱，卻輕視場上優伶的表演。劇作家推重戲曲的教化功能，卻以受雇填詞爲恥。讀者也緊跟作家的步伐，欣賞其中高尚的題旨和醇雅的曲辭。批評家也醉心於枯索的考證和玄妙的品題，卻無意研討戲劇藝術的本體。在這樣一個大環境下，乾嘉雜劇的形態便呼之欲出了。

一、從雜劇稱謂來看乾嘉雜劇的文體形態

大詩人龔自珍曾在一首詩中寫道：「梨園串本募誰修，亦是風花一代愁。我替尊前深惋惜，文人珠玉女兒喉。(詩後注云：元人百種曲、臨川四夢，悉遭伶師竄改，崑曲俚鄙極矣。酒座中有徵歌者，予輒阻撓。)」〔註239〕龔氏認爲戲曲作品也是文人的「珠玉」，並對曾遭受藝人改竄厄運的戲曲作品深深惋惜。結合前一節的內容，我們知道龔氏的心理在乾嘉時期的文人中非常普遍，他們不願自己的曲本被人竄改。不過，在那樣一個藝人主導演出的時代環境下，這樣的作品便多半只能留於案頭，供人玩賞了。

今人多稱這樣的作品爲案頭劇，正因爲此，清人雜劇極少受到研究者的

〔註239〕〔清〕龔自珍著、劉逸生注：龔自珍己亥雜詩注，北京：中華書局，2003 年，第 144 頁。

關注。胡忌曾說：

> 有劇本創作而沒有上演的例子是極多的，尤其是某些文士的作品，因毫無戲劇表演的價值，就是永遠沒有舞臺生命的東西。這些劇本，在案頭看看，也只能供給他們一輩人的「欣賞」罷了。所以，根據戲劇發展史的眼光來看，能上演的東西到底是活的，有生命的，因而其價值也大。〔註240〕

胡氏的話頗具代表性，在一般研究者看來，乾嘉雜劇這樣的戲曲作品沒有太多研究的價值。不過，沒有價值和沒有研究的價值是兩碼事，並且，乾嘉雜劇是否真的毫無研究的意義尚在兩說。如今，已有越來越多的學者開始關注清人雜劇，他們提出了不少新的觀察視角，嘗試對其做出新的詮釋。在本節中，筆者首先打算對乾嘉雜劇的創作觀念進行一番探討，所使用的媒介則是劇作家本人對雜劇的稱謂。

（一）通用稱謂

「通用稱謂」指乾嘉時期的劇作家對雜劇文體最常使用的一類稱謂，它們普遍適用於元之後的歷史時期。

樂府 陸萼庭指出：「清人使用『樂府』一詞是不嚴密的，凡傳奇、雜劇、詞曲、歌詩之類都可稱樂府。」〔註241〕樂府是較文雅的稱謂，一旦稱雜劇為樂府，即表示雜劇和歌詩相差不遠了。蓉鷗漫叟在《青溪笑·自序》中說：「性愛填詞，往往為小樂府。稿甫脫，即為人持去。」〔註242〕此處的填詞泛指作詩填詞譜曲，稱雜劇為「小樂府」，蓉鷗漫叟是將創作雜劇看做是創作詩詞一類的行為了。

填詞 「填詞」可以看做動詞，也可看做名詞。做動詞講是指填詞譜曲的行為，我們常可看到在某一明清戲曲刻本中，在題目之下有「某某填詞」的字樣；做名詞講時指代戲曲作品，這樣的例子也不希見。填詞泛指傳奇雜劇，如李元度在《蔣心餘先生事略》中稱蔣氏「著《忠雅堂文集》十六卷，詩集三十卷，《銅弦詞》二卷，填詞九種」〔註243〕，填詞九種指的是蔣士銓所

〔註240〕胡忌：宋金雜劇考，北京：中華書局，2008年，第16頁。

〔註241〕詳參陸萼庭：清代戲曲家叢考，上海：學林出版社，1995年，第262頁。

〔註242〕〔清〕蓉鷗漫叟：《青溪笑》自序，見《青溪笑》，清嘉慶年間刻本，北京：中國國家圖書館館藏，編號：16332。

〔註243〕〔清〕李元度：蔣心餘先生事略，見《國朝先正事略》卷四十二，見《清代傳記叢刊》第一百九十三冊，臺北：明文書局，1985年，第526頁。

作的戲曲集《藏園九種曲》，裏面既有傳奇，又有雜劇。

　　傳奇　稱雜劇爲「傳奇」在元代鍾嗣成那裡就已然如此了，後世也繼續沿用這一種呼。若不仔細閱讀文本的話，我們很難知曉清人詩文裏提到的「傳奇」指的是傳奇，還是雜劇。用傳奇指代雜劇的例子極多，下面隨意列舉幾例。

　　　　（曹錫黼）嘗於酒酣談笑之傾，輒爲傳奇曰《桃花吟》、《四色

　　石》，雖短篇小構，亦足見其才氣之奔逸。

　　　　　　　　　　　　　　　　　　　——葉鳳毛《〈無町詞餘〉序》

　　　　先生譜《吟風閣傳奇》三十二回。……

　　　　　　　　　　　　　　　　　　　——陳俠君《〈吟風閣雜劇〉序》

另外，劇作家們也喜歡將自己所創作的傳奇雜劇泛稱爲傳奇，如唐英的《古柏堂傳奇》等。

　　詞餘　詩之餘爲詞，詞之餘就是曲了。詞餘可泛指散曲和雜劇，文人稱雜劇爲詞餘，也含有將其看做是詩詞一流的意思。清人的《墨莊詞餘》、《紅雪詞餘》、《裁雲閣詞餘》等均指散曲集，但也有將雜劇稱爲詞餘的，如曹錫黼的雜劇集便叫《無町詞餘》，施潤在其序言中還說：「不意此詞餘二種，已先鐫之棗梨，並且演之傀儡也。」〔註244〕

　　法曲　「法曲」一詞使用起來比以上稱謂都要莊重，一般指宮廷戲曲。如《翁同龢日記》中有這樣一個例子：

　　　　舊例，宮內戲皆用高腔。高腔者，尾聲曳長，眾人皆和，有古

　　意。其法曲則在高腔、崑腔間別有一調，曲文則張得天等所擬，大

　　率神仙之事居多，眞雅音也。〔註245〕

既是張照等人所擬，又多爲神仙之事，那麼應該就是清廷的節慶劇了。在宮廷中演出，雜劇也只好稱之爲「法曲」了。不過，在文人的詩歌裏，有時也用法曲指代雜劇。如吳偉業《〈讀離騷〉序》中云：

　　　　予十年前，喜爲小詞。晉江黃東崖貽之以詩曰：「徵書鄭重眠餐

　　損，法曲淒涼涕淚橫。」今讀展成之詞，而有感於餘心也。〔註246〕

〔註244〕〔清〕施潤：《無町詞餘》序，見《清人雜劇初集》，長樂鄭氏刻印，民國二
　　　　十年（1931）。

〔註245〕〔清〕翁同龢著、陳義傑點校：翁同龢日記，第五冊，北京：中華書局，1989
　　　　年，第2826頁。

〔註246〕〔清〕吳偉業：《讀離騷》序，見《清人雜劇初集》，長樂鄭氏刻印，民國二
　　　　十年（1931）。

吳偉業在此處還用「小詞」、「詞」指稱雜劇，以創作詩詞的態度來編寫雜劇，吳偉業、尤侗等清初文人是得風氣之先的。通用稱謂還有院本、詞曲等，也都可用來指雜劇。

（二）特殊稱謂

這一類雜劇稱謂並不常見，有些也許只是某位作家的專屬名詞。此處，筆者盡量摭拾乾嘉雜劇作為例證，以見出其時雜劇作家的創作觀念。

散套 吳鎬將自己的雜劇合集直接命名為《紅樓夢散套》，這在明清眾多的戲曲集中是十分少見的。其卷首聽濤居士在序文中亦云：「荊石山民向以詩文著聲，暇乃出其餘技作散套。」〔註247〕可見他十分認可吳鎬的稱謂。在吳氏之前，桂馥也稱自己的雜劇為散套。如此一來，編寫雜劇和創作散曲就無甚差別了。後來吳梅在為《吟風閣雜劇》所做的跋語中也使用了「散套」一詞〔註248〕，也許自清中葉以來人們開始認可用散套來指代雜劇了。

摘出 車江英的雜劇集名為《四名家傳奇摘出》，這在曲籍中亦十分罕見。摘出即折子戲，也許車氏是摹仿當時盛演的折子戲，隨意創作了幾齣雜劇，合起來編成此集。當然還有另外一種可能，即車氏曾以韓愈等四人的事迹分別編撰了四部傳奇，刊刻時由於資金有限便各取了其中幾齣。但不管是哪一種情形，車江英的雜劇體現了雜劇創作與當時折子戲演出的關聯。後來張聲玠使用「雜出」一詞來做為其雜劇集的名稱，其情形亦與此相仿。

雜曲 戴全德在其雜劇集的卷首寫道：「余涖潯陽者三載，視權之暇日坐愛山樓以筆墨自娛。詩詞而外，旁及傳奇雜曲。花晨月夕，授雛伶歌之，聊以適性而已。」〔註249〕戴全德作有兩部雜劇，都是一齣，此處的雜曲便指代雜劇。清末凌玉垣在為《玉田春水軒雜出》所作的序言中也說：「玉夫先生仁兄，暇日為雜曲若干首。」〔註250〕

長曲 嘉慶末道光初，女曲家吳藻譜成《喬影》雜劇後，一時在文人中

〔註247〕〔清〕聽濤居士：《紅樓夢散套》序，見《紅樓夢散套》，清刻本，北京：中國國家圖書館館藏，編號：84359。

〔註248〕詳參吳梅著，王衛民主編：吳梅戲曲論文集，北京：中國戲劇出版社，1983年，第172頁。

〔註249〕〔清〕戴全德：《輞川樂事新調思春》自序，見《輞川樂事新調思春》，清嘉慶三年（1798）刻本，北京：中國國家圖書館館藏，編號：33096。

〔註250〕〔清〕凌玉垣：《玉田春水軒雜出》序，見《清人雜劇二集》，長樂鄭氏刻印，民國二十三年（1934）。

流傳甚廣。梁紹壬《兩般秋雨庵隨筆》中云：「（吳藻）又嘗作飲酒讀騷長曲一套，因繪為圖，己作文士妝束，蓋寓速變男兒之意。」〔註251〕《西泠閨詠》中云：「（吳藻）嘗寫飲酒讀騷小影，作男子裝，自題南北調樂府，極感慨淋漓之致。」〔註252〕「長曲」即指一套散曲之意，與「南北調樂府」意同，用「長曲」一詞更能體現出劇作家以曲抒懷的情志。

　　除此之外，乾嘉時期的劇作家還使用過其他一些稱謂來指稱雜劇，這裡不再一一舉出了。「散套」、「雜曲」、「長曲」均與散曲套數意義相近，這表明此一時期的雜劇創作已與散曲創作十分接近，基本上籠罩在歌詩的範圍之內。而「摘出」一詞與當時舞臺上流行的折子戲有關，雖然稱呼相近，但實際內涵卻迥然不同。乾嘉時期的文人已經失去了舞臺演出的主導權，雖然他們筆下的雜劇在外形上與折子戲的形態相近，但卻與舞臺演出相隔甚遠。

　　通過對雜劇稱謂的整理，我們發現乾嘉時期文人的雜劇創作與詩詞散曲關聯緊密，幾乎是詩體的別派。雖然這些雜劇在外形上仍屬劇體，但是實際上與折子戲的形態貌合神離，而與散套更為接近。洛地在《戲劇——戲弄、戲文、戲曲》一文中指出：

> 元曲雜劇，是與戲文有很大不同的另一類戲劇，就其本質特徵，是曲。尤其在一些文人作者，他們既以自家身份寫「自述」性的「散曲」，也借他人之面目寫「代言」性的「戲曲」，即所謂借他人之酒杯澆自家之塊壘；在他們，寫散曲與寫「戲曲」，是同樣的目的。〔註253〕

這話說得很是。不過，從《西廂記》、《竇娥冤》、《趙氏孤兒》等一些名劇來看，元劇大家在填詞的同時仍然很重視對戲劇人物、情節、衝突等要素的把握。到了乾嘉時期的雜劇作家那裡，「劇」的色彩日漸淡薄，而「曲」的氣息則更趨濃厚了。

二、乾嘉雜劇的創作方法

　　明末清初是戲曲理論大豐收的時代，其中有些批評家和理論家也曾就戲曲創作的方法提出過許多有價值的見解。對於傳奇創作，李漁十分重視

〔註251〕〔清〕梁紹壬：兩般秋雨庵隨筆，卷二「花簾詞」，上海：上海古籍出版社，1982年，第62頁。
〔註252〕轉引自陸萼庭：清代戲曲家叢考，上海：學林出版社，1995年，第199頁。
〔註253〕洛地：戲劇——戲弄、戲文、戲曲，見《戲史辨》，中國戲劇出版社，1999年，第72頁。

戲曲結構的建立，並提出「戒諷刺」、「立主腦」、「脫窠臼」、「密針線」、「減頭緒」、「戒荒唐」、「審虛實」等七款注意事項。雜劇雖較傳奇短小，但是在批評家看來，要想創作出優秀的作品也絕非易事。袁于令稱雜劇爲「詞場之短兵」，「無窮心事，無窮感觸，借四折爲寓言，減之不得，增之不可」。要做到這一步就必須「以無盡爲神，以似盡爲形」，以有限之篇幅包含無盡之寓意〔註254〕。

不過到了乾嘉時期，李、袁等人的理論卻難以眞正派上用場。袁于令認爲不可增減的「四折」雜劇此時已成昨日黃花，更爲短小的一折雜劇成爲劇壇主流，吳梅先生甚至認爲一折雜劇是清代有別於前代的「創作」〔註255〕。只不過，在吳先生看來，這種嘗試並不算成功，因爲這些劇作家都是在「以作文之法作曲」，從而走錯了路徑。在本節中，我們就來看看乾嘉時期的劇作傢具體是如何創作雜劇的。

乾嘉時期的雜劇創作不外乎照譜塡詞和摹仿名作這兩種途徑。其實，從根本上講，這兩種途徑是一回事，畢竟曲譜中所選的例子也大多來自名劇。

前文談到，乾嘉時期的文人普遍喜歡研究音律和曲律，這樣一來，曲譜的研究也受到帶動。既然要研究曲譜，手頭上自然少不了一些基本的文獻資料，恰好當時繁榮的經濟和發達的出版業解除了文人的後顧之憂。

在乾嘉時期，中國的出版業已十分興盛，其中尤以江南地區最爲突出。「一方面，由朝廷資助從事大規模的出版活動，範圍從出版類書、史學著做到出版詩歌、佛經；另一方面，長江中下游地區的商業出版機構則在出版蒙學讀物、小說、道德說教讀本和劇本。這些讀物轉而又被其他地區和小城鎮的印刷商以更低廉的方式翻印。」〔註256〕而龐大的生員群體又反過來刺激了出版業的進一步發展。戲曲曲本是當時的暢銷書，在書坊中很容易買到。戴全德在乾隆四十五年的一份奏摺中提到「蘇城地方唱戲者最多，而售賣曲本者亦復不少。」〔註257〕同一年中，山西巡撫喀寧阿也在一份奏摺中寫道：

〔註254〕〔明〕袁于令：《雜劇二集》序，見《雜劇二集》，續修四庫全書本。

〔註255〕吳梅著，王衛民主編：吳梅戲曲論文集，北京：中國戲劇出版社，1983年，第484頁。

〔註256〕〔美〕韓書瑞、〔美〕羅友枝著，陳仲丹譯：十八世紀中國社會，南京：江蘇人民出版社，2009年，第57頁。

〔註257〕轉引自朱家溍、丁汝芹：清代內廷演劇始末考，北京：中國書店，2007年，第58頁。

「宋元以來流傳劇本，在仕宦之家以及書坊市肆往往有之。」〔註258〕可見在當時，文人想讀到戲曲作品並非是一件難事。同樣，曲譜也並不算是難尋之物。

在《紅樓夢》中，大觀園裏的賈寶玉閒得無聊，便打發小廝到書坊中購買《牡丹亭》等曲本回來打發時間，卻無意中又引起了林黛玉對戲曲的興趣。另一邊，薛寶釵也說她們小時候在私塾讀書時，背地裏常常偷看小說和戲曲。雖然家長們打的打，燒的燒，卻依然無濟於事。其實，這樣的故事也曾在當時的戲曲家身上發生過。張堅就在《玉獅墜·自敘》中回憶說：

> 昔從父師受業時，偷看《西廂》、《拜月》諸傳奇，偶一遊戲，
> 背作《夢中緣》填詞。懼見嗔責，藏之篋底，十餘年後始出以示人。
> 〔註259〕

這不就和薛寶釵她們的做法完全一樣嘛！名劇的普及促發了文人們創作戲曲的興趣，而一旦曲譜在手，他們便可以放心大膽地依式填詞了，至於懂不懂音律，那倒是次要的。

在名劇的感染下，文人們常常禁不住手癢，要下筆和古人一較高下。在具體創作時，曲譜猶如指南針，對於曲牌體式做出了嚴格規定。文人依譜填詞的例子是極多的：

> 周書《魚水緣》「全劇宮調，皆就舊有傳奇套用，尚稱整齊」。
> 金兆燕《旗亭記》「全劇宮調，俱本《九宮大成譜》，硜硜守法，
> 頗可取。每曲俱正襯分明，……文詞尚雅潔。」〔註260〕

另外，孔廣林在自編的《溫經樓年譜》中曾對自己的戲曲創作經過有過較為詳細的介紹：

> 予課兒之暇，仍遊心詞曲。取所撰《鬥雞讖》傳奇，以鈕少雅
> 《九宮正始》及《九宮譜定》、《北詞廣正譜》、徐靈昭注《長生殿譜》，
> 參互勘訂，改竄謬偽，錄成清本，並附注各調所本體格。自甲寅脫
> 稿以來，至是稿已九易矣。
> 予既錄《鬥雞讖》傳奇，所作雜劇、散套、小令未入錄。薪兒

〔註258〕同上，第60頁。
〔註259〕〔清〕張堅：《玉獅墜》自敘，見《玉燕堂四種曲》，北京：國家圖書館館藏，
　　　　編號：148372。
〔註260〕詳參周貽白：曲海燃藜，北京：中華書局，1958年，第40、46頁。

請並錄之。予因取《璿璣錦》、《女專諸》兩雜劇及辛卯至辛酉所作散套、小令，重加勘訂，與《鬥雞識》合錄之爲一集，凡八卷，題曰《遊戲翰墨集》。

予上年錄《遊戲翰墨集》，三月十一日庚子，錄成。予填南高平調《十二紅》一曲題之卷尾。其詞曰：儂今元不諳宮調，敢説我規摹便神和氣肖。不過隨時乘興遣無聊，何必有意窺玄竅。只恐腔兒未盡調，空惹的知音誚。耆年屆，素鬢蕭，無心重複苦推敲。〔註261〕

這三段文字記述的分別是孔廣林在嘉慶七年（1802）至九年的主要事迹，都與戲曲創作有關。孔氏稱自己「不諳宮調」，卻「遊心詞曲」，借助的便是曲譜之力。他說自己在創作《東城老父鬥雞識》傳奇時，前後參考了四部曲譜，並在曲文之下詳細注出了各種曲牌體式的異同。這部傳奇曾九易其稿，一方面可以表明孔氏用力之深，另一方面也説明孔氏參考了眾多曲譜，從而對曲牌體式進行了多次修訂。其實，不光創作傳奇是如此，對待雜劇創作，孔廣林也是這麼做的，在《溫經樓遊戲翰墨》中，《女專諸》、《松年長生引》等雜劇之下也有詳細的注釋，這表明孔氏是參考了各家曲譜之後才下筆填詞的。

有曲譜在身邊，劇作家們可以隨時進行查閱，依照體式填詞；身旁沒有曲譜，劇作家們也可以根據記憶，摹仿熟悉的作品編寫劇本。劉鼏在《楊狀元進諫謫滇南》雜劇的自序中寫道：

余以三餘之暇，採綴成劇，非謂能傳先生諤諤謇謇之大節，聊以見先生當日蒙難艱貞。其流風餘韻，付之優孟衣冠，或可爲教忠者勸。至於換羽移宮，諧聲赴節，余既素非所長，且行笥蕭然，樂府諸譜未經隨攜，惟就胸中記憶熟調，約略填詞。謬誤甚多，尚望當代周郎正其得失也。〔註262〕

身邊沒有劇本曲譜，劉鼏只好依照記憶中的曲辭格式填詞，這正好反映了在一般情況下，當時的劇作家在創作雜劇時都會以劇本和曲譜爲工具，二者是缺一不可的。

〔註261〕詳參〔清〕孔廣林：溫經樓年譜，清抄本，北京：首都圖書館館藏，「嘉慶七年、八年、九年」條。

〔註262〕〔清〕劉鼏：《楊狀元進諫謫滇南》自序，見《嘯夢軒新演楊狀元進諫謫滇南雜劇》，北京：中國國家圖書館館藏，編號：A03424。

　　正如詞體中有自度曲，在雜劇中也有人自我作祖，拋開曲譜，自撰曲辭。道咸間的范元亨就在前輩的模式下更進一步，他所撰寫的《空山夢》雜劇「雖僅八齣，但有一特點，即不用宮調，不遵曲牌，完全以自度腔出之，蓋前所未有也」〔註263〕。范氏此作雖然全以自度曲出之，但曲辭極好，依然得到了好評。

　　雜劇發展到這裡，賓白已形同雞肋，滑稽調笑也早已失去了蹤影，至於現代戲劇理論中的人物性格、情節衝突等元素更是無從談起，似乎整部作品只有一個中心，那就是曲辭。如此一來，雜劇與散套就已變得「貌離」而「神合」了。

〔註263〕詳參周貽白：曲海燃藜，北京：中華書局，1958 年，第 87 頁。

第三章　普通劇的功能與形態

　　在前文中，我們指出乾嘉雜劇可以分爲普通劇與節慶劇兩大類形態。具體到普通劇，我們又可以將其細分爲教化劇、寄託劇以及寫心劇。這三類雜劇之所以會在形態上有所區別，還與它們各自所具有的功能有關。在本章中，我們會具體分析這三類雜劇的形態及功能。

第一節　「樂者，通倫理者也」──教化劇的功能與形態

　　我國古代政治是倫理政教，是「建立在父家長制血緣基礎上的氏族貴族等級統治的體系」〔註1〕。而禮樂則是維繫這種體系的最重要的兩種手段，「根據『禮樂』傳統，『樂』本來就是與『禮』並行的鞏固社會政治秩序的工具，它本來就具有鮮明強烈的政治功能和政治性質」〔註2〕。《樂記》中云：「樂者，通倫理者也」，「聲音之道與政通矣」，講的都是「樂」對倫理政教的功用〔註3〕。在中國古代，音樂、詩歌、舞蹈都屬於「樂」的範疇，戲曲雖爲俗樂，但也在其範疇之內。對於中國古代的戲曲而言，由於其面對的群體非常廣泛，因此歷來受統治階層的重視，常被安排在高臺教化的第一線上。文人士大夫雖然鄙薄民間的戲曲演出，但是對其在老百姓那裡所造成的影響卻是有著深刻的認識。湯顯祖說：

〔註1〕 李澤厚：華夏美學，北京：三聯書店，2009年，第34頁。
〔註2〕 同上，第36頁。
〔註3〕 《禮記・樂記》。

> 　　使天下之人無故而喜，無故而悲。或語或嘿，或鼓或疲，或端
> 晃而聽，或側弁而咍，或窺觀而笑，或市湧而排。乃至貴倨弛傲，
> 貧嗇爭施。瞽者欲玩，聾者欲聽，啞者欲歎，跛者欲起。無情者可
> 使有情，無聲者可使有聲。寂可使喧，喧可使寂，饑可使飽，醉可
> 使醒，行可以留，臥可以興。鄙者欲艷，頑者欲靈。〔註4〕

這一段話可算是戲曲魅力的最好注腳。文人選擇戲曲進行創作，大多看中戲曲這一特殊的功能。鄭傳寅說：「在我國古代戲曲藝術家和批評家看來，戲曲的主要功能是進行道德教化」〔註5〕。稟承這一觀念進行創作的普通劇，我們稱之爲「教化劇」。

一、教化劇的產生環境

　　清朝建立後，歷代帝王都十分注重從思想上對文士進行控制。在康熙朝，經過李光地、湯斌等人的改造，理學再度成爲維護封建倫理秩序的重要理論武器。康熙更是以理學皇帝自居，他說：「治天下者，莫亟於正人心，厚風俗，其道在尙教化以先之。學校者教化所從出，將以納民於軌物者。」雍正提出了「公誠論」，要求臣民在思想上與皇帝保持絕對一致，他說：「凡爲臣子，惟勉一誠公，與君上一德同心爲要。」〔註6〕乾隆登基後，也採取了一系列的手段，進行理論建設和思想控制，其中比較重要的舉措便是重新評價歷史人物。對於晚明忠臣，乾隆帝給予了極高的評價，並授意進行表彰。與此同時，變節降清者則成了乾隆帝的批判對象。例如他指示銷毀錢謙益的著作，並在聖諭中說：

> 　　夫錢謙益果終爲明臣，守死不變，即以筆墨騰謗，尙在情理之
> 中，而伊旣爲本朝臣僕，豈得復以從前狂吠之語，刊入集中。……
> 其意不過欲藉此以掩其失節之羞，尤爲可鄙可恥。錢謙益業已身死
> 骨朽，姑免追究。但此等書籍，悖理犯義，豈可聽其流傳，必當早
> 爲銷毀。〔註7〕

乾隆中期以後，文字獄頻發，圖書禁燬更是屢見不鮮，這些舉措都與清廷意

〔註4〕　〔明〕湯顯祖：宜黃縣戲神清源師廟記，見《湯顯祖詩文集》，上海：上海古
　　　　籍出版社，1982 年，第 1127 頁。
〔註5〕　鄭傳寅：傳統文化與古典戲曲，長沙：湖南人民出版社，2004 年，第 182 頁。
〔註6〕　詳參高翔：近代的初曙——18 世紀中國觀念變遷與社會發展，北京：社會科
　　　　學文獻出版社，2000 年，第 56 頁。
〔註7〕　轉引自〔美〕魏斐德著，陳蘇鎭、薄小瑩等譯：洪業——清朝開國史，南京：
　　　　江蘇人民出版社，2008 年，第 709 頁。

欲加強思想控制有關。需要指出的是，自「漢定儒學於一尊之後，君權被絕對化，被神聖化」，此時的君臣理論已非孔孟之思想傳統〔註8〕。

應該說通過清初幾代帝王的努力，清廷的思想控制起到了很好的效果。至乾隆朝，社會風氣較爲整肅。文人生長在這樣的環境中，自小便樹立起維護儒教、勸化百姓的信念。晚明的士紳社會地位極高，他們「是百姓生活的來源，也是防範起義的第一道防線」〔註9〕。而在乾嘉時期，士紳的地位已遠不如晚明，不過在他們心中，士人仍然負有與官府共同管理地方的義務。戲曲家錢維喬之父錢人麟就曾徵得當局的同意，設立粥棚賑災。蔣士銓《香祖樓》傳奇裏也有類似的故事。可見在士人心目中，管理地方、教化百姓是其自身的一份職責。

與晚明時期的前輩相比，乾嘉時期的文人在生活上沒有絲毫的優越感。然而，這種並不優越的生活環境卻反過來刺激了他們維護名教、勸善懲惡的信念。乾隆朝最著名的戲曲家蔣士銓小時侯家境十分貧寒，其父常年在外遊幕，蔣士銓隨其母寄居在外祖家中。「先外祖家素不潤，歷年饑大凶，益窘乏」。艱苦的生活環境磨礪了蔣氏讀書的志向，蔣氏曾回憶其母教其讀書的情景：

> 母與銓皆弱而多病。銓每病，母即抱銓行一室中，未嘗寢。少瘥，輒指壁間詩歌，教兒低吟之以爲戲。母有病，銓則坐枕側不去。母視銓輒無言而悲，銓亦悽楚依戀之。嘗問曰：「母有憂乎？」曰：「然。」「然則何以解憂？」曰：「兒能背誦所讀書，斯解也。」銓誦聲琅琅然，爭藥鼎沸。母微笑曰：「病少差矣。」由是母有病，銓則持書誦於側，而病輒能愈。〔註10〕

蔣士銓就在這樣的環境中成長爲一代名家，這得益於自身的才華，同時也與嚴格的家教有關。乾嘉時期士人的成長經歷大多與蔣氏相似，比一般百姓好過一些，但家境遠談不上富貴。他們希望通過自身不懈的努力考取功名，從而得以進入官場，改善家境。相對於乾嘉時期數以百萬計的士人群體而言，蔣士銓等人算得上是幸運者。他們是科舉制度的受益者，不過最終所得卻與

〔註8〕　參見羅宗強：明代後期士人心態研究，天津：南開大學出版社，2006年，第49頁。

〔註9〕　〔美〕魏斐德著，陳蘇鎮、薄小瑩等譯：洪業——清朝開國史，南京：江蘇人民出版社，2008年，第413頁。

〔註10〕　〔清〕蔣士銓：鳴機夜課圖記，見《忠雅堂文集》卷二，清嘉慶二十一年（1816）刻本，北京：中國國家圖書館館藏，編號：93130。

自身的預期相差甚遠，但是他們終究無可奈何。對於儒家經典，他們從心底裏去擁護，因爲他們知道這是他們博取成功的唯一工具。對於在科舉背後操控其命運的大手，他們當然有過思考，但是那又能如何，於是也就只能默默承受。等他們有了子孫後代，他們依然會拿出儒家經典，一代一代地傳承下去。於是，他們的子孫便沿著祖輩走過的道路，一步一步地走下去。這是一項機械的工作，早已排斥掉了思考的空間。

對於正統經典之外的書籍，士大夫們常常嗤之以鼻。如鄭板橋就在一封家信中對儒家經典之外的著作十分憎惡，「常恨不得始皇而燒之」〔註 11〕。持此觀點者大有人在，阮葵生的《茶餘客話》引滿鶴鄰的觀點認爲：經史不可焚，亦不能焚，「惟古今文集，酌存百之一；詩賦存千之一。凡經典、道錄、語錄、詞曲、時文，盡數付之一炬。至於小說淫詞，不足與此數也」〔註 12〕。其實，這倒不一定說明他們已經走火入魔，只不過在他們看來，這些雜書不過是耗費人們的精力罷了，看多了也無益，還不如去溫習經典。這當然是較爲刻板的看法，大多數人對戲曲小說等小道之流還是較爲寬容的，只要不觸及名教，他們也允許這些圖籍存在。石韞玉曾對沈起鳳說：「我輩著書，不能扶翼名教，而凡遇得罪名教之書，須拉雜摧燒之。家置一紙庫，名曰『孽海』。蓋投諸濁流，冀勿揚其波也。」〔註 13〕石氏中過狀元，也做過封疆大吏，不過對於戲曲卻並不牴觸。他不僅出資刊刻了沈起鳳的戲曲別集，同時還親身參與過戲曲創作。石氏能這樣做主要還是看重戲曲教化百姓的功能。

乾嘉時期雖是中國歷史上有名的盛世，但是在盛世的光環之下，種種社會矛盾也在暗中潛伏。文人們看到這些社會矛盾，首先想到的便是用手中之筆，行教化之責，而戲曲便是其行使教化責任的最重要的載體之一。

當時擺在清廷面前最大的難題也許就是人口激增所帶來的一系列社會問題。前文提到，乾嘉兩朝是中國人口飛速增長的一個歷史時期，至嘉慶朝，人口總量已過三億，這個數目比中國以往任何一個時期的人口總量都要大得多。隨著人口基數的增大，社會各階層都感受到了前所未有的壓力。生員們感到考中的幾率越來越小，即使考中舉人，甚至進士，都難獲取一個體面的

〔註 11〕 〔清〕鄭板橋：焦山別峰庵雨中無事書寄舍弟墨，見《鄭板橋集》，上海：中華書局上海編輯所，1962 年，第 7 頁。
〔註 12〕 〔清〕阮葵生：茶餘客話，卷十六，叢書集成新編本。
〔註 13〕 〔清〕沈起鳳：諧鐸，北京：人民文學出版社，2006 年，第 40 頁。

職位。因為候缺的人數在增加，「這些人都有做官的資格，但無官可做；同時有越來越多的生員，他們在低級科舉考試制度中上了榜，但在攀登高級考試時因名額受限而被摒棄」〔註14〕。於是，不少文人迫於生存壓力，常年在外遊幕坐館。即使能夠進入官場，官員們發現自身所面臨的問題依然多多。「各級官員激烈地進行競爭，以謀求陞遷和保全官職」〔註15〕，當然他們所採取的手段也大多見不得光。而人口激增的直接受害者還是最廣大的貧苦百姓。一方面，隨著人口的極速增長，糧食問題也日益突出。百姓們祈求一年到頭有一個好收成，一旦發生大規模的自然災害，那就意味著將會發生餓殍遍野的人間慘劇。另一方面，人口的增長也意味著百姓們將會受到比以往更加嚴重的剝削，這是官吏士紳轉嫁矛盾的結果。終於，在乾隆末嘉慶初，白蓮教在帝國的各地起事。雖然白蓮教並未推翻清王朝，但是它給清廷所帶來的影響卻是毀滅性的——「乾隆後期的盈餘約七千八百萬兩因鎮壓叛亂而消耗淨盡，鎮壓叛亂耗資達一億二千萬兩」〔註16〕。

　　這些日益嚴重的社會矛盾，文人們當然都看在眼裏。他們中有些人拿起筆，將自己的見聞感受以詩文的形式表達出來。還有些人想到要教化民眾，抑制社會矛盾，於是創作出戲曲作品，提倡忠孝節義。於是，「教化劇」便在這種環境中誕生了。

二、教化劇的創作

　　在乾嘉時期，不少文人出於勸化世人的目的從事戲曲創作。同前代的雜劇作品類似，在普通劇中，教化劇佔有相當高的比例。

　　在這些作品中，有一類是改編前人之作。劇作家對以往的作品不滿意，從而取其題材，賦以新的寓意，總的出發點則是維護名教。這類創作在戲曲史上並不鮮見，朱有燉的《張天師明斷辰勾月》就是較為典型的例子。元人吳昌齡作有《張天師夜祭辰鈎月》雜劇，寫月中桂花仙子與秀才陳世英的故事。朱有燉的改編本則抹去了嫦娥思凡的嫌疑，將勾引秀才的罪名推到桃花精身上。朱有燉在序文中說：

〔註14〕〔美〕費正清主編：劍橋中國晚清史，北京：中國社會科學出版社，1993年，
　　　　第119頁。
〔註15〕同上，第117頁。
〔註16〕〔美〕費正清主編：劍橋中國晚清史，北京：中國社會科學出版社，1993年，
　　　　第154頁。

> 太陰至精之正氣，不可誣以幽會之事。故其風、花、雪、月必
> 點綴出相，見作者之苦心。〔註17〕

在朱氏眼裏，嫦娥的清白不可褻瀆，因此對吳昌齡的處理非常不滿，這才執筆改創，爲嫦娥的聖潔進行辨白。

乾嘉時期最重要的改編之作是蔣士銓的《四弦秋》。蔣氏在序文中對自己的創作目的說得十分明確：

> 壬辰晚秋，鶴亭主人邀袁春圃觀察、金棕亭教授及予宴於秋聲之
> 館，竹石蕭瑟。酒半，鶴亭偶舉白傅《琵琶行》，謂向有《春衫記》
> 院本，以香山素狎此妓，乃於江州送客時，仍歸於司馬，踐成前約，
> 命意敷詞，庸劣可鄙。同人以予粗知聲韻，相屬別撰一劇，當付伶人
> 演習，用洗前陋。予唯唯。明日，乃剪劃詩中本義，分篇列目，更雜
> 引《唐書》元和九年、十年時政，及《香山年譜·自序》，排組成章。
> 每夕挑燈填詞一齣，五日而畢。嗚呼！憲宗英斷之主，雖強藩不靖，
> 而將相得人，斥奸納諫，柄不下移，可云盛矣。矧居易受特達之知，
> 列在近侍，且使擇官以濟其貧。明良之會，豈衰世君臣猜忌者所及乎？
> 乃《捕賊》一疏甫上，竟遭譴謫。固政府好惡之偏，而得旨施行，又
> 何爲者？豈以殿中論事、抗直幹怒時，雖暫解於裴度一言，而憲宗厭
> 薄之心，究不能釋，因而藉以出之耶？嗚呼！此青衫之淚所難抑制者
> 也。人生仕宦升沉，固由數命。若劉夢得、柳子厚、元微之輩，戾由
> 自取，豈得與江州貶謫同日而語哉？填詞雖小道，偶連類而論次之，
> 俾知引商刻羽時，不僅因此琵琶老妓浪費筆墨也。〔註18〕

蔣士銓與友人不滿《春衫記》將白居易與妓女牽扯在一起，於是便以史料爲依據，屬以己見，重新編寫了「江州司馬青衫濕」這一故事。蔣氏此作融史論於曲辭中，取得了很高的成就。吳梅先生評述此劇時說：

> 白傅《琵琶行》事，譜入劇場者，先有馬致遠《青衫淚》，以香山
> 素狎此妓，於江州送客時，仍歸司馬，踐成前約。後有顧道行《青衫
> 記》，即根據馬劇，爲諧賞園傳奇之一。心餘序中，所云「命意敷詞，

〔註17〕　〔明〕朱有燉：《張天師明斷辰勾月》序，見吳梅：奢摩他室曲叢二集，上海：
　　　　　商務印書館，民國十七年（1928）刻本。

〔註18〕　〔清〕蔣士銓：《四弦秋》自序，見《蔣士銓戲曲集》，北京：中華書局，1993
　　　　　年，第185頁。

庸劣可鄙」者，蓋即指顧作。此記一切刪剃，僅就《琵琶行序》，及元

和九、十年時政，排組成章，較馬、顧二作，有天淵之別矣。〔註19〕
除了《四弦秋》外，改編前人的教化劇尚有唐英的《〈清忠譜〉正案》、劉鼃
的《楊狀元進諫謫滇南》、熊超的《齊人記》等作品。

　　與改編之作相比，教化劇中的新創之作數量更多。若細加區分，此類作
品還可以分出兩類，一類取材於前代，一類取材於當時。

　　楊潮觀是戲曲史上最多產的作家，在作品數量上惟有元代的關漢卿和明
代的朱有燉能與之相媲美。《吟風閣雜劇》三十二種並非作於一時一地，而是
作家在漫長的仕宦生涯中的點滴記錄。這三十二部作品多取材於正史和小
說，不少故事更是首次被編入戲曲作品之中。這些作品中有憤世嫉俗的感懷
之作，也有風流倜儻的情趣小品，但是更多的則是表忠勸孝的教化劇。

　　楊潮觀的生活年代主要在乾隆朝，不過他卻並沒有一味地吹捧盛世。他
通過對傳統題材的發掘，以古見今，引發人們對當時倫理問題的認識。楊氏
長期在地方州縣上任職，先後做過山西文水，河南輝縣、林縣、固始、杞縣，
雲南平彝等地的知縣以及四川簡州、邛州、瀘州等地的知州。這些生活經歷
使他更易於接近平民百姓，從而對各種社會問題有著更為深刻的思考。

　　楊潮觀「以古賢自期，與今之從政者格格不入」，在地方任職期間，頗多
惠績：

　　　　在文水值五年編審之期。歷年徭役不均，君親加區別，除鰥寡孤
　　　獨者五千餘人。嘗過杞縣，有厒嬴男婦百餘焚香跪道旁，鄉保指曰：
　　　「此公所活氓也。」君愕然。鄉保曰：「公不記某年聞賑歸來一案乎？
　　　大府不許報銷，此輩皆公捐俸所活氓也。」亡何，長子掄舉進士而公
　　　奉調瀘州。年逾七十，初志不欲往，旋聞瀘大饑，道殣相望。慨然曰：
　　　「見義不為無勇也。」即到官，碾穀檢校，一切在官簡款。分設三粥
　　　廠，令男婦各隨地坐，給籌以起之，換票以出之。在瀘不滿百日，凡
　　　活五十九萬七千人，笑曰：「吾事畢矣！」即以老乞歸。〔註20〕
這些心繫百姓的善舉也體現在楊潮觀的雜劇創作之中。《汲長孺矯詔發倉》寫漢

〔註19〕吳梅著，王衛民主編：吳梅戲曲論文集，北京：中國戲劇出版社，1983年，
　　　　第451頁。
〔註20〕〔清〕袁枚：楊潮觀傳，見《國朝耆獻類徵初編》卷二百三十二，見《清代
　　　　傳記叢刊》第一百六十一冊，臺北：明文書局，1985年，第365頁。

代汲黯路過河南，發現那裡的災情十分嚴重，於是不顧朝廷責罰，開倉放糧。《夜香臺持齋訓子》寫漢代雋不疑之母教訓其子為官以寬大為懷，不可濫殺無辜。這些作品與作家的生活經歷關係密切，雖以傳統故事為題材，卻體現了作家對當時社會問題的密切關注。其他如《荷花蕩將種逃生》表侍女之忠，《寇萊公思親罷宴》諷寇準之孝，《荀灌娘圍城救父》敘灌娘之節，《魯仲連單鞭蹈海》寫仲連之義，均體現了作家對倫理道德的推重。楊潮觀的這類作品曲辭醇雅，寓意深刻，反映的社會面十分廣泛，是乾嘉時期教化劇中的珍品。

　　與楊潮觀以古見今的做法不同，乾嘉時期還有一類作家直接取材當時的真人真事，藉以表彰忠孝、勸化百姓。

　　朱鳳森的《韞山六種曲》中包含四部雜劇，其中《守濬記》並非是朱氏的作品，而是其友許鴻磐所作。《守濬記》一名《儒吏完城》，許氏在序言中說：

> 吾友臨桂朱韞山著《守濬日記》，述其拒滑賊事。既囑余為文，又囑余為之製曲。夫韞山一書生耳，乃能據危城抗強寇，凡十餘日。援至，而城完。既保其境，而西南鄰邑皆資屏障，是亦可歌而可詠矣。〔註21〕

嘉慶十八年（1813），天理教李文成等在滑縣起義。濬縣與滑縣近在咫尺，當時的知縣正是朱鳳森。在朱氏的協調下，濬縣最終未被起義軍攻破。在朱鳳森的一生中，這算是其最為自豪的一件事，於是他便請好友許鴻磐將這一事迹譜入戲曲之中，連劇中人物也都採用真名實姓。

　　其實，朱鳳森自己也創作過類似的作品，《韞山六種曲》中的《平錁記》就是為了表彰其友李勺洋之父李鍈擒獲馬賊而創作的。朱氏在序言中寫道：

> 余與李子勺洋交最契，不獨以詩文相唱酬，並以古循吏相切劘。嘉慶庚辰春，勺洋見余《守濬日記》，因出其所紀尊甫青萍觀察擒馬錁事。余擊節歎賞不置。時方請假多暇，遂仿《元人百種曲》，作《平錁記》四齣。竊欲為觀察廣其傳也，遂不揣譾陋而付之梓。〔註22〕

朱鳳森自己創作《平錁記》，又託好友許鴻磐創作《守濬記》，表明朱氏對於用戲曲教化世人有著十分清醒的認識。朱鳳森創作《平錁記》的年代已介嘉

〔註21〕　〔清〕許鴻磐：《儒吏完城》自序，見《六觀樓北曲六種》，清道光二十六年（1846）刻本，北京：中國國家圖書館館藏，編號：95740。

〔註22〕　〔清〕朱鳳森：《平錁記》自序，見《韞山六種曲》，清嘉慶二十三年（1818）刻本，北京：中國國家圖書館館藏，編號：32992。

慶後期，比起乾隆時社會矛盾更加尖銳。朱氏身處其中，又別無他法，只好用戲曲創作聊以自慰。

乾嘉時期以同時代的真人真事入劇的教化劇還有蔣士銓的《一片石》、《第二碑》（一名《後一片石》），劉永安的《冰心冊》等多種。《冰心冊》寫維西傈傈族聚眾「作亂」，雲貴制帥覺羅堂琅奉命征討。亂平後，琅為瘴氣所傷，不久喪命。其妾陳姬遂殉節而死。作者劉永安原為覺羅堂琅的屬吏，這部雜劇便是為了宣揚覺羅堂琅及其姬妾的忠烈而作。蔣士銓的兩部雜劇是為了表彰明寧王妃婁氏的節烈而作，故事是真事，只是蔣氏不像朱鳳森、許鴻磐那樣將真名真姓也寫入其中，而是用了薛天目之類的假名。

總之，乾嘉時期的教化劇或據舊的曲辭改寫，或據新的題材結撰；而這些素材或是取自於歷史典故、百家小說，或是來源於當時的真人真事，其目的不外乎高揚儒家倫理道德，勸誡世人。受這一創作目的的影響，教化劇在普通劇中也展現出了獨特的形態特徵。

三、教化劇的形態特徵

《樂記》云：「聲音之道與政通矣。」〔註23〕在我國古代封建體制之下，樂和禮一道，對於維護倫理政教起到了非常重要的作用。自先秦時代起，古人對於樂的巨大作用就深信不疑，《尚書大傳》中記載：

> 大廟之中，繽乎其猶模繡也！天下諸侯之悉來進受命於周而退
> 見文武之屍者千七百七十二，皆莫不磬折、玉音、金聲、玉色，然
> 後周公與升歌而弦文武。諸侯在廟中者侃然淵其志，和其情，愀然
> 若復見文、武之聲，然後曰：嗟子乎，此蓋吾先君文、武之風也！
> 及執俎、扛鼎、執刀、執七首者負牆而歌，發於中而樂節文。故周
> 人追祖文王而宗武王也。〔註24〕

周人追思文王、武王的偉大功績便主要通過音樂。在音樂聲中，人們彷彿又回到了那個金戈鐵馬的時代，從而在內心深處自然而然地生發出對祖先的無尚崇敬。這股巨大的力量不僅深深感染了諸侯，而且也觸動了旁邊的侍者，音樂的力量何其偉大！

在元明清三代，戲曲在文人士大夫眼中雖然只是俗樂，卻能起到風教勸

〔註23〕《禮記・樂記》。
〔註24〕《尚書大傳》。

懲的作用。高明說：「不關風化體，縱好亦枉然。」就一部戲曲作品而言，曲辭好不好那是次要的，關鍵要發揮勸化世人的作用。在文人看來，戲曲似乎天生就具有勸化世人的優勢。清人邱嘉穗在《演劇》一文中說：

> 每演戲時，見有孝子悌弟，忠臣義士，激烈悲苦，流離患難，雖婦人牧豎，往往涕泗橫流，不能自己。旁視左右，莫不皆然。此其動人最懇切、最神速，較之老生向皋比講經義，老衲登上座說法，功效百倍。〔註25〕

在乾嘉時期，蔣士銓等劇作家都非常看重戲曲的這一功用。甚至可以說正是由於戲曲能夠發揮這樣的功能，蔣士銓等人才走上了戲曲創作的道路。據說，蔣氏本人曾說過這麼一段話：

> 天下之治亂，國之興衰，莫不起於匹夫匹婦之心，莫不成於其耳目之所感觸。感之善則善，感之惡則惡，感之正則正，感之邪則邪。感之既久，則風俗成而國政亦因之固焉。故欲善國政，莫如先善風俗；欲善風俗，莫如先善曲本。曲本者，匹夫匹婦耳目所感觸易入之地，而心之所由生，即國之興衰之根源也。〔註26〕

這段話是否真是出自蔣士銓之口，尚不敢確定，不過察其語義，倒是符合蔣氏的一貫主張。蔣士銓每每在序文中指出戲曲的勸化功能，如他在《〈空谷香〉自序》中說：「天下事有可風者，與為俗儒潦倒傳誦，曷若播之愚賤耳目間，尚足觀感勸懲，冀裨風教。」〔註27〕其友張三禮說得更為明確，他說：「文字無關風教者，雖炳耀藝林，膾炙人口，皆為苟作，填詞其一體也。」〔註28〕楊潮觀、唐英等劇作家也都發表過類似的見解。楊潮觀在《吟風閣雜劇・題詞》中寫道：「大雅雲遙，陽春絕少，子孝臣忠關幾章。」〔註29〕唐英也在《三元報・題辭》中說：「攄忠厚之微忱，著綱常之大義。」〔註30〕從創作實際來

〔註25〕〔清〕邱嘉穗：演劇，見《漢學堂知足齋叢書》，清道光年間刻本。

〔註26〕轉引自上饒師專中文系歷代作家研究室編：蔣士銓研究資料集，南昌：江西人民出版社，1985年，第193頁。

〔註27〕〔清〕蔣士銓：《空谷香》傳奇自序，見《蔣士銓戲曲集》，北京：中華書局，1993年，第434頁。

〔註28〕〔清〕張三禮：《空谷香》序，見《蔣士銓戲曲集》，北京：中華書局，1993年，第433頁。

〔註29〕〔清〕楊潮觀：《吟風閣雜劇》題詞，見《吟風閣雜劇》，上海：上海古籍出版社，1983年，第1頁。

〔註30〕〔清〕唐英：《三元報》題辭，見《古柏堂戲曲集》，上海：上海古籍出版社，

看，蔣、楊、唐三人的戲曲創作也基本符合他們的一貫主張，《藏園九種曲》、《吟風閣雜劇》及《古柏堂戲曲集》中所收的雜劇便大半爲教化之作。因此，蔣、楊、唐三人可算做是乾嘉時期教化劇的代表作家。

因爲勸化世人是需要演出來給人們看的，所以教化劇不同於乾嘉時期的其他雜劇創作，它們大多是場上之曲。這應該歸功於劇作家本人，是他們的期望和努力，使得教化劇在當時的舞臺上占得了一點可憐的空間。

蔣士銓創作出《空谷香》傳奇後，便想「歸質方伯，或令伶工演習之，未審酒綠燈紅之際，令尹當何如，觀場者又當何如也」〔註31〕。蔣氏並沒有將傳奇和雜劇區分對待，他希望自己的作品都能在舞臺上演出。他的《四弦秋》在揚州秋聲館中創作出來後，便立刻由主人的家樂搬上舞臺。蔣的好友王文治也養有家樂，於是近水樓臺先得月，《四弦秋》也被王家的家樂演出過。直到道光年間，《四弦秋》仍然在京城中盛演一時。蔣士銓的其他兩部雜劇《一片石》和《第二碑》主要在江西地區演出，這與作品題材的地域性有關。彭家屏在《一片石·題詞》中寫道：「多謝挑燈譜赫蹄，一時傳唱大江西。他年小泊隆興觀，來聽秋娘按拍低。」〔註32〕這是《一片石》在江西各地演出的明證。

唐英和楊潮觀也以場上之作自期。唐英自言其創作是「酒畔排場，莫認作案上文章」〔註33〕，這也得益於唐氏本人蓄有家樂，絲毫不爲自己的作品登不上舞臺而擔憂。楊潮觀也爲《吟風閣雜劇》的登場做足了準備，不僅在每一劇的宮調安排上下足了工夫，甚至還爲全部三十二部作品精心編撰了曲譜。《吟風閣雜劇》大多都曾上演過，《劇說》卷五亦云：「《寇萊公罷宴》一折，阮大中丞巡撫浙江，偶演此劇，中丞痛哭，時亦爲之罷宴。」〔註34〕《罷宴》一劇直到清末仍可演出，據陸萼庭調查，唯一一部在清末上海戲園中演出過的清代雜劇便是《罷宴》〔註35〕。另外，國家圖書館藏有《諸葛亮夜祭

1987 年，第 15 頁。

〔註31〕　〔清〕蔣士銓：《空谷香》傳奇自序，見《蔣士銓戲曲集》，北京：中華書局，1993 年，第 435 頁。

〔註32〕　〔清〕彭家屏：《一片石》題詞，見《蔣士銓戲曲集》，北京：中華書局，1993 年，第 344 頁。

〔註33〕　〔清〕楊恩壽：詞餘叢話，卷二，見《中國古典戲曲論著集成》第九冊，北京：中國戲劇出版社，1959 年，第 256 頁。

〔註34〕　〔元〕焦循：劇說，見《中國古典戲曲論著集成》第八冊，北京：中國戲劇出版社，1959 年，第 195 頁。

〔註35〕　詳參陸萼庭：崑劇演出史稿，上海：上海教育出版社，2006 年，第 345 頁。

瀘江》的清代演出本，這至少說明除《罷宴》外，《吟風閣雜劇》中的其他作品也曾演出一時。

在當時不利的舞臺環境下，教化劇能取得如此成績實屬不易。蔣士銓等三人在當時都不是普通的潦倒文人可比：蔣士銓是乾隆三大家之一，除了戲曲家的身份外，蔣氏還是當時著名的大詩人、大文人；楊潮觀出身於無錫世家，與袁枚等江南名士過從甚密；唐英是漢軍旗人，又身居要職，長期管理國家稅務，因此有餘暇、有財力蓄養家樂。有了這樣優越的地位和條件，他們所創作的教化劇便能輕易地登上舞臺。我們還可以插一句嘴，正是由於劇作家本身所具有的優越的社會地位，使得他們更傾向於創作教化劇，以完成社會所賦予的教化之責。這兩個方面彼此關聯，互為一體。

從雜劇形態上來看，為了起到良好的風化效果，蔣、唐、楊三人都在戲曲的舞臺表現上下了一番工夫。首先，為了照顧伶人的表演，三人都較為注意在劇本中添加舞臺說明。例如蔣士銓曾在《第二碑》「題坊」一齣中加入了一些文字以說明舞臺背景：

> 場上設墓碑，慢帳上掛無字匾，背面書「婁賢妃墓」四個字。……
>
> 向上立後，用旗傘略遮，暗轉，匾字向外，旗傘下。〔註36〕

唐英的劇作也是如此，《笳騷》一劇的【正宮引子·破齊陣】旁注云：「此引起，至【風雲會】第三曲，俱用洞簫，絃索低和」〔註37〕，這是對演奏樂器的說明。在三人的教化劇中，類似的例子比比皆是，這表明他們這麼做並非是一時心血來潮，而是在其戲曲創作宗旨支配下的一種習慣。

另一方面，蔣士銓三人所作的教化劇音律嚴謹、語言通俗，與同時期的普通劇相比更適合登臺演出。吳梅稱述《吟風閣雜劇》「每折一事，而副末開場，又襲用傳奇舊式，是為笠湖獨創，但甚合搬演家意也」，《吟風閣曲譜》「細按音節，確合律度分寸，或即當時嘌唱梨園所習之本」〔註38〕。蔣士銓善於在教化劇中加入精彩的插科打諢，如《第二碑》中有這麼一段描寫：

> （中淨）媽媽，我和你看守婁娘娘墳墓多年，蒙他說我們有功，

〔註36〕〔清〕蔣士銓撰、周妙中點校：蔣士銓戲曲集，北京：中華書局，1993年，第400頁。

〔註37〕〔清〕唐英撰、周育德點校：古柏堂戲曲集，上海：上海古籍出版社，1987年，第5頁。

〔註38〕吳梅著，王衛民主編：吳梅戲曲論文集，北京：中國戲劇出版社，1983年，第172頁。

應當保舉。玉皇大帝敕下天曹議敘，於是乎我就紗其帽，你就鳳其冠，好不體面。也要穿戴起來，不可妄自菲薄。（淨）如何，若依你那時節要告老回去，焉能得此冠帶榮身。大凡做官，總要耐煩些，自然終有好處。（中淨）承教了。（各換衣冠介）這兩日妻娘娘墓道新修，十分壯闊，恐有仙客來賀，同你去把滕王閣打掃打掃如何？（淨）當日妻娘娘在閣上賞端陽，差你打掃，你便使性子。怎的今日勤謹起來？（中淨）咳！做官的人巴結得有些出息，有些起色，自然高興。從前懶惰，一則是年幼無知，一則是受恩未重。如今有了品級，怎敢不出力報效。〔註39〕

這一篇對話對官場中的世態人情描繪如畫，在刻板的教化劇中增出這麼一段科諢眞使人有耳目一新之感。而唐英的教化劇不僅在語言、音律上力求通俗合度之外，還有意吸收地方戲中的合理元素，使得唐劇在乾嘉時期的普通劇中獨樹一幟。

蔣星煜稱蔣士銓的《一片石》、《第二碑》「是當時的現代題材的現代劇或活報劇」〔註40〕，這是從教化劇的實際功用角度所做出的總結。由於教化劇的教化勸懲的功能，劇作家們較爲關注場上藝術，從而使得它在乾嘉時期的普通劇中形成了自身獨特的形態特徵。

第二節 「樂也，人情之所不能免也」——寄託劇與寫心劇的功能與形態

李澤厚曾談及文藝創作的兩種傾向：「藝術究竟應從抒發情感志趣出發呢？還是應從宣揚宏大倫理教化出發？是『載道』呢？還是『言志』或『緣情』？這個似乎本只屬於儒家美學的矛盾卻在後世華夏的文藝創作和美學理論中一直成爲一個基本問題。」〔註41〕如果我們將教化劇看做是爲「載道」而作的話，那麼乾嘉時期普通劇的另外兩種形態——寄託劇和寫心劇則無疑是爲「緣情」而作。之所以又在緣情之作中細分出寄託劇和寫心劇，是因爲

〔註39〕〔清〕蔣士銓撰、周妙中點校：蔣士銓戲曲集，北京：中華書局，1993 年，第 403 頁。

〔註40〕詳參蔣星煜：蔣士銓和他的戲劇創作，見《中國戲曲史鉤沈》，上海：上海人民出版社，2010 年，第 686 頁。

〔註41〕李澤厚：華夏美學，北京：三聯書店，2009 年，第 40 頁。

前者借古人來抒情，重在寄託感慨；後者寫一己之生活，旨在記錄心事〔註42〕。

一、寄託劇、寫心劇的產生環境與創作

前文提到，在乾嘉時期，大多數文人都爲生活所迫，長年在外奔波，不得不一面上京應考，一面四處求食。爲了負擔全家人的生活，許多人都只得選擇遊幕或坐館。與這些流寓在外的人相比，安居在家的人當然要幸福得多。不過，無論是寓居還是家居，文人總忍不住要發抒內心的情愫，而雜劇便是他們最得力的手段之一。

（一）流寓生活與雜劇創作

與晚明時期的戲曲家相比，此時期的戲曲家在生活條件上要差上不少。這裡面有政治、經濟、人口等方面的因素，前文都已述及，此處便不再贅述。「清代中後期戲曲作家的生平經歷大都具有這樣的特點：多才多藝，一生坎坷。他們不僅詩文、詞曲、書畫兼擅，而且都自負『有經世才』。他們念念不忘博一個光彩的出身，好不容易中了舉，於是參加更高級的考試，落第，再考，再落第，直至老死。舒位如此，同時戲曲家如錢維喬、王曇，稍後如黃爕清、姚燮，也莫不如此。」〔註43〕陸萼庭先生這段話前文曾予引述，放在這裡仍然合適。其實，除舒位、錢維喬、王曇等人外，我們還可以開出一份長長的名單。對於這些戲曲家來講，坐館、遊幕乃至遊宦，都是他們比較常見的謀生方式。

先說遊幕。「在十八世紀末和十九世紀，越來越多的學者開始在各省高級官員的私人班子中擔任助手。『幕府』是明末的一種制度，在清代變得重要起來。」〔註44〕在乾嘉時期，文人們已普遍將入幕看做是一種主要的謀生手段。陳棟曾將這一時代特色體現在雜劇創作之中，借劇中人之口道盡遊幕的種種況味。

〔註42〕從功能上講，教化劇是爲教化世人而作。除去教化劇外，普通劇便多是些寄託感懷之作了。其中以徐爔《寫心劇》爲代表的一些作品自我登場，放棄代言體而使用第一人稱，這類雜劇形態較爲特殊，因此單列爲「寫心劇」。教化劇、寫心劇之外的普通劇便是寄託劇了，這與作品是否含有寄託並無多大的聯繫。

〔註43〕陸萼庭：清代戲曲家叢考，上海：學林出版社，1995 年，第 174 頁。

〔註44〕〔美〕費正清主編：劍橋中國晚清史，北京：中國社會科學出版社，1993 年，第 158 頁。

　　幕府並非是一片樂土。首先，遊幕意味著文人不得不隨幕府主人奔走他鄉，至於落腳點在哪，那並不是自己所能決定的。除非文人自己選擇改換門庭，另投他處。中國古人向來視他鄉爲畏途，《詩經》中的「昔我往矣，楊柳依依；今我來思，雨雪霏霏」，《古詩十九首》裏的「行路難」，這些膾炙人口的經典無時無刻不在提醒著人們流寓在外的艱辛。雖然乾嘉兩朝八十餘年中太平時多，戰亂幾可忽略不計，但是那時文人遊幕的種種滋味仍是我們這些現代人所難以想像的。

　　原籍直隸大興的劇作家舒位出生在蘇州，他的一生幾乎都在漂泊中度過。十四歲時便隨父親到廣西，十九歲入京師，二十三歲下江南，二十六歲遷居烏鎮，三十三歲入河間太守王朝梧幕府，同年隨軍赴雲貴平亂，三十五歲往長沙遊幕，三十六歲又有豫南之行，四十歲入松江幕府，四十一歲攜全家遷居蘇州城，四十二歲赴徐州，四十八歲遷居長洲縣，四十九歲在南京入幕，五十歲在揚州入幕。此外，舒位還在北京考過十次會試，僅此一項，就耗費了無盡歲月。直至老母去世時，舒位仍在揚州幕府。噩耗傳來，舒位星夜還家，在靈前號哭不止，遂哀毀過度，不久也便去世了。舒位的好友陳文述曾勸他不要過度悲傷，舒位自己也明白這個道理，卻難以做到。原因無他，就是因爲舒位自覺未能在母親生前盡孝。此時母親已逝，舒位不由得慟哭悲傷。縱觀舒位的一生，他自小便隨父輩宦遊南北，到了自己這一代，也免不得四方求食。舒位將遊幕坐館的辛酸統統發之於詩，創作了許多感人泣下的詩作。

　　　依人試吏各蒼茫，值得相逢一笑忙。……
　　　我是倦飛秋社燕，夢殘王謝舊時堂。

（《湘西雪夜與王大仁甫話別》）

　　　絃歌三徑陶元亮，昏嫁青山向子平。
　　　我尚依人君試吏，不知此願幾時成。

（《題云伯頤道堂詩選後》）

這些詩作慨歎謀生不易，自己尚要依附於他人。古人隱居的種種樂趣，自己卻無從得知，只好臨書豔羨了。

　　文人遊幕在外，還可能遇到疾病等厄難。限於當時落後的醫療條件，任何一種不起眼的病症都有可能對流寓者造成無盡的傷害。《揚州夢》雜劇的作者陳棟便深受疾病的折磨。陳棟離開家鄉，來到中州坐館遊幕時，剛滿三十歲，正是壯年。不過不久，疾病便像幽靈附身一樣再也不肯離去。十年後，

陳棟離世，只在去世前一年勉強返回家鄉會稽，避免了客死他鄉的悲劇。

在異鄉遊幕期間，病中的陳棟仍對科舉考試念念不忘。他在給友人的信中寫道：「賤疴乍重乍輕，無殞命之憂，有終身之累。索居無聊，結習難破，五六月間，倘法開之湯劑有效，臺卿之痼疾暫起，尚當繭足星郵，燒燭棘院。」〔註45〕他覺得自己的病這輩子再也不會好了，只是期盼著病勢稍減，不影響他參加考試。不過，陳棟的這點願望仍然難以實現，他在一首詩末注云：「余今歲以宿疴未瘳，不赴秋試。」〔註46〕對於常年染病的陳棟而言，回鄉應試之路竟是如此艱難，於是只好用詩文雜劇來略寬己懷。陳棟在《病起雜述》組詩中寫道：

> 久閉思暫出，薄帷上朝曛。中庭兩槐樹，相見如故人。雨過蘚
> 痕長，秋近蟬聲新。披襟坐階側，淡寂天爲鄰。客來言九遠，積潦
> 淹車輪。本無遠行念，置之若罔聞。（其一）

> 治疾如禦戎，心一力乃並。慎疾如溶川，源瀹流乃清。閉門及
> 一月，攻取目不經。暇或發縑囊，倦即陳桃笙。力弱無勞形，思斂
> 無搖精。終身嬰微疴，可以當養生。（其三）〔註47〕

陳棟自言「本無遠行念」，不過爲了謀生，依然來到了遠在千里之外的中州。既然久病不愈，陳棟索性將養病看做養生，這種豁達的背後卻是一種生活的無奈。「倦即陳桃笙」，音樂在此時成了陳棟最好的夥伴。

除詩文外，譜曲塡詞大概就是這些文人最喜歡的排遣方式了。舒位在外流寓時，隨身帶著兩個箱子，一放樂器，一放書籍。客途寂寞，便拿出笛簫遣懷。陳棟常與友人賞析彼此創作的戲曲，以爲一種抒懷解悶的途徑。陳棟本人精通音律，善於塡詞，吳梅先生稱述他：「清代北曲，西堂後要推昉思，昉思後便是浦雲，雖藏園且不及也。余詣力北詞，垂二十年，讀浦雲作，方知關、王、宮、喬遺法，未墜於地。」〔註48〕在異鄉的歲月裏，陳棟也能找到知音。陳棟曾爲好友陸商玉的《蕉鹿夢》傳奇作序，還爲幕友劉鹿柴的胞兄劉可培創作的《精衛石》傳奇題詞。在孤寂的歲月裏，恐怕只有戲曲音樂能

〔註45〕〔清〕陳棟：答黃心盦書，見《北涇草堂集》卷一，清道光三年（1823）刻本，北京：中國國家圖書館館藏，編號：A03276。
〔註46〕〔清〕陳棟：次韻再酬青墅明府，見《北涇草堂集》卷四，清道光三年（1823）刻本，北京：中國國家圖書館館藏，編號：A03276。
〔註47〕〔清〕陳棟：病起雜述，見《北涇草堂集》卷四，清道光三年（1823）刻本，北京：中國國家圖書館館藏，編號：A03276。
〔註48〕吳梅著，王衛民主編：吳梅戲曲論文集，北京：中國戲劇出版社，1983年，第173頁。

夠帶給他們以最大的精神安慰。

像舒位、陳棟這樣的文人還有許多。戲曲家張堅也長年在外做幕，他也用戲曲來排遣寂寞。

> 無事則嘿坐，或強弄絲竹，已而寂寞益甚。愁來思驅以酒，飲少輒醉，醉輒醒，而愁復來。乃思一排遣法，借稗官遺事譜入宮商，代古人開生面，操琴凝神，則愁魔遠避而去，得一佳句，便自愉悅。〔註49〕

趙式曾的《琵琶行》雜劇也是因流寓他鄉，排遣心緒而作。當時式曾與胞弟繼曾同客九江，杜門終日，相對愁苦，遂作曲以自況。

坐館當教書先生，對於那個時代的文人而言，也是主要的謀生手段之一。編過雜劇的文言小說家蒲松齡便坐了一輩子館，直至晚年方才撤帳歸來。除了應試和探親外，這些文人多數時間都在主家度過。與遊幕相似，坐館的地點也不固定，有時就在家鄉，有時卻須遠行千里之外。不少文人在一生中既入過幕，也坐過館，如前文提及的陳棟和舒位。大概一開始文人都以坐館為主，後來入幕的機會多了，便不再坐館。其實二者的分別也並不明顯，有時很難說得清某人是在坐館還是在遊幕。

無論是入幕，還是坐館，文人一旦離開家鄉，心情總會生出許多波動。在這種環境裏，文人們便常常借助音樂、文學等藝術手段來抒發心緒、陶冶情懷。正所謂「樂也，人情之所不能免也」〔註50〕，人心一旦受外物觸動，便會「形之篇章，達之聲歌」〔註51〕。雜劇集音樂、文學兩種藝術形式於一身，正是抒發情感的絕佳方式。

需要指出的是不少節慶劇也產生在劇作家坐館期間。與普通劇相比，節慶劇有著更多的實際功用，或為祝壽，或為喜慶。遇到這種情況，教書先生便成了執筆的不二人選。陳以綱、張蘩等人便在教書之餘應主人之請編寫過一些節慶劇。

所謂「學而優則仕」，歷朝歷代的文人都希望自己能夠鯉魚跳龍門，步入仕途，光宗耀祖。就乾嘉時期而言，由於文人的基數過於龐大，錄取的名額

〔註49〕〔清〕張堅：《玉獅樓》自序，見《玉燕堂四種曲》，北京：國家圖書館館藏，編號：148372。
〔註50〕《禮記‧樂記》。
〔註51〕〔清〕畢華珍：《律呂元音》自序，見《律呂元音》，續修四庫全書本。

又十分有限，大多數文人只好在官場之外尋找出路，這才使得入幕和坐館成了當時文人的主要生活出路。

當然，入仕做官仍是文人的首選。在清代，入仕的渠道並不限於科舉一途。有條件的人可以向朝廷入貲，以獲得做官的資格。曾任陝西巡撫的畢沅就「諷以家貧親老，宜求祿養」〔註52〕，勸戲曲家錢維喬求取縣令，並且還出資相助。此外，文人還可以通過大挑、軍功等渠道獲得做官的資格。

儘管有些人幸運地等來了任命的公文，但是等待他們的也多半是教諭、訓導之類的教官或偏僻之地的縣令。這類官職要麼無有實權，要麼地方偏僻，對於文人來講比入幕、坐館也好不到哪裏去。戲曲家沈起鳳曾以一篇文言小說自嘲居官之冷：

> 京都琉璃廠，有老翁揭榜於市，曰：「能望氣識人官職。」於是登仕版者，肩摩而至。老翁延之坐，俱令噓氣。自乃從旁諦審之，曰：「此金氣也，爲翰苑；此木氣也，爲部曹；此水氣也，爲中翰；此火氣也，爲御史；此土氣也，爲國子監。」言之無不吻合者。
>
> 忽一人噓氣久之，老翁沉吟再四，似不解其何官，曰：「異哉！似金氣而不秀，似木氣而不旺，似水氣而不清，似火氣而不烈，似土氣而不厚，其在不儒不吏之間歟！」詢之，以挑選知縣，投呈就教者。乃知冷官閒秩，皆無氣男子爲之。推其命數，都不在五行中也。〔註53〕

沈起鳳晚年做過安徽祁門等地的教諭，作此小說不過是感慨這些地方教職「在不儒不吏之間」，屬「冷官閒秩」，與其他官職相比過於寒酸。做過教官的戲曲家還有金兆燕、左潢等人，他們的觀點亦和沈氏相似，在清冷之中聊作曠達，倒也不失文人本色。

乾嘉時期的著名學者兼劇作家桂馥也曾做過教官。桂馥（1736～1805），字冬卉，號未谷，山東曲阜人，曾先後擔任山東長山司訓及山東學府教授等職務。乾隆五十五年（1790），桂馥取中進士。幾年後，桂馥被選爲雲南永平縣知縣。此時的桂馥已是六十歲的老翁了，不過由於生活的壓力，桂馥最終啓程，前往千萬里之外的任所。

桂馥雖然出身於官宦之家，不過家境卻十分貧寒。自己出來做官後，也

〔註52〕 詳參陸萼庭：清代戲曲家叢考，上海：學林出版社，1995年，第101頁。
〔註53〕 〔清〕沈起鳳：諧鐸，北京：人民文學出版社，2006年，第96頁。

沒能改變這種窘境。桂馥在雲南做了十年小官，最終卒於任所。一生才學未及施展，只能在邊地度過殘生，對於一代大儒來講真是一種悲劇了。桂馥在雲南創作了四部雜劇，合稱《後四聲猿》，這些作品正是桂氏本人的遣懷之作，也是不平之鳴。友人王定柱在《〈後四聲猿〉序》中寫道：

> 徐青藤以不世才，侘傺不偶，作《四聲猿》雜劇，寓哀聲也。……同年桂未谷先生，以不世才擢甲科，名震天下，與青藤殊矣。然而遠官天末，簿書薶項背；又文法束縛，無由徜徉自快意山城，如斗蒲僰雜庭廡間。先生才如長吉，望如東坡，齒髮衰白如香山，意落落不自得，乃取三君軼事，引宮按節，吐臆抒感，與青藤爭霸風雅。〔註54〕

桂馥以花甲之齡，遠官天外，雖是做官，卻自有一種無奈，其心情與遊幕在外的文人是非常相似的。桂馥嘗盡了宦海中的種種滋味，不得不借助雜劇「吐臆抒感」。

《後四聲猿》四部作品中，《放楊枝》寫暮年之情，《題園壁》歎倫常之變，《謁府帥》寫下僚之苦，《投園中》憤忌才之惡。從作者為每劇所寫的小引來看，數《謁府帥》與作者的關聯最為緊密。作者在《〈謁帥府〉小引》中寫道：

> 蘇子瞻為鳳翔判官，陳希亮為府帥，以屬禮待之。入謁，或不得見。子瞻《客位假寐》詩云：「同僚不解事，慍色見髯鬚。雖無性命憂，且復忍須臾。」又有《東湖詩》，皆為希亮作。其屈沉下僚，抑鬱不平之氣，微露於遊覽觴詠之際。今讀其詩，覺胸中塊壘竟日不消，只可付之銕綽板耳。〔註55〕

桂馥讀蘇軾之詩，生出了無限共鳴，「覺胸中塊壘竟日不消」，最後只能以雜劇來暫解心懷。毫無疑問，劇中蘇軾所受的冷遇桂馥也感同身受，因此該劇中的曲辭不啻為夫子自道。作者寫道：

> 【翠裙腰】堂堂府帥多倨傲，高下待官僚。夔夔衙鼓轅門曉，候招邀，何曾解帶敢寬袍。

這些曲辭也只有身居官場中人才能寫出。面對壓抑的官場，作者常常懷想湖

〔註54〕　〔清〕王定柱：《後四聲猿》序，見《清人雜劇初集》，長樂鄭氏刻印，民國二十年（1931）。

〔註55〕　〔清〕桂馥：《謁帥府》小引，見《清人雜劇初集》，長樂鄭氏刻印，民國二十年（1931）。

光山色之美：

> 【前腔】這悶懷豁然開了，失卻湖光何處找？筆底下調兒超，
> 眼底下孩兒鬧。
> 【前腔】那世故全然不曉，明白糊塗一筆掃，只戀著好湖山，
> 管甚麼升和調。

桂馥羨慕隱居者的生活，但是生活卻是如此無奈。在異鄉的生活中，還好有雜劇能寄託文人的情思了。

（二）家居生活與雜劇創作

在那個時代，文人的生活從一開始便被科舉制度限定好了發展的方向。個人的奮鬥、家族的希冀、旁人的目光，所以這些都凝聚在小小的八股文上。一個人在科舉之路上成功與否，不僅關乎個人的命運，還與整個家族的利益密切相聯。「在明、清科舉制度之下，士子一朝進學為生員，國家便復其身，免差徭，地方官以禮相待，非黜革，不受刑責。廩生並得食廩；貧寒者給學租養贍。生員經出貢或中舉，即可以正途入仕。如再會試中式，成進士，入翰林，則梯步青雲，尤為士子的榮顯之階」〔註56〕。如此優厚的待遇，自會使得全天下的士子們趨之若鶩。「社會於科舉一事之所以如醉如癡者，以其為士子一身一家聲名利祿之所繫，得失之間，而『天上人間一霎分』，世態炎涼立見」〔註57〕。因此，文人自識字讀書起，便與八股文結下了不解之緣。

從童年起，士子們要麼被領進私塾，要麼由父兄親自教授，開始研讀四書五經，熟記各類八股範文，以為將來一次次的考試做準備。準備科考對於文人來講無疑是生活中的重中之重，但這並不妨礙他們從事其他的文藝活動。在攻書之暇，文人會以琴棋書畫調節身心，這就為枯燥的生活增添了許多亮色。李澤厚說：

> 對熱衷仕途的積極者來說，它給予閒散的境地和清涼的心情；
> 對悲觀遁世的消極者來說，它又給予生命的慰安和生活的勇氣。這，
> 也許就是山水畫的妙用所在吧！〔註58〕

其實不光山水畫如此，編寫雜劇對於整日準備應試的士子來講也是一件賞心樂事。

〔註56〕王德昭：清代科舉制度研究，北京：中華書局，1984年，第127頁。
〔註57〕同上，第158頁。
〔註58〕李澤厚：華夏美學，北京：三聯書店，2009年，第34頁。

　　戲曲家沈起鳳九歲時應童子試，至二十八歲考中舉人。二十年中，沈氏基本上都在家鄉度過。他稱自己「第一讀書成癖，第二愛花結習，餘事譜新聲」〔註 59〕，可見在讀書賞花之外，沈起鳳最大的愛好便是填詞譜曲了。這樣的嗜好也傳染給了其弟沈清瑞。沈起鳳比沈清瑞大了將近二十歲，在性格上，兄弟倆也迥然不同。吳翌鳳稱沈清瑞「與兄蘋漁孝廉並立，有名於時。顧蘋漁倜儻不羈，君則蹺蹺自好，幾如冰炭之不相入也」〔註 60〕。其實，對於戲曲，二人倒是有著共同的愛好。王芑孫在一首【浣溪沙】中寫道：

　　　　院本吳興二妙專，孝廉讀曲不曾廉，五官鄰下又翩翩。

　　　　問姓便知身瘦削，填詞不礙舌?蠻，爲余刪正付雙鬟。〔註61〕

據沈清瑞的《瑤想詞》題詞，可知此詞作於乾隆四十七年（1782），沈清瑞時年二十五歲，尚未中舉。詞中「吳興二妙」指的就是沈氏昆仲。「專於院本」，可見他二人在當時都以戲曲創作聞名。只不過兄長在蘇揚等地爲幕府戲班寫戲，而胞弟則在家裏填詞寄興。沈清瑞作有《澆墓》雜劇傳世，沈起鳳只留下了幾部傳奇，二人在應試之餘所創作的雜劇傳奇都沒有留存下來。

　　孔昭虔的情況與沈清瑞十分相似。孔昭虔（1775～1834 後），字符敬，號荃溪。山東曲阜人。在嘉慶六年（1801），孔昭虔取中進士，後官至貴州布政使。在中進士之前，在家溫習功課的孔昭虔也很喜歡雜劇創作。今存《孔荃溪二種曲》一部作於二十歲，一部作於二十二歲，正是孔昭虔準備應試的關鍵時期。孔昭虔喜歡戲曲創作也與親人有關，戲曲家孔廣林正是昭虔的伯父。

　　江蘇如皋人范駒（1757～1789）寫過一部《送窮》雜劇。他字昂千，號藿田。范駒一生只活了三十三歲，他在乾隆五十四年（1789）中舉，不久便病逝了。范氏的生活經歷較爲簡單，攻書之餘以度曲爲樂。他在給友人的一封信中寫道：

　　　　在家三四日，恍惚如有失，旋往石莊。以婦病未瘥，議就刀砭，
　　　　相知多以利害爲言，首鼠兩端，累日始決，刻下雖聽其自然，終亦
　　　　一大患也。家室之累，兄脫之，弟倍之矣。擾擾兩旬，暇則摽蒱度
　　　　曲，或學字，間讀文，亦尋報。……八股雖敲門磚，門且未開，固

〔註59〕〔清〕沈起鳳：諧鐸，北京：人民文學出版社，2006 年，第 143 頁。
〔註60〕〔清〕吳翌鳳：懷舊集，卷七，「沈起鳳」條，清嘉慶年間刻本。
〔註61〕〔清〕王芑孫：浣溪沙，見《淵雅堂全集・外集・瑤想詞》，續修四庫全書本。

不宜輕擲耳。得掌文衡，外可悅目，內可靜心，猶不失本來面目。
〔註62〕

對於出外遊幕的友人，范駒卻歎羨其脫離了「家室之累」。留在家中的范駒仍以揣摩八股為首要之務，除此之外便以度曲遊戲為樂了，而《送窮》大概就是在這樣的環境下誕生的。

與同時代的絕大多數文人相比，曹錫黼無疑是幸運的，他年紀輕輕便考中了進士，並在京師的太常寺任職。然而，曹錫黼卻在三十歲之前便走完了人生，這不禁讓人慨歎天妒英才。在短暫的一生中，曹錫黼創作了大批著作。「曹員外菽圃，生僅二十九年，而著作已富。詩古文，及說部雜識，卷帙盈尺，各有根柢存乎其間。至按律呂為南北曲，固才人能事之餘，而士林亦深賞之」〔註63〕。但最終，這些著作只有少部分流傳了下來，其中就包括曹氏所創作的五種雜劇。其友施潤不禁感歎：

> 《桃花吟》一折，與玉茗堂《四夢》同工。而《四色石》慷慨淋漓，各儘其致，則徐文長之《四聲猿》可以頡頏。由此鼓吹詞林，流傳藝苑，洵亦慧業中不朽者。菽圃非藉此以傳，而此足以傳菽圃矣！海內知菽圃名者，即不求諸詩、古文、說部、雜識，而求諸《桃花吟》、《四色石》，亦足見才人之才，無所不至也。〔註64〕

大概施潤自己也沒想到自己的預言會成真，曹錫黼確實依靠著其雜劇作品在文學史上留名後世。不過曹氏作品的成就遠不及臨川四夢及《四聲猿》，施潤的稱譽其實是誇大之辭。鄭振鐸先生曾這樣評價曹錫黼的雜劇創作：

> 錫黼少年科第，故所譜諸劇，胥為從容爾雅之什。即敘感憤之事，亦鮮燋煞之音。〔註65〕

鄭先生的評價切中要害。無論是沈清瑞的《澆墓》、孔昭虔的《孔荃溪二種曲》，還是范駒的《送窮》、曹錫黼的《桃花吟》及《四色石》，都因作者不過是將其做為研習八股之餘的遣懷遊戲之作，所以就顯得氣韻蒼白，不夠流動。這大概就是寄託劇的通病吧！因為八股講究的是摹倣古人之口，表述經典之

〔註62〕〔清〕范駒：寄蔗鄉書，見《雚田集》卷八，北京：中國國家圖書館館藏，編號：XD3747。
〔註63〕〔清〕施潤：《無町詞餘》序，見《清人雜劇初集》，長樂鄭氏刻印，民國二十年（1931）。
〔註64〕同上。
〔註65〕鄭振鐸：初集題記，見《清人雜劇初集》，長樂鄭氏刻印，民國二十年（1931）。

義，這又與戲曲創作有著某些相通之處。於是，劇作家完全可以在讀書之餘選取古時的文人雅事，編成小劇，這樣既可練筆，又能寄懷，眞可謂是一舉兩得的美事了。

與這一類年輕的士子不同，還有一類文人在經歷了多次失敗之後早已對功名不抱幻想。他們家境素豐，不必像一般人那樣爲謀生擔憂。在漫長的家居歲月裏，他們把精力大多花在經義詩文上。除此以外，他們也偶有雜劇之作。

孔昭虔的伯父孔廣林在二十六歲時便對科舉考試失去了信心。他在自訂年譜中記下了自己當時的想法：

> 予乘閒請於兩大人曰：「兒今秋自當應試，中與不中，只此一舉。落第決不再試矣。應試求仕進耳，兒自分非官材，且多病。三弟未通籍，兒不敢出此言。今三弟已列館職，可以顯親揚名。兒依兩大人膝下，侍奉晨昏，退則研心三禮，訓誨幼弟讀書成名。視與時髦爭進取，覺更有樂趣也。」兩大人相視而笑，先大夫徐言曰：「人各有志，亦不爾強。吾知爾恐他日作汝弟小門生耳。」……既又被黜，予志已灰，盡棄帖括之業，究心三禮。〔註66〕

孔廣林身爲聖人後裔，「更讀書外無他事」〔註67〕，自此次考試失敗之後，便一門心思地研究三禮，直至去世，前後長達五十年之久。在這段漫長的歲月中，孔廣林研經之餘創作了不少雜劇散曲，他把這些作品合訂到一起，命名爲《溫經樓遊戲翰墨》。從這個名字上，我們便能體味孔氏的生活意境，經學爲業，暇則塡詞譜曲，優游歲月。孔氏自己也說：

> 數年來，出則絕少朋好，居則長對愁山。辰非不良，苦無樂趣。
> 除十七宮調外，與予共晨夕者惟歡伯耳。〔註68〕

「歡伯」指的是酒，孔廣林慨歎除了飲酒和譜曲之外，再無其他的樂趣。這是孔氏晚年生活的感喟。後來由於身體不佳，他連飲酒也戒掉了，只剩下戲曲伴其殘生。

與孔廣林不同，吳江人袁棟在經歷了「童子試二十有一，省試十有一，

〔註66〕〔清〕孔廣林：溫經樓年譜，清抄本，北京：首都圖書館館藏，乾隆三十六年（1771）條。
〔註67〕同上，嘉慶十八年（1813）條。
〔註68〕同上，嘉慶九年（1804）條。

未嘗一有遇合」之後，終於對科舉喪失了耐心，從此在家中「專心讀古，務有用之學」。袁棟家本素封，不必為生活掛懷，因此有時間在多個領域鑽研探討，「凡詩賦古文辭以及填詞、度曲、算法、卜筮之學，一經涉歷，即知其奧，不必有淵源授受也」〔註69〕。在這種寬鬆的家居環境中，袁棟創作了六種雜劇，合稱《玉田樂府》。這些作品拈取典故，填詞遣興，沒有太深的思想內涵，有的只是一份恬靜和適意，恰與袁棟的家居情趣相吻合。

綜上所述，在家居環境下，劇作家們並沒有在寄託劇中寄寓很深的感慨。它們或是攻書之餘的遊戲之作，或是無欲無求的遣懷之筆，總之只是文人家居生活的一部分。

（三）徐爔與寫心劇

徐爔（1732～1807），字鼎和，號榆村。江蘇吳江人。徐爔出身於江南世家，他的曾祖父徐釚（1636～1708）在康熙年間曾舉博學鴻詞，入翰林，編著過《詞苑叢談》；他的父親徐大椿（1693～1771）是著名的醫生，編寫過《樂府傳聲》這樣的聲樂理論名著。徐爔本人也繼承了父親的衣缽，不僅精通醫理，還創作過十九部一折雜劇，合稱《寫心劇》。《寫心劇》在乾嘉時期的普通劇中別開生面，在整個戲曲史上也以其獨特的藝術魅力而佔有重要的地位。

從《寫心劇》中所透露出的年代信息來看，這些作品大多是徐爔於晚年所作，不過也前後跨越了二十年之久。這些作品具有自傳文學的特點，可以看做是徐爔晚年心路歷程的忠實記錄。徐爔拋棄代人立言，真正實現了自我登場，之前雖有廖燕的《柴舟別集》堪做先聲，但如此大的創作規模在戲曲史上還是首次。徐爔本人曾說：

> 或有歎而問予曰：「元明詞曲演劇，皆託於古人以發己懷。而子昔填《鏡光緣》，尚影射姓氏，今竟直呼自名，登場歌泣，豈非自褻耶？」余應之曰：「寫心劇者，原以寫我心也。心有所觸，則有所感，有所感則必有所言，言之不足則手之舞之，足之蹈之尚不能自己者。此予劇之所由作也。且子以為是真耶？是劇耶？是劇者皆真耶？是真者皆劇耶？即余一身觀之，椿萱茂而荊樹榮者，少時之劇也。琴瑟和而瓜瓞綿者，壯歲之劇也。精力衰而鬢髮蒼者，目前之劇也。而今而後，亦不自知其更演何劇已也。當予日處乎劇中，而未嘗片

〔註69〕〔清〕袁景輅輯：國朝松陵詩徵，卷十五「袁棟」條，清乾隆三十二年（1767）刻本。

刻超乎劇之外，則何妨更登場而演之。世君子以爲僻乎前人者可也，

以爲不襲前人而獨開生面者亦可也。」〔註70〕

徐爔很清楚自己的《寫心劇》與前人之作的不同之處，不過他卻並不以爲自己的作品有什麼怪異。他認爲生活本來就是一部大戲，戲劇也處處映照人生。既然如此，何妨親自登場，反而省去了許多麻煩。如此一來，《寫心劇》儼然成了一部傳記文學，幾乎可與詩文相參證。

徐爔在五十歲之前也曾像其他士子那樣出外遊幕，依附他人生活，他在《述夢》中自述：

若說名山大川，也曾登泰山，涉大海。若論富貴繁華，也曾侍王府，寓公門。若是才子佳人，半生以來交好不少。至於自己衣食姬妾，雖難充裕，卻都領略到了。眞是晚生一無可戀也。〔註71〕

不過，在創作《寫心劇》時，徐爔已沒有什麼掛累，完全可以過一種輕鬆寫意的隱士生活：

父母俱已安葬，四子皆可自立，大事已畢。只是我天性閒淡，襟懷軒朗，每視利名眞若浮雲流水，全不關心。最喜的是尋山問水，拾芝採藥，承那四方君子時來下問。我想既無進身之心，何苦整冠束帶，多此熱鬧周旋。已屬蹉跎半百，可發一歎。〔註72〕

開始創作《寫心劇》時，徐爔已年近半百，此時的他對科舉功名毫無興趣，他靠著祖傳醫術，足可自立。相對於蹉跎半生尚遊歷在外的士子而言，此時的徐爔可以說是生活得相當適意了。

徐爔的詩文集早已散佚，不過通過《寫心劇》，我們仍可瞭解到徐爔的一些晚年經歷。《酬魂》一劇描述的是徐爔行醫半生之後的心態：

俺徐種緣年已六旬，既無善事可修，反造庸醫之咎。幼習岐黃，原想利人利己，怎奈天性下愚，又復癡頑，雖爐內靈丹不少，家藏秘本頗多。即使潛心考究，自問終難入戶。卻早遠近傳名，誤推善技。四十年中所看的病，豈止數萬，內中誤治，是必不少。雖是常

〔註70〕〔清〕徐爔：《寫心劇》序，見《蝶夢龕詞曲》，清刻本，北京：中國國家圖書館館藏，編號：104216。

〔註71〕〔清〕徐爔：述夢，見《蝶夢龕詞曲》，清刻本，北京：中國國家圖書館館藏，編號：104216。

〔註72〕〔清〕徐爔：遊湖，見《蝶夢龕詞曲》，清刻本，北京：中國國家圖書館館藏，編號：104216。

懷割股之心，然終難免殺人之罪。日夕躊躇，竟無免過之法，無可
如何。因想普照禪師，法力廣大，今請來與藥誤諸魂追薦超度，以
酬宿愆。〔註73〕

徐爔的父親徐大椿醫名早著，他曾留有許多醫學著作，後世先後刻印過《徐
氏醫書六種》、《徐氏醫書八種》、《徐靈胎十二種全集》及《徐靈胎醫學全書》
等。徐爔雖在名氣上不及乃父，但同樣精通岐黃之術。儘管如此，幾十年行
醫下來，徐爔感歎自己難免有誤人之時，於是心生懺悔，請高僧做法。這部
雜劇也可以看做是徐爔晚年心態的真實寫照。

除治病救人外，徐爔也曾伸出援手，資助友人。在《青樓濟困》中，徐
爔敘述了自己幫助一位妓女的故事。他自己在劇中說道：

聞得何媚娘，自從王蘭生進京之後，閉門謝客，十分窮苦。這
婦人雖出青樓，卻也難得。他與王兄原是萍水之歡，竟成琴瑟之好。
王兄為兩被火災，恐有訟累。媚娘把衣飾銀錢盡為路費，叫他上京
應試去了。今已五年，竟音信杳然。他還留下一個兒子，不知怎生
樣了。我且帶幾兩銀子，些少糕果，不免去看他一看。那些熱鬧的
翠閣紅樓，我都懶去了。〔註74〕

年輕時，徐爔也常出入青樓，他和李秋蓉便是在妓院中相遇的。後來他寫了
一部《鏡光緣》傳奇，以示紀念。此時的徐爔已年過半百，不願再入青樓了。
他此行的主要目的便是去看望這位何媚娘。他忠實記錄了自己資助何媚娘的
事迹，同時又生動地描繪出了何媚娘的聲容，這使得《青樓濟困》這部雜劇
既有戲劇的特點，又不乏傳記的意味。

每一個人在面對生老病死的大勢時，都會生出無力之感。即使是醫術名
家，徐爔也無法救回胞弟星燦的生命。他將自己悲傷的情感完全釋放在《哭
弟》這部雜劇之中。

【梁州新郎】和你暫別幾朝，便覺得身心無靠，今日裏何堪永
隔幽明道。嗳！三弟嚇！我想著你孝友情深，不禁心傷淚拋。還記
你病亟時，諄囑旁人莫向我爹娘道。見雙親忍痛吞聲假裝安貌。到
臨危，你囑哥哥慰親自保，恐我傷心猶言病好。淚潸潸，執手頻叫。

〔註73〕　〔清〕徐爔：酬魂，見《蝶夢龕詞曲》，清刻本，北京：中國國家圖書館館藏，
　　　　　編號：104216。
〔註74〕　〔清〕徐爔：青樓濟困，見《蝶夢龕詞曲》，清刻本，北京：中國國家圖書館
　　　　　館藏，編號：104216。

聲漸低，魂去了。〔註75〕

在古人的詩文集裏，我們常可看到悼念親人的詩作或文章，不過比較起來，在情感的宣泄程度上都無法與該劇相比。詩歌篇幅過短，無法充分地渲染深情；文章又不免平鋪直敘。相較之下，我們不難發現雜劇在表現情感上的巨大優勢。以戲劇之體寫親歷之事，徐爔在這方面是有特殊造詣的。

徐爔在《寫心劇》中還記敘了其他一些家庭變故，例如《問卜》一劇借一位老家人之口談到徐家所遭遇到的一次困境：

> （末扮蒼頭上）年老毫無濟，惟存報主心。我徐氏老蒼頭便是。
> 歎家主原有些家私，只爲大相公取入四庫館上，分發雲南，做了三
> 任知州，一任同知，身亡任所，分賠虧空，盈千累百。咨到原籍，
> 賠得田房蕩然，十分苦惱。如今六相公乙卯科中了舉人，讀書無本，
> 更覺苦楚。看老相公還是日間遊山，夜裏填詞，絕無憂態，我卻替
> 他愁悶不過。〔註76〕

「大相公」指徐爔的長兄徐煐，而「六相公」指徐爔之子徐垣，這段記載可補文獻資料之不足。

還有一些雜劇則記載了徐爔晚年的生活居處，比如《入山》記敘的便是徐爔晚年的隱居之所：

> 一路行來，已是畫眉泉了。想父親在日，夢到靜室，上題「水
> 流雲在」，這也不在心上。十年後遊到此間，見有周茂蘭外太祖題「水
> 流雲在」匾額，恍然悟著前夢，即買作家庵。後蒙欽召賜還，便爲
> 祝聖之所，招僧香火。想此中早有良緣，我不免再去開山建亭，鑿
> 池引水。把一生至好，題名勒石，做個娛老之地便了。〔註77〕

《覆基》一劇甚至還述及了徐家的墓葬之地：

> （外扮土地上）……上帝命我爲麗字圩境上土地，已及一載。
> 此處風藏水聚，但來葬的，都是要享洪福之人，故此來往絕少。前
> 日有一星燦徐公，新葬本圩，聞是讀書君子，尚未見面。今嘉慶十

〔註75〕〔清〕徐爔：哭弟，見《蝶夢龕詞曲》，清刻本，北京：中國國家圖書館館藏，編號：104216。

〔註76〕〔清〕徐爔：問卜，見《蝶夢龕詞曲》，清刻本，北京：中國國家圖書館館藏，編號：104216。

〔註77〕〔清〕徐爔：入山，見《蝶夢龕詞曲》，清刻本，北京：中國國家圖書館館藏，編號：104216。

年四月十二日酉時，有個徐種緣在此營壽穴，先把亡妻錢氏安人安
葬於右。今日自來覆基。〔註78〕

這些平時只會出現在傳記文獻中的文字卻通通被徐爔寫入《寫心劇》中，閱
讀這些文字，我們就會感受到一幅幅眞實的生活場景撲面而來。

　　徐爔自我登場的寫法在乾嘉雜劇中並非孤例，汪應培的《簾外秋光》、《棠
宴曲》、《驛亭槐影》以及湯貽汾的《逍遙巾》等雜劇也都以劇作家本人爲故
事的主人公。不過徐爔以近二十種雜劇描繪自己的晚年生活顯然是一種有意
的創造，在他的筆下，雜劇顯示出了新的面貌，即以傳記文學的形態記敘自
己的生活經歷和心路歷程。這種創造性的寫法使得《寫心劇》呈現出一股勃
勃生氣。袁枚稱讚《寫心劇》「一片靈機，蟠天際地，使衰朽之人蹲蹲欲舞，
詞曲感人，乃至是哉！」並賦詩云：「乞將八十年來事，譜入東山絲竹聽。」
奇豐額也指出《寫心劇》的創作：「詞壇獨闢開生面，譜出人心一段眞。」〔註
79〕徐爔的《寫心劇》是當得起這樣的稱讚的。

二、寄託劇、寫心劇的形態特徵

　　王季思先生說：「雜劇剛開始時之所以只有本色一家，因爲它是從民間產
生的。當時的主要作者都是民間藝人，這就決定了它的樸素、通俗的特點。
文人是後來才參與其事的，也就是到了這個時候，才陸續出現了文詞派或文
採派。」〔註80〕雜劇——這一誕生自民間的文藝，一經流入文人手中，便和
詩詞一樣，成爲了雅文學中的一員。

　　雜劇所使用的曲體語言將韻文和散文體式完美地結合在了一起，填補了
文人心中詩詞之外的文體空白。從元至清，雜劇之作一直連綿不絕。因爲在
文人心中，有時「不僅傳統詩文和散曲已不足以承擔這種情感的宣泄，達到
自我實現的需求，即使篇幅巨大，重視情節和人物刻劃而又受著當時舞臺限
制的傳奇也非理想的渠道」〔註81〕，於是，雜劇便自然而然地出現在才人的
筆下，成爲其寄託心懷的另一處港灣。

〔註78〕　〔清〕徐爔：覆基，見《蝶夢龕詞曲》，清刻本，北京：中國國家圖書館館藏，
　　　　　編號：104216。

〔註79〕　〔清〕袁枚、〔清〕奇豐額等人的《〈寫心劇〉題詞》俱見《蝶夢龕詞曲》，清
　　　　　刻本，北京：中國國家圖書館館藏，編號：104216。

〔註80〕　王季思：王季思學術論文自選集，北京：北京師範學院出版社，1991年，第
　　　　　329頁。

〔註81〕　徐子方：明雜劇史，北京：中華書局，2003年，第12頁。

從金元到乾嘉，雜劇的發展也經歷了無數變化，無論是體制，還是語言，都已迥非最初的形態。對於這一變化，不少學者都提出了自己的看法。曾永義說：「短劇發軔於（明代）中期，至後期而朝氣蓬勃，降及滿清更登峰造極，只是逐漸古典化，終至脫離氍毹，登上案頭，而變成辭賦的別體了。」〔註82〕王永寬說：「（清人雜劇）嚴格說來已不是原來意義上的戲曲，它只是保留了雜劇的外殼，而其內容則相當於抒情散文或諷刺小品。」〔註83〕許祥麟說：「明末以後戲曲創作中出現的脫離舞臺的某些『案頭劇』，實是士人模擬劇本形式所創作的文學作品，故可稱之為『擬劇本』。」〔註84〕徐子方說：「古代中國最典型的劇詩便是明代文人南雜劇。……學術界有人將這種劇詩的創作探索稱之為『擬劇本』。……雖不無新意，但總不如稱之為劇詩來得更貼切。」〔註85〕以上四家所言各有道理，以乾嘉雜劇的總體狀況而言，似以「劇詩」的概括更為貼切。通過前兩節的論述，我們認為對於大多數乾嘉時期的普通劇而言，它們的創作已和散套的創作差別不大，這樣一來，從劇詩的視角對其分析，似可取得更加精確的結論。李昌集認為：

> 曲體成熟後的總體發展趨向，乃是向詩詞的回歸，是韻文意味的不斷純化和散文意味的淡化，是語言典雅色彩的加強和白話氣息的減弱。當文人們企圖在曲體的語言形式上變換一點與前人不同的花樣時，實際上卻在把曲體拉回到了詩詞的領地。〔註86〕

這一觀察不僅適用於散曲，也同樣適用於雜劇。從元至清，隨著一代代文人的不懈努力，雜劇最終被拉到了詩詞的陣營之中。於是，本書不擬對乾嘉時期的普通劇再按以往的研究慣例，分析作品的賓白、科諢及腳色，而是以觀照詩詞的眼光，探析作品中所體現的「沖淡之味」和「無我之境」。

（一）沖淡之味

在禮樂文化的影響之下，中國文人在詩歌藝術上追求一種中正和平、溫

〔註82〕曾永義：明雜劇概論，臺北：學海出版社，1999年，第121頁。

〔註83〕王永寬：清人雜劇概說，見《中國古代戲曲論集》，北京：中國展望出版社，1984年，第232頁。

〔註84〕許祥麟：「擬劇本」：未走通的文體演變之路，《文學評論》1998年第六期，第140頁。

〔註85〕徐子方：從劇詩到單折戲——論明雜劇對文學體裁的兩個貢獻，《江蘇大學學報》（社會科學版）2007年第二期，第63頁。

〔註86〕李昌集：中國古代散曲史，上海：華東師範大學出版社，2007年，第217頁。

柔敦厚的藝術效果，乾嘉時期的劇作家們本身都是詩人，如今他們以創作詩詞的方法來填詞譜曲，其作品也必然深深地打下了這一詩教的烙印。如楊潮觀在《邯鄲郡錯嫁才人》一劇的題首寫道：「邯鄲郡，思失職也。譬之鹽車駿馬，能無仰首一鳴。然知命者怨而不怒，有風人之義。」〔註87〕這種「溫柔敦厚、怨而不怒」的文學思想被貫穿到作家的各種文體的創作之中，普通劇的創作自然也在其列。

　　《邯鄲郡錯嫁才人》就是這樣一部雜劇。劇中的女主人公是一位美麗的宮女，她本期望自己能夠得到帝王的寵幸，但最終只落的一個嫁與「廝養卒」的結局。全劇被一層淡淡的哀傷氛圍所籠罩，宮女輕輕地唱道：

　　　　【南呂·鶉鶉兒】則聽得譙樓之上，響汪汪五更鐘動。則見那屋梁月落，冷清清射入寒窗紙縫。直恁淒涼一覺空。這須臾夢，倒算了今生裏花開一紅，惹起了舊恨千端，新愁萬種。

我想起來，都只為沒了娘親，以至如此。從今起，我只有長齋過日，望大士慈悲！

　　　　【隔尾隨煞】可堪薄命人嘲弄，嬌滴滴好花枝，偏不向佛前供。咳，畢竟我方才呵，是真是夢？趁今宵，剩把銀釭照孤烔，猶恐相逢。大慈大悲的菩薩，可惜我如此花容，真個付之流水乎？搵不住淚兒泉湧，準安排慧業他生用，則那觀音柳一枝活動，待倒卻淨瓶空，把舊根苗再從天上種。〔註88〕

雖然不無怨望之情，但也僅此而已。全劇就在這樣一種淡淡的哀愁之中結束了。

　　其實，有許多普通劇所體現的情感連「怨」都談不上，更不要說「怒」了。桂馥的《後四聲猿》雖是摹仿徐渭之作，作品中所寫的也都是曠世悲劇，但在激憤之情上卻遠遜於後者。到了乾嘉時期，文人所作的普通劇無論主題如何，其曲辭風格幾乎無一不是清雅蘊藉。這些作品大多都是一折短劇，談不上什麼情節，讀完之後只有一種冲淡的韻味尚留口頰之間。

　　石韞玉的《花間九奏》由九部一折短劇組成，這九部作品的名稱分別是

〔註87〕　〔清〕楊潮觀著、胡士瑩校注：吟風閣雜劇，上海：上海古籍出版社，1983年，第60頁。

〔註88〕　〔清〕楊潮觀著、胡士瑩校注：吟風閣雜劇，上海：上海古籍出版社，1983年，第62頁。

《伏生授經》、《羅敷採桑》、《桃葉渡江》、《桃源漁父》、《梅妃作賦》、《樂天開閣》、《賈島祭詩》、《琴操參禪》以及《對山救友》。讀罷這九套曲辭，我們發現每一劇的題目確實起得恰到好處，連一丁點多餘的情節也沒有。至於這些故事也都是一帶而過，並沒有展開敷演。九部作品裏，《桃源漁父》、《梅妃作賦》、《樂天開閣》、《賈島祭詩》和《琴操參禪》中的故事都已被前人譜入戲曲，石韞玉並沒有在前輩面前更進一步，他的貢獻似乎只在於把伏生等人的事迹率先採入戲曲之中。石韞玉好像只是爲那些歷史上有名的故事又重新編了一套曲子，而無意在歷史事實之外創造出更精彩的藝術世界。鄭振鐸評論說：

> （《花間九奏》）胥爲純粹之文人劇。其所抒寫，亦益近於傳記
> 而少所出入。蓋雜劇至此，已悉爲案頭之清供而不復見之紅氍毹上
> 矣。九作之中，惟《桃源漁父》、《梅妃作賦》二劇，題材略見超脫，
> 曲白間有雋語。其他胥落庸腐，無生動之意。以儒生寫作雜劇，其
> 不能出色當行也固宜。〔註89〕

鄭先生的評價非常準確，以戲曲的要求觀之，石韞玉的作品當然並不出色。不過奇怪的是，這類「毫無建樹」的雜劇在乾嘉時期卻一再出現。曹錫黼的《無町詞餘》、戴全德的《紅牙小譜》、沈清瑞的《澆墓》、孔昭虔的《蕩婦思秋》及《葬花》、舒位的《瓶笙館修簫譜》、汪柱的《賞心幽品》、吳鎬的《紅樓夢散套》、袁棟的《玉田樂府》、徐朝蘖的《桃花緣》以及朱景英的《桃花緣》等幾十部作品均與石韞玉的《花間九奏》格調相類，所不同者只是這些作家的才氣有高有低，因而便在知名度上顯得參差不齊罷了。

通過閱讀這一類劇本，我們雖然無法獲得敘事類作品所應給予的快感，但是，我們若是將其當做散曲誦讀，讀罷之後，自有一種淡淡的韻味油然而生。「淡淡」是因爲作品不具備現代戲劇那樣複雜的人物關係和激烈的情節衝突，「韻味」是指它們和詩詞一樣具有含蓄蘊藉的內蘊。這本是閱讀詩歌才會帶來的感受，而我們在閱讀這類雜劇時，也獲得了同樣的體驗。

李澤厚在《華夏美學》中曾說過這樣兩段話：

> （從嚴羽到王士禎）其審美特點……就在一個字：淡。……淡，
> 或沖淡，或淡遠，是後期中國詩畫等各文藝領域所經常追求的最高
> 藝術境界和審美理想。

〔註89〕鄭振鐸：初集題記，見《清人雜劇初集》，長樂鄭氏刻印，民國二十年（1931）。

這裡的「淡」，既是無味，卻又極其有味，即所謂「無味之味，
是爲至味」。……它本由儒家「中和」、「中庸」傳衍而來。〔註90〕

乾嘉時期的劇作家受儒家詩教的影響，以膾炙人口的文人典故爲題材，因此
他們的作品儘管情節性不強，戲劇的意味十分淡薄，不過卻由於他們所使用
的詩體語言以及故事本身所蘊含的魅力而自具一種「沖淡之味」。經典之所以
爲經典，就在於它所包含的無窮韻味，劇作家們選擇這一類故事做爲題材，
想來也是爲了再一次感受經典的韻味吧！

（二）無我之境

王國維先生在《人間詞話》中提出詞有「有我之境」和「無我之境」，他
說：

「淚眼問花花不語，亂紅飛過秋韆去」、「可堪孤館閉春寒，杜
鵑聲裏斜陽暮」，有我之境也。「採菊東籬下，悠然見南山」、「寒波
澹澹起，白鳥悠悠下」，無我之境也。有我之境，以我觀物，故物皆
著我之色彩。無我之境，以物觀物，故不知何者爲我，何者爲物。
古人爲詞，寫有我之境者多，然未始不能寫無我之境，此在豪傑之
士能自樹立耳。〔註91〕

此處，我將王先生的這兩個術語借用過來，來嘗試說明乾嘉時期的一類普通
劇的創作特點。

本來，前文中曾提到雜劇中的曲辭向來就有「角色置換」的特點，即作
家借劇中人物之口，抒發一己的情感，並以《元刊雜劇三十種》中的《新編
關目晉文公火燒介子推》爲例加以說明。後來還提到在乾嘉時期，徐爔等人
親自登場，劇作家本人成了戲劇作品的主人公，不再假手他人。這樣一種現
象，我們完全可以用「有我之境」來描述。即作品中的人物有作家本人的影
子，作家喧賓奪主，借人物之口評論古今、評判是非。而徐爔等人的做法可
謂將「有我之境」發揮到了極致。不過，在乾嘉時期的普通劇中還有一類作
品，它們的做法與前面一類作品正好相反。在這類作品中，劇作家完全捨棄
掉自身的身份，從劇中人物的角度摹其情、寫其態。這類雜劇所取得的藝術
效果我們稱之爲「無我之境」。

這本是戲劇家應該具有的品格。按照現代戲劇理論，劇作家應該與小說

〔註90〕 李澤厚：華夏美學，北京：三聯書店，2009 年，第 182 頁。
〔註91〕 王國維：人間詞話，上海：上海古籍出版社，2009 年，第 5 頁。

家一道，盡量塑造出「圓形人物」，使這些人物在作品中按照其自身的性格特
點合乎情理的參與到事件之中。晚明時的孟稱舜也曾就這一點發表過精到的
見解，他在《古今名劇合選》的序言中云：

　　　學戲者不置身於場上，則不能爲戲；而撰曲者不化其身爲曲中

　之人，則不能爲曲。此曲之所以難於詩與辭也。〔註92〕

不過，乾嘉時期的這一類雜劇按照這種要求來衡量，卻又有些不大相符。原
因就在於，這類作家只重劇中人物的情感，卻忽略描述他們的行動；只滿足
於發抒一類人群所具有的共同情感，卻很少注意人物自身的獨特感受。如此
一來，這些劇作幾乎就成了另一種形態的抒情詩。

　　這一類雜劇多爲女性題材，如唐英的《笳騷》、楊潮觀的《邯鄲郡錯嫁才
人》、戴全德的《新調思春》、沈清瑞的《澆墓》、孔昭虔的《葬花》和《蕩婦
思秋》、吳鎬的《葬花》等等。在這類作品中，劇作家著意模擬女性的思緒和
情態，與詩歌中的「擬婦詩」頗有幾分相似之處，或許可以稱爲「擬婦劇」。
試舉沈清瑞的《澆墓》爲例，曲辭不長，抄錄於下：

　　　【南越調小桃紅】冷風掠雨戰長宵，巴不到紗窗曉也。起來草
　草，愁眉怕對鏡中描。人世上恨難澆，那裡有楚臺雲鳳臺簫？只辦
　得拋鉛淚，向泉臺告也。怕花開花落無聊，比鬼唱鮑家詩，一謎裏
　更魂銷。

　　　【下山虎】半林夕照，紅到峰腰。荒冢垂楊繞，長條短條。只
　怕啼淚相看，幽蘭不笑，血色羅裙秋蝶飄。草青青珠裳嫋，水潺潺
　瓊佩搖。悵悵西泠道，芳魂已消，只剩我一個癡人剪紙招。

　　　【五韻美】斷橋煙，蘇堤草，嬉春人至春正好，花香那怕被花
　惱。同心結早，把油壁香車推倒。俺獅常吼，鸞絕交，何處偷臨、
　畫眉舊稿？

　　　【五般宜】當日個做黃梅夜窗雨飄，湊著個棲紫燕畫梁語交。
　留客住剛配念奴嬌，人影燭影，夢圓香繞。流年換了，春光再好。
　一樣的家住在錢塘，怎及得你蘇小小。

　　　【山麻稭】緩緩拜，低低叫，把一盞濃春滴醒長宵。空教，西
　園中冷蝶愁相弔。有多少綠珠風墮，翠環雨泣，紫玉煙消。

───────────

〔註92〕　〔明〕孟稱舜：《古今名劇合選》序，見《古本戲曲叢刊》第四輯，上海：商
　　　　務印書館，1958 年。

【黑麻令】耽擱起鶯嬌燕嬌，懺除他詩瓢酒瓢，拘束了鸞簫鳳簫。他日個葬玉深深，憑落向仙曹鬼曹。一地裏形消影消，剗盡了仇苗恨苗。斷腸碑休再題名，怕添我晨潮暮潮。

【江神子】我只為春深鎖阿嬌，劣東風欺煞柔條，則這意中人最難招。把春愁盡付浙江潮，今日呵，對墓中人訴了。

【尾聲】酒痕淚點和愁攪，灑不到重泉渺渺，怎叫我澆墓的人兒能將心事描！

《澆墓》最早出現在《增訂六也曲譜》之中，被編者當做是吳炳《療妒羹》傳奇裏的一齣。後來，這套曲辭又被《全清散曲》收錄，置於「無名氏」名下，近來才由吳書蔭考知其並非吳氏之作，而是乾嘉文人沈清瑞的作品。

這套曲辭全為喬小青的傾訴，即使沒有賓白，我們只要知道唱曲的是小青，就可明瞭全劇的大意。因為作者所著意描繪的是小青在蘇小小墓前的心緒，所有的曲辭都是圍繞這一點來展開；至於小青的動作、神態，雖然對人物的塑造也能起到不小的助力，但是在作者看來，這都不過是旁枝末節罷了。

其他的「擬婦劇」也都大體如此，整套曲辭幾乎都是女主人公感情的傾訴。如此一來，女主角的心境便得到了較為充分的傾訴。整套作品就如同一首長詩，迴環往復，低徊纏綿。

人類渴望社會角色的轉換，它可以帶來「自身的心理空間和感覺世界的有效擴展」〔註93〕。戲劇創作恰好是實現角色轉換的最佳手段，中國古人視戲曲創作為賞心樂事。吳梅先生說：「論其樂事，則亦有不可勝言者。自來帝王卿相，神仙鬼怪，皆不可隨意而為之，古今富貴壽考，如郭令公者，能有幾人？惟填詞家能以一身兼之。我欲為帝王，則垂衣端冕，儼然綸綍之音；我欲為神仙，則霞佩雲裙，如帶朝真之駕。推之萬事萬物，莫不稱心所願，屠門大嚼，聊且快意。」〔註94〕其中，薄命才女、思春少婦又是文人最喜歡模擬的一類人群，歷朝歷代的擬婦詩可謂層出不窮，而「擬婦劇」這樣的作品也是在這種需求下誕生的。

不過，這些劇作家卻無意刻畫出那些女性所獨有的個體感受，而是選擇摹仿這一類人群的共有情感。這正如李澤厚所說：「中國古代的『樂』主要並

〔註93〕 王勝華：中國戲劇的早期形態，昆明：雲南大學出版社，2006年，第8頁。
〔註94〕 吳梅著，王衛民主編：吳梅戲曲論文集，北京：中國戲劇出版社，1983年，第5、6頁。

不在要求表現主觀內在的個體情感，它所強調的恰恰是要求呈現外在世界的普遍規律，而與情感相交流相感應。」〔註95〕在創作中，劇作家獲得了心靈的滿足；讀者也在閱讀中獲得了共鳴，從而使身心得到陶冶。

　　乾嘉時期的普通劇在體式上接近散曲，被文人用來做為抒情達意的工具，或直抒胸臆，成「有我之境」；或模擬他人，鑄「無我之境」。不過這些作品在情感上雖然纏綿，卻並不強烈，只有一種淡淡的韻味存留其間。寫到此處，我們已經初步介紹了乾嘉時期的普通劇的功能與形態。在下一節中，我們將繼續討論此時期普通劇的哲理追求。這已經躍出了雜劇形態的範疇，不過，為了使研究更加嚴密，我們選擇將其放在此處一併加以介紹。

第三節　普通劇的哲理追求

　　封建時代的文人士大夫奉儒家為正統，不過，這倒並不妨礙他們修禪學道。明清時代的戲曲家以教化勸世為己任，但是他們當中也有許多人信奉佛道。例如，創作過不少教化劇的楊潮觀便「酷嗜禪學，晚年戒律益嚴」〔註96〕。為了闡釋佛經，楊氏還親自撰寫過《心經指月》、《金剛寶筏》等佛學著作。

　　雜劇家舒位的好友陳文述喜歡修道，他編過一部《西泠仙詠》，還給自己取了一個道號「圓嶠真逸」。受其影響，陳文述的女弟子曲家吳藻亦潛心奉道。吳藻在《〈香南雪北詞〉自記》中寫道：

> 十年來憂患餘生，人事有不可言者，引商刻羽，吟事遂廢，此後恐不更作。因檢叢殘稿，恕而存焉，即以居室之名名之。自茲以往，掃除文字，潛心奉道。香山南，雪山北，皈依淨土，幾生修得到梅花乎？〔註97〕

另一劇戲曲家錢維喬平生也好神仙之言。其兄錢維城說他「三弟學於儒，而好言神仙」〔註98〕。錢維喬《竹初文鈔》卷二有《仙說》一文，文中有云：

〔註95〕李澤厚：華夏美學，北京：三聯書店，2009年，第33頁。
〔註96〕〔清〕袁枚：楊潮觀傳，見《國朝耆獻類徵初編》卷二百三十二，見《清代傳記叢刊》第一百六十一冊，臺北：明文書局，1985年，第368頁。
〔註97〕〔清〕吳藻：《香南雪北詞》自記，見《香南雪北詞》，清刻本，北京：中國國家圖書館館藏，編號：32482。
〔註98〕〔清〕錢維城：樹麥弟新樂府題辭，見《茶山文鈔》卷四，清乾隆年間刻本，北京：中國國家圖書館館藏，編號：25493。

　　　　夫有人即有生，有生即有死，有生死即有疾病，有疾病即有夭
　　壽。雖然不夭即有不疾，有不疾即有不死，有不死即有仙矣。……
　　是故人苟慮其情，穆其神，和其陰陽百脈，使吾之氣得與天地相通。
　　久之而馴致乎自然，則充乎吾身者，即此運行日月，樞旋五星，推
　　盪寒暑，滋生萬化，沛然流行之氣。此氣常在，吾之生亦常在矣。

〔註99〕

像錢維喬、吳藻這樣信奉佛道的曲家在乾嘉時期並不在少數。

　　雖然在平日裏學佛修真，劇作家們卻很少在雜劇作品中直接宣揚佛道思
想。他們將宣講忠孝視做戲曲的主要責任，甚至有人將其看做是戲曲創作的
唯一目的。值得注意的是考據學家焦循之所以對花部亂彈產生了興趣，主要
也在於這些地方戲具有教化的效果。他說：

　　　　梨園共尚吳音。「花部」者，其曲文俚質，共稱之爲「亂彈」者
　　也，乃余獨好之。蓋吳音繁縟，其曲雖極諧於律，而聽者使未睹本
　　書，無不茫然不知所謂。其《琵琶》、《殺狗》、《邯鄲夢》、《一捧雪》
　　十數本外，多男女猥褻，如《西樓》、《紅梨》之類，殊無足觀。花
　　部原本於元劇，其事多忠孝節義，足以動人；其詞直質，雖婦孺亦
　　能解；其音慷慨，血氣爲之動盪。〔註100〕

其實在明清時代的任一時期，教化劇的創作都是層出不窮的，乾嘉時期的雜
劇創作也是如此。前文已對這一時期的教化劇做過探討，此處便不再贅述。

　　在數量眾多的乾嘉雜劇中偶而也有闡揚佛道的作品。《大蔥嶺隻履西歸》
便是楊潮觀佛學思想的體現。該雜劇取材於《景德傳燈錄》，寫達摩祖師從
中土返回西天時途經蔥嶺，與魏使者宋雲偶遇。達摩與宋雲的對話頗含禪
機，如：

　　　　（末）你怎的有履不穿？倒赤著腳走來。（淨）從來腳踏實地。
　　　【倘秀才】往世裏一絲不掛，後世裏一塵不怕，省可的隔著靴
　　兒將癢抓。須信道真實相，本無加，一齊拋下。〔註101〕

〔註99〕　〔清〕錢維喬：仙說，見《竹初文鈔》卷二，清嘉慶七年（1802）刻本，北
　　　　　京：中國國家圖書館館藏，編號：XD3779。

〔註100〕　〔清〕焦循：《花部農譚》自序，見《中國古典戲曲論著集成》第八冊，北京：
　　　　　中國戲劇出版社，1959年，第225頁。

〔註101〕　〔清〕楊潮觀著、胡士瑩校注：吟風閣雜劇，上海：上海古籍出版社，1983
　　　　　年，第207頁。

楊潮觀曾對顧光旭說：「余從今一切放下。」〔註102〕此語可和上面所引的曲辭相印證，表明楊潮觀晚年已對吏事無所經意，只想從俗務中解脫出來。

　　總體而言，體現佛道思想的雜劇作品在整個乾嘉時期的普通劇中只占少數，並且表現的力度也十分微弱。惟一的例外便是徐爔的《寫心劇》。

一、《寫心劇》與佛道追求

　　《寫心劇》不僅一反歷來的戲曲傳統，改代人立言為自我登場，而且在作品中反復宣講禪學經義。正如徐爔的好友胡世銓所說：

> 種緣徐君，吳江懷才高士也。風雅多情，亦復澄心味道。常作
> 《鏡光緣》傳奇，固以文詞婉媚，一往情深。今讀《寫心劇》，寓意
> 超妙，音節高遠，殆將夢幻泡影中指點斯世迷津，益以徵其夙慧。
> 然則磨頂授記，證無上果者，無用求諸經典，讀斯詞可悟矣。〔註103〕

《寫心劇》對禪學的宣講可謂不遺餘力，其中《月夜談禪》等數部作品專講修禪的經歷。徐爔不僅自己參禪，還指導家人一起參悟禪理。他還在《七十壽言》一劇中將道家做為修禪的對立面。作品中有這樣一段情節：

> （外披髮奉髯持拂麈扮陳摶上）……俺雲遊到此，聞先生好道，
> 正值壽期，特來奉訪，藉以恭祝。帶得秘書一冊，聊當壽禮。朝夕
> 參玩，自可長生不老。（生接介）多蒙老先生盛情，但弟子
> 【天下樂】正怨七十光陰太覺長，端恨塵緣還不將咱放。誰要
> 這仙經妙訣，吞符伏炁，留住這癡翁無恙。老神仙好收藏，俺於今
> 久不辨陰陽。
> （還冊介）（外）你當真不想長生麼？（生）
> 【哪吒令】想俺有生來少壯老，作何勾當？忘餐廢寢，究屬為
> 誰忙？（外）何不捐去一切，專心修煉呢？（生）除了富貴名利，
> 辭了酒色財氣，像先生東飄西蕩，便活了千年有甚風光？
> （外）俺仙家有辟穀吞氣之術，一寢百日，一坐經年，不衣不
> 食，不見不聞，入道長生，豈不妙哉？（生笑介）如今人貪生畏死，
> 原戀著衣食之美，聲色之樂。若屏去一切，縱然一寢萬年，有甚生

〔註102〕〔清〕顧光旭：響泉年譜，乾隆四十六年（1781）條，清光緒二十三年（1897）
　　　　木活字本。

〔註103〕〔清〕胡世詮：《寫心劇》題詞，見《蝶夢龕詞曲》，清刻本，北京：中國國
　　　　家圖書館館藏，編號：104216。

趣？晚生不敢領教。（外）好個癡漢，盡爲物欲所蔽了。……（生）
與其冷淡長生，情願濃香速化。〔註104〕

徐爔在這部作品中明確表示自己不喜仙家的修煉生活，不過在《寫心劇》的
另外一些作品裏，卻透露出徐爔對修仙生活十分向往。《癡祝》一劇中，徐爔
穿戴女服在道教聖人呂祖生日那天到呂祖廟去拜祭。《遊梅遇仙》中，徐爔更
是慨歎求仙無緣：「神仙一見寂無蹤，世上塵緣總是空。欲識梅花香幾許，嘯
臺高處問清風。」〔註105〕徐爔在仙佛選擇上的矛盾之處也許是不同時期人生
思考的產物。就整部《寫心劇》觀之，前期作品尚有修仙之意，後期作品則
主要以參禪爲主。

如果說徐爔還只是在參禪和修道上搖擺不定的話，那麼另一戲曲家沈起
鳳晚年的修禪動機就更加耐人尋味了。沈起鳳的具體做法是一邊參禪，一邊
依然不廢「斜狹遊」。沈的好友詹應甲說的很有意思，他說沈起鳳是「更從禪
榻上青樓」〔註106〕，這表明沈起鳳一方面表示要皈依佛門，另一方面卻依然
出入妓院。這一點連沈起鳳本人亦不隱諱，在《寄程若士書》中，他以一個
過來人的身份勸告程若士：「溫柔豈終老之鄉，斜狹實寄情之地。老夫耄矣，
狂亦何妨？先生勉之，戲終無益。」〔註107〕雖然沈起鳳在《腦後淫魔》中稱
自己已經力鬭淫魔，「願普天下慧眼人，爲我證之。」〔註108〕但是看起來他終
究也沒能兌現自己的諾言。沈起鳳無意向佛，於此便可見一斑了。沈起鳳本
人對這一點倒也坦白，他在《寄周笙間書》中說：「豈眞仗佞佛以生天，不過
藉逃禪爲避俗。」〔註109〕

如此看來，戲曲家不管是學佛也好，是修眞也罷，二者都不過是手段，
而非最終的目的。有人爲尋一心靈的寄託，有人卻只爲避俗，其心靈的眞正
追求或與佛道信仰無關。這其實與晚明士人的淨土信仰有類似之處，「彼等用

〔註104〕〔清〕徐爔：七十壽言，見《蝶夢龕詞曲》，清刻本，北京：中國國家圖書館
　　　　館藏，編號：104216。

〔註105〕〔清〕徐爔：遊梅遇仙，見《蝶夢龕詞曲》，清刻本，北京：中國國家圖書館
　　　　館藏，編號：104216。

〔註106〕〔清〕詹應甲：寒夜懷人二十五首其十五，見《賜綺堂集》卷四，續修四庫
　　　　全書本。

〔註107〕〔清〕沈起鳳：寄程若士書，見《沈蘋漁文稿》，清抄本，北京：中國國家圖
　　　　書館館藏，編號：147801。

〔註108〕〔清〕沈起鳳：諧鐸，北京：人民文學出版社，2006年，第143頁。

〔註109〕〔清〕沈起鳳：寄周笙間書，見《沈蘋漁文稿》，清抄本，北京：中國國家圖
　　　　書館館藏，編號：147801。

以尋求抑制泛濫之情欲者爲淨土信仰。……其實，無論是淨土信仰還是禪修，對他們來說，往往只是理性之一念，並未能阻斷情欲之泛濫。」〔註110〕說到底，文人們求仙修禪都不過是爲了尋一心靈的寄託，他們在心靈深處的眞正追求或許可以從葬花題材雜劇中體味一二。

二、葬花題材與禪意人生

《紅樓夢》這部巨著自乾隆年間誕生以來，便深受士子們的喜愛。「開篇不談紅樓夢，讀盡詩書也枉然」，這句話形象地說明了《紅樓夢》在士人圈裏的受歡迎程度。陸萼庭曾指出自道光咸豐以還，《紅樓夢》在文人士大夫那裡影響至爲深遠。

> 嘉興、海鹽一帶之文人，姑以黃燮清所交遊者而論，彼等於《紅樓夢》一書，固不僅閱讀，且繪圖題詠，不一而足。以余所見，如嘉善黃安濤《息耕草堂詩集》卷十五《春宵聽雨》詩云：「十年舊夢烏篷底，一般閒愁綺語中」（原注：時閱《紅樓夢》傳奇），此所謂傳奇，實就小說而言。又如平湖黃金臺《木雞書屋文鈔》卷三有《讀紅樓夢畫記》駢體文。海鹽朱葵之《妙吉祥室詩餘》有《十六字令·題〈紅樓夢〉傳奇畫幅爲李慶堂所作》四首，又《妙吉祥室雜存》有《題紅樓夢圖》雜言詩十首，諸如此類，幾成風習。〔註111〕

陸先生是以黃燮清的友人爲例說明《紅樓夢》在文人圈裏的影響。其實，不止道咸年間如此，早在嘉慶年間，《紅樓夢》便已引起文人們的廣泛關注，不少以《紅樓夢》爲題材的作品已然產生。

僅就戲曲而言，據研究者統計，在嘉慶年間產生的紅樓夢題材作品就有如下數種：

> 仲振奎《紅樓夢傳奇》五十六齣，嘉慶四年（1799）綠雲紅雨山房刊本；
> 孔昭虔《葬花》一折，嘉慶元年（1796）原稿抄本；
> 萬榮恩《瀟湘怨》三十六齣，嘉慶八年（1803）青心書屋刊本；
> 吳蘭徵《絳蘅秋》二十八齣，嘉慶十一年（1806）撫秋樓版，《零

〔註110〕羅宗強：明代後期士人心態研究，天津：南開大學出版社，2006年，第417頁。
〔註111〕陸萼庭：清代戲曲家叢考，上海：學林出版社，1995年，第132頁。

香集》收錄；

朱鳳森《十二釵》二十一齣，嘉慶十八年（1813）晴雪山房《韞山六種曲》本；

吳鎬《紅樓夢散套》十六齣，嘉慶二十年（1815）蟾波閣刊本；

石韞玉《紅樓夢》十齣，嘉慶二十四年（1819）石氏花韻庵家刊本。〔註112〕

在這些出現較早的紅樓戲曲中，以葬花題材作品最為引人關注。首先，葬花情節最早被引入戲曲之中。乾隆五十七年（1792）秋，仲振奎就在友人的慫恿下填出《葬花》一折，這是目前所知的最早以《紅樓夢》為題材的戲曲作品。幾年後，孔昭虔在曲阜家中創作了《葬花》一折短劇。最早出現的兩部紅樓戲曲竟均以葬花為題材。其次，葬花情節也是戲曲家們最為喜愛的紅樓題材。除仲振奎和孔昭虔外，吳鎬、石韞玉等人也不約而同地將黛玉葬花譜入戲曲。再次，葬花題材作品所取得的藝術成就在紅樓戲曲中也較為突出。吳鎬的《紅樓夢散套》十六部短劇中便以《葬花》最為出色。

從乾隆末至嘉慶年間，短短三十年間竟產生了五部以葬花為題材的雜劇作品。除了上面提到的仲、孔、吳、石四人外，徐㸌也有《悼花》雜劇。只不過徐劇登場亮相的並不是林黛玉，而是徐㸌本人。如此多的劇作家不約而同地選取葬花做為創作素材，這一現象本身便很值得關注。在這五部作品中，徐㸌的劇作由於是本人現身說法，題旨最為顯豁。本節便以徐氏的作品為例，探尋劇作家在葬花背後的哲理追求。《悼花》一劇的主要內容如下：

（末上）……昨日相公見園花大放，請諸位老爺賦詩飲酒，十分有興。昨晚姑娘們吩咐今日要請相公家宴，那曉得昨夜風雨，竟吹得乾乾淨淨，好不掃興。……

（生儒服上）……我徐種緣昨見一枝園百花大放，相邀幾位好友分題賭酒，十分快樂。小妾們乘我清興，今日請我賞花，到也知趣。……

（生）喲！果然一枝沒有了，可見世事無常，一至於此。既承卿們美意，把酒筵留下，我即以祭花，各請回內罷。（泣介）（末）相公有些書呆。天下花卉自然要謝，為甚掉下淚來？（生）咳，你

〔註112〕詳參錢成：清代「紅樓戲曲」四考，《河西學院學報》2010 年第一期，12、第 13 頁。

那裡知道。看昨日眾老爺在此，也有把他看的，也有把他嗅的，那
一個不愛慕憐惜。今早一掉下來，就同腐草一般，從此永無此物了。
你我生在世間，亦復如此。（末）今日相公正要賞玩，偏已摧殘，這
花也算命薄的了。（生）這花便多留幾日，種在白玉堂前，養在黃金
殿裏，到得凋謝時節，與此花何異？就如人生富貴，到得回頭，同
是一場春夢。……我不免將這花片葬了罷。（葬介）掘土埋香休淺，
勸你再莫向人間弄媚妍。〔註113〕

徐爔在劇中自稱「年逾半百」，徐氏生於雍正十年（1732），故《悼花》一劇
比仲振奎的《葬花》都要早得多。《悼花》講的是徐爔在家宴中看到昨日開放
之花，今日竟都敗去，不禁生出了許多感慨，最後將那些落花葬起來，並祭
奠了一番。從戲劇情節上看，徐爔此劇重在悼花，與黛玉葬花不盡相同，因
此不能算是《紅樓夢》的改編之作。不過，徐爔的悼花和黛玉葬花在內含的
人生哲理上卻是完全一致的。徐爔看到花之綻放，正如人有美好的青春時光；
而花之敗去，正好像人也會不可避免地走向死亡。在永恒的自然面前，人類
顯得無比渺小，卻又無可奈何。徐爔悼花雖有自己的情境，但將花比人卻與
小說如出一轍。我們不需要瞭解徐爔創作此劇是否曾受《紅樓夢》的影響，
這並不是問題的關鍵。我們需要指出的是黛玉葬花在同時代的士人心中產生
了深深的共鳴。正是這種心靈的契合才使得葬花題材之作一時湧現。

　　有海外漢學家指出：「疏離感是 18 世紀的一個重要話題，並一直到清代
後期都是如此。在理論上要獲得高位和政治領導權必須具備教育和道德的資
格，而這一資格不容易得到，同時在這時只要花錢卻能輕易地獲得這些權勢，
這兩者之間不斷增加的不和諧加深了某些失意學人的挫折感。」〔註114〕學人
挫折感的產生與乾嘉時期由於人口膨脹從而導致的謀生壓力有關，這一點前
文已經提及。而《紅樓夢》的出現恰好為文人帶來巨大的心靈慰藉。「《紅樓
夢》大受歡迎表明，這本小說的男性精英讀者與書中的少年主人公有同感，
不願意離開他在大觀園中的封閉生活而走向外面的成人世界。」〔註115〕大觀

〔註113〕〔清〕徐爔：悼花，見《蝶夢龕詞曲》，清刻本，北京：中國國家圖書館館藏，
　　　　　編號：104216。
〔註114〕〔美〕韓書瑞、〔美〕羅友枝著，陳仲丹譯：十八世紀中國社會，南京：江蘇
　　　　　人民出版社，2009 年，第 66 頁。
〔註115〕〔美〕韓書瑞、〔美〕羅友枝著，陳仲丹譯：十八世紀中國社會，南京：江蘇
　　　　　人民出版社，2009 年，第 32 頁。

園裏的生活象徵著士子們的少年時光，這段歲月無憂無慮，天眞爛漫，純潔無暇。而人終有長大的一天，士子們成年後也不得不離開家鄉，面對外面未知的世界。《紅樓夢》的悲劇象徵著人生的悲劇，而葬花情節恰好是整部《紅樓夢》的一個縮影。無數士子親身品嘗過寶玉的悲劇，從心靈深處將其看做知己，選取葬花素材進行戲曲創作也就成了一件自然而然的事情了。

　　葬花背後其實蘊藏著深刻的禪機。「禪的秘密之一在於『對時間的某種頓時的神秘的領悟，即所謂『永恒的瞬刻』，或『瞬刻即可永恒』這一直覺感受。……禪之所以多半在大自然的觀賞中來獲得對所謂宇宙目的性，從而似乎是對神的了悟，也正在於自然界事物本身是無目的性的。……它所訴諸人們感受的似乎是：你看那大自然！生命之樹常青啊，不要去干擾破壞它！」〔註116〕花有開敗之時，人有榮枯之日，士子們正是從花開花謝中體味人生的意義和生命的價值。這種對禪的參悟在乾嘉時期的文人那裡十分普遍，人們希望通過參禪的方式來探尋生命的眞正意義，葬花題材作品恰是此種思想的外化。因此，我們可以說葬花題材作品代表了文人對生命意義的追求。

〔註116〕李澤厚：華夏美學，北京：三聯書店，2009 年，第 169 頁。

第四章　節慶劇的功能與形態

　　我們把雜劇分爲普通劇和節慶劇兩大類，是由於它們在形態上並不完全相同。吳曉鈴認爲：「普通的曲目多是把它（承應戲）併入雜劇中的，我以爲就承應戲的體制和內容講來，似乎都不十分恰當，而且承應戲本在清代又是那樣的繁多，所以就把它分列出來了。」〔註1〕吳先生將承應類作品從清代雜劇中獨立出來，這是很有道理的。本書爲論述方便，又從節慶劇中分出祝壽劇、迎鑾劇及宮廷劇等三類形態。三類雜劇的功能略有不同，形態也各有特點。通過對節慶劇各類形態的探析，我們可以更清楚地瞭解節慶劇與普通劇在形態上的區別。

第一節　節慶劇的淵源

　　宋元明清四個時代都有雜劇，但是宋雜劇與元代之後的雜劇（包括元雜劇）在形態上是有著很大區別的，學界也大多將它們區分開來進行研究。胡忌曾對宋代雜劇、元雜劇及明清雜劇進行區分，他認爲宋代雜劇包括滑稽戲、歌舞戲、傀儡戲及南戲，幾乎囊括當時所有的戲劇性演出；元雜劇形式固定，使用北曲套數，幾乎都是四折一楔子；而明清雜劇則「司唱角色不固定，爲相對傳奇之短劇。大部分的劇本排場演出皆與傳奇無異」〔註2〕。三者在形態上既有聯繫，又有區別，相對而言，前者與後兩者的差異要更大些。

　　前文提到在晚明之後，雜劇創作以短劇爲主流，究其原因，則主要與演

〔註1〕吳書蔭：吳曉鈴先生和「雙楯書屋」藏曲，《文獻》2004 年第三期，第 15 頁。
〔註2〕胡忌：宋金雜劇考，北京：中華書局，2008 年，第 19 頁。

出場合有關。曾永義說：「大約嘉靖中葉以前，宴會小集只能演唱散套零齣，譬如《金瓶梅》中講到清唱的就有百餘處。以其僅成片段，自然很不完美。嘉靖末葉，爲了應付這種需要，於是短劇應運而生。」〔註3〕曾先生的觀點是對的，他以「短劇」來概括明清雜劇的主流形態，這是「短劇」的狹義用法。其實，廣義上的短劇並非到明代才有，宋金時代的雜劇院本便取短劇的形態。因此，我們要探究雜劇的淵源，就必須把眼光投向元明之前。

對於宋金雜劇院本與明清短劇的關係，不少前輩學者曾發表過自己的看法。葉玉華認爲王九思所作的《中山狼》是院本之體。他說：

> 馬隅卿先生藏《碧山樂府》全帙，總爲八卷，末一卷爲戲曲，《中山狼》其末卷也；其卷七爲《遊春記》係四折體，惟不題作《遊春記》院本，或以此四折者非院本體，而《中山狼》之單套短劇乃院本之體歟！〔註4〕

孫楷第將宋元雜劇院本與後世雜劇聯繫起來進行比較，並初步概括出宋元雜劇院本的兩個特徵：

> 宋元雜劇院本其事既簡質，其文應極短。其本今雖不傳，然以明周憲王《花月神仙會》與《金瓶梅詞話》所引院本考之，其文不過當雜劇之一折。故余謂宋元雜劇院本之特徵有二：其一爲諢體，其二爲短文。明李開先撰《園林午夢》，王九思撰《中山狼》，其劇皆一折。開先、九思皆自題其劇爲院本。此最得院本之意。〔註5〕

胡士瑩在《讀〈吟風閣雜劇〉札記》一文中認爲明清短劇源自宋金雜劇院本：

> 所謂短劇，是指明清兩代文人所寫的一折、二折形式簡短的劇本而言。它的遠源，蓋自金元院本出。金元院本的體制，今不能詳知，我們從元人王德信《麗春堂》雜劇、夏伯和《青樓集》、無名氏《漢鍾離度脫藍采和》雜劇等材料以及杜善夫《耍孩兒·莊家不識勾欄》套曲所寫院本做場情形，知道它的內容是以詼諧嘲笑爲主，形式上則偏重於念誦對白，間亦雜以歌舞或故事表演，體制不甚嚴整，普通是一場了事，不作多場情節貫串。因爲它的短小，故在元劇和戲文的發展過程中，往往插進院本的簡單演出，摘出來卻可自

〔註3〕 曾永義：明雜劇概論，臺北：學海出版社，1999年，第30頁。
〔註4〕 轉引自胡忌：宋金雜劇考，北京：中華書局，2008年，第62頁。
〔註5〕 同上。

成一段單折的小戲。它和宋雜劇本質上是一樣的，它的譏諷嘲罵，
都是隨機應變，就地取材的，因此，富於政治性和戰鬥性，這是院
本的特色。短劇正從院本方面汲取營養來豐富自己的，故比較優秀
的作品，往往具有詼諧嘲諷的作風。但它不如院本潑辣大膽，直接
反映現實，只是摭採些歷史故事，借古喻今地抒發作者的感慨而已。
〔註6〕

胡先生這段話不僅指出了宋金雜劇院本的特點，並且說明了明清短劇與前者
的關聯。當代學者徐子方、戚世雋等人也大都採納胡先生等人的觀點，認為
明清短劇源自宋金雜劇院本〔註7〕。

　　筆者也贊同明清短劇源出於宋金雜劇院本的觀點，但是需要補充指出的
是若從雜劇形態來考量，與文人所創作的普通劇相比，明清時期的節慶劇可
謂直接源出於宋金雜劇院本，因為它更多地保留了宋金雜劇院本的形態特徵。

　　元人夏庭芝最早指出宋金雜劇院本與元雜劇的區別，他說：「金則『院
本』、『雜劇』合而為一。至我朝乃分『院本』、『雜劇』而為二。」夏氏進一
步指出：

　　　　「院本」大率不過謔浪調笑，「雜劇」則不然，君臣如《伊尹扶
　　　　湯》、《比干剖腹》，母子如《伯瑜泣杖》、《剪髮待賓》，夫婦如《殺
　　　　狗勸夫》、《磨刀諫婦》，兄弟如《田真泣樹》、《趙禮讓肥》，朋友如
　　　　《管鮑分金》、《范張雞黍》，皆可以厚人倫、美教化。〔註8〕

夏庭芝認為院本（宋金雜劇院本）與雜劇（元雜劇）最根本的區別在於二者
的功能不同，創作雜劇是為了「厚人倫、美教化」，而院本不過是供人笑樂的
小玩意。

　　「院本」常與「笑樂」連在一起使用。《金瓶梅詞話》中有一段院本演
出的情節，在《王勃院本》演出之前，小說寫道：「教坊司俳官跪呈上大紅

〔註6〕　胡士瑩：讀「吟風閣」雜劇札記，《杭州大學學報》1959 年第三期，第 53
　　　　頁。

〔註7〕　「宋金雜劇院本大都是幽默詼諧、暗寓譏諷的滑稽小戲，可以說是後世短劇
　　　　的先聲。」見徐子方：明代南雜劇略論，《陝西師大學報》（哲學社會科學版）
　　　　1989 年第三期，第 103 頁。「明中後期雜劇作家的探索與追求並不止於南曲
　　　　化，還體現在對包括宋金雜劇院本的模仿和學習。」見戚世雋：明代雜劇體
　　　　制探論，《戲劇藝術》2003 年第四期，第 81 頁。

〔註8〕　〔元〕夏庭芝：《青樓集》志，見《中國古典戲曲論著集成》第二冊，北京：
　　　　中國戲劇出版社，1959 年，「《青樓集》提要」，第 7 頁。

紙手本,下邊簇擁一段笑樂院本。」〔註9〕沈德符《野獲編補遺》也提到:

> 内廷諸戲劇俱鐘鼓司,習相傳院本。……必須濃淡相間,雅俗
> 並陳;全在結局有趣——如人說笑話,只求末語令人解頤,蓋即教
> 坊所稱耍樂院本之意也。耍樂院本即笑樂院本。〔註10〕

上舉兩例足證院本可稱爲「笑樂院本」或「耍樂院本」,這種稱謂本身便說明
了院本的主要功能在於供人娛樂。

供人耍樂也許是戲劇誕生之後的最初功能。自中國戲劇從祭祀儀式中脫
胎而出,最早產生的多是情節簡單的「慶祝劇」及「喜劇」,經日本漢學家田
仲一成考證,「《輟耕錄》裏記載的和『五花爨弄』同屬一類的短劇」就屬此
類雜劇〔註11〕。田仲一成對《輟耕錄》中屬於「諸雜院爨」的 107 個曲目進
行探討,最後將其歸爲四類:

> 第一類:祝福性質的舞曲;
>
> 第二類:祝福性質的慶祝舞劇;
>
> 第三類:作爲祝福藝術的說唱藝術;
>
> 第四類:曲藝形式的喜劇。〔註12〕

試以第二類作品爲例,田仲所舉出的劇目有如下十六種:

> 雙呼萬里、佳境堪遊、開山五花爨、噴水遊僧(乞寒戲)、扯彩
> 延壽藥、諢老長壽仙、抹面長壽仙、松竹龜鶴、王母祝壽、清朝無
> 事、豐稔太平、一人有慶、四海民和、金龜聖德、皇家萬歲、皇都
> 好景〔註13〕

這些劇目從名稱上看與明清時期的節慶劇毫無差別,我們可以隨意列舉一組
乾隆年間的節慶劇名目,以資比照:

> 珠聯璧合、海晏河清、應龍訊因、河洛爭獻、華封頌祝、康老
> 歌功、兩曜昭明、群星叶慶(《九九大慶》之二)

兩下對比,我們不難發現二者的關聯。起碼從名目來看,這些作品幾乎都是

〔註9〕 轉引自胡忌:宋金雜劇考,北京:中華書局,2008 年,第 74 頁。

〔註10〕 同上,第 81 頁。

〔註11〕 〔日〕田仲一成著,布和譯:中國祭祀戲劇研究,北京:北京大學出版社,
2008 年,第 154 頁。

〔註12〕 〔日〕田仲一成著,布和譯:中國祭祀戲劇研究,北京:北京大學出版社,
2008 年,第 166 頁。

〔註13〕 同上,第 167 頁。

頌聖祝壽類的作品。

宋金雜劇院本雖內容龐雜、形態多樣，但無論如何，喜慶要樂的功能是不會變的。因此，單以戲劇功能而言，後世的節慶劇直接繼承了宋金雜劇院本的功能特點。再者，它們還都有粉飾太平的功用。朱權曾說：

> 良家之子，有通於音律者，又生當太平之盛，樂雍熙之治，欲
> 返古感今，以飾太平。所扮者，隋謂之「康衢戲」，唐謂之「梨園樂」，
> 宋謂之「華林戲」，元謂之「昇平樂」。〔註14〕

到了清代，自然由節慶劇來延續這一功能。由此看來，節慶劇在中國戲曲史上可謂源遠流長。

與宋金雜劇院本相比，元雜劇在聲腔音樂、劇本構成等方面都要先進得多，但後者終究是從前者那裡發展演進而來的。胡忌認為：「院本以耍鬧為主，但有一部分不以耍笑為重者，其後隨故事的發展而加入了整套北曲司唱，是為北曲雜劇的先聲。」〔註15〕雜劇在形態上的發展演進很大程度上要歸功於文人戲劇家。文人的參與改變了戲曲的功能特點，使得戲曲演出不單單供人娛樂，還肩負有教化人倫等職責。也許正是由於一代代文人戲劇家的參與，才使得普通劇的創作成為雜劇主流，而承繼宋金雜劇院本功能特點的節慶劇反而被人忽視了。

第二節　節慶劇與乾嘉盛世

正所謂「王者功成作樂，治定制禮」〔註16〕，禮樂是一個王朝文治武功的象徵，代表著文化傳統的傳承，因此歷來為封建王朝所重。清朝雖為滿洲人所立，但在禮樂的建設上卻絲毫不遜於前朝。順治於定鼎之初，無暇創建，多延明朝之舊制。康熙平定天下，開始把重心移向禮樂建設，他敕撰《律呂正義》，首定「康熙十四律」，制定了與明代不同的樂律制度。雍正在位時間不長，但依然在禮樂體制上進行了大刀闊斧的改革，他廢除教坊司樂戶籍，後又改教坊司為和聲署。乾隆登基後，國力強盛，在禮樂文化建設的力度上也遠超先輩。在《律呂正義》的基礎上，他命允祿等人纂修了《御製律呂正

〔註14〕〔明〕朱權著、姚品文箋評：太和正音譜，北京：中華書局，2010年，第39頁。

〔註15〕胡忌：宋金雜劇考，北京：中華書局，2008年，第63頁。

〔註16〕《禮記・樂記》。

義後編》，全書凡一百二十卷，內容豐富，博大精深。同時，乾隆帝還命設立樂部，管理宮廷一切音樂事務。樂部設有總理樂部大臣，由禮部滿族尙書兼任，在地位上比前朝的教坊司要高得多。

乾隆帝好大喜功，清代的宮廷禮樂也以乾隆朝最爲盛大和完備〔註17〕。戲曲雖爲俗樂，但也在禮樂建設的範疇之內。早在明代，俗曲就已經滲入雅樂之中，「教坊司所承應的演樂內容，總的來說是雅俗兼有，屬於俗樂的居多」〔註18〕。到了乾嘉時期，「戲爲禮樂不僅是一種廣爲普通人接受的文化常識，而且是眾多官方代表人物的共識」〔註19〕。承應戲的制度就始於乾隆朝，乾隆帝命張照、允祿等人編寫了一大批與年節、時令有關的劇目，「爲內廷的演出樹立了嚴格的規範」〔註20〕。從此以後，演戲不僅僅是一項娛樂活動，而且還成爲典禮的一部分。乾隆帝有時還會親自過問戲臺的規格。以上這些，都可以看出乾隆帝欲將戲曲納入正規的典儀之中的決心。

乾隆帝規範戲曲演出，將其看做是禮樂文化的一部分，這不光是因爲他喜歡看戲，更多的原因還在於他看重戲曲演出點綴昇平的巨大功用。乾隆喜歡折子戲，宮中所演以折子戲爲主，但除了折子戲外，所有的演出都包含有節慶劇的部分。與折子戲相比，開場和團場的節慶劇毫無魅力可言，據說慈禧太后每次看戲都會等開場的節慶劇部分演完之後才姍姍來遲。儘管如此，節慶劇卻依然照演不誤，因爲節慶劇正是盛世的表徵。清廷造辦處有一份檔案這樣記載：

> 乾隆二十三年四月十六日，胡世傑傳旨，長春仙館戲臺簷前匾
> 一面：昇平叶慶。淨高二尺，寬六尺三寸，兩邊柱上用對一副：
> 日麗瑤臺，寰宇休明傳鼓吹；風清玉漏，萬方歡慶入歌謠。〔註21〕

長春仙館戲臺的這幅對聯恰好說明了戲曲對於清廷統治的巨大功用。節慶劇「情節相當簡單，多爲載歌載舞，加之恭賀吉祥喜慶的唱詞和念白」〔註22〕，

〔註17〕 詳參劉桂騰：清代乾隆朝宮廷禮樂探微，《中國音樂學》2001年第三期。
〔註18〕 李眞瑜：明代宮廷戲劇史，北京：紫禁城出版社，2010年，第22頁。
〔註19〕 曾凡安：禮樂視野下的清代地方官府演劇初探——以直省地區的府廳州縣爲考察中心，《浙江學刊》2010年第三期，第109頁。
〔註20〕 朱家溍、丁汝芹：清代內廷演劇始末考，北京：中國書店，2007年，「綜述」，第4頁。
〔註21〕 轉引自朱家溍、丁汝芹：清代內廷演劇始末考，北京：中國書店，2007年，第30頁。
〔註22〕 同上，第27頁。

與其他形態的戲曲相比，節慶劇更適合擔當這份職責。

除鼓吹昇平外，節慶劇的另一功用在於宣講儒家倫理道德，其中尤以高舉孝道的祝壽劇最爲引人關注。孝道對於維護封建專制統治發揮著無可替代的作用，乾隆帝便標榜自己以孝道治天下。對於祝壽劇的創作，乾隆帝本人更是親力親爲。中國第一歷史檔案館《乾隆萬壽慶典》記載：

> 乾隆五十五年八月初十日，内閣奉上諭：……即如所演大慶戲
> 劇，原係皇考恭祝皇祖萬壽舊本，從前聖母皇太后五旬、六旬、七
> 旬、八旬萬壽節朕屢加增改，彩舞稱觴。現今皇子大臣等雖有進呈
> 樂章，以其詞過頌揚，亦只節其靡文，並未加之潤色，朕之崇實黜
> 浮，不肯稍事鋪張，於茲可見。〔註23〕

從這段文字來看，不僅皇子大臣屢有編寫祝壽劇的行爲，乾隆帝本人爲恭祝其母皇太后的壽辰，也曾多次對萬壽節期間上演的祝壽劇本進行修改。這表明在清朝年間，祝壽劇的創作是一件很普遍的事情，並且還受到了官方的推崇。

在乾嘉之前，也有不少文人參與過節慶劇的創作。裘璉曾作有《萬壽昇平樂府》一卷，凡十二齣，便是爲恭祝康熙皇帝壽辰而創作的〔註24〕。不過從整個戲曲史來看，節慶劇的創作仍以乾嘉時期爲頂峰。這一時期不僅有張照、允祿等人的應制之作，也有普通文士的樂府新詞，更有無數無名藝人所臨時編寫的曲文，可謂洋洋大觀矣。雖然這些作品絕大部分都未能存留下來，不過我們仍可從一些典籍的記載中瞭解當時節慶劇創作和演出的盛況。方成培在《雷峰塔》自序中說：

> 歲辛卯，朝廷逢璿闈之慶，普天同忭。淮商得恭襄盛典。大學
> 士大中丞高公，語銀臺李公，令商人於祝嘏新劇外，開演斯劇，祗
> 候承應。〔註25〕

既然說是「祝嘏新劇」，那麼這些作品肯定是新創作出來的祝壽劇，只是不曉其名目。《朝鮮李朝實錄中的中國史料》中也有如下兩段記載：

> 乾隆四十五年，熱河戲臺，在行宮之內，層閣宏敞，左右木刻
> 假山，高與閣齊。仙果珠樹，剪綵爲之。戲本有五，一本共有十六

〔註23〕同上，第47頁。
〔註24〕詳參趙景深：中國戲曲初考，鄭州：中州書畫社，1983年，第275頁。
〔註25〕〔清〕方成培：《雷峰塔》自序，見《雷峰塔傳奇》，清乾隆三十六年（1771）
　　　　刻本，北京：中國國家圖書館館藏，編號：04156。

枝，卯而始，未而罷，凡五日而止。大抵多祝壽之辭，而率皆雜亂。

　　臣等仍就宴班，班位則諸王貝勒閣部大臣坐東序，重行，西向北上。蒙古四十八部王、回回、安南國王，朝鮮、安南、緬甸、南掌使臣，臺灣生番坐西序，重行，東向北上。作樂設戲於殿前三層閣，皆迓慶祝壽之辭。〔註26〕

這兩段文字出自朝鮮使臣之手，從他們的記錄中，我們可以看出當時清廷招待各國使臣時，所演出的戲曲也以節慶劇為主，這類作品大概出自張照等人之手。

　　除了張照等御用文人之外，厲鶚、蔣士銓、王文治等著名文人也曾參與過節慶劇的創作。例如乾隆十六年，蔣士銓應江西鄉紳之請，為皇太后壽辰創作了《西江祝嘏》。王興吾在序文中寫道：

　　乾隆十六年，恭逢皇太后萬壽。……而遠方細民，無由瞻叩闕下，晉祝南山，於是形為歌詠，被諸管絃，為吾聖母、聖君慶。此皆由我朝世德相承，厚澤淪洽人心，不自知其手之舞之足之蹈之也。〔註27〕

從王序來看，這類文人所創作的節慶劇與張照等人的御製之作類似，都是為鼓吹休明、頌揚聖德而作。

　　這些知名文人所創作的節慶劇曲辭優美，韻律醇厚。在人們看來，這類作品屬於雅奏，似乎已脫去了俗樂的外衣。杭世駿在為《迎鑾新曲》所作的序文中認為《道藏》中的作品「無當於騷雅之選」，「則所謂飄飄有凌雲之氣，唯吾儒之健於文事者能勝任而愉快矣」。於是，這類描寫神仙頌揚聖主的戲曲最適合文人來創作：

　　樊榭、甌亭兩先生有掞天繪月之才藻，而恥蹈襲揚馬之常故。……借喬張之雅調，傳征僑之逸事。率先衢歌巷舞，諸父老迓六飛於天上。被之管絃，次第進御。聖天子止輦而聽之，每奏一篇，稱賞不置。雖俳優乎，使枚臯、東方朔若在，畢力而為之，未能有加也。〔註28〕

〔註26〕 轉引自朱家溍、丁汝芹：清代內廷演劇始末考，北京：中國書店，2007年，第38、47頁。

〔註27〕 〔清〕王興吾：《西江祝嘏》序，見《蔣士銓戲曲集》，北京：中華書局，1993年，第659頁。

〔註28〕 〔清〕杭世駿：《迎鑾新曲》序，見《樊榭山房集》，近代中國史料叢刊續編

在另外一篇序文裏，全祖望認爲戲曲「亦樂中流別之以時而變者」。他稱讚厲鶚、吳城二人的作品「其詞典以則，其音嶒□清越以長，二家材力悉敵。宮商鍾呂，互相叶應，非世俗之樂府所用語」〔註29〕。其他友人的題辭也稱述《迎鑾新曲》「不演參軍，不編待制，不唱中郎」，是「錦心繡口，繪出昇平春宇」〔註30〕。由此可見，文士們並沒有把這類節慶劇與俗樂聯繫在一起，而看做是登得上臺面的大雅之作。既然是雅樂，那麼文人創作起來就沒有太多的心理負擔，這也是此一時期節慶劇繁榮的原因之一。

　　除了文人所作的節慶劇以外，民間藝人臨時編寫的節慶曲本就更多了。我們只要想像一下在廣袤的鄉野地頭，每年時令期間都會有無數的戲班在演出著加官、祝壽、送子之類的戲曲，就會被節慶劇的演出場面所震撼。這些節慶劇也許大部分是藝人們口口相傳下來的，但是必然會有一些新作會誕生出來。只可惜這些藝人的作品無人看重，因此難免湮沒在歲月的長河裏。

　　綜上所述，在乾嘉盛世光輝的映照之下，戲曲被清廷改造爲雅樂，並進入宮廷典儀之中，而節慶劇則在其中發揮了鼓吹休明的巨大作用。雖內容單一，情節簡單，節慶劇卻爲統治者所看重。在官方的帶動下，許多知名文人及無名藝人也都參與到節慶劇的創作之中，使得乾嘉時期成爲節慶劇創作和演出的高峰。

第三節　節慶劇的三類形態

　　若從功能形態上對節慶劇進行分類，我們又可將其分出祝壽劇、迎鑾劇及宮廷劇等形態。其中祝壽劇的數量最爲豐富，所使用的場合也最爲普遍；迎鑾劇專爲迎接乾隆帝南巡而設，供應皇帝在江南期間的戲曲演出；宮廷劇出自御用文人之手，用於宮廷中的各類喜慶場合。三類雜劇既有聯繫，又有區別，通過對乾嘉時期這三類節慶劇的分析，我們可以更清楚地瞭解節慶劇的不同風貌。

　　　　　本。

〔註29〕〔清〕全祖望：《迎鑾新曲》序，見《樊榭山房集》，近代中國史料叢刊續編
　　　　　本。

〔註30〕詳參陳章、張雲錦等人的《〈迎鑾新曲〉題詞》，見《樊榭山房集》，近代中國
　　　　　史料叢刊續編本。

一、祝壽劇

慶壽也許是中國人最重要的日常行為之一。在親友生日那天，人們會從四處聚集到主人家中，一起為壽星慶壽。但凡是有點身份的人家，都會在當日請來戲班，好好熱鬧一番。因此，我們可以說在古代中國，祝壽是戲曲演出的一大契機。

其實，不光是親友間的慶壽行為會對普通人的生活產生影響，每一年在各個地方所舉行的酬神謝神活動也在當地人的心目中佔有舉足輕重的地位。在古老的中華大地上，這種迎神賽社的活動每一天都在進行，對於當地人而言不啻於一次盛大的節日。各個地方所信仰的神祇不同，一般來講，在土地、文昌、關帝等神靈的壽誕日，許多地方都會舉行盛大的慶祝活動，而戲曲自然是當天最重要的活動之一。例如，在一些縣志中有如下記載：

> （二月）二日，俗傳土地生辰。里人各醮牲醴祀之，官署則演劇祈福。

> （二月）三日，文昌生辰，師儒官吏演劇慶祝。各鄉有文昌廟者，俱各斂錢行事。

> 是月（五月）十三日乃關帝誕辰，官民祭享，演戲建醮，龍舟遊舫如五月。〔註31〕

至於各個地方所獨有的神祇祭祀活動，那更是舉不勝舉、無法一一統計了。

有清一代，每年皇帝和皇太后的萬壽慶典堪稱舉國之盛典。乾隆朝以前，只有康熙六十萬壽時曾舉辦過規模超常的萬壽慶典。而在乾隆一朝，「乾隆生母崇慶皇太后六十、七十、八十以及乾隆帝八十萬壽，均操辦了規模宏大的萬壽慶典，其間戲曲演出十分興盛，有無數外地戲班進京演出。內廷的戲臺大都修建於乾隆年間，演戲規模恢弘，達到巔峰」〔註32〕。史學家趙翼曾在筆記中描繪過崇慶皇太后六十萬壽慶典的盛況：

> 皇太后壽辰在十一月二十五日，乾隆十六年年屆六十慈壽，中外臣僚紛集京師，舉行大慶。自西華門至西直門外之高梁橋，十餘里中，各有分地，張設燈彩，結撰樓閣。天街本廣闊，兩旁遂不見市廛。錦繡山河，金銀宮闕，剪綵為花，鋪錦為屋，九華之燈，七寶之座，丹

〔註31〕 以上三條材料轉引自曾凡安：禮樂視野下的清代地方官府演劇初探——以直省地區的府廳州縣為考察中心，《浙江學刊》2010年第三期，第103頁。

〔註32〕 朱家溍、丁汝芹：清代內廷演劇始末考，北京：中國書店，2007年，「綜述」，第3頁。

碧相映，不可名狀。每數十步間一戲臺，南腔北調，備四方之樂，侲
童妙伎，歌扇舞袖，後部未歌，前部已迎，左顧方驚，右盼復眩，遊
者如入蓬萊仙島，在瓊樓玉宇中，聽霓裳曲，觀羽衣舞也。……此等
盛會，千百年不可一遇，而余得親身見之，豈非厚幸哉！……辛巳歲
皇太后七十萬壽儀物稍減。后皇太后八十萬壽、皇上八十萬壽，聞京
師鉅典繁盛，均不減辛未，而余已出京不及見矣。〔註33〕

從這段記載中，我們可以想見當日萬壽盛典的盛況。同時，通過皇家慶壽典
禮、普通人的慶壽行爲以及神祇壽誕日的盛大慶祝活動，我們都可以深深地
體會出慶壽活動對於中國人而言的特殊意義和價值。

　　在壽辰當日，自然以演祝壽劇爲主。當然，也有一些主人不太在意壽筵
上的演出內容，許多與慶壽無關的戲曲也可以在壽筵上演出。汪道昆的《大
雅堂雜劇》單從內容上看，與慶壽毫無關聯，不過據說汪氏創作這四部雜劇
卻是爲了「自壽」或「壽襄王」〔註34〕。儘管如此，爲了烘託喜慶的氛圍，
不管是宮廷大內，還是鄉宦人家，慶壽當日還是以演出祝壽劇爲宜。規模宏
大的《九九大慶》便是在清廷的授意下，一些御用文人專門創作出來的祝壽
劇，用於萬壽節的戲曲演出。而在民間的壽筵上，祝壽劇同樣必不可少。如
果在主人家的壽筵上點錯了戲，那將是一件讓人非常尷尬的事情。陳維崧曾
在一首詞的小引中寫道：

　　　　於皇曰：朋輩中惟僕與其年最拙。他不具論。一日，旅舍風雨
　　中，與其年杯酒閒談。余因及首席決不可坐，要點戲，是一苦事。
　　余嘗坐壽筵首席，見新戲有《壽春圖》，名甚吉利，亟點之，不知其
　　斬殺到底，終坐不安。其年曰：亦嘗坐壽筵首席，見新戲有《壽榮
　　華》，以爲吉利，亟點之，不知其哭泣到底，滿座不樂。〔註35〕

於皇是清初名士杜濬。聰慧如陳維崧、杜濬也依然在壽筵上鬧出了笑話。乾
嘉兩朝是清代昇平之盛世，慶壽等喜慶活動也比其他時期宏大得多。有了這
樣的社會需求，祝壽劇自然在乾嘉年間取得了創作上的大豐收。

　　在廟堂之上，乾隆帝曾親自改編過祝壽曲本。御用文人所創作的《九九

〔註33〕〔清〕趙翼：簷曝雜記，卷一「慶典」條，見《簷曝雜記‧竹葉亭雜記》，北
　　　　京：中華書局，1982年，第9、10頁。
〔註34〕參見〔明〕潘之恒：鸞嘯小品，卷三「曲餘」，見《潘之恒曲話》，北京：中
　　　　國戲劇出版社，1988年，第13頁。
〔註35〕〔清〕陳維崧：賀新郎‧自嘲用蘇昆生韻同杜于皇賦，見《迦陵詞全集》卷
　　　　二十七，續修四庫全書本。

大慶》規模宏大，在萬壽節期間分九次連續演完。呂星垣的《康衢新樂府》是應地方官府之邀爲恭賀嘉慶皇帝的壽辰而作。其他皇親大臣所編改的祝壽劇則難以詳加統計。在江湖之中，蔣士銓的《西江祝嘏》是爲皇太后的萬壽慶典而作，除此以外，他所編寫的《廬山會》也是一部祝壽劇。厲鶚、吳城合寫的《迎鑾新曲》兼有迎鑾和祝壽兩種形態，吳城的《群仙祝壽》從名稱來看是一部純粹的祝壽劇，而厲鶚所寫的《百靈效瑞》則更像是一部迎鑾劇。其他文人所編寫的祝壽劇還包括孔廣林、陳以綱合撰的《松年長生引》，胡重的《海屋添籌》及《嘉禾獻瑞》，韓錫胙的《南山法曲》以及王懋昭的《神宴》、《弧祝》和《悅慶》等。以上所列已知名目的祝壽劇足有三十餘種之多，實際數量恐怕是這個數字的千百倍，明白了這一點，我們就不難想像祝壽劇在乾嘉時期的繁盛景象了。

祝壽劇的產生時期極早，元雜劇中就不乏其例，鍾嗣成的《宴瑤池王母蟠桃會》從劇名來看應該是一部祝壽劇。明初的周憲王朱有燉創作了不少祝壽劇，將祝壽劇的創作推上了第一個高峰。針對元代祝壽劇的弊端，朱有燉嘗試對祝壽劇的編創進行改革。他在《瑤池會八仙慶壽》的序言中寫道：

> 慶壽之詞，於酒席中，伶人多以神仙傳奇爲壽，然甚有不宜用者，如韓湘子度韓退之，呂洞賓岳陽樓，藍采和心猿意馬等體，其中未必言詞盡皆善也。故予製《蟠桃會》、《八仙慶壽》傳奇，以爲祝壽佐樽之設，亦古人祝壽之意耳。〔註36〕

從朱有燉的評論來看，元雜劇中的神仙題材作品多用於壽筵上演出，以示祝壽之意。從功能上講，這類神仙道化的作品其實可以看做是祝壽劇了。不過，朱有燉認爲其中一些作品並不適合祝壽，如以呂洞賓、韓湘子及藍采和等人爲題材的作品多與祝壽之事無關，因此他便創作了《蟠桃會》等雜劇作爲規範。從實際效果來看，朱有燉所創作的幾部祝壽劇確實更加合乎祝壽的本意，想必演出起來也更能烘託祝壽的效果。

自朱有燉之後，祝壽劇的創作日趨成熟，至乾嘉時期，祝壽劇的創作達到了頂峰。作品數量雖然無比豐富，不過祝壽劇在演出和創作上的缺陷卻日益凸顯出來。僅以情節爲例，祝壽劇的內容千篇一律，單薄而缺乏創意，無非是神仙下凡爲某位名公祝壽，以示主人身份的尊貴云云。針對這些問題，

〔註36〕〔明〕朱有燉：《新編瑤池會八仙慶壽》序，見吳梅：奢摩他室曲叢二集，上海：商務印書館，民國十七年（1928）刻本。

會稽人王懋昭又一次對祝壽劇的演出和創作進行規範。針對祝壽劇在演出方面出現的問題，王氏撰寫了《演戲慶壽說》一文以針其弊：

> 嘗慨世人豪華相競，無論生壽冥壽，演戲慶祝，優人必扮八仙
> 與王母，爲之拜焉跪焉，以明肅恭而邀賞。夫優人之拜跪，固所宜
> 然，而既扮八仙與王母，是儼然八仙、王母，爲之拜也跪也。夫八
> 仙之爲仙，王母之爲神，人人知之。以仙神而拜跪生壽之人、冥壽
> 之鬼，人人見之而不以爲怪，豈以戲之謂嬉，人鬼可嬉，而仙神亦
> 可嬉耶？孔子歎作俑者之無後爲其像人而用之也夫？像人猶不可，
> 況像仙、像神而辱之拜、辱之跪焉，其可乎哉？余嘗登場觀之，而
> 有不安於心焉。因改爲香山九老代祝之禮，撰戲一劇，附於《三星
> 圓》之後。非揚彼而抑此也，蓋九老自白傅以外，如胡杲、鄭據等，
> 爵位不尊，功業不顯，特藉香山一會得留其名。在當日亦人也，在
> 今日亦鬼也。以生壽而言，不過假古人之貌侑耆年之觴；以冥壽而
> 言，不過託先亡之名媚後化之靈。前人後人，無甚高卑；新鬼故鬼，
> 寧有大小？雖拜跪筵前，亦不免於褻瀆，較之扮仙、扮神而舞蹈謳
> 歌者，大有間已。或曰：祠廟慶神，似可仍舊，而不必改。豈知祠
> 廟不皆貴神，動以王母、八仙慶之，分亦非宜，不如渾用九老之爲
> 安也。若女壽而用九老，殊屬不切，故予亦仍用王母，但王母僅遣
> 青衣賜桃酒，不似向之偕八仙而親自慶祝，斯爲得之。夫而後人知
> 八仙之當敬，王母之當尊。而且香山姓氏之不彰者得是戲而婦人、
> 孺子皆知之，則雖謂九老之名藉此而傳焉，可矣。〔註37〕

王懋昭認爲八仙、王母是神仙中人，以伶人扮之來跪拜主人是褻瀆神靈，十分不妥。因此，他創作了《神宴》、《弧祝》和《帨慶》這三部祝壽劇來進行規範。《神宴》以香山九老出場恭祝神祇的壽辰；《弧祝》中登場的同樣是香山九老，不過恭賀的對象換成了耆年老人；在《帨慶》一劇中出場的是西王母，她命玉女向壽母賜桃。這樣一來，不管是男子、婦人，還是地方神祇，在其慶賀活動中，都有了比較適合各自情境的祝壽劇本，可謂皆大歡喜。王懋昭不認可祝壽劇動輒便群仙羅列，爲了更加符合情理，他針對不同的慶壽場合分別編寫了三部劇本，這體現出他在規範祝壽劇的演出和創作方面所做

〔註37〕 〔清〕王懋昭：演戲慶壽說，見《三星圖》，清嘉慶十六年（1811）刊本，北京：中國國家圖書館館藏，編號：33328。

出的努力。

王懋昭的行爲在乾嘉時期並非孤例，蔣士銓、厲鶚等大文人的參與使得祝壽劇的創作日趨典雅規範，厲鶚與吳城的《迎鑾新曲》、孔廣林的《松年長生引》都是一本四折，這是有意摹仿元雜劇的結果。體制規範、曲辭雅正，這可算是此一時期祝壽劇的一大特徵。

乾嘉時期的祝壽劇在形態上的第二個特點在於規模宏大、氣勢磅礡。宮廷文人所創作的《九九大慶》由九部作品組成，每部作品或爲八折，或爲十二折，相比於一般的祝壽劇而言，算得上是長篇巨製了。這些在萬壽節期間上演的作品雖以祝壽爲題材，卻以各種神話故事巧妙勾連情節，因而顯得別有一番情趣。

綜上所述，慶壽是中國人最重要的日常行爲之一，而在慶壽活動當天，戲班以演出祝壽劇爲主。在一片太平景象之下，乾嘉時期的祝壽劇也迎來了演出和創作上的高峰。王懋昭等人在前人的基礎上對祝壽劇進行規範整合，《九九大慶》等劇作的誕生也使得此一時期的祝壽劇呈現出獨具魅力的藝術風貌。

二、迎鑾劇

在戲曲史上，迎鑾劇也許是乾隆時期所特有的一種節慶劇形態，它的產生和繁榮都與乾隆朝的時代背景以及乾隆帝本人有著密切的關聯。

乾隆帝一生喜愛巡行出遊，他曾「北謁盛京，東巡天津、泰山、曲阜，西幸五臺山，中游嵩洛，六下江南，短則幾日，長則數月，先後達一百五十多次」〔註38〕。乾隆帝的這一喜好大概是從其祖康熙帝那裡繼承來的。康熙在掃除三藩、平定天下之後，將政務重心放在江南河道的治理上，他曾先後六下江南，對河道進行實地考察。經過祖輩數十年的辛苦創業，至乾隆登基時，天下已無外患之擾，神州處處歌舞昇平。於是乾隆帝便打著「觀風問俗」的旗號，仿傚其祖，南下江南遊玩。

乾隆帝六次南巡的時間分別是乾隆十六年（1751）、二十二年（1757）、二十七年（1762）、三十年（1765）、四十五年（1780）以及四十九年（1784）。每次南巡，乾隆必會駐蹕江寧、揚州、蘇州和杭州四地，後四次南巡還到過浙江海寧。乾隆帝所到之處，地方官員們無不挖空心思盡心竭力地侍奉君王。

〔註38〕趙麗云：乾隆巡遊研究——以旅遊史爲視角，曲阜師範大學碩士論文，2009年，「引言」。

除了構築精巧絕倫的園林美景等事項外，江南的官吏和鹽商們還花費了大量心思來組織當時第一流的戲班以滿足君王看戲的嗜好。

蘇揚兩地本是當時全國的演劇中心，戲班名角無數，但是要論表演藝術的成就，還屬揚州鹽商所組織的戲班為最高。《揚州畫舫錄》記載：

> 崑腔之勝，始於商人徐尚志徵蘇州名優為「老徐班」；而黃元德、張大安、汪啓源、程謙德各有班。洪充實為大洪班，江廣達為德音班，復徵花部為春臺班；自是德音為內江班，春臺為外江班。……此皆謂之「內班」，所以備演大戲也。〔註39〕

引文中提到的江廣達即江春。乾隆帝對其頗為寵信，駐蹕揚州時曾多次住在江春家中。以上各家戲班也以江春家的戲班為一時翹楚。這些大鹽商們之所以不惜鉅資的打造戲班，除了供自身享受之外，還與服侍君王南巡時看戲有關。

乾隆第六次南巡時，江南的鹽商們一時找不到合適的戲班，還是一位名優金德輝幫忙解決了困難。

> 乾隆甲辰（四十九年），上六旬，江南尚衣龔使爭聘名班。班之某色，人藝絕矣，而某色人頗絀；或某某色皆藝絕矣，而笛師、鼓員、琵琶員不具；或具而有聲無容，不合。駕且至，頗窘。客薦金德輝，輝上策曰：「小人請以重金號召各部，而總進退其短長，合蘇、杭、揚三郡數百部，必得一部矣。」龔使喜以屬金。金部署定其目錄：琵琶員曰蘇州某，笛師曰崑山某，鼓員曰江都某，各色曰杭州某、曰江都某，而德輝自署則曰正旦色吳縣某。隊既成，比樂作，天顏大喜。……有詢班名，龔使奏：「江南無此班，此集腋成裘也。」駕既行，不復析而寵其名曰「集成班」，復更名曰「集秀班」。〔註40〕

為了討好皇帝，江南的官員們可謂想盡了辦法，他們不惜鉅資聘請名優，在舞臺布景等方面也從不吝惜。美輪美奐的「水劇場」便是他們的傑作：

> 乾隆帝使試為之，於是劇場開矣。初無甚異，但覺歌吹清圓，排次變化而已。既而漸入佳境，劇中一切位置經歷皆如真境，幾令

〔註39〕　〔清〕李斗撰、汪北平等點校：揚州畫舫錄，北京：中華書局，2007年，第107頁。

〔註40〕　〔清〕龔自珍：書金伶，見《龔自珍全集》（上冊），上海：中華書局上海編輯所，1959年，第181頁。

人不知此身方觀劇。再進則山水林木、室廬傢具，恍惚捫之有棱，
且倏忽更變了，無轉遞痕迹，甚至鮮花喬木、野鳥微蟲無不開一新
世界，而人物之詭奇妙麗、盡態極妍。再進則迴光返照，匿影藏聲，
時而燈火通明，忽又日光如畫；時而雷電交加，忽又雲霞耀採。如
是者絕無間斷之時，竟不知爲晝夜水陸，但倦臥則略停，蓬然而醒，
則又笙歌演唱如故矣。〔註41〕

這樣一個如夢似幻的「水劇場」果然引來了帝王的嘉許，這樣一來，花費再
多的錢財在鹽商們看來也是值得的了。

有了劇場，有了名班，當然還需要有一流的劇本。除了常演常新的折子
戲外，江南的官員和鹽商還聘請了不少知名文人編寫新戲，以用於迎接聖駕
的戲曲演出。迎鑾劇劇如其名，專門用來迎接聖駕的降臨。因此，在這些新
戲中自然少不了迎鑾劇的身影。

乾隆十六年，乾隆帝首次南巡。在揚州期間，鹽商江春等人命戲班演出
新製迎鑾大戲《百靈獻瑞》，以迎接乾隆的到來。在杭州，厲鶚與吳城應官府
之請合編了《迎鑾新曲》，既爲迎鑾之作，也是爲恭賀皇太后的祝壽之作。除
此以外，戲曲家朱夰應浙江巡撫莊有恭之聘，「譜《迎鑾新曲》，一時爲之紙
貴」〔註42〕。到了乾隆二十二年，爲恭迎聖駕的降臨，揚州地方又組織戲班，
編寫了《太平班雜劇》。其後，乾隆帝每次南下，江南地方都會組織文人編寫
迎鑾戲曲。戲曲家沈起鳳、金兆燕、王文治等人都曾參與其中。石韞玉在爲
沈起鳳的戲曲集所作的序言中寫道：「歲在庚子、甲辰，高廟南巡。凡揚州鹽
政、蘇杭織造所備迎鑾供御大戲，皆出先生手筆。」〔註43〕庚子、甲辰分別
是乾隆四十五年及四十九年，正是乾隆帝最後兩次南巡的時間。王文治的《浙
江迎鑾樂府》也是爲了恭迎乾隆帝第五次南巡而作。以上所列不過是所有迎
鑾劇的一鱗半爪，迎鑾劇同其他節慶劇一樣，也只有少量作品留存了下來，
這其中最爲典型的作品便是《太平班雜劇》。

《太平班雜劇》今存清抄本，六冊。一共包含了五部十八折雜劇。各部
雜劇的齣目如下：

第一部：星聚、歡迎；

〔註41〕〔清〕許指嚴：南巡秘聞，上海：上海書店出版社，1997年，第13頁。
〔註42〕轉引自趙景深、張增元編：方志著錄元明清曲家傳略，北京：中華書局，1987
　　　　年，第272頁。
〔註43〕〔清〕石韞玉：沈氏四種傳奇序，見《獨學廬叢稿・餘稿》，續修四庫全書本。

第二部：五福、仙集、布瑞、勸農；

第三部：九如、衢頌、迎福、長亭；

第四部：訪壽、請郎、花燭、笏圓；

第五部：九鼎、獻瑞、堆花、瓊宴。

這裡面既有迎鑾新制，也有傳統折子戲。其中，《勸農》、《長亭》、《訪壽》、《花燭》、《笏圓》、《瓊宴》六齣是《牡丹亭》、《西廂記》等傳奇中的經典唱段，其餘十齣雜劇則是迎鑾劇。這樣的組合方式提示了實際演出時的次序安排，迎鑾劇與折子戲交叉演出也會起到很好的演出效果。

抛開折子戲暫且不提，我們來看這些迎鑾之作。從劇情上看，這些作品的上場人物多是一些傳說中的神仙，他們來到人間獻瑞呈祥，一路恭迎皇帝的南巡。例如在《獻瑞》中，西王母引四仙女上場，她的開場白如下：

> 吾乃西池王母是也。只為無量聖壽佛位正中天，統攝四大部洲，總轄萬億國土。神仁厚德，位祿名壽俱全；聖武神文，禮樂文章具美。今為觀風，臨幸江南。奉上帝敕旨，命五嶽四瀆神祗、三島十洲仙吏俱要是處迎護。為此老身率領眾女仙，前往平山迎駕。〔註44〕

《歡迎》一劇較為特別，它的上場人物是揚州本地的父老。

> （外）老漢祝長生，媽媽慶氏，揚州人也。年邁百齡，五代繞膝，屢受天家粟帛，人人都道是聖朝人瑞。前歲聖駕南巡，媽媽你也有銀牌賞賜的。……如今又逢翠華南幸，我欲率領兒孫數百人前去接駕。

這些作品直接說明聖駕南巡，與當時的演出情境相吻合。「揚州」、「又逢翠華南幸」則提示了戲曲演出的時間和地點。

不管是神仙，還是凡人，出場人物都會異口同聲地頌揚皇帝治國安邦的聖德。比如有一首曲辭這樣唱道：

> 【普天樂】受皇恩真無盡，向龍顏心歡幸。願吾皇萬載千春壽無疆，日月同庚。群黎引領，鑾輿再降臨。常覲天顏，康衢願效堯民。〔註45〕

迎鑾劇的篇幅都不長，作品不外乎是借神仙之口表君王南巡之盛，抒臣民頌

〔註44〕〔清〕無名氏：太平班雜劇，清抄本，北京：中國國家圖書館館藏，編號：16362。

〔註45〕該曲出自《太平班雜劇》中的《歡迎》。

揚之辭，這符合節慶劇的一貫特點。

迎鑾劇產生在歌舞昇平的乾隆盛世之中，演出於乾隆帝南巡江南期間，是那個時代所特有的產物。它敘寫皇帝南巡之事，起鼓吹休明之功用，與同時期其他形態的節慶劇同出一轍。

三、宮廷劇

本書中的「宮廷劇」是指演出於宮廷中的節慶劇。本來宮廷劇也包括在宮廷內上演的祝壽劇，但前文已經論及《九九大慶》等作品，此處便不再贅述了。

在前文中，我們不止一次提到乾隆朝是整個清代內廷演劇的鼎盛時期。此時，清廷之中已有非常完善的演戲機構。南府頭學、外頭學、景山頭學、景山二學、景山小內學、宮戲處、絃索學以及盤山等機構隨時伺候宮內的戲曲演出。藝人優伶的數量也爲有清一代之最，「據史料估算，乾隆年間內廷內外學伶人總數超過千人」〔註 46〕。清宮之中戲臺戲樓眾多，其中最值得稱道的便是「崇臺三層」大戲臺，這樣的大戲臺多數建於乾隆年間。除了建設這些「硬件設施」以外，乾隆帝還著手將戲曲演出納入宮廷禮儀之中，承應戲演出制度的確立便始於乾隆年間。

除了祝壽外，宮廷劇的演出還與其他喜慶活動密切相關。在每一年中，清廷所組織的節慶活動異常豐富。「清朝是中國歷史上最後一個封建王朝，又是以少數民族爲主體的政權。其節慶活動既是千百年來漢文化傳統的延續，又融合了滿民族獨有的風俗和特色」〔註 47〕。在節日中，乾隆帝本人也饒有興致地親身參與到節慶活動之中：

> 每逢節日，乾隆帝弘曆的服飾一應節景：元旦迎新，穿黃紵絲絨繡靠三色黑狐皮龍袍，佩戴歲歲平安荷包；正月十五上元節，穿黃紵絲繡五穀豐登黑狐臁皮龍袍，佩戴五穀豐登荷包；清明節，冠上插柳枝，以應「清明不戴柳，紅顏變皓首」之民謠；四月初八日浴佛節，戴茄南香朝珠、菩提子朝珠；五月五日端陽節，冠上戴艾草，佩戴五毒荷包和龍舟荷包；八月十五中秋節，佩戴玉兔桂樹荷

〔註46〕 朱家溍、丁汝芹：清代內廷演劇始末考，北京：中國書店，2007 年，第 29 頁。

〔註47〕 苑洪琪：乾隆時期的宮廷節慶活動，《故宮博物院院刊》1991 年第三期，第 81 頁。

包；九月九日重陽節，冠上插茱萸，佩戴菊花荷包；冬至節，穿醬
色紵綢黑狐膁皮龍袍，佩戴三羊開泰荷包。〔註48〕

在這些節慶活動中，自然少不了豐富多彩的戲曲演出。爲了更好地襯托節日的氛圍，乾隆帝在登基之初，便命張照等詞臣創作了一批與節令有關的戲曲作品。

乾隆初，純皇帝以海內昇平，命張文敏製諸院本進呈，以備樂部演習，凡各節令皆演奏。其時典故如屈子競渡、子安題閣事無不譜入，謂之「月令承應」。其於內庭諸喜慶事，奏演祥徵瑞應者，謂之「法宮雅奏」。其於萬壽令節前後奏演群仙神道添籌錫禧，以及黃童白叟含哺鼓腹者，謂之「九九大慶」。〔註49〕

在「祝壽劇」一節中，我們已經談到了《九九大慶》，此處可以不提；而「月令承應」及「法宮雅奏」均爲宮廷劇中的重要組成部分。

朱家溍、丁汝芹等人認爲：「月令承應原意是指每個月裏固定的節日、節氣和賞花、賞雪等活動所演的戲，如元旦、端陽、中秋、冬至等等，檔案中通常稱之爲節令戲。法宮雅奏是指各種喜事的演戲，如皇上大婚，皇子誕生、結婚，給太后上徽號和冊封嬪妃等，都有專門爲之恭賀的劇目演出，檔案將其歸類爲喜慶戲。」〔註50〕以目前所知的宮廷劇作品來看，這一說法較爲符合創作實際。今存月令承應主要包括《節節好音》等作品。《節節好音》今存國家圖書館藏五色精抄本，共含八十六折，分兩折一種裝訂成冊，計四十三冊。其劇目分爲元旦節戲、上元節戲、燕九節戲、賞雪承應、祭竈節戲和除夕節戲等六大類。而法宮雅奏今存同名戲曲集，共有四十八卷。裏面的作品按照酒宴承應、招試詠古承應、行幸御苑承應、行圍承應、獻捷承應、迎鑾承應、大駕還宮承應、皇子成婚承應、誕生承應、彌月承應、洗三承應、皇上定魂承應、皇上大婚承應等分爲十三大類。依據《節節好音》及《法宮雅奏》的分類細目，我們可以看出清廷在演出承應戲時務求劇作內容與演出場合相吻合。如此一來，清代內廷的演出規範最終得以確立。

《節節好音》是目前所能看到的保存最爲完整的乾隆時期的承應戲。通

〔註48〕同上，第 82 頁。

〔註49〕〔清〕昭槤：嘯亭雜錄，北京：中華書局，1997 年，第 377 頁。

〔註50〕朱家溍、丁汝芹：清代內廷演劇始末考，北京：中國書店，2007 年，第 27 頁。

過對《節節好音》的解讀，我們可以更加深入地瞭解宮廷劇的形態特徵。

首先，乾隆朝的宮廷劇劇本對於舞臺布景、道具切末以及演員服飾等項均有較爲詳細的說明。這一點與民間文人創作的節慶劇完全不同，顯示出清廷對於演劇規範的重視。下面，我們隨舉幾例進行說明。

> 雜扮八大和尚各戴僧官帽，穿紅緞方補大袖褊衫。雜扮二十僧人，各戴六合巾，穿藍緞大袖褊衫，披蟒衣。二人執手爐，八人執手鈴，十人空手。雜扮二十法器僧各戴僧帽，穿棕布道袍，披蟒衣，執手鼓、鐃鈸、小鈸、鐺子。〔註51〕

這段文字出自《法事舒誠》，描寫的是出場人物的穿戴服飾。

> 雜扮三十二童子各戴線髮，穿彩蓮衣，各持黃雲一片，同從上場門上。……場上設高臺，擺鏡。眾童作勢科，持鏡從雲背後獻出科。天井下三星切末，內作樂。眾作收鏡，下高臺。隨撤高臺科。天井收三星切末科。

《列宿光輝》裏的這段文字側重說明上場人物所持的道具，並對演出人員的舞臺動作也做了一些提示。

> 場上預設祥雲帷幕，隱設各樣節物科。雜隨意扮眾買賣人從兩場門暗上。場上隨撤祥雲帷幕，眾買賣人虛白髮諢，作賣節物科。雜隨意扮眾遊人執花燈從兩場門上，作遊玩虛白買節物科。雜扮四舉人各戴巾，穿藍衫，繫儒絛，同隨意扮眾鄉民從上場門上。

與上面兩例相類，此處所引《上國觀光》中的文字也不涉及主要人物，這些「閒雜人等」的職責不過是布置一個逼眞的舞臺布景。儘管如此，作者依然對此做了較爲詳盡的說明。

其次，乾隆朝的宮廷劇還喜歡對演出當日的時令風俗、傳說典故等在劇本中進行說明。《節節好音》是月令承應戲，因此對於各地的節日風俗格外留意。例如在《暢飲屠蘇》一劇中，作者借龐居士之口解釋人們在元旦當日飲椒柏酒的來歷。

> （眾鄉民白）請問居士，元旦飲椒柏酒，卻是何取意？（龐居士白）椒是玉衡星，服之令人身輕能走。柏是仙藥，服之令人氣爽高壽。正應元旦飲之。而飲之又從小起，是自少而多，四季平安之

〔註51〕 〔清〕無名氏：節節好音，清抄本，北京：中國國家圖書館館藏。編號：02420。本章所舉的《節節好音》中的作品均出自這一版本，不再一一注出。

意也。……敢問五辛取意如何？（龐居士白）五辛者，所以發五臟
之生氣，除五臟之惡氣。元旦食之，一歲安康無恙矣。

《村民學藝》一劇還對各地元宵節的風俗習慣進行了細緻的比較：

（一耆老白）各處風俗，各有不同，這也奇怪。譬如咱們慶雲
縣，年年元宵節，男請五祖教拳棒，女請紫姑卜休咎。（一耆老白）
宛平縣風俗：元宵日男女走橋去百病，婦人摸釘兆生男。（一耆老白）
良鄉風俗：元宵日張燈遊文廟，燎石岡繞塔。（一耆老白）通州風俗：
元宵日製元宵果，互相饋送。（一耆老白）昌平縣風俗：元宵日編竹
為河流九曲之形，謂之黃河燈。老稚嬉遊其中，迷則不得出。（一耆
老白）永平府風俗：元宵日謂上元天官賜福之臣，持齋誦經，閉戶
不出。（一耆老白）新城縣風俗：元宵日取秫稭一節劈開，內安十二
豆，仍兩合上，以線束縛，置於水中。過十二日，視豆漬之淺深，
卜十二月之水旱。（一耆老白）靜海縣風俗：元宵日家家蒸大饅首相
送，名曰「節食」。（一耆老白）吳橋縣風俗：元宵日張燈祭月，男
婦往南堤聖母廟裏，進香求嗣。（一耆老白）咱們知道的是這幾處，
其餘不知者，不知有多少不同。一省如此，省省皆然。

通過閱讀此段文字，我們可以更清晰地瞭解京城附近各縣的元宵風俗，對於
民俗學來講也算是一份難得的史料了。

此外，《節節好音》對倫理道德的提倡，對皇帝聖德的頌揚與其他節慶劇
如出一轍，此處也就不再多提了。

總之，乾隆一朝的宮廷劇在內容上緊扣節日主題，在曲辭賓白上力求典
雅大方，在舞臺說明上則盡量細緻生動，顯示出了濃濃的皇家風範。這體現
了在乾隆帝的重視下，清廷的宮廷劇無論是在演出體制上，還是在劇本內容
上都日趨規範典雅。

第四節　節慶劇的形態特徵

乾嘉時期是節慶劇演出和創作最為繁榮的歷史時期。自演出層面觀之，當時
宮廷內的節慶劇不僅在表演上達到了相當高的藝術成就，而且在體制上也已十分
規範，各種不同類型的喜慶場合均有形態不一的節慶劇與之相匹配；民間的節慶
劇演出同樣繁榮，在鄉野廟會等場合上從不缺少節慶劇的身影。有需求，便會有

製作，在這一時期，上至帝王將相，下至伶工藝人，幾乎所有的社會階層都曾參與過節慶劇的製作。這兩個方面合在一起，共同推動著節慶劇走向繁榮。

此一時期的節慶劇不僅承繼了以往節慶劇的形態特徵，而且還出現了一些新的變化。從具體形態來看，演出場合不同，所呈現出的形態也不盡一致。民間的節慶劇在演出規模上無法與宮廷內的節慶劇相比，在演出服飾、舞臺設計等方面更是粗陋不少。因此，我們在談到此一時期節慶劇的形態特徵上，還須有所分別。

一般來講，由於要烘託喜慶的氛圍，節慶劇的參演人數要比普通的戲曲演出多得多。而同為節慶劇演出，宮廷劇的參演人數又要遠遠多於民間。到了乾嘉時期，宮廷內的節慶劇在演出規模上達到了前所未有的頂峰。我們先來看下面一段記載：

> 　　內府戲班，子弟最多，袍笏甲冑及諸裝具，皆世所未有，余嘗於熱河行宮見之。上秋獮至熱河，蒙古諸王皆覲。中秋前二日為萬壽聖節，是以月之六日即演大戲，至十五日止。所演戲，率用《西遊記》、《封神傳》等小說中神仙鬼怪之類，取其荒誕不經，無所顧忌，且可憑空點綴，排引多人，離奇變詭作大觀也。戲臺闊九筵，凡三層。所扮妖魅，有自上而下者，自下突出者，甚至兩廂樓亦作化人居，而跨駝舞馬，則庭中亦滿焉。有時神鬼畢集，面具千百，無一相肖者。神仙將出，先有道童十二三歲者作隊出場，繼有十五六歲、十七八歲者。每隊各數十人，長短一律，無分寸參差。舉此則其他可知也。又按六十甲子扮壽星六十人，後增至一百二十人。又有八仙來慶賀，攜帶道童不計其數。至唐玄奘僧雷音寺取經之日，如來上殿，迦葉、羅漢、辟支、聲聞，高下分九層，列坐幾千人，而臺仍綽有餘地。〔註52〕

這段文字出自趙翼的《簷曝雜記》，所描寫的是萬壽節期間在熱河行宮中所舉行的戲曲演出。在乾嘉時期，萬壽節期間例演祝壽大戲《九九大慶》。趙翼首先便提道「內府戲班，子弟最多」，這大概是宮廷節慶劇演出的最為直觀的特點。以此次演出為例，光是其中一齣戲裏扮演壽星的演員就有百人之多，而唐僧取經的場景更是動用了近千名演員充作背景，這樣的演出規模，著實駭人。

〔註52〕 〔清〕趙翼：簷曝雜記，卷一「大戲」條，見《簷曝雜記・竹葉亭雜記》，北京：中華書局，1982年，第11頁。

趙翼所說的「戲臺闊九筵，凡三層」，這便是清宮所特有的「崇臺三層」大戲樓，也只有這種戲樓才能滿足近千名演員同時演出。這樣的三層大戲樓在清廷中曾先後建有五座，分別是圓明園同樂園的清音閣、紫禁城寧壽宮的暢音閣、紫禁城壽安宮戲樓、承德避暑山莊福壽園的清音閣以及頤和園德和園戲樓。除了同樂園清音閣約建於雍正初年，德和園戲樓改建於光緒年間外，其餘幾座均建於乾隆朝〔註53〕。關於這種大戲臺，有學者曾這樣描述其弘大的建築體制：

> 這種三層大戲臺，最下一層的臺面四邊共十二柱，大小相當於九個普通的臺面。第二層略小。第三層更小。每層各有本層的上下場門。第二層的表演部位只占臺的前半部分。第三層的表演部位則只能在前簷下，原因是觀者視線所及，不過是前面一小部分，還有留出天井的部位，所以二、三層的上、下場門就盡可能往前安裝了。

> 據昇平署劇本附屬的「串頭本」和「排場本」記載，這三層戲臺的最上層叫福臺，中層叫祿臺，下層叫壽臺。壽臺是使用率最大的一層，尤其是民間流行的傳統昆、弋、亂彈單齣戲，根本用不著福臺和祿臺。壽臺天花板上有三個天井，在個別戲的個別場，可從天井口轆轤絞縶下一些東西到壽臺上。壽台臺板有五個地井，井口蓋板可以掀開，下去都可以通往後臺，實際是地下室，並非五口真的水井。地下室內地面上還有一口真的水井，上面也蓋著板，是為了擴大共鳴作用的。地下室內有絞盤，有些戲的個別場子，角色或物可從五個地井口升上壽臺。壽臺的上、下場門和普通戲臺一樣，但齊著上、下場門的上面有一層隔板，隔板上叫仙樓。從仙樓到壽臺，有四座木階梯，叫做搭垛。從仙樓上、下場門出入的人物，可由搭垛下到壽臺，也可經搭垛從壽臺上仙樓。在仙樓兩端，也各有一座搭垛，可通二層祿臺。每層均有較寬敞的後臺，各在東西兩側設有較寬的樓梯，供演出人員上下出入。〔註54〕

宮廷中節慶劇的演出需要用到三層大戲臺的所有戲臺，而一般的戲曲演出只需要第一層就夠了，兩相對比，我們不難看出節慶劇——尤其是宮廷劇對於

〔註53〕詳參劉徐州：趣談中國戲樓，天津：百花文藝出版社，2004年，第135頁。
〔註54〕朱家溍、丁汝芹：清代內廷演劇始末考，北京：中國書店，2007年，第31、32頁。

演出場地的特殊要求了。「三層大戲臺則專爲演出承應大戲，所謂法宮雅奏、九九大慶、萬壽節令前後演奏的神佛頌祝戲文時用。這一類戲和三層大臺是乾隆時代各方面踵事增華的傾向中出現的事物。」〔註 55〕因此，我們可以將三層大戲臺看做是乾嘉時期節慶劇盛況空前的標誌。

在節慶劇的演出過程中，常伴有其他曲藝節目的表演。這一特點與節慶劇的遠源——宋金雜劇院本的表演形態有關。乾嘉時期的節慶劇繼承了這一傳統，並在演出中體現出了不同於以往的時代特色。

節慶劇中最常見的曲藝是歌舞類的表演，如《節節好音·青湖佳話》中便有如下一段情節：

> （夫人作向如願白）你可到後面裝束起來，歌舞一回，筵前侑酒。（如願應科，從上場門下。青湖君白）先著歌童，舞八佾之舞，以應元旦良辰水府一樂。

在戲曲演出中融入歌舞表演，這在我國的戲曲史上可謂由來已久，不光節慶劇中常有歌舞，連普通劇也不例外。但相對而言，節慶劇對歌舞的使用要比普遍劇更爲普遍。

由於同是在喜慶場合下演出，節慶劇時常摻雜有其他喜慶類曲藝的表演。比如表現太平盛世下人們歡天喜地逛廟會的節慶劇便安排有那個時代所特有的曲藝表演：

> 雜扮舞福字人舞福字科，雜扮鬥柳翠人鬥柳翠科，雜扮舞金銀錢人舞金銀錢科，雜扮舞琉璃燈人舞琉璃燈科。或再扮雜技人上耍戲科。〔註 56〕

上述曲藝演出出現在春節期間。其實時令不同，鄉土不同，節慶劇中所反映的內容自然會有差別，其中的曲藝形式也是百花齊放，風味各別。放花燈、觀龍船等風俗在這一時期的節慶劇裏都有所反映。

> 雜扮二扛燈牌人，各戴鷹翎帽，穿箭袖，繫蠻帶，扛燈牌二面。一書「光欺璧月」，一書「冷照寒星」。從上場門上，作分立科。雜扮十六舞龍鳳燈人，各戴馬夫巾，穿蟒，箭袖，繫蠻帶，持龍燈、鳳燈，從上場門上，作鬥舞科，從下場門下。〔註 57〕

〔註 55〕朱家溍：故宮退食錄，北京：紫禁城出版社，2010 年，第 425 頁。
〔註 56〕本段文字出自《節節好音·大宴臣僚》。
〔註 57〕本段文字出自《節節好音·上國觀光》。

　　　　扮十六舞龍船人各戴馬夫巾，穿蟒，箭袖，繫蠻帶，持槳，各
　　作乘龍船切末。龍船上，掛燈，從兩場門分上，舞科。〔註58〕

《節節好音》等節慶劇中此類演出的例子是很多的，如《積德還金》中《採茶歌》、《採桑歌》的演唱，《備言社火》中對各類伎藝演出的描述，限於篇幅，這裡就不再一一細說了。

　　在乾嘉之前，節慶劇的創作和演出雖然也十分常見，但除周憲王等人的少數作品外，普遍曲辭拙劣，乏善可陳。經明人之手傳下來的元雜劇有一部分作品十分粗糙，如《張子房圯橋進履》一劇「情節拉雜，文筆粗率」〔註59〕，人們甚至懷疑它並不是李文蔚的原作。這些元雜劇都曾經在明廷演出，這也反映了明廷並不怎麼重視宮廷劇本的曲辭。到了乾嘉時期，這一局面得到了根本的改觀。在乾隆帝的授意下，張照等詞臣創作了一大批節慶劇本。昭槤稱讚張照的作品「詞藻奇麗，引用內典經卷，大為超妙」〔註60〕，甚至到了清末，翁同龢還認可這些曲文「真雅音也」〔註61〕。以今存這一時期的節慶劇本來看，昭槤等人所述也並非盡為溢美之詞，試看如下幾段曲文：

　　　　【又一體】看罷青山綠溪，亂紛紛草樹迷離。覓牖柴扉，烏鴉
　　驚起，聲聲爆竹如雷。不覺的藍尾酒香蠟燕飛，瑪瑙杯傳春韭肥。
　　開徑延佳客，積善門楣。

　　　　【仙呂調只曲·錦橙梅】錦團團的士女遊，亂紛紛的唱箜篌，
　　料應他必定帶個娃娃，暢飲著屠蘇酒。顫巍巍的踢著繡球，花簇簇
　　的懷著嬌羞，兀的不幸韻煞人也否？覓封侯，也定要兒孫承後。

　　　　【仙呂宮正曲·傍妝臺】更裝喬，羞人無賴是妖嬈。恃博學來
　　欺負，不教這玉郎嘲。怎奈頻叫阿呆，受不過佳人誚。邀司馬，敵
　　薛濤，今番不怕你嘮叨。〔註62〕

這三支曲子要麼寫景如畫，要麼寫情入微，即使與當時第一流劇作家的作品相比也不遑多讓。

〔註58〕本段文字出自《節節好音·玩燈走橋》。
〔註59〕王季思主編：全元戲曲（第三卷），北京：人民文學出版社，1999 年，第 70
　　　頁。
〔註60〕〔清〕昭槤：嘯亭雜錄，北京：中華書局，1997 年，第 377 頁。
〔註61〕轉引自陸萼庭：清代戲曲與崑劇，臺北：「國家」出版社，2005 年，第 393
　　　頁。
〔註62〕這三段文字分別出自《節節好音》中的《暢飲屠蘇》、《元辰肇瑞》及《杭城
　　　元夜》。

這一時期文人士大夫所創作的節慶劇在曲辭上也有類似的優點，厲鶚等人的《迎鑾新曲》、蔣士銓的《西江祝嘏》、孔廣林的《松年長生引》等作品無一不曲辭典雅，體現出一種盛世氣象。這在前文多已表述，此處就不再細談了。

總之，乾嘉時期的節慶劇不僅承繼了以往節慶劇的形態特徵，並且還形成了自身所獨有的特色。在演出規模、曲辭成就等方面，它都遠超前代。另外，它還積極融入同時代的其他曲藝，所有這些都是乾嘉時期的節慶劇的重要特徵。

第五節　節慶劇的功能及價值

前文曾指出節慶劇的遠源是宋金雜劇院本，其最大的功能在於烘託喜慶的氛圍。在這一點上，它與「笑樂院本」完全一致。

節慶劇經常被用於各類喜慶的場合和儀式之中，其本身有著鮮明的價值和功用。乾嘉時期是節慶劇最爲繁榮的一個歷史時期，在歌舞昇平的社會環境中，節慶劇的發展如魚得水，處處都能見其活躍的身影。在那個時期，每當有戲曲演出，節慶劇常常被用做爲開場戲，其中《上壽》便是當時非常流行的一齣開場戲〔註63〕。曹雪芹還曾將這齣戲寫入《紅樓夢》中，在「壽怡紅群芳開夜宴」一回中，芳官所唱的「壽筵開處風光好」一支曲子就是《上壽》中的第二支曲子【山花子】。不過寶玉眾人對這個曲子並不感興趣，小說是這麼寫的：

> 寶釵吃過，便笑說：「芳官唱一隻我們聽罷。」芳官道：「既這樣，大家吃了門杯好聽。」於是大家吃酒，芳官便唱：「壽筵開處風光好……」眾人都道：「快打回去！這會子很不用你來上壽。揀你極好的唱來。」芳官只得細細的唱了一隻《賞花時》「翠鳳翎毛紮帚　，閒踏天門掃落花……」才罷。〔註64〕

也許是平日裏聽的太多了，眾人對《上壽》絲毫不感興趣，芳官只得唱了自己最拿手的曲子才罷。可見《上壽》之類的節慶劇由於戲劇功能本身的局限，早已爲人們所熟識，因此在演出時也絲毫提不起觀眾的興趣。據說慈禧太后

〔註63〕 朱家溍：故宮退食錄，北京：紫禁城出版社，2010 年，第 488 頁。
〔註64〕 詳見曹雪芹：《紅樓夢》第六十三回「壽怡紅群芳開夜宴，死金丹獨豔理親喪」。

總會在開場戲演出完畢之後才現身，大概也有這方面的原因。

　　不過，由於節慶劇在乾隆朝已被用於一些非常隆重的儀式場合當中，比如款待外國使節等等，因此在清廷的重視下，一些節慶劇的演出被排演的美輪美奐、引人入勝。乾隆五十八年（1793），英國使節馬戛爾尼以爲大清皇帝祝壽的名義來到中國，乾隆帝在承德接見了英國使團。在宴會上，馬戛爾尼觀賞到了一齣非常精彩的節慶劇演出：

> 　　至最後一折則爲大神怪戲，不特情節詼詭頗堪寓目，即就理想而論，亦可當出人意表之譽，蓋所演者爲大地與海洋結婚之故事。開場時，乾宅坤宅各誇其富，先由大地氏出所藏寶物示眾，其中有龍、有象、有虎、有鷹、有鴕鳥，均屬動物；有橡樹、有松樹以及一切奇花異草，均屬植物。大地氏誇富未已，海洋氏已出儘其寶藏，除船隻、岩石、介蛤、珊瑚等常見之物外，有鯨魚、有海豚、有海狗、有鱷魚以及無數奇形之海怪，均繫優伶所扮，舉動神情，頗能酷肖。
>
> 　　兩氏所藏寶物既盡暴於戲場之中，乃就左右兩面各自繞場三匝。俄而金鼓大作，兩方寶物混而爲一，同至戲場之前方盤旋有時，後分爲左右兩部，而以鯨魚爲其統帶官員立於中央，向皇帝行禮。行禮時口中噴水，有數噸之多。以戲場地板建造合法，水一至地即由板隙流去，不至湧積。此時觀者大加歡賞。〔註65〕

在這一齣團場戲裏，優伶們扮演著各式各樣的動物、植物，眞可謂層出不窮，令人目眩，最後鯨魚行禮噴水的場面將整場演出帶向高潮，無怪乎人們會擊節歡賞了。

　　爲了增加觀賞效果，還有一些在宮廷中排演的節慶大戲使用到了天井和地井。這樣的節慶劇在清末已很少上演，據藝人們回憶，只有《地湧金蓮》和《羅漢渡海》等少量作品使用了天井和地井〔註66〕。而在乾嘉時期，當宮中的三層大戲臺上演節慶劇時，藝人們對天井和地井的使用是很頻繁的，以《節節好音》爲例，其中有不少作品都注出對天井和地井的使用情況：

> 　　場上設高臺，擺鏡。眾童作勢科，持鏡從雲背後獻出科。天井

〔註65〕 轉引自朱家溍、丁汝芹：清代內廷演劇始末考，北京：中國書店，2007年，第50頁。

〔註66〕 詳參朱家溍：故宮退食錄，北京：紫禁城出版社，2010年，第423頁。

下三星切末，內作樂。眾作收鏡，下高臺。隨撤高臺科。天井收三
星切末科。

八音仙子應，作鳴鐘磬作樂科。二鳳切末用繩繫，從天井下作
緩緩飛舞科，仍從天井內繫上。

內作樂，天井內下三素雲簾，眾鄉民作驚望科。……天井作收
雲簾科。

天井內下大福字、大喜字，背後各安流雲福字、流雲喜字科。
眾童各從背後取福字、喜字，作舞科。……天井收大福字、大喜字
科。〔註67〕

宮廷節慶劇對天井、地井的使用無疑增加了節慶劇的可看性，但是也僅僅局
限於宮廷內的演出，在廣大民間，是無法做到這一步的。

伊維德在談及朱有燉的宮廷劇時，曾說過下面一番話：

節日慶典和慶壽都是典禮，猶如劇本序言所說，既是慶祝，有
時娛樂。所以劇本的氣氛完全爲演齣目的所決定：節日慶典和慶壽
的戲有時是過度地稱頌的。……雖然宮廷劇中也有一些很有趣味的
段落，但總的來說，它們的文學價值不大。……曲詞的主要作用是
慶喜祝賀，或描寫舞臺場面的富麗、威嚴，而不是用來表達人物的
感情。〔註68〕

伊維德的這段話很有啟發意義，由於要演之場上，所以節慶劇的關注重點應
放在表演方面；但是由於戲劇功能等方面的限制，又制約了節慶劇對情節等
要素的深層次挖掘，於是便只有少量的宮廷劇在表演藝術上取得了突破，而
其他作品則難以擺脫內容貧乏的弊端。

不過，乾嘉時期的節慶劇在演出及創作上均取得了不俗的成績，其中尤
以宮廷劇最爲突出。儘管有著演出功能等方面的限制，但是由於清廷對其演
出格外重視，因此有不少宮廷劇均在表演藝術上獲得了成功，這也爲後世的
戲曲演出提供了許多寶貴的經驗。

〔註67〕以上四段引文分別出自《節節好音》中的《列宿光輝》、《音分六律》、《素雲
昭彩》以及《福喜攸同》。

〔註68〕〔荷蘭〕伊維德著、張惠英譯：朱有燉的雜劇，北京：北京大學出版社，2009
年，第113、114頁。

結　語

　　在中國戲曲史上，乾嘉時期是戲曲藝術非常繁榮的一個歷史時期。爲鼓
吹昇平之盛世，節慶劇在其中發揮了巨大的功用。乾隆朝是有清一代內廷演
劇的鼎盛時期，藝人數量之多，機構名目之全，均爲清代之最。清宮所特有
的「崇臺三層」大戲樓也多數建於此一時期。乾隆帝本人對節慶演劇非常重
視，他命張照等詞臣編寫了一大批節慶劇本，專門用於宮內各種喜慶場合的
戲曲演出。自此以後，清廷的承應戲制度被正式確立下來。雜劇也被納入到
宮廷雅樂的範疇之中。另外，節慶劇還被清廷用於招待貴賓等場合，美輪美
奐的表演常令中外嘉賓歎爲觀止。乾隆帝及皇太后的萬壽慶典以及皇帝南巡
江南期間也是節慶劇演出較爲頻繁的時期。每到萬壽慶典期間，清廷總會花
費鉅資聘請各地名班名角進京搭戲。而在乾隆南巡期間，各地的官員和鹽商
也會竭盡心力地組織戲班演出，以討帝王的歡心。在官方的推動下，民間的
節慶演劇同樣紅火。我們只要想像一下在廣袤的鄉野地頭，每年時令期間都
會有無數的戲班在演出著加官、祝壽、送子之類的戲曲，就會被節慶劇的演
出場面所震撼。有需求，便會有創作。在那樣一種社會氛圍之中，上至帝王
將相，下至伶工藝人，幾乎所有的社會階層都曾參與過節慶劇的製作。蔣士
銓、厲鶚、王文治等當時第一流的大文人也都紛紛躬身參與其中，這使得乾
嘉時期節慶劇的曲辭一改往日粗俗的面目，從而變得清新醇雅，從而將節慶
劇的創作推向頂峰。

　　在當時與節慶劇一同演出，並且佔據舞臺中心位置的是折子戲。文人所
新創的普通劇除少數作品外，大多數都只能擺在案頭，供人欣賞，而缺乏演
出的機會。這一現象與元明時期的劇壇迥然不同。當元雜劇興盛之時，關漢

卿、白樸等劇作家均與藝人保持著親密的合作關係。關漢卿有時還「粉墨登場」，上臺演出。相似的歷史境遇拉近了文人和藝人的距離，二者共同促成了元雜劇的繁榮。進入明代之後，文人與伶人的社會地位不斷拉大。到了晚明時期，有財力的士人開始蓄養家樂，並且迅速成為一股風潮。家樂主人常常兼編劇、導演於一身，有時還親自登場，參與演出。文人與藝人又一次將戲曲藝術推向高潮。家樂為新劇的演出提供了便利條件，也為戲曲表演藝術積累了許多寶貴的經驗。不過進入清代之後，文人與藝人間的合作卻漸漸終止了。這一方面與家樂的衰落以及社會環境的變化有關。易代之後，人們開始對明王朝的覆滅進行反思。家樂被人們視為晚明縉紳階層生活腐朽的明證，從而成為口誅筆伐的對象。清廷所倡導的理學亦要求文人士大夫恭謹持正，因此家樂逐漸在社會上銷聲匿迹。而另一方面，由於人口總量的激增，乾嘉時期文人的生活壓力不斷變大，遊幕坐館開始成為文人最主要的謀生方式。為了謀生，文人們不得不長年奔波在外，四方求食。對於他們而言，觀賞戲曲已非生活之必需。倒是有些文人被官府或戲班雇去編寫曲本，不過這種雇傭的關係卻令文人更加感到難堪，他們所創作出來的作品也難以和折子戲爭奪舞臺。

雖然劇作家們所創作出來的作品已很難有機會登臺演出，不過他們卻並不十分在意。因為與舞臺演出相比，文人劇作家更加看重文本本身。雖然王驥德、李漁等人在明末清初為「場上之曲」搖旗吶喊，但是更多的文人卻只重視案頭之作以及清曲演唱。這裡面也有兩個原因。第一，中國古代的曲體語言將韻文和散文體式完美地結合在了一起，填補了文人心中詩詞之外的文體空白。從元代開始，它便深受文人的喜愛。元人曾自豪地稱之為「大元樂府」，元雜劇更是成為後世吟詠不盡的文學經典。後代文人徜徉其中，摹仿創作，於是雜劇被文人視為歌詩之一流，從而與詩詞散曲無限接近。到了乾嘉時期，有不少文人將自己所創作的雜劇編入集中，這也表明了雜劇在此時已經獲得了獨立的文體地位。第二，乾嘉時期在舞臺上盛行的折子戲在外部形態上與雜劇十分接近，這也有利於文人進行摹仿創作。我們只需舉出《四名家傳奇摘出》、《玉田春水軒雜出》這樣的雜劇別集名稱，就會明白有不少文人是受折子戲的啓發才走上雜劇創作的道路的。

既然只看重文本，不關注場上，那麼文人劇作家們自然會將精力花在雜劇的曲辭上，由此所帶來的結果便是此一時期的文人作品普遍帶有一種清新

雅正的曲辭風貌。鄭振鐸先生認爲此時的雜劇「風格辭釆以及聲律，並臻絕頂，爲元、明所弗逮」，並稱「短劇完成，應屬此時」〔註1〕，良非虛言。

　　對於節慶劇、普通劇及折子戲這三類雜劇形態來講，乾嘉時期都是一個非常重要的歷史時期。無論是演出還是創作，節慶劇都在此時達到了頂峰。與節慶劇相比，折子戲是此一時期戲曲舞臺的寵兒，也正是在這段時期內，折子戲完成了屬於自己的藝術體系。在乾嘉時期，普通劇對於「戲中之曲」的追求達到了登峰造極的地步，對於文人來講，創作普通劇與塡詞作賦已無多大的區別。從某種程度上來講，乾嘉時期是元明清三代雜劇「戲曲」化程度最深的一個歷史時期。

　　然而，無論是普通劇還是節慶劇，二者都未能在思想藝術取得太大的成就。對於普通劇而言，乾隆時期嚴酷的思想控制不允許士人們在劇作中充分表露自己的內心感受。同時，卑下的文體也注定了曲本只能做爲一種消遣的產物。因此，這一時期的普通劇在思想內容上十分孱弱，未能充分展示出崇高的人生理想以及深刻的社會現實。倒是以《九九大慶》等作品爲代表的宮廷劇在表演上取得了較大的突破，創造出了美輪美奐的藝術境界。不過，由於功能儀式等方面的限制，節慶劇先天就具有許多不足，這也導致了節慶劇無法在情節上取得更大的突破。

　　乾嘉時期沒能產生出能與《竇娥冤》等經典相媲美的偉大作品，這是一種缺憾，也是一種必然。戲劇藝術的發展離不開適宜的生長環境，這種環境不僅包括現實政治環境，也包括戲劇形態本身。當劇作家受政治環境的影響，不再用手中的筆吐露眞情實感；當劇作家不再與演員合作，劇本也與舞臺失去關聯；當演員日復一日地演出著傳統的折子戲，新劇目難以登臺，最終的結果便只能是戲劇藝術生命力的日漸消失。普通劇雖有文人醇雅的曲辭，卻難見生命的張揚；節慶劇一味迎合時代的氛圍和帝王的口味，前代優人譎諫的傳統已不可復見；折子戲在表演上日趨純熟，只可惜在思想上遠遠落後於先進的時代風潮。乾嘉時期的三種戲劇形態各有缺憾，卻也留給後人以深深的思索。如何使得文人先進的思想和藝術家那純熟的表演結合起來，創造出更加完善的戲劇作品，這恐怕也是今日乃至以後戲劇界所面臨的永恒課題。

〔註1〕　鄭振鐸：《清人雜劇初集》序，見《中國文學研究》，北京：作家出版社，1957年，第797頁。

主要參考資料

一、**基本書獻資料**（不含乾嘉時期雜劇作品）

1. 〔清〕阮元校刻：《十三經注疏》〔M〕，北京：中華書局影印，1980 年。

2. 趙爾巽等：《清史稿》〔M〕，北京：中華書局，1977 年。

3. 趙爾巽等：《高宗純皇帝實錄》〔A〕，《清實錄》第九冊至第二十七冊，中國第一歷史檔案館，北京大學圖書館，故宮博物院圖書館，北京：中華書局，1986 年。

4. 趙景深、張增元：《方志著錄元明清曲家傳略》〔A〕，北京：中華書局，1987 年。

5. 張慧劍：《明清江蘇文人年表》〔M〕，北京：人民文學出版社，2008 年。

6. 徐珂：《清稗類鈔》〔A〕，北京：中華書局，1984 年。

7. 王利器：《元明清禁煅小說戲曲史料》〔A〕，上海：上海古籍出版社，1981 年。

8. 張次溪：《清代燕都梨園史料》〔A〕，北京：中國戲劇出版社，1988 年。

9. 〔清〕錢泳：《履園叢話》〔M〕，北京：中華書局，1997 年。

10. 〔清〕昭槤：《嘯亭雜錄》〔M〕，北京：中華書局，1997 年。

11. 〔清〕趙翼：《簷曝雜記》〔M〕，北京：中華書局，1997 年。

12. 〔清〕梁紹壬：《兩般秋雨盦隨筆》〔M〕，北京：中華書局，1997 年。

13. 〔清〕李斗：《揚州畫舫錄》〔M〕，北京：中華書局，1997 年。

14. 古本戲曲叢刊編委會：《古本戲曲叢刊四集》〔Z〕，上海：商務印書館，1958 年。

15. 古本戲曲叢刊編委會：《古本戲曲叢刊九集》〔Z〕，上海：中華書局，1964 年。

16. 王季思：《全元戲曲》〔Z〕，北京：人民文學出版社，1999 年。

17. 〔明〕沈泰：《盛明雜劇》（初集、二集）〔Z〕，北京：中國戲劇出版社，1958 年。

18. 〔清〕鄒式金：《雜劇三集》〔Z〕，北京：中國戲劇出版社，1956 年。

19. 王季烈編：《孤本元明雜劇》〔Z〕，北京：中國戲劇出版社，1958 年。

20. 吳梅：《奢摩他室曲叢》（第二輯）〔Z〕，上海：商務印書館，民國十七年（1928）年年。

21. 鄭振鐸：《清人雜劇初集》〔Z〕，長樂鄭氏刻本，民國二十年（1931）年。

22. 鄭振鐸：《清人雜劇二集》〔Z〕，長樂鄭氏刻本，民國二十三年（1924）年。

23. 王永寬等：《清代雜劇選》〔Z〕，鄭州：中州古籍出版社，1991 年。

24. 中國戲曲研究院：《中國古典戲曲論著集成》（10 冊）〔A〕，北京：中國戲劇出版社，1959 年。

25. 周駿富輯：《清代傳記叢刊》〔M〕，臺北：明文書局，1985 年。

二、現代研究論著（以責任者姓名拼音首字母爲序）

A

1. 〔美〕艾爾曼著，趙剛中譯，從理學到樸學〔M〕，南京：江蘇人民出版社，1995 年。

2. 阿英：晚清文學叢鈔·傳奇雜劇卷〔A〕，北京：中華書局，1960 年。

B

1. 北嬰：曲海總目提要補編〔M〕，北京：人民文學出版社，1959 年。

C

1. 蔡毅：中國古典戲曲序跋彙編〔A〕，濟南：齊魯書社，1989 年。

2. 陳抱成：中國的戲曲文化〔M〕，北京：中國戲劇出版社，1995 年。

3. 陳芳：清初雜劇研究〔M〕，臺北：臺灣學海出版社，1991 年。

4. 陳芳：花部與雅部〔M〕，臺北：國家出版社，2007 年。

5. 陳芳：晚清古典戲劇的歷史意義〔M〕，臺北：臺灣學生書局，1988 年。

6. 陳來：宋明理學〔M〕，上海：華東師範大學出版社，2008 年。

7. 陳維昭：帶血的輓歌：清代文人心態史〔M〕，石家莊：河北教育出版社，2001 年。

8. 程華平：明清傳奇編年史稿〔M〕，濟南：齊魯書社，2008 年。

D

1. 戴逸：乾隆帝及其時代〔M〕，北京：中國人民大學出版社，1992 年。

2. 鄧長風：明清戲曲家考略全編〔M〕，上海：上海古籍出版社，2009 年。

3. 丁汝芹：清代內廷演劇史話〔M〕，北京：紫禁城出版社，1999 年。

4. 董康：曲海總目提要〔M〕，北京：人民文學出版社，1959 年。

5. 杜桂萍：清初雜劇研究〔M〕，北京：人民文學出版社，2005 年。

6. 杜桂萍：文獻與文心：元明清文學論考〔C〕，北京：中華書局，2009 年。

F

1. 〔美〕費正清主編：劍橋中國晚清史〔M〕，北京：中國社會科學出版社，1993 年。

2. 馮友蘭：中國哲學史新編〔M〕，北京：人民出版社，2007 年。

3. 馮沅君：馮沅君古典文學論文集〔C〕，濟南：山東人民出版社，1980 年。

4. 馮沅君：古劇說彙〔M〕，北京：作家出版社，1956 年。

5. 傅惜華編：元代雜劇全目〔M〕，北京：作家出版社，1956 年。

6. 傅惜華編：明代雜劇全目〔M〕，北京：作家出版社，1957 年。

7. 傅惜華編：明代傳奇全目〔M〕，北京：作家出版社，1958 年。

8. 傅惜華編：清代雜劇全目〔M〕，北京：作家出版社，1981 年。

9. 傅惜華：傅惜華戲曲論叢〔C〕，北京：文化藝術出版社，2007 年。

10. 傅曉航、張秀蓮：中國近代戲曲論著總目〔M〕，北京：文化藝術出版社，1994 年。

11. 范麗敏：清代北京戲曲演出研究〔M〕，北京：人民文學出版社，2007 年。

G

1. 高翔：康雍乾三帝統治思想研究〔M〕，北京：中國人民大學出版社，1995 年。

2. 高翔：近代的初曙——18 世紀中國觀念變遷與社會發展〔M〕，社會科學文獻出版社，2000 年。

3. 〔日〕溝口雄三：中國前近代思想的演變〔M〕，北京：中華書局，2005 年。

4. 郭英德：明清傳奇史〔M〕，南京：江蘇古籍出版社，1999 年。

5. 郭英德：明清傳奇綜錄〔M〕，石家莊：河北教育出版社，1997 年。

6. 郭英德：明清文人傳奇研究〔M〕，北京：北京師範大學出版社，1992 年。

7. 郭英德：明清傳奇戲曲文體研究〔M〕，北京：商務印書館，2004 年。

H

1. 〔美〕韓書瑞、〔美〕羅友枝：十八世紀中國社會〔M〕，南京：江蘇人民出版社，2009 年。

2. 胡忌：宋金雜劇考〔M〕，北京：中華書局，2008 年。

3. 胡忌編：戲史辨〔C〕，北京：中國戲劇出版社，1999 年。

4. 胡忌編：戲史辨（第二輯）〔C〕，北京：中國戲劇出版社，2001 年。

5. 黃天驥、康保成主編：中國古代戲劇形態研究〔M〕，鄭州：河南人民出版社，2009 年。

J

1. 〔日〕吉川幸次郎、鄭清茂譯：元雜劇研究〔M〕，臺北：藝文印書館，1987 年。

2. 江巨榮：古代戲曲思想藝術論〔M〕，上海：學林出版社，1995 年。

3. 蔣星煜：中國戲曲史鈎沈〔M〕，上海：上海人民出版社，2010 年。

4. 蔣瑞藻：小說考證〔M〕，上海：古典文學出版社，1957 年。

5. 蔣瑞藻：小說枝談〔M〕，上海：古典文學出版社，1958 年。

K

1. 康保成：近代戲劇形式論〔M〕，桂林：灕江出版社，1991 年。

L

1. 李昌集：中國古代散曲史〔M〕，上海：華東師範大學出版社，2007 年。

2. 李舜華：禮樂與明前中期演劇〔M〕，上海：上海古籍出版社，2006 年。

3. 李澤厚：中國古代思想史論〔M〕，合肥：安徽文藝出版社，1999 年。

4. 李澤厚：美學三書〔M〕，合肥：安徽文藝出版社，1999 年。

5. 李修生主編：古本戲曲劇目提要〔M〕，北京：文化藝術出版社，1997 年。

6. 李修生主編：元雜劇史〔M〕，南京：江蘇古籍出版社，2002 年。

7. 李眞瑜：明代宮廷戲劇史〔M〕，北京：紫禁城出版社，2010 年。

8. 梁啟超：梁啟超論清學史二種〔M〕，上海：復旦大學出版社，1985 年。

9. 廖奔：中國戲曲史〔M〕，上海：上海人民出版社，2004 年。

10. 廖奔、劉彥君：中國戲曲發展史〔M〕，太原：山西教育出版社，2000 年。

11. 林葉青：清中葉戲曲家散論〔M〕，南京：江蘇古籍出版社，2002 年。

12. 劉水雲：明清家樂研究〔M〕，上海：上海古籍出版社，2005 年。

13. 劉徐州：趣談中國戲樓〔M〕，天津：百花文藝出版社，2004 年。

14. 劉楨、謝雍君：崑曲與文人文化〔M〕，瀋陽：春風文藝出版社，2005 年。

15. 陸萼庭：崑劇演出史稿〔M〕，上海：上海文藝出版社，1980 年。

16. 陸萼庭：清代戲曲與崑劇〔M〕，臺北：國家出版社，2005 年。

17. 陸萼庭：清代戲曲家叢考〔M〕，上海：學林出版社，1995 年。

18. 盧前：盧前曲學四種〔M〕，北京：中華書局，2006 年。

19. 洛地：戲曲與浙江〔M〕，杭州：浙江人民出版社，1991 年。

20. 羅宗強：明代後期士人心態研究〔M〕，天津：南開大學出版社，2006 年。

21. 羅斯寧：元雜劇和元代民俗文化〔M〕，廣州：廣東高等教育出版社，2007 年。

M

1. 馬積高：清代學術思想的變遷與文學〔M〕，長沙：湖南人民出版社，2002 年。

2. 孟森：明清史論著集刊〔C〕，北京：中華書局，2006 年。

3. 孟森：明清史講義〔M〕，北京：中華書局，1981 年。

Q

1. 戚世雋：明代雜劇研究〔M〕，廣州：廣東高等教育出版社，2001 年。

2. 〔日〕青木正兒著，王古魯譯著，蔡毅校訂：中國近世戲曲史〔M〕，北京：中華書局，2010 年。

R

1. 任訥：詞曲通義〔M〕，上海：商務印書館，民國二十年（1931）年。

2. 任訥：新曲苑〔A〕，北京：中華書局，民國二十九年（1940）年。

S

1. 上饒師專中文系歷代作家研究室：蔣士銓研究資料集〔A〕，南昌：江西人民出版社，1985 年。

2. 孫崇濤：戲曲文獻學〔M〕，太原：山西教育出版社，2008 年。

3. 孫楷第：戲曲小說書錄解題〔M〕，北京：人民文學出版社，1990 年。

T

1. 譚正璧：話本與古劇〔M〕，上海：上海古典文學出版社，1956 年。

2. 譚帆：中國雅俗文學思想論集〔M〕，北京：中華書局，2006 年。

3. 〔日〕田仲一成：中國祭祀劇研究〔M〕，北京：北京大學出版社，2008 年。

W

1. 王安祈：明代戲劇五論〔M〕，臺北：大安出版社，1990 年。

2. 王德昭：清代科舉制度研究〔M〕，北京：中華書局，1984 年。

3. 王國維：王國維戲曲論文集〔M〕，北京：中國戲劇出版社，1984 年。

4. 王國維：人間詞話〔M〕，上海：上海古籍出版社，2009 年。

5. 王漢民、劉玉奇編：清代戲曲史編年〔M〕，成都：巴蜀書社，2008 年。

6. 王季思：王季思學術論文自選集〔M〕，北京：北京師範學院出版社，1991 年。

7. 王季思等：中國古代戲曲論集〔M〕，北京：中國展望出版社，1984 年。

8. 王勝華：中國戲劇的早期形態〔M〕，昆明：雲南大學出版社，2006 年。

9. 隗芾、吳毓華編：古典戲曲美學資料集〔A〕，北京：中國戲劇出版社，1984 年。

10.〔美〕魏斐德：洪業——清朝開國史〔M〕，南京：江蘇人民出版社，2008 年。

11. 吳國欽、李靜、張筱梅編：元雜劇研究〔C〕，武漢：湖北教育出版社，2003 年。

12. 吳梅：吳梅戲曲論文集〔M〕，北京：中國戲劇出版社，1983 年。

13. 吳曉鈴：吳曉鈴集〔Z〕，石家莊：河北教育出版社，2006 年。

14. 吳毓華編：中國古代戲曲序跋集〔A〕，北京：中國戲劇出版社，1990 年。

X

1. 徐扶明：元明清戲曲探索〔M〕，杭州：浙江古籍出版社，1986 年。

2. 徐朔方：古代戲曲小說研究〔M〕，杭州：浙江大學出版社，2008 年。

3. 徐子方：明雜劇研究〔M〕，臺北：文津出版社，1998 年。

4. 徐子方：明雜劇史〔M〕，北京：中華書局，2003 年。

5. 徐國華：蔣士銓研究〔M〕，上海：上海古籍出版社，2010 年。

6. 許金榜：中國戲曲文學史〔M〕，北京：中國文學出版社，1994 年。

Y

1. 楊華：先秦禮樂文化〔M〕，武漢：湖北教育出版社，1997 年。

2.〔荷蘭〕伊維德：朱有燉的雜劇〔M〕，北京：北京大學出版社，2008 年。

3. 嚴敦易：元劇斟疑〔M〕，北京：中華書局，1960 年。

4. 嚴敦易：元明清戲曲論集〔C〕，鄭州：中州書畫社，1982 年。

5. 葉長海：中國戲劇學史稿〔M〕，北京：中國戲劇出版社，2005 年。

6. 葉德均：戲曲小說叢考〔M〕，北京：中華書局，2004 年。

7. 余英時：士與中國文化〔M〕，上海：上海人民出版社，1987 年。

8. 余英時：論戴震與章學誠〔M〕，上海：三聯書店，2000 年。

Z

1. 曾永義：明雜劇概論〔M〕，臺北：臺灣學海出版社，1989 年。
2. 曾永義：中國古典戲劇論集〔C〕，臺北：聯經出版事業公司，2008 年。
3. 曾永義：曾永義學術論文自選集〔C〕，北京：中華書局，2008 年。
4. 曾永義：戲曲源流新論〔M〕，北京：中華書局，2008 年。
5. 曾永義：戲曲腔調新論〔M〕，北京：文化藝術出版社，2009 年。
6. 曾永義：戲曲之雅俗、摺子、流派〔C〕，臺北：國家出版社，2009 年。
7. 曾影靖：清人雜劇論略〔M〕，臺北：臺灣學生書局，1995 年。
8. 張岱年：中國哲學大綱〔M〕，上海：三聯書店，2005 年。
9. 張發穎：中國戲班史〔M〕，北京：學苑出版社，2003 年。
10. 張庚、郭漢城主編：中國戲曲通史〔M〕，北京：中國戲劇出版社，2006 年。
11. 張燕瑾：中國戲劇史〔M〕，臺北：文津出版社，1993 年。
12. 張燕瑾：中國戲曲史論集〔C〕，北京：燕山出版社，1995 年。
13. 趙景深：明清曲談〔M〕，上海：古典文學出版社，1957 年。
14. 趙景深：中國戲曲叢談〔M〕，濟南：齊魯書社，1986 年。
15. 趙景深：戲曲筆談〔M〕，北京：中華書局，1962 年。
16. 趙景深等：中國戲劇史論集〔M〕，南昌：江西人民出版社，1997 年。
17. 趙山林：詩詞曲論稿〔C〕，北京：中華書局，2006 年。
18. 趙山林：中國古代戲劇論稿〔C〕，合肥：安徽文藝出版社，1998 年。
19. 趙園：明清之際士大夫研究〔M〕，北京：北京大學出版社，2006 年。
20. 鄭傳寅：傳統文化與古典戲曲〔M〕，長沙：湖南人民出版社，2004 年。
21. 鄭振鐸：鄭振鐸全集〔Z〕，石家莊：花山文藝出版社，1998 年。
22. 鄭振鐸：鄭振鐸古典文學論文集〔C〕，上海：上海古籍出版社，1984 年。
23. 鄭振鐸：插圖本中國文學史〔M〕，上海：上海人民出版社，2005 年。
24. 周妙中：清代戲曲史〔M〕，鄭州：中州古籍出版社，1987 年。
25. 周貽白：曲海燃藜〔M〕，北京：中華書局，1958 年。
26. 周貽白：中國戲劇史長編〔M〕，上海：上海書店出版社，2004 年。
27. 周貽白：周貽白小說戲曲論文集〔M〕，濟南：齊魯書社，1986 年。
28. 周貽白：周貽白戲劇文論選〔M〕，長沙：湖南人民出版社，1982 年。
29. 朱家溍：故宮退食錄〔M〕，北京：紫禁城出版社，2010 年。
30. 朱家溍、丁汝芹：清代內廷演劇始末考〔M〕，北京：中國書店，2007 年。
31. 莊一拂：古典戲曲存目彙考〔M〕，上海：上海古籍出版社，1982 年。

32. 左東嶺：王學與中晚明士人心態〔M〕，北京：人民文學出版社，2000年。

33. 左東嶺：李贄與晚明文學思想〔M〕，天津：天津人民出版社，1997年。

34. 左鵬軍：近代傳奇雜劇研究〔M〕，廣州：廣東高等教育出版社，2001年。

35. 左鵬軍：晚清民國傳奇雜劇考索〔M〕，北京：人民文學出版社，2005年。

36. 左鵬軍：晚清民國傳奇雜劇史稿〔M〕，廣州：廣東人民出版社，2009年。

三、報刊・集刊・學位論文（以責任者姓氏拼音首字母為序）

報刊、集刊論文類

B

1. 白海英：《吟風閣雜劇》研究述評〔J〕，中華戲曲，2004年，（2）。

2. 白海英：《吟風閣雜劇》女性情結解析〔J〕，戲劇文學，2008年，（3）。

3. 白海英：「江湖十八本」：民間演劇之獨特現象〔J〕，戲劇，2007年，（4）。

C

1. 陳剛：清代戲曲審美風格理論初探〔J〕，內蒙古社會科學（漢文版），2006年，（3）。

2. 陳維昭：論明清雜劇中的主體價值體驗〔J〕，藝術百家，1996年，（2）。

3. 陳朝暉：中國實學發展論略〔J〕，山東大學學報（哲學社會科學版），1992年，（3）。

D

1. 戴申：折子戲形成始末（上）〔J〕，戲曲藝術，2001年，（2）。

2. 戴雲：張照藝術成就述略〔J〕，藝術百家，2003年，（4）。

3. 戴雲：簡論張照及《勸善金科》（上）〔J〕，戲曲藝術，1995年，（3）。

4. 戴雲：簡論張照及《勸善金科》（下）〔J〕，戲曲藝術，1995年，（4）。

5. 戴雲：劉赤江和他的《續綴白裘新曲九種》〔J〕，學海，2005年，（2）。

6. 杜桂萍：寫心之旨・自傳之意・小品之格——徐爔《寫心雜劇》的轉型特徵及其戲曲史意義〔J〕，南京師大學報（社會科學版），2006年，（06）。

7. 杜桂萍：吟誦與案頭雜劇的文本構成〔J〕，學習與探索，2006年，（02）。

8. 杜桂萍：桂馥及其《後四聲猿》〔J〕，求是學刊，1989年，（02）。

9. 杜桂萍：論元代文人在雜劇興衰中的作用〔J〕，社會科學輯刊，1997年，（2）。

10. 杜桂萍：戲曲教化功能的失範——元雜劇衰微論之一〔J〕，北方論叢，1997 年，（1）。

11. 杜桂萍：文學性與舞臺性的失衡——元雜劇衰微論之二〔J〕，求是學刊，1997 年，（2）。

12. 杜桂萍：雅正之美與清初雜劇的藝術構成〔J〕，社會科學輯刊，2005 年，（1）。

13. 杜桂萍：遺民品格與王夫之《龍舟會》雜劇〔J〕，社會科學輯刊，2006 年，（6）。

14. 杜桂萍：楊潮觀生平創作若干問題考論〔J〕，晉陽學刊，2008 年，（3）。

15. 杜桂萍：論「短劇完成」與《吟風閣雜劇》的藝術創獲〔J〕，文藝研究，2008 年，（9）。

16. 杜桂萍：論循吏心態與楊潮觀的雜劇創作〔J〕，學術交流，2008 年，（11）。

17. 刁雲展、張發穎：唐英的戲劇創作〔J〕，社會科學輯刊，1984 年，（3）。

18. 丁汝芹：康熙皇帝與戲曲〔J〕，紫禁城，2008 年，（6）。

19. 丁汝芹：清仁宗與戲曲〔J〕，紫禁城，1993 年，（2）。

F

1. 范麗敏：戲曲史上的花雅問題述評〔J〕，江南大學學報（人文社會科學版），2004 年，（8）。

G

1. 郭英德：雅與俗的扭結——明清傳奇戲曲語言風格的變遷〔J〕，北京師範大學學報（社會科學版），1998 年，（2）。

2. 郭英德：獨白與對話——論明清傳奇戲曲的抒情方式〔J〕，北京師範大學學報（社會科學版），2000 年，（5）。

3. 郭英德：明清傳奇戲曲敘事結構的演變〔J〕，求是學刊，2004 年，（1）。

H

1. 韓忠文、吳長庚：蔣士銓的生平和創作道路初探〔J〕，上饒師專學報（社會科學版），1981 年，（2）。

2. 賀海：清代戲曲活動與皇家〔J〕，紫禁城，1991 年，（5）。

3. 何小英：中國傳統文化與知識分子品格〔J〕，船山學刊，2007 年，（1）。

4. 胡士瑩：讀《吟風閣》雜劇札記〔J〕，杭州大學學報，1959 年，（3）。

5. 胡祥雲，方盛良：論「小玲瓏山館」爲中心的文學活動〔J〕，安慶師範學院學報（社會科學版），2009 年，（7）。

6. 黃強：乾隆庚子揚州設局刪改曲本始末〔J〕，揚州師範學院學報（社會科學版），1987 年，（3）。

J

1. 蔣中崎：明清南雜劇的發展軌迹〔J〕，戲劇藝術，1996 年，（4）。

L

1. 李靜：唐英戲劇創作成就探析〔J〕，廣西師範學院學報（哲學社會科學版），2004 年，（1）。

2. 李靜：唐英戲劇創作在藝術形式上的創新〔J〕，湖北大學學報（哲學社會科學版），2001 年，（5）。

3. 李克：乾嘉時期戲曲評點理論發覆〔J〕，北方論叢，2009 年，（5）。

4. 李明：明清蘇州、揚州、徽州三地風俗的互動互融——兼談「蘇意」、「揚氣」與「徽派」〔J〕，史林，2005 年，（2）。

5. 李舜華：清代戲曲文獻簡述〔J〕，廣州大學學報（社會科學版），2006 年，（2）。

6. 李舜華：教坊宴樂環境下的明前中期演劇〔J〕，戲劇藝術，2004 年，（3）。

7. 李壽岡：道情專家徐大椿〔J〕，中國韻文學刊，2004 年，（3）。

8. 李修生：唐英及其劇作〔J〕，文學遺產增刊，1963 年，（12）。

9. 梁憲華：清宮連臺本大戲〔J〕，文博，2006 年，（10）。

10. 林國標：清初理學與清代學術〔J〕，南華大學學報（社會科學版），2005 年，（4）。

11. 林葉青：論唐英劇作的藝術特色〔J〕，藝術百家，1996 年，（3）。

12. 林葉青：蔣士銓行事考述〔J〕，藝術百家，2001 年，（3）。

13. 林葉青：「循吏」理想的錯位追求——論蔣士銓的倫理教化劇〔J〕，戲曲藝術，2001 年，（4）。

14. 林葉青：承應戲中的白眉——論《西江祝嘏》〔J〕，藝術百家，1998 年，（2）。

15. 林葉青：一代才人的情志「淪落」史——論蔣士銓的三部文人故事劇〔J〕，藝術百家，2001 年，（1）。

16. 劉世德：楊潮觀生卒年考辨〔J〕，文史，1978 年，（5）。

17. 劉桂騰：清代乾隆朝宮廷禮樂探微〔J〕，中國音樂學，2001 年，（3）。

18. 劉水雲：簡略明清家樂對戲劇發展的影響〔J〕，戲劇藝術，2004 年，（4）。

19. 呂薇芬：雜劇的成熟以及與散曲的關係〔J〕，文學遺產，2006 年，（1）。

20. 羅學正：略論唐英在景德鎮治陶期間的戲曲創造〔J〕，故宮博物院院刊，1987 年，（2）。

M

1. 馬海玲：楊潮觀和他的《吟風閣雜劇》〔J〕，戲曲研究，1989 年，（31）。

2. 馬華祥：論楊潮觀雜劇的民本思想〔J〕，河南師範大學學報（哲學社會科學版），2001 年，（2）。

3. 馬華祥：論楊潮觀雜劇的廉政觀〔J〕，藝術百家，2003 年，（1）。

4. 孟憲華：清代戲曲家吳恒宣家世新考〔J〕，淮海工學院學報（社會科學版），2008 年，（6）。

5. 孟燕寧：張照與乾隆朝宮廷戲曲〔J〕，紫禁城，1994 年，（4）。

6. 苗懷明：戲曲文獻學芻議〔J〕，文學遺產，2006 年，（4）。

7. 明光：李斗戲曲創作與理論〔J〕，揚州職業大學學報，2003 年，（9）。

P

1. 潘培忠：《青衫淚》故事淵源暨嬗變〔J〕，湘潭師範學院學報（社會科學版），2009 年，（3）。

Q

1. 齊森華：試論明清折子戲的成因及其功過〔J〕，上海大學學報（社會科學版），2006 年，（3）。

2. 齊建華：文學性與舞臺性的同構對應〔J〕，藝術百家，1995 年，（3）。

3. 戚世雋：明代雜劇界說〔J〕，文藝研究，2000 年，（1）。

4. 錢成：清代「紅樓戲曲」四考〔J〕，河西學院學報，2010 年，（1）。

5. 丘慧瑩：乾隆初期江西地區花部戲曲初探——從唐英與蔣士銓戲曲作品談起〔J〕，戲曲研究，2002 年，（1）。

6. 丘慧瑩：乾隆時期劇學的傳承與延續〔J〕，東南大學學報（哲學社會科學版），1999 年，（2）。

7. 丘慧瑩：乾隆時期劇學概說〔J〕，藝術百家，1999 年，（3）。

S

1. 桑良至：徽商與揚州文化〔J〕，揚州師院學報（社會科學版），1993 年，（1）。

2. 上官濤：引俗入雅——試論蔣士銓花雅時期的戲曲創作〔J〕，藝術百家，2003 年，（1）。

3. 上官濤、李忠新：崇雅歸正——試論蔣士銓的戲曲創作〔J〕，藝術晨鐘，2004 年，（1）。

4. 邵海清：蔣士銓和他的《臨川夢》〔J〕，杭州大學學報，1987 年，（4）。

5. 邵海清：袁枚和蔣士銓〔J〕，杭州大學學報，1986 年，（1）。

6. 沈煒元：明清雜劇的幽默情調〔J〕，戲劇藝術，1995 年，（4）。

7. 沈煒元：明清「牢騷骯髒士」的抒情寫憤雜劇〔J〕，戲劇藝術，1993 年，（1）。

8. 司徒秀英：血染桂林霜——蔣士銓筆下的忠門演義〔J〕，藝術百家，2004年，（5）。

9. 宋子俊：明清雜劇創作「衰微」說質疑〔J〕，甘肅社會科學，1997年，（2）。

10. 孫書磊：明清傳奇之歷史劇創作的黨人心態〔J〕，戲曲藝術，2001年，（3）。

11. 孫書磊：史學意識與中國古代歷史劇的發生〔J〕，南京師範大學學報（社會科學版），2002年，（1）。

12. 孫書磊：曲史觀：中國古典史劇文人創作的中心話語〔J〕，求是學刊，2002年，（4）。

13. 孫書磊：中國古典史劇理論中「曲史觀」的形成與演進〔J〕，戲劇，2002年，（4）。

W

1. 王海燕：20世紀明清歷史劇研究綜述〔J〕，南陽師範學院學報（社會科學版），2006年，（2）。

2. 王家東：雜劇衰微研究綜述〔J〕，河北經貿大學學報（綜合版），2010年，（1）。

3. 王立斌：蔣士銓及其文學創作〔J〕，爭鳴，1985年，（4）。

4. 王英志：袁枚與蔣士銓交遊考述〔J〕，江淮論壇，2001年，（2）。

5. 王永健：關於南雜劇的幾個問題〔J〕，藝術百家，1997年，（2）。

6. 王永寬：清代戲曲的雅俗並存與互補〔J〕，東南大學學報（哲學社會科學版），2008年，（5）。

7. 王芷章：明雜劇的演唱和影響〔J〕，戲曲藝術，1980年，（2）。

8. 汪龍麟：清代戲曲目錄學的建立〔J〕，戲劇，2005年，（1）。

9. 溫顯貴：從教坊，南府到昇平署——清代宮廷戲曲管理的三個時期〔J〕，湖北大學學報（哲學社會科學版），2006年，（2）。

10. 溫顯貴：清代宮廷戲曲的發展與演出〔J〕，雲南藝術學院學報，2006年，（1）。

11. 吳長庚、韓鍾文：蔣士銓《藏園九種曲》研究〔J〕，上饒師專學報，1982年，（4）。

12. 吳敢：說戲曲散出選本〔J〕，藝術百家，2005年，（5）。

13. 吳敢：說戲曲別集〔J〕，東南大學學報（哲學社會科學版），2006年，（1）。

14. 吳書蔭：論二十世紀戲曲文獻的整理和研究〔J〕，中國文化研究，2000年，（4）。

15. 吳書蔭：吳曉鈴先生和「雙棓書屋」藏曲〔J〕，文獻，2004年，（3）。

16. 吳調公：《蔣士銓研究論文集》序〔J〕，上饒師專學報（社會科學版），1986年，（2）。

17. 吳新雷：關於崑劇研究的世紀回顧〔J〕，東南大學學報（哲學社會科學版），1999 年，（1）。

X

1. 相曉燕：花雅之爭中的唐英〔J〕，浙江藝術職業學院學報，2003 年，（4）。

2. 解玉峰：明清時代雜劇觀念的嬗變〔J〕，山東師大學報（社會科學版），1997 年，（5）。

3. 熊澄宇：蔣士銓家世考述〔J〕，南昌師專學報（社會科學版），1985 年，（2）。

4. 徐大軍：明清戲曲創作中的「擬劇本」現象〔J〕，藝術百家，2008 年，（1）。

5. 徐國華：二百年來蔣士銓研究綜述〔J〕，中華戲曲，2005 年，（1）。

6. 徐國華：蔣士銓戲曲與江右民俗文化〔J〕，戲劇文學，2007 年，（12）。

7. 徐國華：蔣士銓戲曲二題〔J〕，藝術百家，2008 年，（1）。

8. 徐國華、徐穎華：淺評學視閾下的《四弦秋》〔J〕，中國戲劇，2010 年，（9）。

9. 徐國華：談忠說孝氣嶙峋，但爲循吏死亦足——試論蔣士銓詩歌「忠孝」意識與「循吏」情結〔J〕，寧夏社會科學，2008 年，（3）。

10. 徐子方：明前期宮廷北雜劇論略〔J〕，河北師大學報，1994 年，（2）。

11. 徐子方：明代南雜劇略論〔J〕，陝西師大學報，1989 年，（3）。

12. 徐子方：略論雜劇入明後的兩次重大轉變〔J〕，江海學刊，1988 年，（2）。

13. 徐子方：傳奇雜劇化與雜劇崑曲化——再論崑曲雜劇〔J〕，藝術百家，2008 年，（6）。

14. 徐子方：從劇詩到單折戲——論明雜劇對文學體裁的兩個貢獻〔J〕，江蘇大學學報（社會科學版），2007 年，（2）。

15. 許江娥：唐英之戲曲創作思想〔J〕，中華戲曲，2005 年，（1）。

16. 許金榜：明清雜劇中的寫心劇〔J〕，當代戲劇，1990 年，（2）。

17. 許祥麟：「擬劇本」：未走通的文體演變之路〔J〕，文學評論，1998 年，（6）。

Y

1. 楊飛：乾嘉時期揚州文人雅集與戲曲繁盛〔J〕，南京師大學報（社會科學版），2006 年，（1）。

2. 楊緒敏：清初與乾嘉時期學風的嬗變及學者治學特點〔J〕，江蘇社會科學，2001 年，（5）。

3. 楊緒敏：明清兩朝考據學之比較研究〔J〕，史學集刊，2007 年，（5）。

4. 俞爲民：元代南北戲曲的交流與融合（上）〔J〕，山西師大學報（社會科

學版），2003 年，（1）。

5. 俞爲民：元代南北戲曲的交流與融合（下）〔J〕，山西師大學報（社會科學版），2003 年，（2）。

6. 苑洪琪：乾嘉時期的節慶活動〔J〕，故宮博物院院刊，1991 年，（3）。

7. 陽貽祿：昆壇衰運之殿軍，案頭戲文之濫觴——簡論蔣士銓戲曲的寫作藝術〔J〕，南昌大學學報（人文社會科學版），2002 年，（4）。

Z

1. 曾凡安：試論清宮演劇的禮樂性質〔J〕，浙江學刊，2009 年，（3）。

2. 曾凡安：禮樂視野下的清代地方官府演劇初探——以直省地區的府廳州縣爲考察中心〔J〕，浙江學刊，2010 年，（3）。

3. 張曉蘭：論清代戲曲的案頭化傾向——以戲曲文學爲本位〔J〕，戲劇文學，2009 年，（8）。

4. 張敬：元明雜劇描寫技術的幾個特點〔J〕，〔臺灣〕大陸雜誌，1955 年，（10）。

5. 張增元：明清戲曲作家事迹考略續編〔J〕，文獻，1989 年，（2）。

6. 張增元：明清戲曲作家新考〔J〕，文獻，1995 年，（1）。

7. 趙吉惠：論明清實學是儒學發展的特殊理論形態〔J〕，齊魯學刊，2004 年，（2）。

8. 趙建新：蔣士銓文學思想摭拾〔J〕，蘭州大學學報，1987 年，（3）。

9. 趙維國：乾隆朝禁燬戲曲曲目考〔J〕，文獻季刊，2002 年，（2）。

10. 趙山林：楊潮觀年譜〔J〕，中華戲曲，1987 年，（4）。

11. 趙山林：南北融合與古代戲劇〔J〕，華東師大學報（哲學社會科學版），1998 年，（6）。

12. 鄭振鐸：雜劇的轉變〔J〕，小說月報，第二卷第一期，1930 年。

13. 鄭志良：論乾隆時期揚州鹽商與崑曲的發展〔J〕，北京大學學報（哲學社會科學版），2003 年，（6）。

14. 鍾嬰：《吟風閣雜劇》新探〔J〕，文學遺產，1985 年，（3）。

15. 周桂鈿：儒學「忠孝節義」正義〔J〕，重慶社會科學，2005 年，（5）。

16. 周妙中：楊潮觀和他的《吟風閣》〔J〕，文學遺產增刊，1962 年，（9）。

17. 周妙中：蔣士銓和他的十六種戲曲〔J〕，上饒師專學報（社會科學版），1985 年，（3）。

18. 朱恒夫：明代雜劇的發展軌迹〔J〕，江蘇教育學院學報，1989 年，（2）。

19. 朱則傑：蔣士銓叢考〔J〕，紹興文理學院學報，2002 年，（2）。

20. 朱則傑：袁枚蔣士銓訂交考〔J〕，蘇州大學學報（哲學社會科學版），2000

年，（3）。

碩博論文類

1. 林葉青：論蔣士銓的戲曲創作〔D〕，南京大學碩士論文，1998年。
2. 孫書磊：中國古代歷史劇研究〔D〕，南京大學博士論文，2000年。
3. 趙維國：中國古代戲曲小說禁燬的歷史變遷〔D〕，上海師大博士後出站報告，2001年。
4. 陳維昭：20世紀中國古代戲曲研究史〔D〕，復旦大學博士論文，2002年。
5. 上官濤：蔣士銓戲曲略論〔D〕，華南師範大學碩士論文，2002年。
6. 陳建華：論明清雜劇的雅化〔D〕，山東師大碩士論文，2003年。
7. 朱崇志：中國古代戲曲選本研究〔D〕，華東師大博士論文，2003年。
8. 艾立中：論楊潮觀和他的《吟風閣雜劇》〔D〕，南京師範大學碩士論文，2003年。
9. 梁驥：張照年譜〔D〕，吉林大學碩士論文，2004年。
10. 林香娥：盛衰之際──乾隆後期士人思想動態研究〔D〕，浙江大學博士論文，2004年。
11. 赫廣霖：戲曲與儒學〔D〕，山東大學博士論文，2005年。
12. 徐國華：蔣士銓研究〔D〕，華東師範大學博士論文，2005年。
13. 楊飛：乾嘉時期揚州劇壇研究〔D〕，華東師大博士論文，2006年。
14. 王平：王文治研究〔D〕，蘇州大學博士論文，2006年。
15. 趙青：清代「《紅樓夢》戲曲」探析〔D〕，華東師大碩士論文，2006年。
16. 施紅梅：蔣士銓戲曲探析〔D〕，蘇州大學碩士論文，2006年。
17. 鄭巧群：集短劇創作之大成──論楊潮觀與他的《吟風閣雜劇》〔D〕，福建師範大學碩士論文，2006年。
18. 蕭岸芬：清代宮廷劇研究綜述〔D〕，廣州大學碩士論文，2007年。
19. 孫建傑：清廷禁燬戲曲現象研究〔D〕，河南大學碩士論文，2007年。
20. 趙莎莎：戲曲史視野下的乾隆皇帝下江南〔D〕，廈門大學，2007年。
21. 俞映紅：盧見曾在揚時期的文學活動〔D〕，浙江師大碩士論文，2007年。
22. 鄭犟：唐英崑曲改良研究〔D〕，江西師範大學碩士論文，2007年。
23. 袁慧：張九鉞及其文學家族〔D〕，湖南大學碩士論文，2008年。
24. 李慧：折子戲研究〔D〕，廈門大學博士論文，2008年。
25. 項曉瑛：唐英及其戲曲創作〔D〕，華東師範大學碩士論文，2008年。
26. 王春曉：蔣士銓中年書院時期劇作研究〔D〕，首都師範大學碩士論文，

2008 年。

27. 王春曉：乾隆時期戲曲研究〔D〕，首都師範大學博士論文，2011 年。

28. 姜青春：唐英與蔣士銓戲曲之比較研究〔D〕，山東大學碩士論文，2008
年。

29. 趙麗雲：乾隆巡遊研究〔D〕，曲阜師大碩士論文，2009 年。

30. 劉精瑛：中國文學史中的古代戲曲研究（1904～1949）〔D〕，中國藝術研
究院博士論文，2009 年。

附　錄

一、乾嘉雜劇全目

B

1. **畢華珍**（1785？〜1858 後），初名喬珍，字松心，號子筠，別號小弇山人。江蘇太倉人。畢沅侄孫。嘉慶十二年（1807）舉人。著有《小弇山人詩文集》。

【雜劇存目】雜劇存《列子御風》一種，《今樂考證》著錄，姚燮不是很肯定，「或云亦鐵雲作」。存於《今樂府選》第三十九冊，藏於浙圖。（傅目兩處著錄。）

【研究論文】陸萼庭《舒位與畢華珍》。

C

1. **曹錫黼**（1726〜1754），字誕文，一字旦雯，號菽圃。江蘇上海（今上海市）人。曹一士從子。曾任太常寺所牧，年二十九卒於官。

【雜劇存目】作有雜劇《桃花吟》、《張雀網廷平感世》、《序蘭亭內史臨波》、《宴滕王子安檢韻》、《寓同穀老杜興歌》五種，後四種總名《四色石》。（傅目、莊目）

【研究論文】鄧長風《曹錫黼的生卒年和明清上海曹氏世系》、《十三位清代戲曲家的生平資料》。

2. **陳棟**（1764〜1802），字浦雲。浙江會稽（今紹興）人。諸生，屢試不第。遊幕汴中。著有《北涇草堂集》。

【雜劇存目】今存《芋蘿夢》、《紫姑神》、《維揚夢》三種，另外尚作有《載月歸》一種，已佚。(莊目)

3. **陳元林**，字墨溪，號西園。鎮海人。乾嘉時人。

【雜劇存目】著《乞食圖》曲，已佚，疑爲雜劇。

【研究論文】鄧長風《十一位明清戲曲作家的生平材料》。

4. **陳以綱**，號竹廠，海寧人。乾隆三十二年(1767)在孔廣林家坐館，廣林稱其「經史諸子羅貫胸中」。

【雜劇存目】與孔廣林合作《松年長生引》一劇，今存廣林的北曲二折，陳所作的二折南曲已不可見。(《溫經樓遊戲翰墨》)

5. **崔應階**(1699～1780)，字吉升，號拙庵，別號研露老人、研露樓主人。江夏(今湖北武昌)人。由廩生補順天通判，歷官河南汝寧知府、安徽按察使，山東、福建巡撫。乾隆三十三年(1768)，進刑部尚書，轉左都御使。四十五年(1780)卸職歸，卒於途。著有《拙圃詩草》、《黔遊紀程》、《研露樓琴譜》、《宮鏡錄》等。

【雜劇存目】雜劇有《煙花債》、《情中幻》二種(總名《研露樓二種曲》)，又曾與海州吳恒宣合撰《雙仙記》傳奇。(莊目)

6. **存韞齋**，清乾嘉間人。姓愛新覺羅。滿洲人。生平不詳。

【雜劇存目】作有雜劇《龍江守歲》一種。(傳目)

D

1. **戴全德**(？～1802)，號惕莊，滿族戴佳氏。乾隆四十五年(1780)揚州設局修改詞曲，全德和前任伊齡阿先後主其事。

【雜劇存目】作有《輞川樂事》、《新調思春》雜劇二種，存於《紅牙小譜》中。(莊目)

【研究論文】鄧長風《二十九位清代戲曲家的生平資料》、趙興勤《曲家戴全德小考》。

2. **鄧祥麟**，字樵香，河北灤城人。約爲乾嘉間人。嘉慶十五年(1810)舉人，由謄錄出任廣西橫州知州。道光九年(1829)，改任象州知州。著有《大翮山房集》、《六影詞草》等。同治《灤城縣志》有傳。

【雜劇存目】有雜劇一種《避債臺》，存嘉慶間刻巾箱本。(傳目著錄爲大翮山房主人)

3. **敦誠**（1734～1791），字敬亭，別號松堂，姓愛新覺羅。滿洲宗室。努爾哈赤第十二子阿濟格五世孫。著有《四松堂集》、《鷦鷯庵筆麈》。

【雜劇存目】作有《琵琶亭》一種，已佚。（傅目、莊目）

F

1. **范駒**（1757～1789），字昂千，號藿田。江蘇如皋人。乾隆四十九年（1784）南巡，召試列二等。五十四年（1789）中舉，不久病卒。著有《藿田集》。

【雜劇存目】作有雜劇《送窮》一種，存於《藿田集》中。今存中國國家圖書館。（傅目、莊目）

【研究論文】鄧長風《十五位明清戲曲作家的生平史料》、《九位明清江蘇、上海戲曲家生平考略》。

2. **方輪子**，乾嘉間人。如皋人。或以為即江大鍵，尚待考證。

【雜劇存目】作有《柴桑樂》雜劇一種，八齣，今入雜劇類。今存南京圖書館。

【研究論文】孫書磊《〈柴桑樂〉稿本及其作者考辨》。

3. **方松亭**，生平待考，為唐英友人。

【雜劇存目】曾作《泣琵琶》曲寄唐英，唐稱其「辭句甚佳」，疑為雜劇，今已佚。（《唐英集》）

G

1. **桂馥**（1736～1805），字冬卉，號未谷，又號老苔。山東曲阜人。乾隆五十五年（1785）進士，選雲南永平知縣。邃於金石六書之學。著有《繆篆分韻》、《說文解字義證》、《筍璞》、《晚學集》等。

【雜劇存目】作有雜劇《放楊枝》、《題園壁》、《謁府帥》、《投溷中》四種，合稱《後四聲猿》。（傅目、莊目）

【研究論文】杜桂萍《桂馥及其〈後四聲猿〉》。

H

1. **韓錫胙**（1716～1776），字介屏，號湘岩，別署少微山人。浙江青田人。起家寒素，少與曲家張九鉞同讀書國子監。乾隆十二年（1747）中舉。曾旅濟南，晤蔣士銓。後在德州書院掌教。二十五年任金匱知縣。三十二年，調

任寶山知縣。三十七年任松江知府，次年署松太道。工詩文，著有《滑疑集》。戲曲作品除雜劇《南山法曲》外，尚有傳奇《漁村記》。光緒《青田縣志》有傳。

【雜劇存目】作有《南山法曲》、《砭眞記》兩種雜劇。今藏於中國國家圖書館。《砭眞記》只有六齣，舊入傳奇，今改歸雜劇類。（莊目）

【研究論文】鄧長風《周昂的生平及其〈兒觥記〉傳奇的本事》收有其生平資料。

2. **韓言**，字裏、生平不詳，約爲乾嘉時人。

【雜劇存目】作有《萬紫園》一種，今存嘉慶辛未（1811）有懷堂藏板，六齣，現藏上海圖書館。另有《演中庸》、《群芳譜》二種，不曉其爲雜劇、傳奇，今似已佚。（趙山林《〈古典戲曲存目彙考〉試補》）

3. **胡重**，乾隆時人。字菊圃。浙江修水（今嘉興）人。監生。工詩詞，能作曲。除兩部雜劇外，尚著有《說文字原韻表》。

【雜劇存目】作有《海屋添籌》、《嘉禾獻瑞》雜劇二種，各一折。收於嘉慶年間刊《壽萱集》卷六。（傳目）

【研究論文】鄧長風《十四位明清戲曲家生平著作拾補》。

J

1. **姜城**，乾嘉間人。號靜齋居士。天津人。

【雜劇存目】著有《四愁吟樂府》，含雜劇四種，分別是《弔湘》、《送窮》、《絕交》、《論錢》。存嘉慶間刊本。（傳目著錄爲靜齋居士）

【研究論文】鄧長風《十二位明清戲曲作家的生平材料》。

2. **蔣士銓**（1725～1785），字心餘，或作莘畬、心畬、辛畬、辛予、星漁，一字苕生，號清容，晚號藏園、定甫（或作定翁、定庵），別署離垢居士。江西鉛山人。乾隆十二年（1747）中舉，二十二年（1757）成進士。官至翰林院編修。乾隆三十年（1765）乞假歸田養母。後復歷任紹興蕺山、杭州崇文、揚州安定三書院山長。晚年受乾隆帝賞識，以候補御史終其身。爲人重氣節，以古丈夫自勵。詩詞古文，負海內盛名，與袁枚、趙翼齊名。著有《忠雅堂詩集》、《銅弦詞》、《忠雅堂文集》、散曲集《南北雜曲》等。兼工南北曲，作戲曲十六種，其中九種爲雜劇，七種爲傳奇（《空谷香》、《桂林霜》、《雪中人》、《臨川夢》、《香祖樓》、《採樵圖》、《冬青樹》），皆存於世。以《藏園九種曲》

最爲流行。

【雜劇存目】《一片石》、《四弦秋》、《第二碑》存於《藏園九種曲》中，《康衢樂》、《忉利天》、《長生籙》、《昇平瑞》合稱《西江祝嘏》、另《廬山會》、《採石磯》存於《紅雪樓外集》中。（傅目、莊目）

【研究論文】見參考文獻。

3. **擊壤民**，姓名、籍里不詳。乾嘉間人。

【雜劇存目】作雜劇一種《萬壽圖》，存於《今樂府選》第二冊。浙圖。《今樂考證》著錄。（傅目）

4. **金廷標**（？～1767），字士揆，浙江烏程人。父鴻，父子俱已畫技供奉內廷，卒於京師。

【雜劇存目】雜劇《臘盡回春》一種，精寫稿本，見周悅然《言言齋劫存戲曲目》。（莊目）

K

1. **孔昭虔**（1775～1834後），字符敬，號荃溪。山東曲阜人。孔廣森子、孔廣林侄。嘉慶六年（1801）進士，授編修，官至貴州布政使。工詩擅書，精音韻學。著有《鏡虹吟室詩集》、《繪聲琴雅詞》。

【雜劇存目】作有《蕩婦思秋》、《葬花》雜劇二種。（傅目）

【研究論文】鄧長風《十位清代戲曲家生平考略》、《十三位清代戲曲家的生平資料》。（鄧認爲孔卒於1834年，略嫌武斷，不取。）

2. **孔廣林**（1746～1814），字叢伯，號幼髥。山東曲阜人。廩貢生，署太常寺博士。年二十六即絕意進取，專治經學。著有《周禮臆測》等。晚年專以詞曲自娛，著有《溫經樓遊戲翰墨》二十卷，收錄其所創作的傳奇、雜劇及散曲作品。（孔的卒年據《中國戲曲志·山東卷》。）

【雜劇存目】作有《璿璣錦》、《女專諸》、《松年長生引》、《五老添壽》四劇，今存前三種。除此之外，還作有《東城老父鬥雞讖》傳奇。（傅目、莊目）

3. **孔繼涵**（1739～1784），字體生，號葒谷。曲阜人。孔子六十九代孫，孔繼汾弟，孔廣林叔父。乾隆三十六年（1771）進士。改主事，分戶部，充《日下舊聞》纂修官。雅志稽古，於天文、地志、經學、字義、算術之學無不博綜。

【雜劇存目】著有《春歌雜劇》一卷，現存乾隆間藤梧館《紅欄書屋詞集》稿本。

【研究論文】顏偉《清代孔子故里文人劇作家生平考略》。

L

1. **厲鶚**（1692～1752），字太鴻，號樊榭。浙江錢塘（今杭州）人。康熙五十九年（1720）舉人，乾隆元年（1736）舉薦博學宏詞，報罷。詩詞均稱大家，亦擅散曲，專工北曲小令。著有《樊榭山房集》。

【雜劇存目】作有《百齡效瑞》，為《迎鑾新曲》所收的兩種雜劇之一，計四折。（莊目）

2. **廖景文**（1713～？）字覬揚，號古檀。江蘇婁縣（今上海）人。乾隆十二年（1747）中舉，十九年在京會試，中明通榜，選授安徽合肥知縣。二十七年被參去官。卜居青浦清溪橋畔，築小檀園，嘯傲吟詠其間。家有戲班。乾隆四十四年（1779）（一作四十七年）集名流會於檀園，王昶等皆與會。輯《限韻詩》一卷，為一時勝事。著有《檀園詩話》、《吟香集》（已佚）、《清綺集》。

【雜劇存目】著有雜劇《遺真記》一種，今存於世。（莊目）

【研究論文】鄧長風《廖景文和他的〈清綺集〉》。

3. **林奕構**，字基成，號少霞，江蘇長洲人。道光元年（1821）舉人。（按，林奕構是沈起鳳的外孫。）

【雜劇存目】《奔月》、《畫薔》，《今樂考證》著錄，未見。（傅目、莊目）

4. **劉軰**，字漢翔，號藹堂，別署夢華居士。江蘇丹徒人。官蘭溪知縣。

【雜劇存目】著有《楊狀元進諫謫滇南》雜劇，今存乾隆三十六年（1771）刊本，今存中國國家圖書館善本室。（傅目、莊目）

【研究論文】鄧長風《十四位明清戲曲家生平著作拾補》。

5. **劉永安**，字古山，東海人。僅知為乾嘉人，漢軍。

【雜劇存目】作雜劇一種《冰心冊》，存嘉慶九年稿本（傅目）。

6. **陸繼輅**（1772～1834，一作 1835），字祁孫，又作祁生，又字又商、商對，別字季木，號霍莊，又號修平居士，別署小元池居士。江蘇陽湖人。嘉慶五年（1800）舉人，以大挑二等選合肥縣訓導，後官江西貴溪知縣。著有《崇百藥齋文集》、《清鄰詞》、《玉眞閣吟稿》、《合肥學舍札記》等。

【雜劇存目】作有雜劇《碧桃記》，附在傳奇《洞庭緣》後。此外尚有傳奇《秣陵秋》（與莊逵吉合作）。（莊目）

【研究論文】鄧長風《清代傳奇、小說作者考三題》。

7. 呂星垣（1753～1821）字叔訥，號湘皋。江蘇常州人。爲毗陵七子之一。爲曲家錢維喬外甥。以廩貢生入國子監，歷官直隸贊星、河間知縣。著有《白雲草堂集》。

【雜劇存目】作有《康衢新樂府》，今存原刊本，包括十種雜劇。（莊目）

M

1. 馬益著，字錫朋，一字梅溪，山東臨朐人。乾隆間歲貢生。「賦性聰穎，十歲能屬文，長老異之。及長，博學多聞，兼習雜家。藝事無不精妙。年逾八旬，日勤著作不輟，遺稿甚富」。

【雜劇存目】作有雜劇《宣和西征記》一種，兩齣。今藏復旦大學圖書館。

【研究論文】陳維昭《清雜劇〈西征記〉與牙牌文化》。

2. 繆謨（1691？～1765前）字虞皋，號雪莊。江蘇婁縣（上海松江）人。貢生。家貧，曾館於同郡張梁家數十年。乾隆六年（1741）成立律呂館，張梁任刑部尚書張照薦其與同邑董洪等入館，參與《律呂正義》的編寫，旋告歸。詩文清麗，尤長詞曲。著有《繆雪莊詩集》、《雪莊詞》、《雪莊雜記》（均不存）。

【雜劇存目】作有雜劇《銀河曲》一種，一名《繆雪莊樂府》。（莊目）

O

1. 鷗波亭長，字子貞，姓名不詳。河南濬儀人。事迹待考。僅知爲嘉道間人。

【雜劇存目】作有《夢華因》雜劇一種，存道光元年（1821）桐陰書屋刻本。封面題《夢華因傳奇》。有李兆洛序及左輔等人的題詞。存於《今樂府選》第三十二冊。（傳目）

P

1. 潘炤，號鸞坡，別號桃源漁者。江蘇吳江人。乾嘉時人。嘉慶間官給事中。著有《鸞坡居士紅樓夢詞》與其他雜著，總稱《小百尺樓小品》，收入

《釣渭間雜膾》。

【雜劇存目】著有《夢花影》雜劇，今存嘉慶五年刊本。另外，還作有《烏闌誓》傳奇。（中國曲學大辭典）

Q

1. **秋綠詞人**，姓名不詳，僅知爲乾嘉間人。周貽白先生認爲是顧椿年，鄧長風先生認爲待考，《中國曲學大辭典》以爲似是紹興人。

【雜劇存目】著有《桂香雲影》雜劇一種，共八齣。卷首有乾隆五十一年（1786）鷗夢詞人序。雜劇存於中國國家圖書館。（傅目）

【研究論文】鄧長風《二十九位清代戲曲家的生平材料》

2. **青霞寓客**，姓名、籍貫、生平均不詳。僅知爲乾隆間人。《清代雜劇選》編者以爲是浙江西安縣（今衢縣）人，康熙三十五年（1696）前後在世。

【雜劇存目】作有《北孝烈》一種，有《清代雜劇選》本。（傅目）

3. **瞿頡**（1742～1817 後），字孚若，號菊亭，別號秋水閣主人、蒼山子等。江蘇昭文（今常熟）人。乾隆三十三年（1768）舉人。屢應會試不第，嘉慶間援例選四川豐都知縣。晚年掌教蘇州平江書院。工詩古文，著有《秋水閣古文》等。

【雜劇存目】所作雜劇《雁門秋》，八齣，舊入傳奇類。此外，尚作有傳奇《鶴歸來》、《元圭記》、《桐涇月》、《紫雲回》、《錦衣樹》五種，後兩種已佚。

R

1. **蓉鷗漫叟**，乾嘉間人。或爲張曾虔（蠡秋）的別號，作有《青溪笑》及《續青溪笑》雜劇。張爲桐城人，作過《青溪三笑》，與趙懷玉、孫星衍友善。

【雜劇存目】作有雜劇合集《青溪笑》（含十六種雜劇，爲別爲《贖雛鬟司業義捐金》、《棄微官監州貪倚玉》、《桃葉渡吳姬泛月》、《海棠軒楚客吟秋》、《謝秋影樓上品詩箋》、《王翹雲閨中擲金釧》、《解語花浣紗自歎》、《侯月娟贈蝶私盟》、《紗帽巷報信傷春》、《牡蠣園尋秋說豔》、《排家宴四美祝花朝》、《勸公車群賢爭雪夜》、《鵝群閣雙豔盟心》、《田雞營六姬識俊》、《莫愁湖江采蘋命字》、《鷲峰寺唐素君皈禪》）、《續青溪笑》（含八種雜劇，分別爲《勸美》、《賣花奴同途說豔》、《隱仙庵喧閧遊桂苑》、《釣魚人彳亍打茶圍》、《王

壽卿被揭驚寒》、《葉香晼開堂教戲》、《一柄扇妙姬珍舊迹》、《九轉詞逸叟醒群芳》》）。（傳目）

【研究論文】鄧長風《桐城戲曲家張曾虔（蠡秋）家世生平考略》。

S

1. **四費軒主人**，姓名不詳，僅知其爲乾隆間人。浙江寧波人，曾遊於楚、蜀、秦、晉、燕、豫間。作有《藝餘耳語》，此外還有筆記、說部多種，均不傳。

【雜劇存目】作有《豫忠》、《董孝》兩種雜劇，附於《藝餘耳語》中。（傳目）

2. **沈德懋**，字寅恭。浙江桐鄉人。其他事迹不詳。

【雜劇存目】作有雜劇《奇烈記》、《後白蛇傳》兩種，均佚。（莊目）

3. **沈清瑞**（1758～1791），初名沅南，字吉人，號芷生，別署太瘦生。長洲（今江蘇蘇州）人。沈起鳳弟。乾隆四十八年（1783）鄉試第一，五十二年成進士。著有《沈氏群峰集》、《韓詩故》、《孟子逸語》、《史記補注》、《帝王世本》、《春秋世系考》及散曲集《櫻桃花下銀簫譜》等。

【雜劇存目】作有雜劇《澆墓》一種，今存。

【研究論文】吳書蔭《清人雜劇〈澆墓〉作者考辨──兼談〈澆墓〉與〈療妒羹〉傳奇的關係》。

4. **石韞玉**（1756～1837），字執如，號琢堂，別號花韻庵主人、獨學老人、歸眞子。江蘇吳縣人。乾隆五十五年（1790）狀元，授翰林院修撰。出任福建鄉試主考，並視學湖南。回京後，入上書房教習皇子。嘉慶四年（1799）任重慶知府，有能吏譽。官至山東按察使，因事革職。歸鄉後主講紫陽書院二十餘年。早年與沈起鳳等在吳中結碧桃詩社。著有《獨學廬叢稿》，主纂《蘇州府志》和《昆新合志》。

【雜劇存目】作雜劇九種，合稱《花間九奏》（分別爲《伏生授經》、《羅敷採桑》、《桃葉渡江》、《桃源漁父》、《梅妃作賦》、《樂天開閣》、《賈島祭詩》、《琴操參禪》、《對山救友》）。此外，還有《紅樓夢》雜劇一種，十齣，今存。（傳目、莊目）

5. **舒位**（1765～1816），字立人，號鐵雲。直隸大興（今北京）人，生於蘇州。乾隆五十三年（1788）舉人，屢應會試不第，以處館、遊幕爲生。著

有《瓶水齋詩集》、《乾嘉詩壇點將錄》。精音律，善製詞曲。與陳文述、王曇等友善。

【雜劇存目】今存《瓶笙館修簫譜》，包括《卓女當壚》、《樊姬擁髻》、《酉陽修月》、《博望訪星》四劇。另外《琵琶賺》、《人面桃花》、《玉爐三澗雪》、《圓圓曲》、《聞雞起舞》五劇已佚。（傅目、莊目）

【研究論文】陸萼庭《舒位與畢華珍》（《清代戲曲家叢考》）。

T

1. 唐英（1682～1756），字俊公，一字叔子，號蝸寄居士，又號陶人，人稱古柏先生。奉天（今遼寧瀋陽）人，隸漢軍正白旗。十六歲即供奉內廷。雍正元年（1723）授內務府員外郎，六年奉使監督江西景德鎮窯務，後又歷監粵海關、淮安關。乾隆四年（1739）復監九江關窯務，在任十餘年，講究陶法，督造陶瓷工藝絕美，世稱「唐窯」。在九江時結交天下文士，與商盤、蔣士銓、董榕、張堅相友善。著有詩文集《陶人心語》、戲曲集《古柏堂傳奇》等。

【雜劇存目】《古柏堂傳奇》中含雜劇十三種，分別爲《笳騷》、《三元報》、《蘆花絮》、《傭中人》、《清忠譜正案》、《女彈詞》、《虞兮夢》、《長生殿補闕》、《英雄報》、《十字坡》、《梅龍鎮》、《面缸笑》、《梁上眼》。（傅目、莊目）

2. 譚光祥（1767～1814），字君農，一字蘭楣，號退庵。南豐人。乾隆四十九年（1784）召試舉人，五十八年（1793）成進士。授禮部主事，遷郎中。後出典試湖南、雲南。著有《絳跗山館集》、《靜吟室詩》、《檉花館詩》。

【雜劇存目】作有一部失名雜劇，共四折，名爲《旅祭》、《題主》、《修齋》、《圓夢》。（杜穎陶《記玉霜簃所藏鈔本戲曲》）

【研究論文】鄧長風《二十九位清代戲曲家的生平材料》。

3. 田民，字裏、籍貫、生平均不詳，僅知爲乾隆間人。

【雜劇存目】作有雜劇兩種，《花木題名》、《蓬島瓊瑤》，見《劇說》。（莊目）

W

1. 王曇，一名良士，字仲瞿。浙江秀水人。工詩文，精音律。履困場屋。與舒位爲至親好友。著有《煙霞萬古樓集》等。

【雜劇存目】作有雜劇《歸田樂》一種，似已亡佚。另外，尚作有四種傳奇，均未見。（傳目）

【研究論文】陸萼庭《舒位與畢華珍》。

2. 王懋昭，號梅軒。浙江上虞人。乾嘉間人。生平不詳。

【雜劇存目】作有雜劇《神宴》、《弧祝》、《悅慶》三種，嘉慶十五年（1810）刻《三星圓》傳奇附刻本，藏於中國國家圖書館。（傳目）

3. 王文治（1730～1802），字禹卿，號夢樓。江蘇丹徒人。乾隆二十五（1760）一甲三名進士，授編修。官至雲南臨安知府。罷職後主講杭州敷文書院。著有《夢樓詩集》。雅嗜聲曲，爲蘇州葉堂參訂《納書楹曲譜》。乾隆帝第五次南巡時（1780），作迎鑾戲曲。

【雜劇存目】《浙江迎鑾樂府》包括雜劇九種，每種一折，分別爲《三農得澍》、《龍井茶歌》、《祥徵冰繭》、《海宇歌恩》、《燈燃法界》、《葛嶺丹爐》、《仙醞延齡》、《瑞獻天台》、《瀛波清宴》。有原刊本。（莊目）

4. 王訢（1756～1811 後），字曉樓，號曉岩、澹游、王山人，山西涂陽人。少負雋才，後屢困場屋，遊幕於山西、山東、河南等地。精通音律。著有《青煙錄》、《嘯岩吟草》、《大學古本集說》、《周易觀象從違》、《中庸釋疑》、《五音析疑》、《策志工夫隨筆》、《玉清秘典》、《宛山居小草》、《嘯岩詩餘鈔》、《嘯岩尺牘》、《明湖花影》等。

【雜劇存目】著雜劇《寬大詔》，今存嘉慶刊本。（莊目）

【研究論文】鄧長風《十位清代戲曲家生平考略》。

5. 汪軔（1714～1771），字輦雲，號魚亭。江西武寧人。少孤貧，以遊幕爲生。與楊垕合稱「江西二少子」，並與蔣士銓友善。

【雜劇存目】作有雜劇《芙蓉城》一種，未見著錄，似已亡佚。蔣士銓《忠雅堂詩集》卷十有《汪魚亭爲亡友趙山南由儀作〈芙蓉城〉雜劇題詞四首》，汪魚亭即汪軔。（趙山林）

6. 汪應培（1756～1818 後），字厚田，一字香谷，號香谷散人。浙江錢塘（今杭州）人。曾任河南內鄉知縣。與朱鳳森友善。

【雜劇存目】雜劇八種，大半爲自敘之作，分別爲《催生帖》、《簾外秋光》、《堂謙曲》、《驛亭槐影》、《不垂楊》、《公宴》、《閨餞》、《儷筵》，合稱《南枝鶯囀》，嘉慶間刊本。其雜劇今存中國國家圖書館善本室。（傳目、莊目）

【研究論文】鄧長風《十二位明清戲曲作家的生平材料》。

7. 汪柱，字石坡，號鐵林，別號洞圓主人。江蘇袁浦（今淮陰）人。乾隆時人。著有戲曲集《砥石齋二種曲》。

【雜劇存目】《砥石齋二種曲》中存雜劇六種，分別爲《夢正則採蘭紉佩》、《陶淵明玩菊傾樽》、《江釆蘋愛梅錫號》、《蘇子瞻畫竹傳神》（前四種合稱《賞心幽品》）、《林和靖妻梅子鶴》、《破牢愁》，附刻於《夢裏緣》、《詩扇記》兩部傳奇之後。今存乾隆間刻本。其戲曲作品今存中國國家圖書館。（傅目、莊目）

【研究論文】鄧長風《汪柱的里籍及居地之再探索——美國國會圖書館讀書札記之二十二》。

8. 衛大壯，號健庵，河南新鄉人。嘉道間人。著有《囈語志略》存世。

【雜劇存目】《醉月》一種存於《囈語志略》之中。

9. 吳城（1703～1773）字敦復，號甌亭，錢塘（今杭州）人。國子生。家富藏書，手自校勘。乾隆帝首次南巡時，與厲鶚同作《迎鑾新曲》。此外，還著有《配松齋詩集》、《雲護齋詩話》，並輯有《武林耆舊續集》。

【雜劇存目】《群仙祝壽》，光緒間刊本，爲《迎鑾新曲》所收兩種雜劇之一，計四折。（莊目）

【研究論文】鄧長風《十四位清代浙江戲曲家生平考略》。

10. 吳鎬，字荊石，別署荊石山民。江蘇鎮洋（今太倉）人。監生。父任京江游擊。鎬專治古文辭，爲同邑詩人彭兆蓀所賞。又好金石文字。後家道中落，不自得，以病酒卒。著有《荊石山房詩文集》、《漢魏六朝誌墓金石例》。

【雜劇存目】作有《紅樓夢散套》十六折，實爲十六種一折雜劇。黃兆魁爲之訂譜，有嘉慶間刊本。（莊目）

【研究論文】陸萼庭《仲振奎與吳鎬》。

11. 吳孝緒，字號、里居、生平不詳。約爲乾嘉時人。

【雜劇存目】作有《雙燕樓》、《驪驦裘》，疑爲雜劇。見吳跋張氏《芙蓉碣》傳奇。（莊目）

12. 吳仲甫，未詳其名，浙江山陰人。生平不詳。約爲乾嘉時人。

【雜劇存目】作有《子夜歌》、《箜篌夢》、《瀟湘怨》，疑爲雜劇，均佚。見《南窗餘談》。（莊目）

13. 臥雲山人，姓、名、字、里居、生平均未詳。似爲清嘉慶時人。

【雜劇存目】作有雜劇《譜定紅香傳》一種，今存抄本，藏於南京圖書館。凡一卷十齣。（郭英德《明清傳奇綜錄》）

X

1. **熊超**（1736？～1788 後），字禹書，號谿堂。江西修水人。乾隆十六年（1751）就師受書，後以家境貧窘，改業爲生計者三年。三十四年（1769）中秀才。五十二年（1787）授徒新邑吳祠，因作《谿堂記》、《館中問答》諸篇。

【雜劇存目】作有《齊人記》雜劇一種。（傅目、莊目）

2. **徐爔**（1732～1807），字鼎和，號榆村。江蘇吳江人。父大椿爲名醫，徐爔亦以醫名。乾隆三十六年（1771），隨父奉召入京，後歸鄉優游卒歲。工詩文，精音律。著有《夢生草堂詩文集》。戲曲作品有傳奇《鏡光緣》、《雙環記》、《聯芳樓》和雜劇集《寫心劇》，總名《蝶夢龕詞曲》。《雙環記》、《聯芳樓》已佚。

【雜劇存目】《寫心劇》包括有十九部雜劇，分別爲《遊湖》、《述夢》、《醒鏡》、《遊梅遇仙》、《癡祝》、《虱談》、《靑樓濟困》、《哭弟》、《湖山小隱》、《酬魂》、《祭牙》、《月下談禪》、《問卜》、《悼花》、《原情》、《壽言》、《覆棊》、《入山》、《覓地》。（傅目、莊目）

【研究論文】鄧長風《徐大椿和徐爔：父子醫家兼曲家——美國國會圖書館讀書札記之二十九》。

3. **徐朝彝**（1797～？）字商侯，江蘇吳縣人。曾遊幕湖南等地。著有《夢恬書屋詩鈔》。

【雜劇存目】作有雜劇《桃花緣》一種，道光間紅蕉館刊本。附於徐氏《夢恬書屋詩抄》後，藏於南圖。（莊目）

4. **許名崙**，字蘊珠，號訪槎，別署吳下習池客。江蘇長洲（今蘇州）人。鄧長風推測「其生當在 1684 年左右，其卒則在 1754 年左右。」薦試博學宏詞，未赴。工詩文。著有《松麟集》、《訪槎詩存》。

【雜劇存目】作有雜劇《陶然亭》、《卷石夢》二種，今存底稿本。又訪沈自徵《漁陽三弄》作《梅花三弄》，惜已佚。（莊目）

【研究論文】鄧長風《九位明清江蘇、上海戲曲家生平考略》。

5. **許鴻磐**（1757～1837），字漸逵，號雲嶠，山東濟寧人。乾隆四十六年

（1781）進士，歷任江蘇安東知縣、安徽泗州知州。因事離職，以教讀爲生。精研史書地志，著有《方輿考證》一百二十卷。此外，尚著有《六觀樓詩文集》、《六觀樓北曲六種》。

【雜劇存目】作有雜劇《三釵夢》、《女雲臺》、《西遼記》、《雁帛書》、《孝女存孤》、《儒吏完城》（一名《守濬記》），合稱《六觀樓北曲六種》。（傅目、莊目）

【研究論文】鄧長風《十位清代戲曲家生平考略》、《關於〈明清戲曲家考略〉的若干補正》。

6. 雪樵居士，姓名、籍里不詳。生平待考。僅知爲乾嘉時人。著有《青溪風雨錄》。

【雜劇存目】《青溪風雨錄》卷下附雜劇《牡蠣園》一種。存嘉慶間刻本。另，存於姚燮《今樂府選》第三十六冊。（傅目）

7. 惜春主人，姓名、籍里、生平不詳。約爲乾嘉時人。

【雜劇存目】雜劇《魚水夢》一種，《今樂考證》著錄。未見流傳。（傅目）

Y

1. **楊潮觀**（1710～1788），字宏度，號笠湖。江蘇常州金匱（今無錫）人。父希曾，擅詩文書法，供奉武英殿。潮觀少有神童之稱，受知於鄂爾泰。乾隆元年（1736）中舉，赴京參軍博學宏詞科。先後任知縣、知州，歷官晉、豫、滇南、四川等地。四十四年（1779）任瀘州知州，同年致仕還鄉。爲人篤誠，居官廉政愛民，酷嗜禪學，晚年戒律益嚴。著有《左鑒》、《周禮指掌》、《易象舉隅》、《心經指月》等，《吟風閣雜劇》尤爲知名。

【雜劇存目】《吟風閣雜劇》存三十二種雜劇，分別爲《新豐店馬周獨酌》、《大江西小姑送風》、《李衛公替龍行雨》、《黃石婆授記逃關》、《快活山樵歌九轉》、《窮阮籍醉罵財神》、《溫太眞晉陽分別》、《邯鄲郡錯嫁才人》、《賀蘭山謫仙贈帶》、《開金榜朱衣點頭》、《夜香臺持齋訓子》、《汲長孺矯詔發倉》、《魯仲連單鞭蹈海》、《荷花蕩將種逃生》、《灌口二郎初顯聖》、《魏徵破笏再朝天》、《動文昌狀元配瞽》、《感天后神女露筋》、《華表柱延陵掛劍》、《東萊郡暮夜卻金》、《下江南曹彬誓眾》、《韓文公雪擁藍關》、《荀灌娘圍城救父》、《信陵君義葬金釵》、《偷桃捉住東方朔》、《換扇巧逢春夢婆》、《西塞山漁翁

封拜》、《諸葛亮夜祭瀘江》、《凝碧池忠魂再表》、《大蔥嶺隻履西歸》、《寇萊公思親罷宴》、《翠微亭卸甲閒遊》。（傅目、莊目）

2. **楊宗岱**，原名生魯，字（號）鈍夫。江西南安府大庾縣（今贛州大餘縣）人。乾隆二十四年（1759）舉人，二十八年中進士。曾任四川知縣。

【雜劇存目】作有雜劇《離騷影》一種，全劇八齣，今存，藏於中國社科院文學所。

【研究論文】杜桂萍《清代戲曲〈離騷影〉作者考》。

3. **永恩**（1727～1805），字惠周，號蘭亭主人。室名箖漪園、誠正堂。禮烈親王代善五世孫，康修親王崇安子，《嘯亭雜錄》作者昭槤父。雍正十一年（1733）封貝勒，乾隆十七年（1752）襲封康親王。四十三年（1778）復號禮親王。能騎射，嗜經籍，尤喜賓客，一時名士如劉大櫆、姚鼐、王文治等皆與之遊。工詩文，通音律，善戲曲。著有《律呂元音》、《誠正堂稿》及《金錯臠鮮》等。

【雜劇存目】作有雜劇《度藍關》一種，附於《漪園四種曲》中。其戲曲藏於中國國家圖書館善本室。（傅目）

【研究論文】鄧長風《十五位明清戲曲作家的生平史料》。

4. **袁棟**（1697～1761），字國柱，號漫恬，別署玉田仙史，江蘇吳江人。監生。輯唐宋以來經典雜家之書，成《書隱叢說》二十卷。工詩文詞曲，著有《漫恬詩抄》、《漫恬詩餘》。乾隆十九年（1754），其所著雜劇集《玉田樂府》刊行。

【雜劇存目】所著《玉田樂府》，包括雜劇六種，分別爲《陶朱公》、《姚平仲》、《鄭虎臣》、《鵝籠書生》、《白玉樓》、《桃花源》。今存乾隆刊本及嘉慶重刊本。其作品藏於中國國家圖書館。（傅目）

【研究論文】鄧長風《九位明清江蘇、上海戲曲集生平考略》。

5. **伊小癡**，字號、籍里不詳，約雍乾間人。

【雜劇存目】作有《一笑回春》，似爲雜劇，見黃圖珌《看山閣集序》卷二《伊小癡〈一笑回春〉樂府序》，已佚。（莊目）

Z

1. **曾衍東**（1751～1830），字青瞻，號七如，別號七道士。山東嘉祥人。乾隆五十七年（1792）舉人，任湖北江夏知縣。因事被議，戍居溫州。性落

拓不羈，工詩及書法篆刻。遇赦後，貧老不能歸，卒於溫。著有志怪筆記《小豆棚》。

【雜劇存目】著有《豆棚圖》雜劇一種，附於《小豆棚》中。（傅目）

【研究論文】鄧長風《二十九位清代戲曲家的生平材料》，杜桂萍《小豆棚作者曾衍東事迹雜考》。

2. **張縈**，字採於，江蘇蘇州人。乾隆時女曲家。乾隆三十一年（1766）曾應征北上，設帳寧王府。

【雜劇存目】曾「館課之暇，奉內主命草撰雜劇數種」，可惜今都不存，也不曉其名目。惟有傳奇《雙叩閣》今存於世。（中國曲學大辭典）

3. **張九鉞**（1721～1803），字度西，號陶園、紫硯，自署紅梅花長、羅浮花農。湖南湘潭人。少有才華。乾隆六年（1741）拔貢，充教習。二十七（1762）年舉順天鄉試，出任江西峽江縣，調南豐、南昌，後任廣東海陽（今潮安）知縣，以捕盜不力降級調用，尋復原官，遂不出仕。總督畢沅重其才，薦主湘潭昭潭書院十餘年。以詩古文辭著稱，兼工小令、長調。晚年旅食四方，輒作南北宮詞以排遣。著有《陶園全集》、《歷代詩話》、《晉南隨筆》、《得瓠軒隨筆》等。

【雜劇存目】作有雜劇《四弦詞》、《竹枝緣》兩種，後一種已佚。（傅目）

4. **張曾虔**（1745～1814後），字呂環，號蠡秋，安徽桐城人。張英曾孫，張廷璐孫。廩貢生。乾隆五十一年（1786）授宿州訓導。五十八年（1793）告病歸。

【雜劇存目】作有《青溪三笑》，今已佚失，疑爲雜劇集。參見蓉鷗漫叟條。（莊目）

【研究論文】鄧長風《桐城戲曲家張曾虔（蠡秋）家世生平考略》。

5. **張照**（1691～1745），初名默，字得天，號涇南、天瓶居士。婁縣（今上海松江）人。康熙四十八年（1709）進士，授翰林院檢討，入值南書房。雍正元年（1723）任職詹事府，八年授內閣學士，十一年任刑部左侍郎，翌年遷尚書。十三年五月，出任撫定苗疆大臣，不久，因被劾奪職下獄。乾隆元年（1736）廷議當斬，高宗特命赦免。二年復起用任內閣學士。五年授刑部侍郎，翌年奉命與莊親王允祿主持續修《律呂正義》。七年任刑部尚書，兼管樂部，奉詔編寫內廷戲曲。十年正月奔父喪，在徐州病亡，謚文敏。精通

音律，所編宮廷大戲有《昇平寶筏》、《勸善金科》，各爲二百四十出之巨製，創內廷戲的先例。又編《月令承應》、《法宮雅奏》、《九九大慶》等。所製麴調多被《九宮大成南北詞宮譜》引爲曲譜範例。兼工詩畫，尤精書法。著有《得天居士集》、《天瓶齋集》、《天瓶齋書畫題跋》等。

【雜劇存目】《九九大慶》、《月令承應》、《法宮雅奏》各含二十餘種至四十餘種雜劇，《戲曲叢刊九集》本。（莊目）

【研究論文】鄧長風《二十九位清代戲曲家的生平材料》。

6. 趙對澂（1798～1860），字子徵，一字念堂，號野航，別號浮槎山樵。安徽合肥人。道光時廩貢生，歷任學官。二十四年（1844）補廣德州學正。咸豐十年（1860）太平軍攻廣德，對澂在途中被殺。著有《小羅浮山館詩集》等。

【雜劇存目】作有《酬紅記》雜劇一種，八齣，存嘉慶間刻本及民國間石印本，《今樂考證》入傳奇類。（傳目）

7. 趙文楷（1760～1808），字逸書，號介山，安徽太湖望天鄉人。乾隆五十二年（1787）舉人。嘉慶元年（1796）恩科狀元。嘉慶九年（1804）任山西雁門兵備道。著有《石柏山房集》傳世。

【雜劇存目】雜劇有《菊花新夢稿》一種，今存咸豐元年（1851）抄本。（《古本戲曲劇目提要》）

8. 趙式曾，號琴齋，里居、生平不詳。約乾隆末在世。

【雜劇存目】作有雜劇《琵琶行》一種，乾隆間琴鶴軒刊本。（莊目）

9. 仲振奎（1749～1811），字春龍，號雲澗，別號紅豆山樵。江蘇泰州人。監生，以遊幕爲生，先後到過四川、湖北等地。晚年由江西入粵，客於其弟興寧知縣仲振履幕中，並與曲家湯貽汾交遊。工詩文，著有《綠雲紅雨山房詩抄》。一生所作傳奇有十多種，知名者有《紅樓夢》和《詩囊夢》，後者已佚。

【雜劇存目】作有雜劇《憐春閣》一種，有小紅豆山房原稿本，八齣。作於嘉慶三年（1798）。傳統上歸入傳奇，實係雜劇。

10. 仲振履（1759～1822），字臨侯，號雲江，別號柘庵、群玉山農、木石老人等。江蘇泰州人。振奎弟。嘉慶十三年（1808）進士，歷任廣東恩平、興寧、東莞、南海知縣。後擢南澳同知，以疾告歸，卒於家。工詩文，著有《咬得荣根堂詩文稿》。精音律，與湯貽汾交好。作有散套《羊城候補曲》。

【雜劇存目】作有雜劇《雙鴛祠》一種，八齣。傳統上入傳奇，實係雜劇。另有傳奇《冰綃帕》，已佚。

11. 周良劭，字友高，號抑齋。浙江鄞縣人。約爲乾嘉時人。著有《無可奈何詞》、《葆眞軒詞餘》。

【雜劇存目】雜劇《磊塊杯》一種，已佚。（莊目）

12. 周宜，別署悼紅樓主人，字裏不詳。嘉道間人。

【雜劇存目】作有雜劇《紅樓佳話》一種，今存武進趙氏影鈔稿本。（傳目）

13. 朱鳳森（1776～1831），字韞山，廣西臨桂人。嘉慶六年（1801）進士，十五年（1810）任河南滏縣知縣。因抵禦天理教農民起義，加同知銜。著有《守滏日記》。工詩文詞曲，與汪應培、許鴻磐友善。

【雜劇存目】其戲曲集《韞山六種曲》中含四種雜劇，包括《輞川圖》、《金石緣》、《平鑼記》、《守滏記》，其中《守滏記》爲許鴻磐作作。今存嘉慶間刻本。（傳目、莊目）

【研究論文】鄧長風《十五位明清戲曲作家的生平史料》、《關於〈明清戲曲家考略〉及其〈續編〉的若干補正》。

14. 朱景英，字幼芝，號研北。湖南武陵（今常德）人。弱冠肆力於詩古文辭，乾隆十五年中解元，選福建寧德縣，調侯官，擢臺灣鹿耳海防同知。署汀州、邵武知府。纂修《沅州府志》，著有《畬經堂文集》。

【雜劇存目】作有《桃花緣》雜劇一種，作於乾隆二十八年（1763）。今附於《畬經堂文集》卷首。（中國曲學大辭典）還有《群芳》樂府一種，今未見，大概也是雜劇。（劉世德《朱景英和《桃花緣》傳奇——清代戲曲家考略之一》）。

【研究論文】劉世德《朱景英和《桃花緣》傳奇——清代戲曲家考略之一》。

15. 左潢（1751？～1811 後），字巽轂，別號古塘樵子。安徽桐城人。乾隆四十二年（1777）舉人，歷任丹陽、歙縣等地教諭。精音律，與沈起鳳交好。著有《瑞芝堂四六》、《精選程稿彙源》等。

【雜劇存目】作有雜劇《桂花塔》一種，十齣，舊入傳奇類。另有傳奇《蘭桂仙》傳世。

按：傳目指傳惜華《清代雜劇全目》，莊目指莊一拂先生的《古典戲曲存

目彙考》。全目共收錄雜劇作家 86 位，作品約 274 部，佚失 29 部。而張照所作的雜劇尚未計算在內，張蘩等人的作品數目則無法統計。

二、乾嘉雜劇作家行事繫年

1682　壬戌　康熙二十一年

　　本年，唐英生。

1691　辛未　三十年

　　本年，張照生。

1692　壬申　三十一年

　　本年，厲鶚生。

1697　丁丑　三十六年

　　本年，袁棟生。

1699　己卯　三十八年

　　本年，崔應階生。

1703　癸未　四十二年

　　本年，吳城生。

1709　己丑　四十八年

　　本年，張照中進士。三年後散館授檢討，從此步入仕途。整個雍正年間，張照官運亨通，曾任刑部尚書，兼內閣學士，署順天府府尹。（《國朝耆獻類徵初編》卷七十一）

1710　庚寅　四十九年

　　本年，楊潮觀生。

1713　癸巳　五十二年

　　本年，廖景文生。

1716　丙申　五十五年

本年，韓錫胙生。

1720　庚子　五十九年

本年，崔應階於此年步入仕途，開始了自己長達六十年的仕宦生涯。崔最早擔任的官職是順天府通判，進入乾隆朝後，長期在各個地方擔任巡撫、布政使等職務。期間雖曾被長官彈劾，以致降調，但總體上講，崔是乾嘉雜劇作家中官位較高，仕途較爲順利的一位。（《國史列傳》卷五十二）

本年，厲鶚中舉。（《清史稿》）

1721　辛丑　六十年

本年，張九鉞生。

1725　乙巳　雍正三年

本年，蔣士銓生。

1726　丙午　四年

本年，曹錫黼生。

1727　丁未　五年

本年，永恩生。

1730　庚戌　八年

本年，王文治生。

1732　壬子　十年

本年，徐爔生。

1735　乙卯　十三年

本年五月，貴州苗民發動叛亂。揚威將軍哈元生、副將董芳領兵分剿，張照則被任命爲撫定苗疆大臣。不過，他和主將意見不合，「日久無功」。不久，雍正帝去世。八月，乾隆帝登基。他一上臺，就把張照調回京師，並派湖廣總督張廣泗前往替換。十一月，乾隆帝下了一道諭令，其中說道：張照辦理苗疆事務，本係自請前往。乃到黔以來，挾詐懷私，擾亂

軍務，罪過多端。伊到京時，著總理事務王大臣會同刑部審擬具奏。嗣廣泗核照立意阻撓，與元生互相攻訐，置應辦之事不理，致大兵雲集數月，毫無成效。命革職拿問。（《國朝耆獻類徵初編》卷七十一）

1736　丙辰　清高宗愛新覺羅弘曆　乾隆　元年

本年，厲鶚赴博學鴻詞科，落選。厲鶚之前多次應禮部試，之後也曾赴京選官，但都沒有結果。厲鶚本身無做官的夢想，但因有老母，思以俸祿養親，但最終沒能做官。除赴京考試外，厲鶚多在揚州馬曰琯、馬曰璐兄弟處坐館，因之反倒成就了淵博的學問。（《碑傳集》一百四十一、《國朝耆獻類徵初編》卷四百三十四）

本年九月，廷議之後，張照應擬斬首。不過乾隆帝赦免了他，並重新委以重任，直至十年張照去世。在這十年中，張照作爲乾隆帝的「五詞臣」之一，爲其撰寫了爲數衆多的節慶劇，並主持編纂了《律呂正義後編》等書。這些劇作也因其醇雅的文辭而受到當時人的推重。（《國朝耆獻類徵初編》卷七十一、昭槤《嘯亭雜錄》）

本年，桂馥生。

本年，楊潮觀中舉。其後，楊氏一直在晉、豫、滇、川等地任地方官，「在官凡三十餘年，正署一十六任」，年七十餘始卸任返回故鄉。（《國朝耆獻類徵初編》卷一百三十二）

1741　辛酉　六年

本年，婁縣張照爲弘曆撰制御用劇曲。弘曆命纂《九宮大成南北詞宮譜》，常熟周祥鈺、蘇州徐興華、朱廷鏐等參與編纂工作。

本年，乾隆帝命開律呂館，莊親王總其事。張照薦同鄉繆謨入館。繆謨精音律，善繪畫，但出身貧寒，以諸生終身。入館時已是晚年，不久告歸。（《國朝畫史》卷九）

1744　甲子　九年

十月，任應烈序崔應階《煙花債》雜劇。

1745　乙丑　十年

二月，婁縣張照丁父憂南還，道經宿遷發病死，年五十五。張照（1691～1745）主撰《月令承應》、《法宮雅奏》、《九九大慶》、《勸善金科》、《昇

平寶筏》等宮廷御用劇本。

1746 丙寅 十一年

二月，周祥鈺、徐興華、朱廷鏐等纂《新定九宮大成南北詞宮譜》有成稿，莊親王允祿爲序。

本年，孔廣林生。

1747 丁卯 十二年

本年，韓錫胙、蔣士銓、廖景文中舉。

本年，許廷錄卒（1678～1747），年七十。著有雜劇《蓬壺院》及傳奇《兩鍾情》、《五鹿塊》。

本年，陳德榮卒（1689～1747），年五十九。著有《菩提棒雜劇》。

1748 戊辰 十三年

黃之雋（1668～1748）卒，年八十一。著有雜劇《四才子》、傳奇《忠孝福》。

八月，唐英《三元報》雜劇有成稿，蔣士銓爲之題詞。九月九日前，唐英《蘆花絮》雜劇有成稿，蔣士銓題詞。

1749 己巳 十四年

本年，唐英迎張堅至江西，「公餘之下，分韻聯吟，殆無虛日。」

本年，仲振奎出生。仲振奎作有雜劇《憐香閣》一種傳世。（《中國曲學大辭典》）

1750 庚辛 十五年

本年，朱景英中鄉試第一。其後，朱景英一直在福建做官，曾任寧德知縣、鹿耳門同知，後調北路理番同知，署汀州邵武府知府。歸鄉時，「圖書外無餘蓄」。（《國朝耆獻類徵初編》）

1751 辛未 十六年

二月中下旬，高宗弘曆第一次南巡，先後駐蹕揚州、蘇州和杭州，各處城郭街衢，設戲臺彩棚，沿途水次則燈船戲船，演戲迎鑾。厲鶚在揚州受聘製迎鑾戲《百靈效瑞》，與吳城的《群仙祝壽》，合爲《迎鑾新曲》。

朱夰在蘇州亦受聘作迎鑾新戲。

春，蔣士銓在南昌總纂縣志，據明寧王朱宸濠妃子婁氏忠烈事著《一片石》雜劇。穀雨日有成稿，自爲序。

本年，蔣士銓還應江西鄉紳之邀爲遙祝皇太后壽辰撰寫承應戲《西江祝嘏》四種。

本年，曾衍東生。（杜桂萍《〈小豆棚〉作者曾衍東事迹雜考》）

1752　壬申　十七年

厲鶚爲吳震生的《太平樂府》作序。後於本年去世，年六十一。

本年，永恩襲封康親王。初，乾隆帝對永恩「頗親異之」。後「護衛有潛出境爲不善者，時相屬吏傅會，以爲王故知，將興獄累及王。上察其非是，乃得解，第奪王俸。」之後，永恩便不再過問政治，一心以筆墨自娛。（《碑傳集》卷二）

1753　癸酉　十八年

本年，呂星垣生。

本年，唐英所作的《傭中人》、《轉天心》、《虞兮夢》等作品由董榕、商盤等人題詩或作序。

本年，曹錫黼旅北京，所著《四色石》、《桃花吟》諸雜劇有成稿。

1754　甲戌　十九年

一月，唐英《清忠譜正案》雜劇有成稿，董榕題詞。五月，商盤爲其《傭中人》、《轉天心》等劇本題詩。七月、九月間，董榕又爲唐英的《女彈詞》雜劇、《巧換緣》傳奇、《天緣債》傳奇題辭。

十月，蔣士銓乞假還，於舟中作《空谷香》傳奇。遊吳門，與張塤交甚歡。（編年）

本年，吳江袁棟合所著六種雜劇爲《玉田樂府》刊行。

曹錫黼卒於官，年二十九。曹錫黼著有《桃花吟》、《張雀網廷平感世》、《序蘭亭內史臨波》、《宴滕王子安檢韻》、《寓同穀老杜興歌》五種雜劇，後四種總名《四色石》。（《清代戲曲史編年》、《中國曲學大辭典》云曹卒於 1755 年，鄧長風《十三位清代戲曲家的生平資料》予以修正。）

1756 丙子 二十一年

本年，王訢生。汪應培生。

本年，唐英卒（1862～1756），年七十五。作有《古柏堂傳奇》十七種，其中含雜劇十三種。

1757 丁丑 二十二年

二月，高宗弘曆第二次南巡，駐蹕揚州、蘇州，各地依舊演出迎鑾新戲。

本年，蔣士銓成進士。

本年，范駒生，許鴻磐生。

1759 己卯 二十四年

本年，仲振履生。仲作有雜劇《雙鴛祠》傳世。（《中國曲學大辭典》）

本年，楊宗岱中舉。（杜桂萍《清代戲曲〈離騷影〉作者考》）

1760 庚辰 二十五年

本年，楊潮觀得金德瑛所寄分詠京中流行劇目的觀劇詩三十首。

本年，趙文楷出生。趙作有一本雜劇，名《菊花新夢稿》。（《古本戲曲劇目提要》）

1761 辛巳 二十六年

本年，袁棟卒（1697～1761），年六十五。作有《玉田樂府》雜劇集。袁氏一生志學，與沈德潛為學友。餘力作詩文樂府，「高遠閒放，自露天真」。（《國朝耆獻類徵初編》卷四百十九）

1762 壬午 二十七年

二月，高宗弘曆第三次南巡，駐蹕揚州天寧寺行宮。迎鑾盛況，勝過往昔。

本年，張九鉞舉順天鄉試。後長期在江西、廣東等地任地方官，因捕盜不力被降職任用，遂不出仕。晚年在家鄉湘潭主書院。

1763 癸未 二十八年

本年，朱景英自湖南赴福建途中，作《桃花緣》雜劇。（劉世德《朱景英和《桃花緣》傳奇——清代戲曲家考略之一》）

本年，楊宗岱中進士。但楊並未立刻步入仕途，此後十年裏，一直在廣東、江西等地遊幕。（杜桂萍《清代戲曲〈離騷影〉作者考》）

1764 甲申 二十九年

八月，蔣士銓拒裘曰修薦其入景山爲內伶塡詞的提議，乞假歸。

本年，陳棟生。

1765 乙酉 三十年

二月，高宗弘曆第四次南巡駐蹕揚州，淮南、淮北三十家鹽務總商在高橋至迎恩亭新河兩岸二里間，排列奏樂演戲，演出花雅兩部文武戲文。

秋，韓錫胙作雜劇《南山法曲》恭賀吳愛棠刺史五十壽。

本年，舒位生。

1766 丙戌 三十一年

本年，敦誠出任太廟獻爵一職，不過這是爲了太夫人瓜爾佳氏，而非出於敦誠的本意。敦誠本人對做官毫無興趣，五年後，太夫人去世，敦誠也就隨即辭職。（吳恩裕《敦敏、敦誠和曹雪芹》）

十二月十九日，揚州大鹽商江春爲紀念蘇東坡七百歲誕辰，在康山草堂之寒香館懸像賦詩，蔣士銓等與會。

本年，女曲家張藝北上入京，在寧王府中坐館。教授之餘，應主人之命作過雜劇數種，可惜今都不存。（《中國曲學大辭典》）

1767 丁亥 三十二年

本年，陳以綱應聘在孔廣林家坐館。（溫經樓年譜）

本年，金廷標卒。金於數年前在乾隆南巡時獻上畫冊，得到了皇帝的讚賞，於是入京師供奉內廷。（《清史稿》卷五百四）

本年，譚光祥生。

1768 戊子 三十三年

二月，陳以綱、孔廣林合撰《松年長生引》雜劇四折，祝廣林大母徐太夫人七十壽。今存孔所撰的二、四折。

1770 庚寅 三十五年

一月十五，孔廣林《璿璣錦》雜劇成，自爲序。

冬，王文治遊杭州，編成《浙省祝釐新樂府》。翌年爲皇太后八十大壽。

1771 辛卯 三十六年

二月十五日，汪柱《夢裏緣》傳奇有成稿，金匱王寬爲之序。二月張三禮序蔣士銓《空谷香》傳奇。

五月，張蘩作《雙叩閽》傳奇，自爲序。序中稱：「館課之暇，奉內主命草撰雜劇數種。」可見張也創作過雜劇，可惜今都未見。

十二月十六日，劉鼐《楊狀元進諫謫滇南》雜劇有成稿，方廷熹序於陳源山莊。

1772 壬辰 三十七年

秋，蔣士銓作《四弦秋》雜劇於揚州秋聲館，江春付家伶演出，並爲之序。金兆燕等爲劇作題詞。本年，王昶在四川與楊潮觀會，作《榮經道中閱吟風閣雜曲》一詩。

本年，陸繼輅生。

1773 癸巳 三十八年

本年，吳城卒（1703～1773），年七十一。吳氏曾與厲鶚合作《迎鑾新曲》。

六月，張景宗序蔣士銓《四弦秋》雜劇，王文治等有題詞。

本年，吳省欽按試邛州，與楊潮觀會，作《題楊邛州吟風閣曲譜》。

本年，楊宗岱赴四川綿竹任地方官，此年春到任。此後不久，又任四川井研縣令。（杜桂萍《清代戲曲〈離騷影〉作者考》）

1774 甲午 三十九年

本年，蔣士銓所作的《四弦秋》在揚州秋聲館演出。

秋，楊潮觀編定《吟風閣雜劇》，自爲序。

1775 乙未 四十年

本年，孔昭虔生。

1776 丙申 四十一年

十二月前，蔣士銓勸江西藩臺吳山鳳修建婁妃墓，作《第二碑》雜劇記其始末，自爲序。十二月，王均序蔣士銓《第二碑》雜劇。

本年，孔廣林奉父命，撰《五老添籌》雜劇。

七月十二日，韓錫胙卒（1716～1776），年六十一。韓著有雜劇《南山法曲》、《砭眞記》及傳奇《漁村記》。

本年，朱鳳森生。

1777 丁酉 四十二年

八月，李調元奉旨督學廣東，經過南昌時，蔣士銓子知廉謁，以其父《空谷香》等劇本相贈，李爲之批點一過。

本年，左潢中舉人。後任丹陽、歙縣等地教諭。曾作有雜劇《桂花塔》表彰忠孝。（《中國曲學大辭典》）

1778 戊戌 四十三年

本年，崔應階卒（1699～1778），年八十。著有雜劇《煙花債》、《情中幻》，與吳恒宣合著《雙仙記》傳奇。

冬，徐燨至京師，請余集爲李秋蓉事作傳。

本年，蔣士銓在京爲安徽曲家胡業宏所作《珊瑚鞭》傳奇作序。蔣士銓於此年還曾到揚州康山草堂，重觀《四弦秋》雜劇。

1779 己亥 四十四年

春，余集爲徐燨撰《秋蓉傳》。

1780 庚子 四十五年

二、三月間，高宗弘曆第五次南巡，先後駐蹕揚州、蘇州、杭州。揚州鹽政，蘇州、杭州織造聘沈起鳳撰迎鑾戲曲。浙江官員聘王文治作《浙江迎鑾樂府》新劇九折。

本年，楊潮觀在家鄉自建吟風閣，爲習曲地。

1781 辛丑 四十六年

本年，許鴻磐成進士。隨後便進入仕途，官指揮，改安徽同知，擢泗州知州。所至有聲，公暇即著書。（清史列傳）

本年，戴全德任揚州鹽政一職。此前全德有過怎樣的經歷尚不知曉。不過此後的二十年裏，全德在江蘇、江西、浙江三地任理財官員，負責鹽

政、織造署或海關。直至去世前不久，還受命入京擔任內務府官員。（趙興勤《曲家戴全德小考》）

1783 癸卯 四十八年

本年，沈清瑞舉江南鄉試第一。（石韞玉《〈沈氏群峰集〉序》）

1784 甲辰 四十九年

二月，高宗弘曆第六次南巡，駐蹕揚州。

1785 乙巳 五十年

本年，桂馥中進士。

本年，辟雍禮成，呂星垣進頌冊，欽取一等一名，選訓導，從此步入仕途。後官河間縣知縣。值得注意的是呂所作的《康衢新樂府》十種雜劇也帶有禮樂的性質。（《清史稿》卷四百八十五）

二月二十四日，蔣士銓卒於南昌藏園。得年六十一。

1786 丙午 五十一年

本年，趙式曾自序《琵琶行》雜劇。

1787 丁未 五十二年

秋，熊超據《孟子・齊人篇》譜《齊人記》雜劇成。

本年，沈清瑞成進士。只可惜沈清瑞還沒來得及步入仕途，便溘然而逝。沈清瑞曾創作過《澆墓》雜劇，係少年準備科舉之餘之作，與孔昭虔創作雜劇屬於同一性質。乾嘉雜劇作家中英年早逝者除沈清瑞外，還有范駒、陳棟等人。（石韞玉《〈沈氏群峰集〉序》）

1788 戊申 五十三年

本年，舒位中舉。

九月，熊華為其叔熊超《齊人記》雜劇「細分節次，稍為批釋」，並為之作序。

本年，楊潮觀卒（1710～1788），年七十九。著有《吟風閣雜劇》。

1789 己酉 五十四年

本年，范駒中舉，不久卒（1757～1789），年三十三。著有《送窮》雜劇。

本年，桂馥中舉。桂中舉時已五十四歲。在以往的四十年中，桂馥博涉群書，尤潛心小學。與翁方綱、周永年共同研考經義。「故自諸生以至通籍，四十年間於許氏《說文》致力最久。」（《碑傳集》一百九、《清儒學案小傳》卷十）

六月二日，徐爔自序《寫心雜劇》於夢生草堂。

本年，在京城準備應試的舒位接到了父親的死訊，「踉蹌南奔」，爲父親奔喪，並接取母親去江南居住。從此，舒位開始了四處遊幕的生活，直至去世。（《瓶水齋詩集》）

1790　庚戌　五十五年

本年，石韞玉中狀元。

本年，王文治至蘇，與葉堂、潘奕雋等集經訓堂，葉堂當筵度崑曲。

1792　壬子　五十七年

舒位在石門觀演《長生殿》，作詩紀之。

本年，曾衍東著有《小豆棚》十六卷，末附短劇，原題《述意》，即《豆棚圖》。

1793　癸丑　五十八年

本年，陳棟赴大梁（河南開封）坐館。在此後的十年中，陳幾乎都在河南做幕。直至去世前一年，才返回家鄉會稽（浙江紹興）。（陳棟《北涇草堂集》）

本年，王文治、史善長等集畢沅署中，觀《吟風閣雜劇》。

本年，楊宗岱至湖南常德府武陵縣朗江書院任山長。在武陵，楊宗岱創作了《離騷影》雜劇。（杜桂萍《清代戲曲〈離騷影〉作者考》）

1794　甲寅　五十九年

四月，孔昭虔作《蕩婦思秋》雜劇。

八月十五日，孔廣林《東城老父鬥雞讖》傳奇有成稿，自爲序。

本年，王曇至南京，居鷲峰寺，著《遼蕭皇后十香傳奇》。

1796　丙辰　清仁宗愛新覺羅顒琰　嘉慶　元年

本年，孔昭虔作《葬花》雜劇。

本年，孔廣林赴杭州，住梁同書家中，與阮元、陳鱣等人遊，並相互研討經學。廣林一生很少有機會出遊，多數時間都在曲阜老家研治經學，可消遣者，惟散曲雜劇耳。(《溫經樓年譜》)

本年，趙文楷中一甲一名進士，後官至山西雁平兵備道、按察使。(《古本戲曲劇目提要》)

1797 丁巳 二年

本年，徐朝彝生。(《古本戲曲劇目提要》)

1798 戊午 三年

本年，趙對澂生。

九月，全德自序《紅牙小譜》。中含兩個雜劇，即《輞川樂事》及《新調思春》。

本年，朱鳳森中舉人。

1799 己未 四年

九月，蓉鷗漫叟客白門，作《青溪笑》雜劇，含雜劇十六種。

1800 庚申 五年

三月三日，孔廣林《女專諸》雜劇成，自序之。

四月，湯貽汾至鎮江，在王文治家觀劇，以詩紀之。

夏，潘炤至濟南，與王訢訂交。冬，取王訢《明湖花影》意，填《夢花影》雜劇贈之。

1801 辛酉 六年

四月十六日，王文治跋唐英《虞兮夢》雜劇。

本年，孔昭虔中進士。初任編修，後在江西、浙江、貴州等省任布政使，五十歲時還曾在臺灣任職。盛大士稱其「以文學侍從之臣出爲賢太守，膺兩朝特達之知，敭歷中外，陳臬開藩」，也並非誇大之辭。他的兩部雜劇作品均作於早年準備科考時，出仕後便未見其再創作雜劇了。(《鏡虹吟室詩集》)

本年，朱鳳森成進士。

本年，曾衍東經吏部揀選，大挑湖北知縣。在此之前，曾衍東以做幕和

賣畫爲生；此後的十多年內，他在湖北各地任知縣。其間，他還曾被議罷官，從事河工三年。（杜桂萍《〈小豆棚〉作者曾衍東事迹雜考》）

1802　壬戌　七年

十月，潘炤再至濟南，出《烏闌誓》傳奇囑王訢作序。

本年，陳棟卒（1764～1802），年三十九。作有《苧蘿夢》、《紫姑神》、《維揚夢》三種雜劇。

本年，陸繼輅館上海。其所作《秣陵秋》傳奇，李廷敬命家伶習之。

本年，舒位因王曇谷城祭項羽事作《琵琶賺》雜劇。

四月二十六日，王文治卒（1730～1802），年七十三。王文治著有《蝶歸樓》傳奇、《浙江迎鑾樂府》等。

本年，戴全德卒，作有《輞川樂事》、《新調思春》兩部雜劇。

1803　癸亥　八年

九月十九日，張九鉞卒（1721～1803），年八十三。作有《六如亭》傳奇、《四弦詞》雜劇等。

1804　甲子　九年

本年，劉永安《冰山冊》有成稿。

本年，南通樵珊崑曲社搬演社友張蠡秋《青溪笑》。

本年，舒位與陸繼輅、改琦等在松江兵備道署中觀《賣油郎占花魁》雜劇。舒作詩紀之。

1805　乙丑　十年

本年，陸繼輅撰《碧桃記》雜劇，今存《雨畫》一折，收入吳嵩梁《香蘇山館全集》中。

本年，桂馥卒（1736～1805），年七十。作有雜劇集《後四聲猿》。桂馥爲博學宿儒，晚年遠宦雲南，最終卒於任所，未盡其用，士林爲之歎息。（《碑傳集》一百九）

本年，永恩卒（1727～1805），年七十九。作有傳奇《漪園四種》及雜劇《度藍關》。

1807 丁卯 十二年

本年，畢華珍中舉。

本年，徐爔卒（1723～1807），年七十六。著有《鏡光緣》傳奇及《寫心雜劇》。

1808 戊辰 十三年

本年，仲振履中進士。後歷任廣東恩平、興寧、東莞、南海等地知縣。在廣東期間結識了湯貽汾，二人與仲振履的兄長仲振奎都是曲家，相互切磋，創作了不少戲曲作品。(《中國曲學大辭典》)

本年，趙文楷去世。趙作有一本雜劇，名《菊花新夢稿》。(《古本戲曲劇目提要》)

1809 己巳 十四年

本年，舒位與畢華珍流寓京師，同入昭槤王府，作《伶元通德》、《吳剛修月》等數十種，每劇得酬十金。

1810 庚午 十五年

本年，鄧祥麟中舉。

七月七日，孔廣林勘改自撰之《松年長生引》二套，並為之序。

1811 辛未 十六年

十一月，孔廣林自跋《東城老父鬥雞讖》傳奇。

本年，舒位在京，作《論曲絕句》十四首示畢華珍，論及梨園、魏良輔、葉堂等。

本年，湯貽汾入粵，官興寧都司。與雜劇作家仲振奎、仲振履兄弟在興寧會，著《劍人緣》傳奇。繆艮為之作跋。

本年，仲振奎去世。仲振奎作有雜劇《憐香閣》一種傳世。(《中國曲學大辭典》)

1814 甲戌 十九年

本年，曲阜孔廣林卒（1746～1814），年六十九。著有《松年長生引》等雜劇和《東城老父鬥雞讖》傳奇。

本年，譚光祥卒，年四十八。著有一部失名雜劇。

1815　乙亥　二十年

五月十三日，聽濤居士序吳鎬《紅樓夢散套》雜劇。《紅樓夢散套》也在本年刊行。

本年，王訴《楊狀元進諫謫滇南》有成稿，王祁爲之序。

十月，舒位因母喪自儀徵還蘇州，悲痛過度，卒於除夕。

本年，曾衍東攜家至浙江溫州，原因是上年被人誣陷。從此，曾氏便在溫州定居下來，直至去世。曾氏卒年不詳，約在道光十年後。（杜桂萍《〈小豆棚〉作者曾衍東事迹雜考》）

1816　丙子　二十一年

秋，王曇卒於杭州。王著有《歸農樂》雜劇及《萬花緣傳奇》等幾種傳奇。

本年，徐朝彝以風疾廢足。（《古本戲曲劇目提要》）

1817　丁丑　二十二年

本年，陸繼輅大挑二等，選合肥訓導，從此步入仕途，後曾任江西貴溪縣知縣。

1818　戊寅　二十三年

本年，呂星垣奉命爲己卯年萬壽節著《康衢樂府》，師亮採爲之序。

本年，鄧祥麟作《避債臺》雜劇。

1819　己卯　二十四年

八月十六日，石韞玉《紅樓夢》雜劇有成稿，蘋庵退叟爲之序。

1820　庚辰　二十五年

三月二十四日，朱鳳森譜《才人福》雜劇。七月六日，又作《平鑼記》雜劇。

四月，趙對澂《酬紅記》雜劇有成稿，盧先駱爲之序。

本年，許鴻磐《守濬記》雜劇有成稿，李兆元爲之序。嘉慶末，許鴻磐捐復知州，補河南禹州知州。之前，許因事落職，此次算是二入官場。許來到河南，與朱鳳森等人相遇，《守濬記》雜劇即爲朱鳳森作。（清儒學案小傳）

1822 壬午 道光二年

本年，仲振履去世。仲作有雜劇《雙鴛祠》傳世。

1824 甲申 四年

本年及道光十六年（1836）、十八年（1838），徐朝彝先後旅居湘東、長沙、澧縣等地。徐氏少負才名，鮮有知遇。閉戶讀書，工詩、通史。著有《夢恬書屋詩抄》三集，《桃花緣》雜劇一種，附於其後。（《古本戲曲劇目提要》）

1826 丙戌 道光六年

本年，許鴻磐致仕歸。回裏專心著述。（李福泰《六觀樓文集拾遺序》）

1831 辛卯 十一年

本年，朱鳳森卒於潯縣任上。

1837 丁酉 十七年

本年，許鴻磐卒，年八十一。作有《六觀樓北曲六種》。

本年，石韞玉卒，年八十二。作有雜劇集《花間九奏》及《紅樓夢》雜劇。

1844 甲辰 二十四年

本年，趙對澂補安徽廣德州學正，直至去世。（《中國曲學大辭典》）

1860 庚申 咸豐十年

本年，趙對澂卒，年六十三。趙對澂死於太平天國運動，《江表忠略》載「城陷，學正趙對澂盛服坐孔廟，罵賊死」。（《江表忠略》卷五）

按：繫年中除明確注出出處者外，其餘多引自王漢民與劉奇玉合編的《清代戲曲史編年》。

致　謝

　　三年的時間轉瞬即逝，恍然間，我才發現畢業已近在眼前，博士的生涯即將結束。三年之前，我有幸成為首師博士群體的一員。還依稀記得來學校報到的那天，我冒著雨踏進 10 號宿舍樓，從此開始了一段新的生活。對於人生來講，三年的時間並不算長，但是對於我來說，這三年卻包含著許多珍貴的記憶。

　　首先感謝導師張燕瑾先生。三年前，先生不以我鄙陋，收我為關門弟子。三年過去了，我卻依然學識淺薄，心中實在慚愧。先生不僅授我以學問，並教會我許多做人的道理。所有這些，都讓我銘記終生。如今，我只希望先生和師母能夠身體康健，歲歲平安。

　　其次，我還要感謝首師的各位老師。左東嶺、趙敏俐、吳相洲、馬自力、鄧小軍、汪龍麟諸位先生學識廣博，他們均對我的論文進行了深入淺出的指導，這些意見和看法使我受益良多。另外，安徽大學的胡益民先生、中國人民大學的朱萬曙先生、北京大學的傅剛先生均對我的論文提出了不少中肯的意見，在這裡一併表示感謝。

　　室友徐向昱先生是我的良師益友，無論是學術上，還是生活上，他的看法和觀點總能讓我茅塞頓開。趙衛東、李文鋼、袁宗剛、蔣磊、劉攀峰、谷紅麗等同學也給了我許多幫助，吳新苗、李亦輝、徐慧、尤海燕、王春曉、李豔麗等師兄師姐的關心常使我感受到同門間的情誼。最後，我還要感謝我的家人。這麼多年來，我一直在學校裏讀書，父母的關心總使我感到無限溫暖。妻子王慧芳多年來一直默默地關心照顧著我的學習生活，我唯有留存心間，報以來日。

趙星

2012 年 5 月 21 日於首師 10 棟 102 寢室